SANS RAISON

PATRICIA CORNWELL

SANS RAISON

TRADUIT DE L'ANGLAIS (ÉTATS-UNIS)
PAR ANDREA H. JAPP

Le Grand Livre du Mois

Titre original américain:
PREDATOR

Éditeur original:
G. P. Putnam's Sons, New York

© original: Cornwell Enterprises, Inc., 2005

Pour la traduction française:
© Éditions des Deux Terres, mars 2006

www.les-deux-terres.com

À Staci.

REMERCIEMENTS

L'hôpital McLean, affilié à Harvard Medical School, est l'établissement psychiatrique le plus prestigieux des États-Unis. Ses programmes de recherche, notamment dans le domaine des neurosciences, ont établi sa réputation au plan international. La frontière la plus stimulante et la plus essentielle n'est pas le cosmos. C'est le cerveau humain et son rôle biologique dans les maladies mentales. McLean ne se contente pas de définir le cadre des recherches psychiatriques. Il offre également une alternative pleine de compassion à des souffrances débilitantes.

Mon immense gratitude va à ses extraordinaires médecins et scientifiques qui m'ont si gentiment fait partager leur remarquable travail et tout particulièrement à :

Dr Bruce M. Cohen,
Président et psychiatre en chef.

Dr David P. Olson,
Chef de clinique du centre d'imagerie cérébrale.

Et surtout à :
Dr Staci A. Gruber,
Directrice adjointe, Laboratoire de neuro-imagerie cognitive.

CHAPITRE 1

Ce dimanche après-midi, le Dr Kay Scarpetta se trouve dans son bureau de l'Académie nationale de sciences médico-légales, à Hollywood, Floride. Les nuages s'amoncellent, présage d'un nouvel orage. Les mois de février ne sont d'habitude pas si chauds et pluvieux.

Des détonations résonnent dans le lointain, des voix claquent, mais elle ne parvient pas à saisir la teneur de ce qui s'échange. Les simulations de combat sont très prisées durant les week-ends. Les agents des opérations spéciales se pourchassent, vêtus de tenues de camouflage noires, ils tirent en rafales sur tout ce qui bouge et personne ne les entend. Sauf Scarpetta, mais elle n'y prête même plus attention. Elle continue d'étudier le certificat rédigé par un coroner de Louisiane à la suite de l'examen d'une patiente qui devait plus tard abattre cinq personnes et prétendre qu'elle ne conservait aucun souvenir de ses faits et gestes.

L'écho d'une moto qui se rapproche lui parvient vaguement. Scarpetta doute que ce cas puisse intégrer le programme de

11

recherche portant sur les déterminants préfrontaux de la réactivité agressive manifeste – le Prefrontal Determinants of Agressive-type Overt Responsivity – dont l'acronyme n'est autre que PREDATOR.

Elle rédige un mail à l'intention de Benton Wesley, psychologue spécialisé en criminologie :

INCLURE UN SUJET DE SEXE FÉMININ DANS L'ÉTUDE SERAIT INTÉRESSANT. MAIS PEUT-ÊTRE LES DONNÉES OBTENUES GRÂCE À CE CAS NE SERAIENT-ELLES PAS EXPLOITABLES. JE PENSAIS QUE TU AVAIS RESTREINT LE PROTOCOLE AUX SEULS SUJETS DE SEXE MASCULIN.

La moto s'approche du bâtiment dans un rugissement de moteur et stoppe juste sous la fenêtre de son bureau. Pete Marino vient encore lui casser les pieds, songe-t-elle avec irritation. Benton lui répond aussitôt :

DE TOUTE FAÇON, LA LOUISIANE NE NOUS AUTORISERA SANS DOUTE PAS À LA FAIRE TRANSFERER JUSQU'ICI. ILS AIMENT TROP EXECUTER LEURS CONDAMNÉS. CEPENDANT, LEUR CUISINE EST GÉNIALE.

Elle jette un coup d'œil par la fenêtre. Marino coupe le contact, descend de selle et lance un regard macho autour de lui, se demandant à son habitude si quelqu'un n'est pas embusqué dans les parages, en train de le surveiller. Elle fourre les dossiers concernant PREDATOR dans le tiroir de son bureau lorsqu'il pénètre dans la pièce, sans se donner la peine de frapper, et s'affale sur une chaise.

– Vous avez des infos au sujet de l'affaire Johnny Swift ? demande-t-il.

Ses énormes bras musculeux et couverts de tatouages sortent d'un gilet de jean dont le dos est décoré du logo Harley.

Marino est responsable de la section d'enquête de l'Académie et enquêteur criminel à mi-temps pour les bureaux du médecin expert de Broward County. Depuis quelque temps, il s'est métamorphosé en parodie de loubard à moto. Il pose son casque noir éraflé, décoré de décalcomanies imitant des impacts de balles, sur la table de travail, un de ces casques qui protègent à peine le haut du crâne.

— Rafraîchissez un peu ma mémoire. Quant à cette chose, elle est tout juste bonne à trôner en ornement sur le carénage du réservoir, ajoute-t-elle en pointant son doigt vers le casque. C'est de la frime et totalement inutile en cas d'accident.

Il balance un dossier sur son bureau et annonce :

— Un médecin de San Francisco qui a un cabinet ici, à Miami. Lui et son frère possédaient un appart' en bord de mer. C'est tout proche du Renaissance, vous savez ces deux immeubles jumeaux d'appartements luxueux pas très loin du John Lloyd State Park ? Y'a environ trois mois de ça, c'était à Thanksgiving, il est venu y séjourner quelque temps. Son frère l'a retrouvé mort, sur le canapé, d'un coup de fusil dans la poitrine. Tant que j'y pense, il venait tout juste de subir une opération des poignets et ça se passait pas trop bien. Comme ça, à première vue, ça avait tout l'air d'un suicide.

— Je ne faisais pas encore partie des bureaux du médecin expert, lui rappelle-t-elle.

Elle était déjà directrice du département de sciences et de médecine légales de l'Académie à cette époque-là. En revanche, ce n'est qu'en décembre dernier qu'elle a accepté de devenir l'anatomopathologiste consultante de l'institut médico-légal de Broward County, lorsque le Dr Bronson, l'actuel médecin expert, a commencé à lever un peu le pied en évoquant sa prochaine retraite.

— En effet, je me souviens d'avoir entendu mentionner cette affaire, poursuit-elle.

La présence de Marino la met mal à l'aise. D'ailleurs, elle est de plus en plus rarement contente de le voir.

— C'est le Dr Bronson qui a pratiqué l'autopsie, précise-t-il en inventoriant du regard les piles qui s'entassent sur son bureau et en évitant, autant que faire se peut, de lever les yeux vers elle.

— Il s'agit d'une de vos enquêtes ?

13

– Nan. J'étais pas en ville. Mais le dossier n'est toujours pas refermé parce que, sur le coup, la police de Hollywood s'est demandé si ça cachait pas autre chose. Ils avaient Laurel dans le collimateur.

– Laurel ?

– Le frère de Johnny Swift, c'est des vrais jumeaux. Comme les flics avaient pas le début d'une preuve pour étayer leurs soupçons, les choses en sont restées là. Et puis, vendredi à trois heures du matin, j'ai reçu un appel téléphonique chez moi. Un de ces appels de fondu, et on est parvenu à le localiser. Ça provenait de Boston.

– Boston dans le Massachusetts ?

– Celui-là même.

– Mais, je pensais que vous étiez liste rouge.

– Tout juste.

Marino extrait un bout de papier marron déchiré de sa poche de jeans et le déplie en déclarant :

– J'vais vous lire ce que ce mec m'a dit, parce que j'ai tout marqué, mot pour mot. Il se fait appeler Ode.

– Comme un poème ? Ce genre d'ode ?

Elle le dévisage, se demandant s'il n'est pas en train de la mener en bateau, de chercher à la ridiculiser.

Dernièrement, il s'est souvent essayé à ce genre de petits jeux.

– Il a juste dit : « *Je suis Ode. Tu leur as envoyé un châtiment de dérision.* » Genre, je sais même pas ce que ça veut dire, et il a ajouté : « *Certains objets ont disparu de l'appartement de Johnny Swift. Si tu possèdes quelques neurones, tu n'as qu'à t'intéresser de près à ce qui est arrivé à Christian Christian. Il n'existe aucune coïncidence. Tu ferais mieux d'interroger Scarpetta, parce que l'Œil de Dieu vous voit et qu'Il écrasera tous les pervers, et ça inclut sa gouine de nièce.* »

Le ton de Scarpetta est calme, parfaitement maîtrisé lorsqu'elle s'enquiert :

– S'agit-il de ses mots exacts ? En êtes-vous certain ?

– Pourquoi ? Vous trouvez que je ressemble à un romancier ?

– Christian Christian ?

14

– Qu'est-ce que j'en sais, moi ! Parce que, pour tout vous dire, le mec en question avait aucune envie que je lui pose des questions et certainement pas comment il épelait un mot ou un autre. Il avait une voix très douce, comme quelqu'un qui ne ressent rien, une de ces voix plates. Et ensuite, il a raccroché.

– A-t-il mentionné le nom de Lucy ou juste...

– Je viens de vous répéter exactement ce qu'il m'avait dit, l'interrompt-il. C'est votre seule nièce, non ? Donc, c'est clair qu'il parlait d'elle. Et, au cas, où vous auriez pas percuté, ODE, ça pourrait être ODD, c'est-à-dire cet Œil De Dieu qu'il mentionne. Bon, pour vous la faire courte, j'ai aussitôt contacté la police de Hollywood et ils souhaitent qu'on examine au plus vite le dossier concernant l'affaire Johnny Swift. Apparemment, y'a une merde quelque part. Certains indices indiqueraient qu'il a été abattu d'une certaine distance, et d'autres à bout portant. C'est soit l'un, soit l'autre, non ?

– Si une seule balle a été tirée, en effet. Il doit exister un biais d'interprétation. Avez-vous une idée au sujet de ce Christian Christian ? Du reste, s'agit-il d'une personne ?

– Jusque-là, aucune de nos recherches informatiques n'a rien donné.

– Pourquoi avez-vous attendu aujourd'hui pour me le dire ? Je n'ai pas bougé du week-end.

– J'avais d'autres trucs en cours.

Parvenant à se dominer, elle rétorque :

– Enfin, lorsque vous obtenez des informations au sujet d'une affaire de ce genre, vous ne devriez pas attendre deux jours avant d'en discuter avec moi.

– Ouais, ben vous êtes peut-être pas la mieux placée pour parler de rétention d'information.

– Je vous demande pardon ? lâche-t-elle en pleine incompréhension.

– Vous devriez faire un peu plus attention, c'est tout ce que j'ai à dire.

– Vos remarques cryptiques ne m'aident pas.

15

– Ah, j'allais oublier... Le département de police de Holly-wood aimerait bien avoir l'opinion professionnelle de Wesley, ajoute-t-il comme s'il venait d'y repenser, comme si ladite opi-nion lui était parfaitement indifférente.

Marino n'a jamais fait preuve d'une grande habileté lorsqu'il s'agissait de dissimuler ses véritables sentiments vis-à-vis de Benton Wesley.

– Certes, ils peuvent lui demander d'évaluer le dossier, approuve-t-elle. Cela étant, je ne peux pas me prononcer à sa place.

– Ils souhaitent qu'il analyse le coup de téléphone que j'ai reçu de ce givré d'Ode ou Odd... Est-ce qu'il s'agissait juste d'une mauvaise plaisanterie ? Je leur ai répondu que ça n'allait pas être facile puisque l'appel a pas été enregistré et que Ben-ton aura à sa disposition que ma version gribouillée sur un sac en papier.

Il se lève. Sa grande carcasse semble encore plus impression-nante qu'à l'accoutumée, et elle a le sentiment de rapetisser. Il ne lui faisait pas cette impression avant. Il récupère son casque peu fonctionnel et chausse ses lunettes de soleil. Son regard l'a évitée durant toute la conversation. Maintenant, elle ne peut même plus voir ses yeux. Elle ne peut plus voir ce qui les habite.

– Je vais m'y plonger. Aussitôt, annonce-t-elle comme il se dirige vers la porte. Nous pourrons en discuter un peu plus tard.

– Ouais.

– Pourquoi ne pas passer à la maison ?

– Ouais, répète-t-il. Quelle heure ?

– Dix-neuf heures.

CHAPITRE 2

Installé dans la salle d'IRM, Benton Wesley surveille son patient de l'autre côté d'une paroi de Plexiglas. Une faible luminosité baigne la pièce. Une multitude d'écrans vidéo s'aligne le long de la paillasse qui court tout autour des murs. Sa montre est posée sur son attaché-case. Il a froid. Cela fait déjà plusieurs heures qu'il est dans ce laboratoire de neuro-imagerie cognitive et le froid semble s'être immiscé jusque dans ses os. Du moins est-ce la sensation qu'il éprouve.

Le patient de ce soir est affublé d'un numéro d'identification, mais il a un nom. Basil Jenrette. Il s'agit d'un meurtrier compulsif de trente-trois ans, moyennement anxieux, moyennement intelligent. Benton évite toujours le terme de « meurtrier en série ». Il s'agit d'un terme si galvaudé. De plus, il n'apporte pas grand-chose si ce n'est de mentionner de façon bien approximative qu'un tueur a déjà abattu plus de trois victimes au cours d'un certain laps de temps. Le mot « série » évoque des événements qui se succèdent. En revanche, cela n'indique en aucune façon les mobiles du criminel ni son état d'esprit, et lorsque Basil Jenrette tuait, il s'agissait d'une compulsion. Il ne pouvait pas s'arrêter.

C'est la raison pour laquelle on est en train de scanner son cerveau grâce à un IRM 3-Tesla qui développe un champ magnétique six mille fois plus puissant que celui de la terre. On espère ainsi détecter des particularités de ses matières blanche et grise, comment elles fonctionnent, et peut-être comprendre ce qui détermine ses actes. Benton lui a posé la question à de multiples reprises au cours de leurs sessions.

– *Il suffisait que je la voie, et ça y était. Il fallait que je le fasse.*

– *Que vous le fassiez aussitôt ?*

– *Non pas là, pas en pleine rue. Ça arrivait que je la suive quelque temps, pour réfléchir, mettre un plan sur pied. Pour être tout à fait franc, plus je calculais, meilleur c'était.*

– *Ça vous prenait combien de temps en général ? Cette filature, cette anticipation ? En moyenne, veux-je dire ? Quelques jours, quelques heures ou quelques minutes ?*

– *Quelques minutes. Parfois quelques heures ou quelques jours. Ça dépendait. Toutes des gourdes, ces salopes. Attendez… Si vous étiez à leur place et que vous réalisiez qu'on est en train de vous enlever, est-ce que vous resteriez sagement assis dans la voiture sans tenter de vous échapper ?*

– *Car c'est ce qu'elles faisaient, n'est-ce pas, Basil ? Elles restaient dans la voiture sans essayer de s'enfuir ?*

– *Sauf les deux dernières. Mais vous savez ça puisque c'est la raison pour laquelle je me suis retrouvé ici. Remarquez, elles n'auraient pas tenté de me résister si ma bagnole était pas tombée en panne. Des idiotes, je vous dis. Vous, à leur place, est-ce que vous n'auriez pas préféré que je vous descende sur-le-champ dans la voiture plutôt que d'attendre de voir ce que j'allais vous faire subir une fois qu'on serait arrivé dans mon petit coin spécial ?*

– *Et où était ce petit coin spécial ? Toujours le même endroit ?*

– *Tout cela parce que ma foutue bagnole est tombée en carafe.*

Jusque-là, rien dans la structure cérébrale de Basil Jenrette ne se révèle particulier, si ce n'est la découverte presque accidentelle d'une anormalité cérébelleuse, un petit kyste d'environ six millimètres de diamètre situé sur la face postérieure qui perturbe peut-être son sens de l'équilibre, rien d'autre. C'est davantage le fonctionnement de son cerveau qui pêche. Il ne peut pas s'agir d'un fonctionnement normal. Dans le cas contraire, il n'aurait pas été recruté pour faire partie de l'étude PREDATOR, et il n'aurait sans doute pas accepté d'y participer. Car tout est un jeu pour Basil. Il se croit plus que génial. En vérité, il est convaincu d'être l'individu le plus doué de la planète. Il n'a jamais été troublé par aucun remords, et avoue avec une déroutante sincérité qu'il recommencerait à tuer d'autres femmes s'il en avait la possibilité. Malheureusement, Basil a un côté très charmant.

Les deux gardiens de prison en uniforme qui accompagnent Basil dans la salle oscillent entre curiosité et incompréhension en examinant de derrière la paroi de Plexiglas le long tube creux de deux mètres dix, le tunnel de l'aimant. Ils ne portent pas d'armes puisqu'elles sont interdites en ces lieux. Rien de métallique n'est autorisé, pas même les menottes ou les entraves. Un lien en plastique maintient les poignets et les chevilles de Basil lorsqu'il est allongé sur la couchette du tunnel. Il écoute les plaintes grinçantes et les coups émis par les pulsations radio qui évoquent une sorte de musique exaspérante véhiculée par des lignes à haute tension. C'est du moins la comparaison qui s'impose à Wesley.

– Nous allons passer aux couleurs, vous vous souvenez ? Je veux juste que vous identifiiez la couleur que vous voyez, explique le Dr Susan Lane, la neuropsychologue, par l'intermédiaire du haut-parleur de l'interphone. Non, s'il vous plaît, Mr Jenrette, ne répondez pas en hochant la tête. Nous avons placé un morceau d'adhésif sur votre menton afin que vous vous rappeliez que vous ne devez pas bouger la tête.

La voix de Basil résonne dans le haut-parleur :

– Dix-quatre.

Il est vingt heures trente, et un certain malaise a envahi Benton. Au demeurant, la sensation n'est pas récente. Cela fait des mois qu'il s'inquiète. Ce n'est pas tant la perspective

d'une explosion de violence de Basil Jenrette et de ses semblables entre les élégants murs de briques patinées par le
temps du McLean Hospital, suivie du massacre de tout le
personnel, qui le préoccupe. C'est davantage la conviction
que cette recherche est vouée à l'échec. C'est une perte
d'argent et un ridicule gâchis de temps. McLean est affilié
à Harvard Medical School, et ni l'hôpital ni l'université ne
prennent les fiascos avec désinvolture.

– Surtout, ne vous inquiétez pas si vous ne les identifiez pas
toutes correctement, poursuit le Dr Lane par l'intermédiaire
de l'interphone. Nous ne nous attendons pas à un sans-faute.

– Vert, rouge, bleu, rouge, bleu, vert.

La voix assurée de Jenrette résonne dans la salle.

Une des scientifiques reporte les réponses sur un formulaire
de données pendant que le technicien chargé de l'IRM vérifie
les images qui se succèdent sur l'écran vidéo.

Le Dr Lane enfonce le bouton du haut-parleur de l'interphone pour complimenter le patient :

– Mr Jenrette ? Vous faites de l'excellent travail. Tout s'affiche-
t-il de façon satisfaisante ?

– Dix-quatre.

– Fort bien. À chaque fois que l'écran deviendra noir, je veux
que vous restiez sagement immobile. Ne parlez pas, regardez
juste le petit point blanc qui s'affichera.

– Dix-quatre.

Son doigt abandonne le bouton de communication et elle
demande à Benton :

– Pourquoi utilise-t-il ce jargon de flic ?

– Parce qu'il était flic. C'est sans doute grâce à cela qu'il est
parvenu à faire monter ses victimes dans son véhicule.

La scientifique pivote sur sa chaise et annonce :

– Dr Wesley ? C'est pour vous. Un certain détective Thrush.

Benton se saisit du téléphone.

– Que se passe-t-il ? demande-t-il à Thrush, un des détectives
du département des homicides de la police d'État du Massachusetts.

– J'espère que vous n'aviez pas prévu de vous mettre au lit de bonne heure, attaque ce dernier. Avez-vous entendu parler du corps découvert ce matin, non loin de Walden Pond ?

– Non. Je suis resté enfermé toute la journée entre ces quatre murs.

– Sexe féminin, Blanche, nous n'avons toujours pas son identité. Quant à son âge, difficile de le préciser. Comme ça, je dirais entre trente-huit et quarante-deux ans. Elle a été abattue d'une balle de fusil de chasse en pleine tête, et la douille a été enfoncée dans son cul.

– Non, je n'en avais pas entendu parler.

– L'autopsie est terminée, mais je me suis dit que vous aimeriez jeter un coup d'œil. C'est pas classique cette histoire.

– J'en aurai terminé ici dans un peu moins d'une heure, précise Benton.

– Retrouvez-moi à la morgue.

La maison est paisible mais Kay Scarpetta passe de pièce en pièce, allumant toutes les lampes, troublée. Elle tend l'oreille, à l'affût d'un bruit de moteur, elle guette l'arrivée de Marino. Il est en retard et ne s'est pas donné la peine de la rappeler après les messages qu'elle lui a laissés.

Elle est inquiète, tendue, et vérifie qu'elle a bien branché le système d'alarme et que les projecteurs extérieurs sont allumés. Elle s'arrête pour inspecter le petit écran vidéo du téléphone de la cuisine afin de s'assurer que les caméras de surveillance qui balayent le pourtour de la maison fonctionnent convenablement. Les ombres qui estompent les contours de sa propriété s'affichent sur l'écran, et les silhouettes obscures des citronniers, des palmiers et des hibiscus oscillent dans le vent. Le quai qui s'étend au-delà de sa piscine et le bras d'eau plus loin ressemblent à une plaine ténébreuse pointillée par les lumières floues qui sèment la digue. Elle remue la sauce tomate aux champignons qui mitonne dans une casserole en cuivre, vérifie que sa pâte lève convenablement, sans oublier les boules de mozzarella fraîche qui trempent dans des bols, non loin de l'évier.

Il est presque vingt et une heures, et cela fait déjà deux heures que Marino aurait dû arriver. Une grosse journée attend Scarpetta demain, des dossiers dont elle doit s'occuper, sans compter ses cours, et elle n'a nul temps à consacrer à la discourtoisie du grand flic. Elle se sent manipulée, et elle en a soupé de Marino. Voilà trois heures qu'elle est plongée dans le dossier du supposé suicide de Johnny Swift et il ne se donne même pas la peine de la rejoindre comme convenu. La colère le dispute à la peine. Cependant, la colère est plus aisée.

Elle est vraiment furieuse. Pourtant, elle arpente son salon, l'oreille toujours aux aguets. Elle guette l'écho d'un moteur de voiture ou de moto, elle guette l'arrivée de Marino. Elle soulève le Remington Marine Magnum calibre 12 posé sur le canapé et s'assoit. L'arme nickelée est lourde sur ses genoux. Elle introduit la petite clef dans la serrure qui verrouille le fusil. Elle l'incline vers la droite et dégage le poussoir de sécurité du pontet. Elle fait coulisser la longuesse pour vérifier l'absence de cartouches dans le magasin.

CHAPITRE 3

—Maintenant, nous allons passer à un peu de lecture, annonce le Dr Lane à Basil, toujours par l'intermédiaire du haut-parleur de l'interphone. Il suffit que vous déchiffriez les mots qui s'affichent, en partant de la gauche. D'accord ? Surtout, ne bougez pas. Vous faites du très bon travail.

—Dix-quatre.

—Hé, vous voulez savoir à quoi il ressemble en vrai ? lance le technicien chargé de l'IRM aux gardiens.

Il s'appelle Josh. Il a suivi la filière de sciences physiques du MIT et son emploi de technicien lui permet de préparer un nouveau diplôme. Josh est très intelligent, un brin excentrique, et doté d'un sens de l'humour pour le moins tordu.

—Ouais, ben je sais déjà à quoi il ressemble, rétorque l'un des gardiens. Il a fallu que je l'accompagne aux douches ce matin.

—Et ensuite ? insiste le Dr Lane en s'adressant à Benton. Que leur faisait-il une fois qu'il les avait convaincues de monter dans sa voiture ?

—Rouge, bleu, bleu, rouge...

Les gardiens se rapprochent sans hâte de l'écran vidéo que fixe Josh.

Benton explique de son ton clinique, volontairement plat :

— Il les emmenait quelque part, leur crevait les yeux à coups de couteau, les maintenait en vie deux ou trois jours afin de les violer autant qu'il le souhaitait, puis il les égorgeait, avant d'abandonner leurs cadavres en les mettant en scène de façon à choquer ceux qui les découvriraient. Enfin, du moins en ce qui concerne les meurtres que nous connaissons. Selon moi, il y en a eu d'autres. Pas mal de femmes ont disparu en Floride, à l'époque où il sévissait. On suppose qu'elles sont mortes mais nous n'avons jamais retrouvé leurs corps.

— Où les emmenait-il ? Chez lui, dans un motel ?

— Attendez un peu, annonce Josh aux gardiens avant de sélectionner l'option tridimensionnelle du menu puis le SSD qui permet de superposer des vagues d'ombre et de contraste sur l'écran. C'est super-cool mais on ne le montre jamais aux patients.

— Ah ouais ? Pourquoi ?

— Ça leur fait péter les plombs.

— Nous ignorons où il les conduisait, explique Benton au Dr Lane tout en gardant un œil sur Josh, prêt à intervenir si le jeune homme se laissait un peu emporter par son enthousiasme. Cela étant, un détail concernant les corps qu'il a abandonnés est intéressant. On a retrouvé dans chaque cas des particules de cuivre adhérentes.

— De cuivre ?

— Mélangé à de la poussière, de la terre, enfin bref, tout ce qui peut adhérer à la peau, aux cheveux ou être collé par le sang.

— Bleu, vert, bleu, rouge...

— Intriguant...

Elle enfonce le bouton de communication :

— Comment vous sentez-vous, Mr Jenrette ? Tout se passe bien aujourd'hui ?

— Dix-quatre.

24

– Maintenant, vous allez voir des mots écrits dans des couleurs différentes de ce qu'ils annoncent. Je veux que vous m'indiquiez la couleur de l'écriture. Donnez-moi simplement la couleur du mot.

– Dix-quatre.

– C'est dingue, vous ne trouvez pas ? s'exclame Josh comme une image évoquant un masque mortuaire envahit son écran, une reconstitution de sections IRM haute résolution d'un millimètre d'épaisseur qui recomposent la tête de Basil Jenrette.

L'image est pâle, dépourvue de cheveux ou d'yeux, et semble se déchiqueter juste sous la ligne des mâchoires comme si le sujet avait été décapité.

Josh l'oriente selon différents angles afin que les gardiens puissent la contempler plus à leur aise.

– Et pourquoi que sa tête a l'air d'avoir été coupée ? demande l'un d'eux.

– Parce que c'est à cet endroit que le signal s'arrête.

– Sa peau a pas l'air réelle.

La voix de Basil se répand dans la pièce :

– Rouge... Euh... Vert, bleu, je veux dire rouge, vert...

– Il ne s'agit pas vraiment de peau. Comment vous expliquer... Eh bien, ce que fait l'ordinateur, c'est reconstruire les volumes. En fait, il interprète les surfaces.

– Rouge, bleu... Euh, vert... Non, bleu... je veux dire, vert.

– En réalité, on s'en sert surtout pour PowerPoints, principalement dans le but de superposer le structurel au fonctionnel. C'est juste un logiciel d'analyse de données IRM grâce auquel on peut rassembler les résultats, les comparer et les intégrer un peu comme on veut, histoire de s'amuser avec.

– Mince, qu'est-ce qu'il est laid !

Benton en a assez entendu. L'énumération des couleurs s'est arrêtée. Il jette un regard acerbe à Josh en demandant :

– Vous êtes prêt, Josh ?

– Trois, deux, un, prêt ! déclare celui-ci.

Le Dr Lane initie le test d'interférence.

– Bleu, non, je veux dire rouge... Merde ! Euh... rouge, non, c'est bleu, vert, rouge... poursuit la voix qui se déverse dans la pièce en se trompant à chaque couleur.

– Vous a-t-il expliqué pour quelles raisons ? insiste le Dr Lane.

– Je vous demande pardon ? demande Benton l'esprit ailleurs. Quelles raisons pourquoi ?

– Rouge, bleu... Merde ! Euh... bleu-vert...

– Pour quelles raisons les a-t-il énucléées ?

– Il a précisé qu'il ne tenait pas à ce qu'elles constatent que son pénis était de taille médiocre.

– Bleu, bleu-rouge, rouge, vert...

– Il n'a pas réalisé un bon score sur cet exercice, remarque-t-elle. En fait, il s'est trompé la plupart du temps. Il appartenait à quel département de police... ? Comme ça, je ferai attention à ne pas me faire arrêter pour excès de vitesse dans le coin. (Elle enfonce le bouton de l'interphone et demande :) Tout se passe bien ?

– Dix-quatre.

– La police de Dade County.

– Dommage... J'ai toujours beaucoup aimé Miami. Et donc, c'est de cette façon que vous vous êtes débrouillé pour faire sortir celui-ci de votre chapeau ? Grâce à vos accointances en Floride du Sud, résume-t-elle en enfonçant à nouveau le bouton.

– Pas vraiment, rétorque Wesley, le regard perdu de l'autre côté de la paroi, vers le crâne de Basil Jenrette qui dépasse de l'aimant.

Il imagine le reste de sa personne. Il est habillé comme n'importe qui, d'un jean et d'une chemise blanche sagement boutonnée jusque sous le cou.

Les détenus ne doivent pas porter leur uniforme carcéral sur le campus de l'hôpital. C'est mauvais pour le relationnel.

– Lorsque nous avons commencé à faire le tour des pénitenciers du pays à la recherche de sujets d'étude, l'État de Floride a pensé que Jenrette était un cobaye idéal. Il s'ennuyait et ils étaient ravis de s'en débarrasser, lâche Benton.

– C'est parfait, Mr Jenrette, déclare le Dr Lane à l'interphone.

Bien, maintenant, le Dr Wesley va vous rejoindre pour vous confier la souris. Vous allez passer des visages en revue.

– Dix-quatre.

En temps normal, le Dr Lane pénétrerait dans la salle d'IRM et s'occuperait elle-même de son patient. Mais les femmes médecins ou scientifiques ne sont pas autorisées à entrer en contact physique avec les sujets de l'étude PREDATOR. Au demeurant, leurs confrères de sexe masculin doivent faire preuve de la plus grande prudence. Quant à la sécurité en dehors de cette salle, elle est laissée à l'approbation des cliniciens qui interrogent les sujets. Ils peuvent demander à ce que le détenu soit menotté et entravé. Les deux gardiens de prison flanquent Wesley lorsqu'il pénètre dans la pièce d'IRM et en allume la lumière avant de refermer la porte derrière lui. Les deux hommes se rapprochent de l'aimant et le surveillent lorsqu'il branche la souris et la place entre les mains ligotées de Basil.

Celui-ci n'a pas une allure bien impressionnante. Il est de taille assez modeste, fluet, ses cheveux blonds s'éclaircissent et ses petits yeux gris sont très rapprochés. Dans le monde animal, ce sont les prédateurs – les lions, les tigres et les ours – dont les yeux sont très rapprochés du nez. Au contraire, les yeux des proies – les girafes, les lapins et les colombes – en sont espacés et s'orientent vers les côtés. Cette large vision périphérique est un atout de survie. Benton s'est toujours demandé si ce phénomène évolutif pouvait s'appliquer à l'espèce humaine. Mais il s'agit là d'un thème de recherche que personne ne financera.

– Comment vous sentez-vous, Basil ? s'enquiert Benton.

– Quel genre de visages ? demande la tête de l'homme qui ressort du bout du tunnel, lequel évoque un peu un poumon d'acier.

– Le Dr Lane vous l'expliquera.

– J'ai une surprise pour vous. Je vous le dirai lorsque nous aurons terminé.

Il a un curieux regard, comme si une créature maléfique se servait de ses yeux pour voir.

– Génial, j'adore les surprises, déclare Benton avec un sourire. Encore quelques minutes et vous serez tranquille. Ensuite, nous discuterons un peu tous les deux.

Les gardiens escortent Benton lorsqu'il ressort de la pièce de l'IRM alors que le Dr Lane explique au sujet – *via* l'interphone – ce qu'elle souhaite. Il doit presser la touche gauche de la souris lorsque le visage qui apparaîtra sur l'écran sera celui d'un homme et sur la touche droite s'il s'agit d'une femme.

– Vous n'avez rien d'autre à faire, ni à dire, si ce n'est enfoncer la touche correspondante de la souris, insiste-t-elle.

Il s'agit en réalité de trois tests, et leur objet n'est pas de déterminer la capacité du patient à distinguer les deux sexes. Ce que mesure ce criblage fonctionnel, c'est davantage une réponse de type affectif. D'autres visages se superposent à ceux des femmes et hommes qui apparaissent sur l'écran, si vite que l'œil ne les perçoit pas, contrairement au cerveau. Le cerveau de Jenrette détecte ces visages dissimulés derrière des masques, des visages qui expriment le bonheur, la colère ou la peur, des visages qui sont autant de provocations.

Le Dr Lane lui demande toujours ce qu'il a vu défiler après chaque série de photos. S'il devait attribuer une émotion à ces visages, quelle serait-elle ? Selon lui, les hommes ont l'air plus sérieux que les femmes. Son opinion varie peu, quelle que soit la série. Tout cela ne veut pas dire grand-chose pour l'instant. Au demeurant, rien de ce qui s'est déroulé dans ces salles n'aura de signification avant que ne soient analysés les milliers de neuro-images enregistrées. Ce n'est qu'alors que les scientifiques pourront déterminer les zones les plus actives de l'encéphale du sujet au cours des différents tests. L'objet de l'étude est de savoir si le cerveau de Jenrette fonctionne différemment de celui d'un sujet réputé normal – en dehors de ce petit kyste qui s'est développé au niveau du cervelet, kyste sans aucune relation avec ses penchants prédateurs – et d'en tirer quelque chose.

– Rien ne vous saute aux yeux pour l'instant ? demande Benton au Dr Lane. Ah, à propos, merci Susan, comme toujours. Vous êtes vraiment sympa.

Ils se débrouillent toujours pour programmer les examens des détenus tard dans la soirée ou même le week-end, lorsque peu de gens se trouvent encore sur les lieux.

– Si l'on se fie aux seuls localisateurs, il m'a l'air de fonctionner normalement. Je ne détecte aucune singularité majeure, si ce n'est son incessant bavardage. Il est assez logorrhéique. A-t-on déjà diagnostiqué un désordre de type bipolaire chez lui ?

– Ses différentes évaluations, son histoire me plongent dans la perplexité. Mais non. Un tel diagnostic n'a jamais été posé. Il n'a jamais reçu de traitement pour maladies psychiatriques et n'a séjourné en prison qu'un an. Bref, le sujet rêvé.

– Eh bien, votre sujet rêvé ne s'est pas vraiment distingué lorsqu'il a fallu supprimer les stimuli interférents. Il a commis un nombre colossal d'erreurs lors de cet exercice. Selon moi, il est victime de sautes d'attention, ce qui, en effet, est cohérent avec un désordre de type bipolaire. Nous en saurons davantage un peu plus tard.

Elle presse le bouton de communication et déclare :

– Mr Jenrette ? Voilà, nous avons terminé. Vous avez fait de l'excellent travail. Le Dr Wesley va revenir vous chercher. Il faut que vous vous redressiez très doucement, d'accord ? Sans geste brusque pour éviter les vertiges.

– Quoi, c'est tout ? Juste des tests crétins ? Je veux voir les photos.

Le Dr Lane jette un regard à Benton et relâche le bouton.

– Vous avez dit que vous examineriez mon cerveau quand je regarderai les photos.

– Les clichés pris lors des autopsies de ses victimes, précise Benton au Dr Lane.

– Vous m'avez promis des photos et vous avez aussi promis que je pourrais recevoir mon courrier.

– Eh bien, je vous le cède volontiers, sourit le médecin.

Le fusil à pompe est lourd, encombrant, bref, de manipulation ardue. Allongée sur le canapé, Scarpetta éprouve des difficultés à pointer le canon vers sa poitrine tout en se démenant pour presser la détente à l'aide de son doigt de pied gauche.

Elle baisse l'arme et tente d'imaginer la même scène en y ajoutant des poignets récemment opérés. Son fusil pèse dans les trois kilos et demi et tremble entre ses mains lorsqu'elle l'oriente en tenant son canon de quarante-cinq centimètres de long à bout de bras. Elle pose les pieds par terre, retire sa chaussure de tennis et sa chaussette droite. En réalité, son pied gauche est directeur, mais elle doit essayer avec le droit puisqu'elle ignore si Johnny Swift était gaucher ou droitier, contrarié ou pas. Certes, cela pourrait constituer une différence, peut-être pas majeure, surtout s'il était déprimé ou particulièrement déterminé. Cela étant, elle ne sait rien de l'état d'esprit dans lequel il se trouvait. Du reste, elle connaît si peu de chose à son sujet.

Elle repense à Marino, et son irritation croît au fur et à mesure qu'elle ressasse son absence. Il n'a pas le droit de la traiter de la sorte, de faire preuve d'un tel dédain vis-à-vis d'elle, comme à l'époque de leur première rencontre. Tant d'années se sont écoulées depuis qu'elle est presque surprise qu'il parvienne encore à la malmener de cette manière. Les effluves de la sauce pour pizza qu'elle a cuisinée parviennent jusque dans le salon et se répandent dans toute la maison. Le ressentiment la suffoque, son rythme cardiaque s'accélère. Elle s'allonge à nouveau sur le flanc gauche, appuie la crosse de l'arme contre le dossier du canapé, pointe le canon au milieu de sa poitrine et presse la détente à l'aide de son pouce de pied droit.

CHAPITRE 4

Basil Jenrette ne lui fera aucun mal.

Les poignets libres de tout lien, il est assis en face de Benton, la table de la petite salle d'examen les séparant. La porte est close. Basil est très sage et très courtois. Sa petite crise, alors qu'il se trouvait encore à l'intérieur du tunnel de la machine, n'a guère duré plus de deux minutes. Lorsqu'il s'est calmé, le Dr Lane était déjà partie. Il n'a pas pu l'apercevoir lorsqu'on l'a escorté à l'extérieur de la salle d'IRM, et Benton a fermement l'intention qu'il en soit toujours ainsi.

– La tête ne vous tourne pas ? Vous n'avez pas de vertiges ? lui demande-t-il de sa voix posée et compréhensive.

– Non, je me sens très bien. C'est vraiment cool tous ces tests. J'ai toujours adoré ça. Je savais que j'allais m'en sortir haut la main. Où sont les photos ? Vous aviez promis.

– Nous n'avons jamais abordé ce sujet, Basil.

– J'ai tout réussi à la perfection, rien que des A !

– Et donc, cette expérience vous a satisfait ?

31

—La prochaine fois, il faut que vous me montriez ces photos, comme vous l'aviez promis.

—Je ne vous ai jamais rien promis de tel. Avez-vous trouvé cette expérience captivante ?

—Je ne peux pas fumer ici, n'est-ce pas ?

—Malheureusement non.

—À quoi ressemblait mon cerveau ? Est-ce qu'il a l'air chouette ? Vous avez vu des trucs ? Est-ce que vous pouvez dire à quel point quelqu'un est intelligent juste en regardant comme vous le faites ? Si vous me montriez ces photos, vous pourriez constater qu'elles collent parfaitement avec celles qui sont dans mon cerveau.

Il parle d'une voix douce mais son débit s'accélère. Ses yeux brillent d'une lueur étrange, presque liquide. Il conjecture, sans reprendre son souffle, sur ce que les scientifiques peuvent espérer découvrir grâce à son cerveau, si tant est qu'ils parviennent à déchiffrer ce qui s'y trouve, car, indiscutablement, un truc très important s'y cache, insiste-t-il lourdement.

—Un truc très important ? l'interrompt Benton. Qu'entendez-vous par là, Basil ?

—Ma mémoire. Si vous arrivez à savoir ce qu'elle renferme, mes souvenirs, quoi.

—Non, ça ne marche pas de cette façon, je suis désolé.

—Vraiment ? Moi, je parie que plein d'images se sont affichées quand vous faisiez tous vos bip-bip, bang-bang et toc-toc. Je parie que vous les avez regardées mais que vous voulez pas m'en parler. Il y en a eu dix et vous les avez toutes vues. Vous avez vu leurs photos, dix en tout, pas quatre. C'est pour ça que je répète toujours « dix-quatre », c'est une blague, une super-rigolade. Vous, vous croyez qu'il n'y en avait que quatre, mais moi, je sais qu'elles étaient dix. Et vous pourriez le vérifier si vous me montriez ces photos, parce qu'alors vous découvririez que vos photos collent avec celles qui sont enregistrées dans mon cerveau. Je veux dire que, quand vous pénétreriez à nouveau dans ma tête, vous tomberiez sur mes photos personnelles. Dix-quatre.

– Expliquez-moi de quelles photos vous parlez, Basil.

– Mais non... je suis juste en train de vous mener en bateau, sourit Basil en clignant de l'œil. Je veux mon courrier.

– Quelles photos pourrions-nous découvrir dans votre cerveau ?

– Ces idiotes de bonnes femmes ! Y'a rien à faire pour qu'ils me filent mon courrier.

– Vous venez de dire que vous aviez tué dix femmes ? demande Benton sans la moindre nuance de stupéfaction ou même de réprobation dans la voix.

Basil sourit comme si une idée venait de lui traverser la tête.

– Oh, mais maintenant je peux bouger la tête, n'est-ce pas ? Plus d'adhésif sur le menton. Vous croyez qu'ils me recolleront le menton avec du ruban le jour où ils m'injecteront la substance létale ?

– Il n'y aura pas d'injection dans votre cas, Basil. Ça fait partie du marché. Votre peine a été commuée en réclusion à perpétuité. Vous vous souvenez ? Nous en avions discuté, n'est-ce pas ?

– Parce que je suis dingue, résume l'autre avec un nouveau sourire. C'est pour ça que je suis ici.

– Non, ce n'est pas la raison. Je crois qu'il est souhaitable que nous revenions sur ce point, parce qu'il est important que vous compreniez bien la situation. Vous êtes ici parce que vous avez accepté de participer à notre étude, Basil. Le gouverneur de Floride a donné son feu vert pour que vous soyez transféré dans notre hôpital d'État, Butler, mais l'État du Massachusetts y a mis une condition : que votre peine soit transformée en détention à vie. La peine capitale a été supprimée dans le Massachusetts.

– Je sais bien que vous voulez voir ces dix dames. Les voir de la façon dont je m'en souviens. Elles sont dans mon cerveau.

Basil n'ignore pas qu'il est impossible de scanner la mémoire de quelqu'un, de matérialiser sur un écran ses pensées ou ses souvenirs. À son habitude, il essaie juste de jouer au plus malin. Il veut les clichés pris lors des autopsies afin de nourrir ses fantasmes de violence et, à l'instar de tous les sociopathes narcissiques, il se croit très distrayant.

– Était-ce là votre surprise, Basil ? Est-ce le fait que vous avez commis dix meurtres et non pas les quatre pour lesquels vous avez été condamné ?

Basil a un petit signe de dénégation et lâche :

– Il y en a une dont il faudrait que vous vous préoccupiez. C'est ça la surprise. Un petit truc spécial, juste pour vous, parce que vous avez été si gentil avec moi. Mais, en échange, je veux mon courrier. C'est donnant donnant.

– Je suis très désireux d'en entendre davantage sur cette surprise.

– La dame de la boutique de Noël. Vous vous souvenez de celle-là ?

Benton est dans le flou. Ce meurtre perpétré dans une boutique de Noël ne lui évoque rien. Il biaise :

– Pourquoi ne pas m'en parler, Basil ?

– Et mon courrier ?

– Je vais voir ce que je peux faire.

– Croix de bois, croix de fer ?

– Je m'en occupe.

– Je me souviens plus de la date exacte... Attendez que je réfléchisse... (Il lève les yeux vers le plafond. Ses mains s'agitent nerveusement sur ses genoux.) Je dirais que c'était il y a trois ans, à Las Olas, sans doute au mois de juillet. Donc, plutôt deux ans et demi. Non, mais qui irait acheter des petites conneries de Noël en Floride du Sud et en plein mois de juillet ! Elle vendait des décorations, des petits pères Noël, des casse-noisettes, des lutins et aussi des enfants Jésus pour les crèches. Je suis entré ce matin-là dans sa boutique. Je venais de passer une nuit blanche.

– Vous souvenez-vous de son nom ?

– Je l'ai jamais su. Remarquez, peut-être que si, mais j'ai oublié. Si vous me montriez les photos, ça pourrait me rafraîchir un peu la mémoire et en plus, vous la verriez dans mon cerveau. Attendez... j'essaie de vous la décrire. Attendez. Oh, oui. C'était une Blanche avec de longs cheveux teints en blondasse. Assez grosse. Je dirais dans les trente-cinq à quarante ans. Donc, je suis entré, j'ai refermé la porte de la boutique derrière moi et j'ai tiré mon couteau. Je l'ai violée derrière, dans l'arrière-boutique où elle rangeait son stock, je veux dire. Je l'ai égorgée, d'ici à là, d'un seul geste...

Il joint le geste à la parole et son doigt parcourt la ligne de son cou.

–... C'était marrant... il y avait un de ces ventilateurs, vous savez le genre qui pivote. Je l'ai mis en marche parce qu'il faisait chaud et très lourd et, putain, ça a ventilé du sang dans toute la pièce. Une vraie galère pour nettoyer tout ça. Et puis... Attendez... (Son regard se perd à nouveau vers le plafond, un tic qu'il adopte souvent lorsqu'il ment.) Je n'avais pas ma voiture de patrouille ce matin-là. J'avais pris ma moto. Je l'avais garée dans un parking payant derrière le Riverside Hotel.

–Une moto?

–Une Honda Shadow... Allons... j'allais pas enfourcher une bicyclette quand j'avais l'intention de tuer quelqu'un.

–Ce qui signifie donc que vous aviez décidé de tuer ce jour-là?

–Ça me semblait une bonne idée.

–Aviez-vous envie de tuer cette femme en particulier, ou quelqu'un, au hasard?

–Je me rappelle qu'il y avait plein de canards qui se baladaient sur le parking. À cause des grandes flaques d'eau, parce qu'il avait pas mal plu depuis quelques jours. Des mamans canes et des petits bébés canetons, partout. C'est un truc qui m'a toujours beaucoup ennuyé. Pauvres petits canards. Il y en a tant qui se font écraser. C'est pas rare que vous aperceviez des pauvres petits bébés aplatis sur les routes et la maman qui s'obstine à tourner autour de son pauvre petit canardeau mort et qui a l'air si triste.

–Cela vous est-il déjà arrivé d'écraser un canard, Basil?

–Je ne ferais jamais de mal à un animal, Dr Wesley.

35

— Vous m'avez pourtant confié avoir abattu des oiseaux et des lapins lorsque vous étiez enfant.

— Oh, c'était il y a très longtemps. Vous savez comment sont les petits garçons avec leurs pistolets à air comprimé. Peu importe... Pour continuer avec mon histoire, tout ce que j'ai pu récupérer, c'est vingt-six dollars et quatre-vingt-onze *cents*. Il faut vraiment que vous fassiez quelque chose au sujet de mon courrier.

— Vous l'avez déjà mentionné à plusieurs reprises, Basil, et je vous ai répondu que je ferai de mon mieux.

— C'était assez décevant, après tout ça. Vingt-six dollars et quatre-vingt-onze *cents* !

— De la caisse ?

— Dix-quatre.

— Vous deviez être couvert de sang de la tête aux pieds ?

— Il y avait une salle d'eau dans l'arrière-boutique. (Son regard s'évade vers le plafond.) J'ai balancé de l'eau de Javel sur la femme, pour détruire mon ADN, je viens de m'en souvenir à l'instant. Vous me devez un service. Je veux mon putain de courrier ! Et je veux que vous me sortiez de cette cellule de suicide. Je veux une cellule normale où on ne m'espionne pas sans cesse.

— Nous tenons à nous assurer de votre sécurité.

— Obtenez-moi une nouvelle cellule, les photos et mon courrier, et je vous en dirai davantage sur la boutique de Noël.

Ses yeux brillent d'une nouvelle lueur. Il semble incapable de tenir en place et s'agite sur sa chaise, les poings serrés. Sa jambe bat nerveusement la mesure.

— Je mérite une récompense.

CHAPITRE 5

Lucy s'est installée de façon à pouvoir surveiller la porte d'entrée, à voir qui entre et sort. Elle détaille les gens sans qu'ils s'en aperçoivent. Elle scrute, calcule et échafaude alors même qu'elle est censée se détendre.

Cela fait déjà plusieurs soirées qu'elle traîne chez Lorraine's, un restaurant, qu'elle discute avec les deux serveurs, Buddy et Tonia. Ni l'un ni l'autre ne connaît la véritable identité de Lucy, mais ils se souviennent tous les deux de Johnny Swift. Ils se souviennent fort bien à quel point le médecin était séduisant et hétérosexuel. Un « médecin du cerveau » qui aimait Province-town et qui, malheureusement, était hétéro, quel dommage ! ajoute Buddy. Tonia renchérit : il venait toujours seul, sauf la dernière fois. Elle travaillait ce soir-là et elle se rappelle très bien qu'il avait les poignets serrés par des éclisses. Lorsqu'elle lui avait demandé ce qui lui était arrivé, il avait répondu qu'il venait de subir une opération chirurgicale dont le résultat s'avérait peu satisfaisant.

Ce soir-là, Johnny était accompagné d'une très jolie jeune

femme, habillée de façon décontractée d'un jean et d'un sweat-shirt, poursuit Tonia. Ils s'étaient installés au bar et semblaient en termes très amicaux, discutant sans se préoccuper des autres clients. La femme se prénommait Jan. Elle était polie, très timide et avait l'air intelligente. En plus, ce n'était pas le genre à croire qu'elle était le nombril du monde. Tonia avait déduit de l'attitude de Johnny qu'il ne connaissait pas Jan depuis très longtemps. Peut-être qu'il venait tout juste de la rencontrer, qu'il l'avait jugée intéressante et, en tout cas, il semblait la trouver attachante.

— *Attachante... sur un plan sexuel ?* a demandé Lucy à Tonia.

— *Non, ce n'est pas l'impression que j'ai eue. Comment dire... C'était plutôt comme si elle avait un problème et qu'il souhaitait l'aider. Il était médecin, vous savez.*

Ce commentaire ne surprend pas Lucy. Johnny n'avait pas une once d'égoïsme. C'était un être d'une invraisemblable gentillesse.

Elle est installée au bar de chez Lorraine's et pense à lui. Elle l'imagine entrant dans l'établissement comme elle vient de le faire, s'accoudant au même endroit qu'elle, peut-être se juchant sur le même tabouret. Elle l'imagine en compagnie de Jan, une jeune femme qu'il venait de rencontrer. Johnny n'était pas du genre à draguer des filles de rencontre. Les passades d'une nuit ne lui correspondaient pas, et il est fort plausible qu'il ait eu envie d'aider, de conseiller cette Jan. Mais à quel propos ? Un problème d'ordre médical ou psychologique ? Cette histoire mettant en scène une jeune femme timide est déconcertante. Pourtant, Lucy ne parvient pas à analyser d'où lui vient ce sentiment.

Peut-être Johnny se sentait-il mal dans sa peau ? Peut-être était-il inquiet du résultat de l'opération des canaux carpiens qu'il venait de subir ? Peut-être qu'offrir des conseils à une jolie jeune femme timide, engager une relation amicale avec elle, lui permettait d'oublier ses propres angoisses, de se sentir important, et maître de la situation ? Lucy déguste sa tequila

et repense à ce qu'il lui a dit en septembre dernier à San Francisco, la dernière fois qu'elle l'a vu :

— *La biologie est si cruelle. Les défauts physiques ne pardonnent pas.
Personne ne veut de toi si tu es balafré, mutilé ou handicapé, si tu
deviens impotent.*

— *Enfin, Johnny, il s'agit juste d'une opération du canal carpien.
On n'est pas en train d'évoquer une amputation !*

— *Je suis désolé. En plus, nous ne sommes pas là pour parler de moi.*

Installée au bar, elle repense à lui. Des clients, surtout des
hommes, entrent et sortent, accompagnés par des bourrasques
de neige qui s'engouffrent dans le restaurant.

Il neige sur Boston. Au volant de sa Porsche Turbo S, Benton
dépasse les immeubles victoriens de brique du campus de la
faculté de médecine et se souvient de ses toutes premières
collaborations avec Scarpetta. Elle ne le convoquait à la
morgue au beau milieu de la nuit que lorsque le cas était
sérieux.

La plupart des psychologues spécialisés en criminologie n'ont
jamais mis les pieds dans une morgue. Ils n'ont jamais assisté à
une autopsie et ne souhaitent même pas en étudier les clichés
de contrôle. Le criminel les fascine bien davantage que ce qu'il
a pu faire subir à sa victime, simplement parce que le meurtrier
est le véritable patient alors que la victime n'est que le substrat
qui lui a permis d'exprimer sa violence. C'est du moins l'excuse
qu'avancent nombre de psychologues et de psychiatres légaux.
En réalité, l'explication la plus convaincante est qu'ils n'ont pas
le courage ou l'envie de discuter avec les victimes ou, pire, de
consacrer du temps à leurs corps malmenés.

Tel n'est pas l'état d'esprit de Benton. Il est vrai qu'après une
décennie de Scarpetta il ne pourrait pas ressembler à certains
de ses pairs.

— *Vous n'avez aucun droit d'aborder ces affaires si vous n'écoutez pas
ce que les morts ont à dire*, lui a-t-elle déclaré quinze ans plus tôt,
lors de leur toute première collaboration sur un homicide. *Si*

*leur présence vous gêne, je vous avoue franchement que la vôtre
m'importunera bien vite, agent Wesley.*

*— Le marché me semble honorable, Dr Scarpetta. Je vous demanderai
juste de me guider jusqu'à eux.*

— D'accord. Suivez-moi.

C'était la première fois qu'il pénétrait dans la chambre froide
d'un institut médico-légal. Il se souvient pourtant parfaitement
du claquement sec de la large poignée que l'on tirait vers soi
et du soudain courant d'air glacial et nauséabond. Il serait
maintenant capable de reconnaître n'importe où ces relents
écœurants et fades, ces remugles de mort et d'obscurité.
L'odeur est si lourde qu'il s'est toujours dit que, s'il parvenait
à la matérialiser, elle ressemblerait à une brume répugnante
se répandant avec lenteur au ras du sol.

Il repense à sa conversation avec Basil, analysant chaque mot
échangé, chaque tic, chaque expression du détenu. Il n'est pas
inhabituel que les criminels violents lancent des promesses, de
tout et de n'importe quoi. Ce sont de redoutables manipula-
teurs qui tentent d'obtenir ce qu'ils veulent. Ils sont capables
de promettre de révéler l'endroit où sont dissimulés des corps,
d'admettre des crimes qui n'ont jamais été résolus, de confes-
ser les détails de leurs actes, de lâcher des informations sur
leurs mobiles et leur état d'esprit. Il s'agit de mensonges dans
la plupart des cas. Pourtant, cette fois-ci, quelque chose alerte
Benton. Il a le sentiment que la promesse de Basil ne relève
pas exclusivement de la mystification.

Il compose le numéro du portable de Scarpetta, mais elle ne
répond pas. Il réitère son appel quelques minutes plus tard,
sans plus de succès et se décide à laisser un message sur sa
boîte vocale :

— Rappelle-moi dès que tu peux.

La porte s'ouvre et, dans un tourbillon de neige, une femme
pénètre dans le restaurant comme si le blizzard l'avait poussée
vers ce lieu.

Elle porte un long manteau noir qu'elle époussette du plat de la main en repoussant sa capuche. Ses joues sont roses de froid et ses yeux brillent. Elle est très jolie, vraiment très jolie, avec ses cheveux blond cendré, ses yeux noirs et ce corps qu'elle affiche. Lucy la suit du regard tandis qu'elle semble glisser vers le fond du restaurant, glisser entre les tables comme un pèlerin sexy ou une sorcière sensuelle avec son long manteau noir qui danse autour de ses bottes noires. Et puis, elle revient vers le bar et les tabourets libres. Elle opte pour celui qui se trouve juste à côté de Lucy, plie son manteau et s'installe dessus sans un mot ni un regard.

Lucy sirote sa tequila, le regard rivé sur l'écran de télévision scellé au-dessus du bar, comme si les ennuis de cœur de la dernière célébrité en date la fascinaient. Buddy prépare la boisson de la femme, preuve qu'il sait ce qu'elle consomme d'habitude.

Peu après, Lucy demande :

– Un autre, s'il vous plaît.

– Ça arrive tout de suite.

La bouteille colorée de tequila que Buddy récupère sur l'une des étagères semble soudain intéresser la femme. Elle regarde avec attention le délicat liquide ambre pâle couler dans le verre à cognac. Lucy fait lentement tournoyer son alcool et l'arôme lui monte aux narines, puis file tout droit vers son cerveau.

– Ce genre de chose vous collera une migraine digne de Hadès, déclare la femme au long manteau noir à capuche d'une voix grave et séduisante, une voix de secrets.

– C'est beaucoup plus pur que pas mal des alcools classiques, rétorque Lucy. Je n'avais pas entendu le nom de Hadès depuis bien longtemps. La plupart des gens que je connais m'auraient garanti une migraine d'enfer.

– Je dois les pires maux de tête dont j'ai jamais souffert aux Margaritas, enchaîne la femme qui sirote un Cosmopolitan d'un rose toxique servi dans une flûte à champagne. De plus, je ne crois pas à l'enfer.

41

—Vous changerez vite d'avis si vous persistez à avaler cette cochonnerie, lâche Lucy, tout en surveillant la porte d'entrée par l'intermédiaire du miroir qui couvre le mur du bar.

La porte s'ouvre à nouveau, et la neige volette à l'intérieur.

Les rafales qui proviennent de la baie geignent comme des bas de soie souffletés par le vent sur une corde à linge. Certes, Lucy n'a jamais vu de bas de soie pendus à une corde à linge et ignore le son qu'ils produisent lorsque le vent les malmène. Son regard n'a été attiré par ceux de la femme que parce que les hauts tabourets de bar et les courtes jupes fendues forment une combinaison peu adéquate, sauf bien sûr si la dame en question choisit un établissement où les hommes se préoccupent d'autres hommes, ce qui est le plus souvent le cas à Provincetown.

—Un autre Cosmo, Stevie ? demande Buddy.

Lucy connaît son nom, maintenant.

—Non, intervient-elle. Servez-lui ce que je bois. Il faut qu'elle essaie.

—Je suis prête à tout essayer, commente Stevie. Je crois vous avoir déjà aperçue au Pied et au Vixen. Vous dansiez... pas avec les mêmes partenaires.

—Je ne danse pas.

—Je vous ai déjà vue. Vous êtes du genre difficile à ne pas remarquer.

—Vous venez souvent ici ? demande Lucy.

Elle n'a jamais vu Stevie auparavant, ni au Pied, ni au Vixen, ni dans aucun bar ou restaurant de Provincetown.

Stevie contemple Buddie qui lui sert sa tequila. Il laisse la bouteille sur le comptoir et s'éloigne pour s'occuper d'un autre client.

—Non, c'est la première fois. C'était mon cadeau personnel pour la Saint-Valentin. Une semaine à Provincetown.

—Au beau milieu de l'hiver ?

—La dernière fois que j'ai vérifié, la Saint-Valentin tombait toujours en plein hiver. Ce sont mes vacances préférées.

– Il ne s'agit pas de vacances. Je suis sortie tous les soirs cette semaine et je ne vous ai jamais croisée.

– Qui êtes-vous donc ? Le privé du restaurant ?

Stevie lève le regard vers Lucy, un regard si intense que l'effet ne se fait pas attendre.

Quelque chose émeut Lucy. *Non, se sermonne-t-elle. Non, pas à nouveau.*

– Mais peut-être que je ne viens pas ici le soir, contrairement à vous, déclare Stevie en attrapant la bouteille de tequila et en frôlant le bras de Lucy.

L'émotion gagne. Stevie détaille l'étiquette colorée de la bouteille, la repose sur le comptoir, sans hâte, son corps se laissant un peu aller contre celui de Lucy. L'émotion s'intensifie.

– De la Cuervo ? Qu'a-t-elle de si spécial ?

– Et comment pourriez-vous savoir ce que je fais ? réplique Lucy en revenant à sa réflexion précédente.

Elle lutte contre l'émotion, tente de la dissiper.

– Simple supposition. Vous me faites l'effet d'une créature nocturne. Vous êtes une rousse naturelle, n'est-ce pas ? On dirait de l'acajou teinté d'un rouge profond. Les cheveux colorés ne ressemblent jamais à cela. Avant, vous ne les portiez pas aussi longs qu'aujourd'hui ?

– Vous êtes médium ?

L'émotion devient affreuse, et rien ne semble plus capable de la juguler.

– Une simple supposition, là encore, déclare la voix troublante de Stevie. Vous ne m'avez pas répondu. Qu'a de si spécial la Cuervo ?

– Cuervo Reserva de la Familia. C'est assez particulier, en effet.

– Voilà au moins une réponse. Décidément, on dirait que je me prépare une nuit de nouveautés, murmure Stevie, sa main s'attardant sur le bras de Lucy. Premier séjour à Provincetown, première tequila, cent pour cent agave, à trente dollars le verre.

Comment Stevie peut-elle connaître le prix exact du verre ?

43

Pour quelqu'un qui sous-entend qu'elle ignore tout de ce genre d'alcool, elle semble bien renseignée.

Stevie hèle Buddy :

– Je crois que je vais en reprendre un autre. Vous pourriez être un peu plus généreux avec la quantité, ce serait très gentil.

Buddy lui sourit en s'exécutant. Deux verres plus tard, Stevie se laisse aller contre Lucy et lui murmure à l'oreille :

– Vous avez quelque chose ?

– De quel genre ? demande Lucy en cessant de lutter.

La tequila ingérée attise l'émotion qui semble décidée à persister toute la nuit.

– Vous savez bien, plaisante la voix douce de Stevie.

Son souffle frôle l'oreille de Lucy, ses seins caressent son bras.

– Quelque chose à fumer. Quelque chose qui mérite d'être fumé.

– Et qu'est-ce qui vous fait croire que c'est le cas ?

– Une autre supposition.

– Vous êtes très douée pour ce genre de divination.

– On en trouve partout dans le coin. Je vous ai vue.

En effet. Lucy en a acheté hier soir. Elle sait où réaliser ce genre de transactions. Au Vixen, où elle ne danse pas. Elle ne se souvient pas y avoir aperçu Stevie. Pourtant l'endroit était loin d'être bondé, ce qui n'est pas étonnant en cette période de l'année. Or, elle aurait repéré Stevie. Elle l'aurait remarquée perdue au milieu d'une foule, dans la rue, n'importe où.

– Au fond, c'est peut-être vous le privé du bar, remarque Lucy.

– C'est très drôle ce que vous venez de dire, vous n'avez pas idée. Où habitez-vous ?

– Pas très loin d'ici.

CHAPITRE 6

Comme c'est généralement le cas, les bureaux du médecin expert général de l'État sont situés en bordure d'une zone plus pimpante de la ville, à proximité d'une faculté de médecine. L'ensemble de bâtiments de brique rouge et de ciment est adossé à la Massachusetts Turnpike, l'autoroute à péage qui traverse l'État. De l'autre côté s'élève la prison du Suffolk County. Rien dans les alentours ne justifie un regard et le grondement de la circulation ne cesse jamais.

Benton se gare non loin de la porte qui donne sur l'arrière du bâtiment, non loin des deux autres voitures qui se trouvent encore sur le parking. La Crown Victoria bleu marine appartient au détective Thrush. Le quatre-quatre Honda est sans doute celui d'un anatomo-pathologiste insuffisamment payé et qui a dû renâcler lorsque Thrush a insisté pour qu'il revienne à la morgue à cette heure tardive. Benton sonne. Son regard balaye le parking désert. Il est toujours sur le qui-vive. La porte s'ouvre et Thrush lui fait signe de pénétrer :

— Mince alors, je déteste cet endroit la nuit.

45

– Je connais peu de gens qui l'apprécient, quelle que soit l'heure, remarque Benton.

– En tout cas, je suis content que vous soyez venu. C'est pas vrai que vous êtes sorti avec ça ! lance-t-il en désignant la Porsche noire avant de fermer la porte. Par ce temps ? Vous êtes fou.

– Les quatre roues sont motrices. D'ailleurs, il ne neigeait pas encore lorsque je suis parti travailler ce matin.

– Les autres psychologues avec lesquels j'ai travaillé ne viennent jamais, qu'il pleuve, qu'il vente ou qu'il fasse beau, commente Thrush. Pas plus que les profileurs. La plupart des agents du FBI que j'ai rencontrés n'ont jamais vu un cadavre.

– Sauf ceux du quartier général.

– Sans blague ? Nous aussi on en a un certain nombre au quartier général de la police d'État. Tenez.

Comme ils longent le couloir, il tend une enveloppe à Wesley.

– J'ai tout enregistré sur disque. Tout ce qui concerne la scène de crime, l'autopsie, et l'ensemble des rapports rédigés jusquelà. Tout est là-dessus. Il paraît que ça va neiger sérieux.

Scarpetta s'immisce à nouveau dans l'esprit de Benton. Demain, c'est la Saint-Valentin, et ils sont supposés passer la soirée ensemble, sortir pour un dîner romantique sur le port. Normalement, elle devrait rester jusqu'au week-end du Président. Cela fait presque un mois qu'ils ne se sont pas vus. Mais peut-être ne parviendra-t-elle pas à le rejoindre.

– Ah oui ? J'avais entendu que nous n'aurions que de brèves averses de neige.

– Un orage se déplace vers nous depuis Cape Cod. J'espère que vous avez un autre véhicule que cette voiture de sport à un million de dollars.

Thrush est une grande baraque d'homme qui a passé toute sa vie dans l'État du Massachusetts. Il en a pris l'accent et avale tous les « r » des mots. Il est âgé d'une bonne cinquantaine d'années et porte ses cheveux gris coupés très court, à la façon d'un militaire. Il est vêtu d'un costume marron très froissé et travaille sans doute depuis les premières heures du matin. Benton le suit dans le couloir inondé de lumière, d'une netteté maniaque et à l'air surchargé de désodorisant. Des portes donnant sur des réserves ou des pièces destinées au stockage d'indices se succèdent, toutes protégées de serrures électroniques à cartes. Il y a même un défibrillateur – pour le plus grand étonnement de Benton – et un microscope électronique à balayage. De fait, il s'agit sans doute de l'institut médico-légal le plus spacieux et le mieux équipé qu'il ait jamais visité. En revanche, en ce qui concerne le personnel, c'est une tout autre histoire.

Les bureaux du médecin expert général ont souffert de problèmes chroniques de recrutement. Les salaires trop bas n'attirent pas les légistes compétents, pas plus que les techniciens ou les ingénieurs. S'ajoutent à cela de supposées erreurs ou graves entorses qui ont abouti à de cinglantes polémiques et à des difficultés en terme de relations publiques, le tout rendant la vie ou la mort problématique pour tous ceux qui travaillent en ces lieux. Les bureaux ne sont pas ouverts aux médias, ni aux extérieurs, et y flotte la méfiance, pour ne pas dire l'hostilité. Benton préfère venir tard le soir. Durant les heures de bureau, il sent qu'il n'est pas le bienvenu et que l'on se passerait volontiers de sa présence.

Thrush et lui s'arrêtent devant la porte d'une salle d'autopsie habituellement réservée aux affaires importantes ou étranges, ou encore à celles que l'on soupçonne de receler quelque danger biologique. Son portable vibre, et il vérifie l'écran. Aucun identifiant ne s'affiche. Il s'agit le plus souvent d'elle.

–Bonjour, commence Scarpetta. J'espère que ta nuit est un peu meilleure que la mienne.

–Je suis à la morgue (Se tournant vers le détective, il précise :) Juste une minute, s'il vous plaît.

–Oh, alors ça ne peut pas être bon.

–Je te raconterai plus tard. J'avais une question à te poser. As-tu déjà entendu évoquer un truc qui se serait passé dans une boutique de Noël, à Las Olas, il y a environ deux ans et demi ?

–Par *un truc*, je suppose que tu veux dire un homicide ?

47

– C'est cela.

– *A priori* ça ne me dit rien. Mais Lucy pourrait sans doute le retrouver par Internet. J'ai entendu qu'il neigeait sur Boston.

– Mais tu vas venir me rejoindre, même si je dois louer le traîneau du père Noël juste pour toi.

– Je t'aime.

– Moi aussi.

Il met un terme à la conversation et se tourne vers Thrush :

– À qui allons-nous avoir affaire ?

– Eh bien, le Dr Lonsdale a été très sympa et il m'a bien aidé. Je suis sûr que vous l'apprécierez. Mais ce n'est pas lui qui a réalisé l'autopsie. C'est *elle*.

Elle, c'est la chef. *Elle* est arrivée parce que c'est une femme.

– En tout cas, poursuit Thrush, si vous voulez mon avis, je comprends pas que les femmes fassent ce genre de boulot. Quel genre de femme peut avoir envie d'un métier pareil ?

– Il y en a de bonnes, d'excellentes même. Vous savez, toutes n'obtiennent pas ce genre de poste grâce à leur genre, ou plutôt en dépit de lui, devrais-je dire.

Thrush ne connaît pas bien Scarpetta. Benton ne l'évoque jamais, même lorsqu'il se trouve en compagnie de gens qu'il fréquente un peu.

– Les femmes devraient pas voir une merde pareille, s'obstine le détective.

L'air nocturne est mordant et une brume laiteuse a envahi Commercial Street. Des papillons de neige volettent autour des réverbères et illuminent la nuit de leur blancheur, recouvrant peu à peu le monde qui s'irise d'une clarté irréelle. Elles marchent au milieu de la chaussée déserte et silencieuse qui contourne l'eau par l'est, en direction du cottage que Lucy a loué quelques jours après que Marino a reçu cet étrange appel téléphonique d'un dénommé Ode ou Odd.

Lucy prépare un feu et s'installe devant la cheminée, sur un quilt, au côté de Stevie. Elles se roulent un joint, de la très bonne marchandise de Colombie-Britannique et se le passent. Elles fument, bavardent et s'esclaffent. Dès qu'il est terminé, Stevie en réclame un autre :

– Allez, juste un dernier, implore-t-elle comme Lucy la déshabille.

– Ce n'est pas banal, déclare Lucy en détaillant le mince corps dénudé, les empreintes rouges de mains qui ressemblent à des tatouages.

Il y en a quatre. Deux englobent les seins comme si quelqu'un les avait saisis sans ménagement, deux autres s'étalent très haut à l'intérieur de ses cuisses, deux mains qui écarteraient des jambes. En revanche son dos ou tout autre endroit qu'elle n'aurait pu atteindre elle-même – si tant est que les tatouages soient faux – en sont vierges. Lucy les regarde fixement. Elle frôle l'une des empreintes puis applique sa main sur le dessin abandonné à même la peau, en caressant les seins de Stevie.

– Je voulais juste vérifier que je faisais la bonne taille, explique-t-elle. Ce sont des faux ?

– Pourquoi tu ne te déshabilles pas ?

Lucy fait ce qu'il lui plaît et n'a nulle intention de retirer ses vêtements. Durant des heures, elle fait ce que bon lui semble devant la cheminée, sur le quilt. Stevie s'abandonne. Elle semble tellement plus vivante que toutes celles que Lucy a touchées. Elle est si douce, toute en courbes fluides, mince comme Lucy le fut dans le passé. Pourtant, lorsque Stevie tente de la déshabiller, se bagarre pour y parvenir, Lucy se dérobe. Au bout d'un moment, Stevie abandonne la partie et se laisse aller. Lucy la conduit vers le lit. Lorsque la jeune femme finit par s'endormir, Lucy reste allongée à son côté, écoutant le mystérieux gémissement du vent, cherchant à quoi il ressemble au juste, concluant que son image de bas de soie ne rend pas compte du son qui lui parvient. On dirait que quelque chose de très triste et de souffrant le produit.

CHAPITRE 7

La salle d'autopsie au sol carrelé est de dimensions très modestes. S'y trouvent les habituels chariots chargés de consommables chirurgicaux, le placard réservé aux indices, les planches de dissection, et une table d'autopsie mobile poussée contre un évier scellé au mur. La chambre froide est encastrée dans une autre paroi. Sa porte est entrouverte.

Thrush tend à Benton une paire de gants bleus en nitrile en lui demandant :

— Vous voulez un masque ou des protections de chaussures ?

— Non, ça ira.

Le Dr Lonsdale émerge de la chambre froide, poussant devant lui un chariot en acier inoxydable sur lequel repose un corps protégé d'une housse.

— Bon, il faut qu'on se dépêche, annonce-t-il en positionnant le chariot près de l'évier et en bloquant deux de ses roulettes pivotantes. Je suis déjà dans une merde noire avec ma femme... c'est son anniversaire.

Il baisse la fermeture à glissière de la housse et en écarte les pans. La victime a les cheveux coupés très court, tailladés en petites mèches irrégulières. Des cheveux bruns encore humides sur lesquels adhèrent des lambeaux de tissu et de cervelle. Il ne reste plus grand-chose de son visage. C'est un peu comme si une petite bombe avait explosé juste derrière. Au demeurant, l'image est assez juste.

— On lui a tiré dans la bouche... déclare le Dr Lonsdale.

Il est jeune et a conservé cette sorte d'intensité qui vire rapidement à l'impatience.

— ... Nombreuses et importantes fractures du crâne, réduction en pulpe. On l'associe généralement aux suicides, mais dans ce cas rien d'autre ne penche en faveur de cette hypothèse. Selon moi, sa tête était pas mal renversée vers l'arrière lorsque le coup est parti, ce qui explique qu'une bonne partie de son visage ait été arrachée par le projectile et qu'il lui manque des dents. Encore une fois, ce genre de dégâts est fréquemment constaté dans les cas de suicides à l'arme à feu.

Il allume une loupe éclairante, la positionne contre la tête de la victime et commente :

— Inutile de forcer ses mâchoires pour lui ouvrir la bouche puisqu'il n'y a plus de visage. C'est toujours ça de gagné.

Benton se penche vers la table, et l'odeur sucrée et écœurante du sang en décomposition lui parvient.

— Présence de résidus de suie sur le palais et la langue, poursuit le pathologiste médico-légal. Des lacérations superficielles de la langue, de l'épiderme péri-oral et du sillon nasolabial provoquées par l'expansion brutale des gaz de tir. Ce n'est pas une jolie façon de mourir.

Il achève de baisser la fermeture à glissière de la housse.

— Vous avez gardé le meilleur pour la fin, déclare Thrush. Qu'est-ce que ça vous évoque ? Moi, ça me rappelle Crazy Horse.

— L'Indien, vous voulez dire ? demande le Dr Lonsdale d'un ton étonné en dévissant le bouchon d'une petite fiole de verre remplie d'un liquide transparent.

— Ouais. Je crois bien qu'il peignait des empreintes de mains rouges sur le cul de son cheval.

51

Les seins, l'abdomen et le haut de l'intérieur des cuisses de la femme portent d'étranges tatouages. Benton rapproche la loupe éclairante.

Le Dr Lonsdale frotte le contour d'une des empreintes du bout d'un long coton-tige en précisant :

— C'est de l'alcool isopropylique. Ce genre de solvant devrait être capable de l'effacer parce qu'il semble évident que ce n'est pas hydrosoluble. Ça me rappelle les décalcomanies que les gens utilisent pour les tatouages temporaires. Je ne sais pas, une teinture ou une peinture. Cela étant, on aurait aussi pu utiliser un de ces feutres à encre permanente.

— Je suppose que c'est la première fois que vous rencontrez ce genre de marque ? s'enquiert Benton.

— Tout à fait.

Les empreintes de main grossies grâce à la loupe sont très nettes. Leurs contours parfaitement réguliers suggèrent qu'elles ont été faites grâce à une sorte de pochoir. Benton les examine avec soin, recherchant la moindre trace de bavure qui puisse indiquer l'usage d'un pinceau, ou tout autre indice qui le renseigne sur la façon dont la peinture, l'encre, ou la teinture a été appliquée. Il n'en a pas la moindre idée. En revanche, l'intensité de la couleur tend à prouver que les marques sont récentes.

— D'un autre côté, elle aurait très bien pu se faire peindre cela un peu plus tôt. Je veux dire que ces empreintes de mains ne sont pas nécessairement liées à sa mort, argumente le Dr Lonsdale.

— C'est aussi ce que je pense, approuve Thrush. Y'a plein de trucs de sorcellerie dans le coin, avec la proximité de Salem et tout le reste.

— Ce que je me demande, c'est au bout de combien de temps ces tatouages temporaires commencent à disparaître, s'interroge Benton. Les avez-vous mesurés ? Cela nous permettrait de savoir si leur taille correspond à celle des mains de la victime.

Thrush tend sa propre main et déclare :

— Non, les empreintes m'ont l'air plus grandes.

– Et dans le dos ? insiste Benton.

– Une empreinte sur chaque fesse et une troisième entre les omoplates, annonce le Dr Lonsdale en précisant : je dirais qu'elles ont plutôt la taille d'une main d'homme.

– Ouais, approuve Thrush.

Le médecin légiste retourne le corps sur le flanc pour permettre à Benton d'examiner les marques dorsales.

– Tiens, là on dirait qu'il y a une sorte de zone d'abrasion, indique-t-il en désignant une petite surface de l'empreinte imprimée entre les omoplates. Ça ressemble à une inflammation.

– Je ne connais pas tous les détails, réplique Lonsdale. Je vous rappelle qu'il ne s'agit pas de l'une de mes affaires.

– Et j'ai bien l'impression qu'elle a été peinte après, sur l'égratignure, ajoute Benton. Et ça, qu'est-ce que c'est ? On dirait une trace provoquée par une espèce de lanière.

– C'est peut-être une boursouflure locale. L'histologie pourrait nous éclairer. Mais il ne s'agit pas de l'un de mes cas, précise-t-il à nouveau. Je n'ai pas participé à son autopsie. Je me suis contenté de jeter un coup d'œil, rien d'autre. En revanche, j'ai lu le rapport.

Il n'a aucune envie de se faire épingler, au cas où le travail de sa chef se révélerait approximatif, voire fautif.

– Vous avez une idée de l'heure de la mort ? demande Benton.

– Eh bien... Les températures glaciales que nous avons en ce moment ont sans doute ralenti l'installation de la *rigor mortis*.

– Elle était gelée lorsqu'on l'a retrouvée ?

– Pas encore. De toute évidence, lorsqu'elle est arrivée chez nous sa température corporelle était tombée à neuf degrés. Je n'ai pas été appelé sur la scène de crime. En d'autres termes, je ne peux pas vous donner beaucoup plus de détails.

– Ce matin, il faisait moins quatre degrés, précise le détective au profit de Benton. Les conditions météo figurent sur le disque que je vous ai remis.

– Donc le rapport d'autopsie a déjà été rédigé ?

– Il est, lui aussi, enregistré sur le disque.

– Et la recherche de traces ?

– Un peu de terre, des fibres, d'autres débris adhérant au sang, explique Thrush. Je vais demander aux labos de s'activer dessus.

– Parlez-moi de la douille que vous avez retrouvée, lui demande alors Benton.

– Elle était enfoncée dans le rectum. On ne la voyait pas de l'extérieur, c'est à la radio qu'on s'en est aperçu. Quel truc, bordel ! Lorsqu'ils m'ont montré le cliché radiologique, je n'en revenais pas, et j'ai d'abord cru que la douille était restée coincée sous le corps. Je n'ai pas pensé une seconde que ce foutu machin pouvait avoir été introduit dans le corps.

– Quel genre de projectile ?

– Ça provient d'une balle de fusil à pompe Remington Express Magnum, un calibre 12.

– En tout cas, si elle s'est suicidée, ce n'est certainement pas elle qui s'est ensuite enfoncé la douille dans le rectum, conclut Benton. Vous avez lancé une recherche NIBIN ?

Le NIBIN est un réseau national intégré regroupant toutes les informations concernant la balistique.

– C'est en train de mouliner, acquiesce Thrush. Le percuteur a laissé une jolie signature. Peut-être que nous aurons un coup de chance.

CHAPITRE 8

Le jour se lève à peine et une averse de neige balaie obliquement la baie de Cape Cod, les papillons blancs fondant dès qu'ils touchent la surface de l'eau. Ils ne persistent pas non plus très longtemps sur la petite langue de plage ocre qui s'étend sous les fenêtres de Lucy. Pourtant, une couche assez épaisse recouvre le balcon de sa chambre et les toits des maisons voisines. Elle tire la couette sous son menton, le regard perdu vers l'océan, vers la neige. Elle va devoir se lever et cette idée l'agace, tout comme le fait qu'elle va devoir s'occuper de la femme endormie contre elle. Stevie.

Elle n'aurait jamais dû se rendre chez Lorraine's hier soir. Si seulement elle ne l'avait pas fait, se répète-t-elle. Elle se dégoûte et n'a qu'une hâte : quitter ce petit cottage entouré d'une véranda, au toit couvert de bardeaux. Elle ne supporte plus les vilains meubles abîmés par d'innombrables locataires, la petite cuisine qui sent le moisi et ses vieux appareils électroménagers. La pâle lumière matinale joue avec la ligne d'horizon, la colorant d'une multitude de gris. La neige tombe

55

maintenant aussi drue qu'hier soir. Elle repense à Johnny. Il s'est rendu à Provincetown une semaine avant de mourir, et il y a rencontré quelqu'un. Lucy aurait dû le découvrir il y a bien longtemps, pourtant, elle ne pouvait s'y résoudre. Elle ne pouvait se résoudre à l'admettre. Elle surveille la respiration régulière de Stevie.

— Es-tu réveillée ? Il faut que tu te lèves.

Elle regarde la neige, les canards de mer qui s'agitent sur les eaux grises et frissonnantes de la baie, se demandant comment ils se débrouillent pour ne pas geler. Certes, elle n'ignore rien des qualités isolantes du duvet, mais ne parvient pas à comprendre comment des créatures à sang chaud peuvent barboter sans inconfort apparent dans une eau glaciale et en plein blizzard. Elle a froid sous la couette, un froid qui lui perce les os. Elle se sent patraque, mal à l'aise, toujours vêtue de son slip, de son soutien-gorge et d'une chemise à col boutonné. Quelque chose la répugne.

— Stevie, réveille-toi. Il faut que j'y aille, répète-t-elle d'une voix plus forte.

Stevie ne bouge pas, son dos oscillant doucement au rythme de sa respiration paisible. Les regrets étouffent Lucy. L'agacement le dispute au dégoût parce qu'elle semble incapable de s'empêcher de faire ça, cette chose qu'elle déteste. Elle s'est répétée *plus jamais* durant presque un an et puis, soudain, survient une nuit comme celle d'hier, et rien n'est plus ni intelligent ni logique. Au bout du compte, elle est désolée parce que c'est dégradant et qu'il lui faut se sortir de la situation dans laquelle elle s'est fourrée, inventer d'autres mensonges. Elle n'a pas le choix. Sa vie ne lui laisse aucun choix. Elle y est trop impliquée pour modifier son orientation, d'autant que certaines décisions ont d'ores et déjà été prises pour elle. Elle n'arrive toujours pas à le croire. Elle frôle la peau tendre de ses seins et son ventre tendu pour s'assurer qu'elle ne rêve pas. Pourtant, elle ne parvient toujours pas à l'admettre. Comment une telle chose a-t-elle pu lui arriver ?

Comment est-il possible que Johnny soit mort ?

Elle n'a jamais voulu faire l'effort d'analyser ce qui lui était arrivé. Elle a tourné les talons et s'est éloignée avec ses secrets.

Je suis si désolée, pense-t-elle, en espérant que – où qu'il soit – il parvienne toujours à lire dans son esprit comme dans un livre ouvert, peut-être même différemment maintenant qu'il est décédé. Peut-être comprend-il enfin les raisons pour lesquelles elle s'est écartée de lui, acceptant qu'il aille jusqu'au bout. Peut-être était-il déprimé, se sentait-il en bout de course ? Elle n'a jamais cru que son frère ait pu l'abattre. Au demeurant, elle n'a jamais ajouté foi à l'hypothèse d'un meurtre. Et puis, Marino a reçu ce sinistre coup de téléphone d'un certain Ode.

– Il faut que tu te lèves, intime-t-elle à Stevie.

Lucy récupère le Colt Mustang. 380 posé sur la table de chevet.

– Allez, réveille-toi !

Basil Jenrette est allongé sur le petit lit métallique de sa cellule, une mince couverture tirée sur lui. Il s'agit d'une de ces couvertures qui ne dégagent pas de gaz mortel comme le cyanure, en cas de combustion. Tout comme le rigide matelas. La seringue n'aurait pas été agréable, la chaise électrique encore pire, quant à la chambre à gaz, alors là, non ! Être incapable de respirer, s'étrangler, suffoquer. Mon Dieu, non !

À chaque fois qu'il refait son lit et que son regard tombe sur le matelas, il pense à un incendie, à l'asphyxie. Au fond, il n'est pas si méchant que cela. Au moins, il n'a jamais fait subir ce truc à personne, ce truc que faisait son professeur de piano jusqu'à ce que Basil décide qu'il ne remettrait plus les pieds chez lui, et peu importait que sa mère le massacre à coups de ceinture. Il n'y remettrait plus les pieds, et rien ne l'aurait convaincu de tolérer une nouvelle séance de presque étouffement, de presque suffocation. D'accord, Basil n'y a

57

pas vraiment beaucoup repensé ensuite, jusqu'à ce que quelqu'un évoque la chambre à gaz. Il savait fort bien qu'à Gainesville on exécutait les condamnés à mort d'une injection létale. Pourtant, les gardiens n'arrêtaient pas de le menacer d'une asphyxie. Et ils rigolaient et le huaient lorsqu'il se tassait en fœtus sur son lit et que des tremblements l'agitaient.

Aujourd'hui, il n'a plus à s'inquiéter de la chambre à gaz, ni d'aucune variante de peine de mort. Aujourd'hui, il est devenu un projet scientifique.

Il guette l'ouverture du tiroir passe-plat situé en bas de la porte de sa cellule. Il guette l'arrivée du plateau de son petit déjeuner.

Il ne voit rien du monde extérieur dans cette cellule aveugle, mais déduit des échos de la ronde des gardiens, des glissements des tiroirs passe-plat qu'on tire et qu'on repousse, que l'aube s'est levée. On distribue aux autres détenus des œufs au bacon, des biscuits, des œufs frits ou parfois brouillés. L'odeur de la nourriture lui parvient comme il est allongé sur son matelas, sous sa couverture non toxique. Il repense à son courrier. Il faut qu'il l'obtienne. Il ne s'est jamais senti aussi furieux et inquiet qu'en ce moment. Des pas se rapprochent de sa cellule, et le gros visage noir d'oncle Tom apparaît derrière le judas grillagé qui ouvre en haut de la porte.

C'est ainsi que l'a baptisé Basil : oncle Tom, et c'est pour cette raison qu'il est privé de courrier depuis un mois.

—Je veux mon courrier, exige-t-il dès qu'il aperçoit le visage d'oncle Tom derrière le grillage. Il s'agit d'un de mes droits constitutionnels.

—Et qu'est-ce qui te fait penser que quelqu'un aurait envie d'écrire à un pauvre type comme toi ? demande le gros visage.

Basil n'en distingue pas grand-chose si ce n'est des contours sombres et des yeux liquides qui le scrutent. Basil sait comment s'y prendre avec les yeux, comment les extraire afin qu'ils ne brillent plus en le regardant, en fixant des endroits de lui qu'ils ne devraient pas voir, avant qu'ils ne deviennent vitreux et fous, avant que lui-même ne commence à suffoquer. Il ne peut pas tenter grand-chose, enfermé qu'il est dans sa cellule de suicide. La rage et l'anxiété lui tordent l'estomac.

—Je sais que j'ai reçu du courrier et je le veux, persiste Basil.

Le visage disparaît et le tiroir passe-plat est repoussé. Basil se lève, récupère le plateau. Le tiroir se referme dans un claquement sonore en bas de l'épaisse porte d'acier gris.

—J'espère que personne a craché dans ta bouffe, lance oncle Tom par le judas. Allez, excellent petit déjeuner !

Le plancher de grandes lattes larges est glacé sous les pieds nus de Lucy. Lorsqu'elle retourne dans la chambre, Stevie est toujours endormie sous la couette. Elle dépose deux tasses de café sur la table de chevet et faufile sa main entre le sommier et le matelas, à la recherche de chargeurs supplémentaires pour son pistolet. Elle s'est montrée imprudente la nuit dernière, pas au point, tout de même, de conserver une arme chargée alors qu'une étrangère se trouvait chez elle.

—Stevie ? Allez... réveille-toi.

La jeune femme ouvre enfin les yeux pour découvrir Lucy debout devant le lit, poussant un chargeur dans la crosse de son pistolet.

—Quelle nuit ! déclare-t-elle dans un bâillement.

—Il faut que j'y aille, annonce Lucy en lui tendant une tasse de café.

Stevie contemple l'arme en remarquant :

—Il fallait que tu aies confiance en moi pour l'abandonner sur la table de chevet.

—Pourquoi n'aurais-je pas confiance en toi ?

—Je suppose que vous autres les avocats avez matière à vous inquiéter, avec tous ces gens dont vous avez fichu la vie en l'air. On ne sait jamais à qui on a affaire de nos jours.

Lucy lui a déclaré être avocate à Boston, et Stevie a sans doute la tête farcie de fausses idées à son sujet.

– Comment savais-tu que je prenais mon café noir ?

– Je l'ignorais, rétorque Lucy. C'est juste qu'il n'y a ni sucre ni lait dans cette maison. Il faut vraiment que je me sauve.

– Moi, je trouve que tu devrais rester. Je suis sûre que je peux trouver d'excellentes raisons pour te convaincre. Après tout, nous n'avons pas fini ce que nous avions entrepris, n'est-ce pas ? Tu m'as tellement fait boire et fumer que je ne suis même pas parvenue à t'enlever tes vêtements. Alors ça, c'est une première !

– J'ai l'impression que pas mal d'autres choses étaient également des premières.

– Tu n'as pas ôté tes fringues, lui rappelle Stevie en dégustant son café. C'était, en effet, une première.

– Tu n'étais pas complètement là.

– Assez pour essayer. Mais il n'est pas trop tard pour récidiver.

Elle se redresse dans le lit et s'assied contre les oreillers. La couverture glisse, découvrant ses seins. Ses tétons sont hérissés de froid. Elle connaît ses atouts et sait comment s'en servir. Lucy ne croit pas que leur aventure d'hier était une première pour elle, certainement pas.

– Mon Dieu, j'ai une de ces migraines, se plaint Stevie, consciente du regard de Lucy. Je croyais que la bonne tequila ne produisait jamais ce genre d'effets.

– Tu l'as mélangée avec de la vodka.

Stevie arrange les oreillers contre lesquels elle s'appuie, et la couverture glisse davantage pour la découvrir jusqu'aux hanches. Elle repousse les cheveux blond foncé qui retombent sur ses yeux. Elle est vraiment ravissante dans la lumière du matin, mais Lucy ne veut plus d'elle, et les empreintes de mains rouges la révulsent à nouveau.

– Tu te souviens... la nuit dernière je t'ai demandé ce qu'elles représentaient.

– Tu m'as demandé beaucoup de choses, la nuit dernière, rétorque Stevie.

–Où tu les avais fait faire.

–Pourquoi tu ne te recouches pas? propose Stevie en tapotant la place à côté d'elle.

Son regard intense brûle la peau de Lucy.

–Ça doit faire affreusement mal ce genre de tatouage, à moins qu'ils soient faux, comme je le pense.

–Je les enlève avec du dissolvant pour vernis à ongles ou de l'huile de soin pour bébé. Je suis bien certaine qu'il n'y a ni l'un ni l'autre dans cette maison.

–Et c'était quoi le but?

–Ce n'était pas mon idée.

–Celle de qui, alors?

–Quelqu'un de très ennuyeux. Elle les peint sur mon corps et je dois les nettoyer.

Lucy fronce les sourcils en la dévisageant.

–Et tu tolères qu'on te dessine ce genre de choses sur la peau? C'est assez décoiffant comme pratique sexuelle...

Un pincement de jalousie l'électrise lorsqu'elle imagine une femme en train de dessiner sur le corps nu de Stevie.

–... Inutile de me dire de qui il s'agit, poursuit-elle comme si cette identité ne revêtait nulle importance à ses yeux.

–C'est bien plus agréable d'être le peintre que le tableau, déclare Stevie, et la jalousie enflamme à nouveau Lucy. Viens, allez, plaide la jeune femme d'une voix d'apaisement en tapotant à nouveau le lit.

–Non, il faut qu'on y aille. J'ai plein de choses à faire, lance Lucy en se dirigeant vers la minuscule salle de bains attenante à la chambre, les bras chargés de son pantalon de treillis noir, d'un épais sweat-shirt de même couleur et de son pistolet.

Elle referme la porte derrière elle et en pousse le verrou. Elle se déshabille en évitant de se regarder dans le miroir, souhaitant que les transformations de son corps se révèlent n'être qu'un mirage ou un cauchemar. Elle frôle sa peau sous la douche, à la recherche d'autres modifications, et se sèche en évitant à nouveau son reflet.

—Regarde-moi ça, commente Stevie lorsqu'elle émerge de la salle de bains, habillée, la tête ailleurs et l'humeur encore plus sombre que quelques minutes plus tôt. Tu ressembles à un agent secret. Tu vaux vraiment le détour. J'aimerais être exactement comme toi.

—Tu ne sais pas qui je suis.

—Après cette nuit, j'en sais assez, réplique-t-elle en examinant Lucy de la tête aux pieds. Qui refuserait de devenir toi ? On dirait que tu n'as peur de rien. As-tu peur de quelque chose ?

Lucy se penche pour réarranger les draps autour d'elle, remonter la couverture sous son menton. Le visage de Stevie change. Elle se fige et baisse les yeux vers le lit.

—Je suis désolée, je ne voulais pas t'offenser, bafouille la jeune femme d'un ton faible, ses joues s'empourprant.

—Il fait froid dans cette maison. Je voulais juste te couvrir...

—Ce n'est pas grave. Ça m'est déjà arrivé. (Elle lève les yeux. Une crainte et une tristesse sans fin habitent son regard.) Tu penses que je suis affreuse, n'est-ce pas ? Affreuse et grosse. Tu te rends compte que tu ne m'aimes plus du tout à la lumière du jour, c'est cela ?

—Tu es tout sauf moche et grosse. Je t'aime bien. C'est juste que... Oh, merde... je suis désolée. Je ne voulais pas...

—Ça ne me surprend pas. Comment quelqu'un comme toi pourrait-il aimer une fille de mon genre ? (Elle tire la couverture et s'en enveloppe en se levant.) Tu pourrais obtenir qui tu veux. Je te suis reconnaissante. Merci. Et ne t'inquiète pas, je ne le dirai à personne.

Lucy reste sans voix. Elle regarde Stevie récupérer ses vêtements abandonnés dans le salon, se rhabiller en tremblant, sa bouche qui se crispe.

—Je t'en prie, Stevie, ne pleure pas.

—Au moins, ne te trompe pas quand tu m'appelles !

—Qu'est-ce que tu veux dire ?

Ses yeux immenses sont si sombres, si effrayés lorsqu'elle lance :

– Je voudrais partir. Maintenant. Je n'en parlerai à personne. Merci. Je te suis très reconnaissante.

– Mais qu'est-ce que tu racontes ? insiste Lucy.

Stevie enfile son long manteau noir à capuche. De la fenêtre, Lucy la regarde disparaître dans la rue dans un tourbillon de neige, les pans de son long vêtement battant contre ses hautes bottes noires.

CHAPITRE 9

Une demi-heure plus tard, Lucy remonte la fermeture Éclair de son anorak de ski et fourre le pistolet, accompagné de deux chargeurs supplémentaires, dans l'une de ses poches.

Elle verrouille le cottage et descend les marches de bois couvertes de neige qui mènent jusqu'au trottoir. Elle repense à Stevie, à son inexplicable attitude, et se sent coupable. Elle repense à Johnny, à leur dernière rencontre à San Francisco, lorsqu'il l'avait invitée à dîner pour l'assurer que tout se passerait parfaitement bien. Là encore, un sentiment de culpabilité l'étreint.

— Tu vas t'en sortir à merveille, Lucy.

— Je ne peux pas vivre comme ça, avait-elle argumenté.

C'était la nuit des femmes dans Market Street, et le restaurant Mecca était bondé de filles, séduisantes, heureuses, sûres d'elles, et satisfaites de leur vie. Lucy avait senti tant de regards converger vers elle, et ils l'avaient gênée comme jamais auparavant.

— Je veux en finir tout de suite, Johnny. Mais, regarde-moi !

64

– Tu as l'air en pleine forme, Lucy.

– Je n'ai jamais été aussi grosse depuis l'âge de mes dix ans.

– Tu arrêtes de prendre tes médicaments et...

– Ils me rendent malade et ils me crèvent.

– Je n'ai pas l'intention de te laisser faire une chose débile. Tu dois me faire confiance.

Dans la lueur des bougies, il avait soutenu son regard et elle n'oublierait jamais son visage à cet instant précis ni la façon dont il l'avait dévisagée cette nuit-là. C'était un très bel homme, aux traits fins, aux yeux d'une étrange couleur œil de tigre. Elle était incapable de lui dissimuler quoi que ce soit. Il savait tout d'elle.

La solitude et la culpabilité l'escortent comme elle suit le trottoir enneigé qui longe la baie de Cape Cod par l'ouest. Elle s'est enfuie. Elle se souvient du jour où elle a appris sa mort. De la pire façon qui soit, à la radio.

Un éminent médecin a été retrouvé mort dans son appartement de Hollywood, d'une balle dans la poitrine. Selon des sources proches de l'enquête, un suicide n'est pas exclu...

Il n'y avait personne auprès de qui elle puisse se renseigner. Elle n'était pas censée connaître Johnny et n'avait jamais rencontré son frère, ni, du reste, aucun de leurs amis. À qui aurait-elle pu poser des questions ?

Son portable vibre et elle enfonce l'écouteur dans son oreille.

– Où es-tu ? demande Benton.

– Je fends le blizzard à Provincetown. Bon, j'exagère un peu, du reste, on dirait que le vent faiblit.

Elle se sent un peu hébétée, un peu nauséeuse.

– Tu as trouvé quelque chose d'intéressant ?

Le souvenir de la nuit passée lui revient, déconcertant et brûlant de honte.

– Juste qu'il n'était pas seul lors de sa dernière visite ici, une semaine avant sa mort, répond-elle. De toute évidence, il s'est précipité à Provincetown après son opération, puis il est reparti en Floride.

– Laurel l'accompagnait ?

– Non.

– Comment se débrouillait-il, tout seul ?

– Comme je viens de te le dire, il n'était pas seul.

– Qui t'a renseignée ?

– Une barmaid. Il semble qu'il ait rencontré quelqu'un sur place.

– On connaît son identité ?

– Une femme, beaucoup plus jeune que lui.

– Un nom ?

– Jan, c'est tout ce que je sais. Johnny était inquiet du résultat de son opération, laquelle, comme nous le savons, ne s'était pas déroulée de façon optimale. Les gens font souvent un peu n'importe quoi lorsqu'ils sont effrayés et qu'ils se sentent mal dans leur peau.

– Comment te sens-tu ?

– Très bien, ment-elle.

Elle a été lâche, elle a été égoïste.

– Tu n'as pas l'air, rétorque-t-il. Ce qui est arrivé à Johnny n'est pas de ta faute.

– Je me suis tirée. Je n'ai rien tenté.

– Pourquoi ne viens-tu pas passer quelques jours avec nous ? Kay me rejoint à Boston pour une semaine. On serait si heureux de te voir. Nous trouverons un peu de temps pour discuter tous les deux tranquillement, ajoute Benton, le psychologue.

– Je n'ai pas envie de la voir. Débrouille-toi pour le lui faire comprendre.

– Lucy, je ne peux pas continuer à la tenir à l'écart de cette façon.

– Je ne veux faire de mal à personne, affirme-t-elle en repensant à Stevie.

– Alors, c'est simple, dis-lui la vérité.

– Pourquoi m'as-tu appelée ? biaise-t-elle.

– J'ai besoin que tu fasses quelque chose pour moi, dès que tu le peux. Ma ligne est sécurisée.

– La mienne aussi, sauf si quelqu'un est équipé d'un système d'interception dans les parages. Je t'écoute.

Il lui parle d'un meurtre, sans doute vieux de deux ans et demi, qui serait survenu dans une boutique de Noël de Las Olas. Il lui répète mot pour mot sa conversation avec Basil Jenrette. Il lui précise que cette affaire n'évoque rien à Scarpetta. Il est vrai qu'elle ne travaillait pas en Floride du Sud à cette époque.

– N'oublions pas que je détiens cette information d'un psychopathe, souligne Benton. En d'autres termes, je ne mettrais pas ma main au feu qu'elle soit véridique.

– La supposée victime de la boutique de Noël avait-elle été énucléée?

– Il ne l'a pas précisé et je ne tenais pas à lui poser trop de questions avant d'avoir vérifié le sérieux de sa déclaration. Est-ce que tu peux lancer une recherche par HIT?

Il fait allusion au système mis au point par Lucy, lequel permet des échanges de données et d'images, le Heterogenous Image Transaction Database System.

– Je m'y colle dès que je suis installée dans l'avion, promet Lucy.

CHAPITRE 10

L'horloge murale scellée au-dessus de la bibliothèque indique midi et demi. L'avocat installé de l'autre côté du bureau de Kay Scarpetta représente un enfant sans doute coupable du meurtre de son frère, un bébé. Il prend tout son temps pour consulter ses notes.

Dave est jeune, très brun et bien bâti. Il s'agit d'un de ces hommes dont les traits irréguliers s'assemblent pour former un ensemble très séduisant. Il est réputé pour sa flamboyance lorsqu'il plaide des affaires de malversations ou d'incompétence. Toutes les secrétaires et les étudiantes trouvent soudain une excellente raison de passer devant le bureau de Scarpetta lorsqu'il rend une petite visite à l'Académie. Sauf Rose, bien sûr. Rose est la secrétaire de Scarpetta depuis quinze ans. Elle a largement dépassé l'âge de la retraite et est assez imperméable au charme masculin, sauf lorsqu'il s'agit de Marino. Le grand flic est sans doute le seul dont elle apprécie les tentatives de séduction. Scarpetta décroche son téléphone pour lui demander où il se trouve. Il devait être présent à cette réunion.

– J'ai essayé de l'appeler à plusieurs reprises, hier soir, explique Scarpetta.

– Je vais voir si je parviens à le trouver, promet Rose. Il est assez bizarre depuis quelque temps.

– Ce n'est pas si récent que cela.

Dave épluche un rapport d'autopsie, la tête légèrement renversée vers l'arrière, ses lunettes à monture en corne en équilibre au bout de son nez.

– Oui, mais c'est le pompon depuis quelques semaines, poursuit Rose. J'ai dans l'idée qu'il s'agit d'une histoire de femme.

– Essayez de le localiser.

Scarpetta raccroche et jette un regard à Dave pour savoir s'il est enfin prêt à se lancer. Ses questions seront biaisées, préjudiciables, d'autant qu'elles concernent une mort difficile, un autre procès qu'il est convaincu de gagner contre de substantiels honoraires.

Contrairement aux départements de police qui sollicitent l'aide gratuite des scientifiques et experts de l'Académie, les avocats la rémunèrent le plus généralement, et, le plus généralement, les clients prêts à se montrer très généreux sont ceux qui défendent des individus coupables sans l'ombre d'une hésitation.

– Marino ne nous rejoint pas ? demande Dave.

– On le cherche.

– J'ai une audience dans moins d'une heure. (Il tourne une nouvelle page avant d'ajouter :) Moi, ce que j'en dis, c'est qu'au bout du compte les conclusions soulignent la présence d'un impact. Rien de plus.

– Ce ne sera pas le sens de ma déclaration devant la cour, rétorque-t-elle en jetant un regard au rapport, aux détails de cette autopsie qu'elle n'a pas réalisée. Ce que je peux affirmer, c'est que si un hématome subdural peut être causé par un impact – dans le cas qui nous occupe la prétendue chute du canapé sur le sol en carrelage – c'est assez exceptionnel. En revanche, il est beaucoup plus vraisemblable que de violentes secousses de l'enfant provoquent une sorte de cisaillement à l'intérieur de la boîte crânienne, avec pour conséquence une hémorragie subdurale et des dégâts au niveau de la moelle épinière.

— Et en ce qui concerne les saignements rétiniens, nous sommes bien d'accord qu'ils peuvent avoir été occasionnés par un traumatisme, comme le fait que sa tête percute le carrelage, ce qui engendrerait ce fameux hématome.

— Certainement pas à la suite d'une chute de si faible hauteur. Encore une fois, l'explication la plus convaincante c'est que sa tête a oscillé violemment d'avant en arrière, ainsi que le précise clairement le rapport.

— Vous ne m'aidez pas beaucoup, Kay.

— Si vous souhaitez une opinion complaisante, il faut vous adresser à un autre expert.

— Mais il n'en existe pas d'autre. Vous êtes irremplaçable, sourit-il. Et que pensez-vous d'une déficience en vitamine K ?

— Si vous disposez d'un prélèvement de sang *ante mortem* révélant une présence de protéines signant la déficience en vitamine K, nous pouvons en discuter, réplique-t-elle. Tant que vous y êtes, vous pouvez aussi chercher si les lutins ne sont pas responsables.

— Le problème, c'est que nous n'avons pas de sang *ante mortem*. Il n'a pas survécu assez longtemps pour être transporté à l'hôpital.

— En effet, c'est un problème.

— Écoutez... le syndrome du bébé secoué ne peut pas être prouvé. Rien n'est clair là-dedans et cette hypothèse est improbable. Vous pourriez au moins dire cela.

— En revanche, un point me paraît très clair. On ne confie pas la garde d'un bébé à son frère de quatorze ans, fils chéri de maman qui est déjà passé à deux reprises devant le tribunal pour enfants parce qu'il avait attaqué des gamins. Le garçon en question est connu pour ses crises de violence.

— Mais vous ne direz pas cela devant la cour.

— Non.

— Écoutez, tout ce que je vous demande, c'est de souligner qu'il n'existe aucune certitude définitive quant au fait que ce bébé a été secoué.

70

—Je soulignerai également qu'il n'y a aucune certitude du contraire et que je ne détecte nulle insuffisance dans le rapport d'autopsie.

Dave se lève de sa chaise en déclarant :

—L'Académie est vraiment super, mais vous êtes des coriaces, les gars ! Quant à Marino, nul ne sait où il est passé. Et en plus, vous ne me donnez pas beaucoup de grain à moudre.

—Je suis désolée au sujet de Marino.

—Vous devriez lui serrer un peu la vis.

—Je doute que cela soit possible.

Dave rajuste les pans de son audacieuse chemise à rayures dans son pantalon, rectifie le nœud de sa cravate en soie tout aussi conquérante et enfile sa belle veste. Il range ses dossiers dans son attaché-case en crocodile.

—Si l'on en croit la rumeur, vous vous intéresseriez à l'affaire Johnny Swift, lance-t-il en rabattant les fermoirs d'argent.

La sortie prend Scarpetta de court. Comment Dave est-il au courant ?

—Par expérience et par profession je ne me fie jamais aux rumeurs, louvoie-t-elle.

—Son frère est propriétaire de l'un de mes restaurants préférés à South Beach. Assez ironiquement, l'établissement se nomme Rumeurs. Saviez-vous que Laurel avait eu des problèmes ?

—Je ne sais rien à son sujet.

—Une de ses employées se répand en confidences. Selon elle, Laurel aurait tué Johnny pour de l'argent, pour récupérer sa part d'héritage. Cette personne prétend que Laurel aurait des habitudes dispendieuses qu'il ne peut pas se permettre.

—Tout cela, c'est du bouche à oreille. Ou alors peut-être une vengeance.

Dave se dirige vers la porte.

—Je ne lui ai pas parlé directement. Je ne suis pas parvenu à la joindre. Franchement, je pense que Laurel est un type très gentil. Je trouve juste assez surprenant d'entendre des rumeurs au moment précis où on rouvre l'enquête.

71

−J'ignorais qu'elle eût été close, se contente de répondre Scarpetta.

Les flocons de neige sont glaçants, presque blessants. Les chaussées et les trottoirs sont recouverts d'une pellicule blanche de givre. Lucy avance d'un pas vif tout en aspirant des gorgées de mousse de lait de son crème bouillant. Elle se dirige vers le Anchor Inn où elle a réservé une chambre sous un faux nom quelques jours plus tôt afin d'y garer son Hummer de location. Nul n'a pu voir le véhicule à proximité du cottage, et c'était son but. Elle ne tient pas à ce que des étrangers sachent ce qu'elle conduit. Elle bifurque dans une étroite contre-allée qui sinue jusqu'au petit parking construit au-dessus de l'eau. Le Hummer est recouvert de neige. Elle déverrouille les portières, fait tourner le moteur et pousse le dégivrage au maximum. Les vitres occultées par la couverture neigeuse lui donnent l'impression qu'elle est enfermée dans un igloo frais, loin de tout.

Elle est en train de téléphoner à l'un de ses pilotes lorsqu'une main gantée entreprend soudain de balayer la neige de la vitre conducteur. Une tête protégée d'une capuche noire apparaît. Lucy raccroche et lâche le téléphone qui atterrit sur le siège.

Lucy dévisage Stevie durant un long moment, puis baisse sa vitre. Son esprit s'affole, passant en revue toutes les hypothèses. Ce n'est pas une bonne chose qu'elle ait été suivie jusqu'à ce parking. Toutefois, le pire est sans doute qu'elle ne s'en soit pas rendu compte.

−Tu vas bien ? demande Lucy.

−Je voulais juste te dire quelque chose.

Une expression difficilement déchiffrable tend le visage de la jeune femme. Est-elle bouleversée, au bord des larmes, blessée, ou est-ce seulement le vent glacial et coupant qui souffle de la baie qui rend ses yeux si brillants et liquides ?

−Tu es la personne le plus renversante que j'aie jamais rencontrée. Ah vraiment, je crois que je viens de tomber sur mon héros, mon nouveau héros !

Un instant, Lucy se demande si Stevie n'est pas en train de se moquer d'elle. Peut-être pas.

—Stevie, je dois me rendre à l'aéroport.

—Ils n'ont pas encore commencé à supprimer de vols. Cependant, il paraît que la météo devrait être catastrophique pour tout le reste de la semaine.

—Merci pour le bulletin de prévisions.

Il passe quelque chose de féroce et de troublant dans le regard de l'autre femme, et Lucy se lance :

—Écoute, je suis vraiment désolée. Je n'ai jamais voulu te faire de la peine.

—Oh, mais tu ne m'en as pas fait, déclare Stevie comme si Lucy ne s'était pas déjà justifiée un peu plus tôt. Pas du tout. C'est juste que je ne pensais pas m'attacher autant à toi. C'est pour cette raison que je te cherchais. Je voulais te le dire. Fourre-le dans un petit coin de ta tête si performante, et souviens-t'en un jour où tu n'auras pas le moral. Je ne pensais pas que je t'aimerais autant.

—Tu l'as déjà dit.

—C'est assez étonnant. Quand on te rencontre, on a le sentiment d'une femme très sûre d'elle-même, arrogante, même. Dure et distante. Pourtant, je me suis rendu compte que tu n'étais rien de tout cela. C'est fou comme les choses peuvent se révéler différentes de ce que l'on attendait.

La neige pénètre en rafales à l'intérieur du véhicule, saupoudrant l'habitacle.

—Comment m'as-tu retrouvée ?

—Je suis retournée au cottage mais tu étais déjà partie. Alors, j'ai suivi tes traces dans la neige, jusqu'ici. Tu chausses du combien ? Du trente-huit, trente-neuf ? Ce n'était pas très compliqué.

—Je suis désolée pour...

—Je t'en prie, l'interrompt Stevie d'un ton ferme, intense. Je

73

sais que je ne suis pas un nom de plus sur ton tableau de chasse, comme on dit.

– Ce n'est pas mon truc, affirme Lucy, alors que c'est faux.

En dépit du fait qu'elle n'en parlerait jamais de cette façon, elle en est parfaitement consciente. Elle se sent coupable au sujet de la jeune femme. Elle se sent coupable vis-à-vis de sa tante, de Johnny, de tous ceux qu'elle a laissés tomber.

D'une voix plus gaie, plus séductrice, Stevie plaisante :

– Remarque, d'aucuns pourraient prétendre que tu es un nom de plus sur le mien.

Lucy ne veut plus que l'émotion revienne.

Stevie a retrouvé sa confiance de la veille, ce masque derrière lequel on sent tant de secrets, ce charme stupéfiant.

Lucy engage la marche arrière. Le vent glacial de la baie propulse dans le Hummer une bourrasque de neige qui lui pique le visage.

Stevie fouille dans la poche de son manteau et en extirpe un bout de papier qu'elle tend à Lucy par la vitre baissée.

– Mon numéro de téléphone.

Il commence par 617, l'indicatif de la région de Boston. Lucy ignorait qu'elle y habitait. Elle ne le lui avait pas demandé.

– C'est tout ce que je tenais à te dire, si ce n'est joyeuse Saint-Valentin.

Elles se dévisagent par la vitre baissée, le moteur du Hummer gronde et des flocons de neige s'accrochent au manteau noir de Stevie. Elle est si belle. L'émotion ressentie hier chez Lorraine's étreint Lucy. Elle la croyait disparue. Elle se trompait.

– Je ne suis pas comme les autres, ajoute Stevie en regardant Lucy droit dans les yeux.

– Je sais.

– C'est mon numéro de portable. En ce moment, j'habite la Floride. Je ne l'ai pas fait changer quand j'ai quitté Harvard. À cause des minutes gratuites, tu vois.

– Tu as étudié à Harvard ?

– J'évite le plus souvent de le mentionner. Ça peut devenir trop impressionnant.

– Où ça, en Floride?

– À Gainesville. Excellente Saint-Valentin, répète-t-elle. J'espère que ce sera la plus fabuleuse que tu auras jamais connue.

CHAPITRE 11

La photo aux couleurs vives et heurtées du torse d'un homme emplit le tableau blanc de la classe A1. Sa chemise est déboutonnée et la lame d'un grand couteau plonge dans sa poitrine velue.

– Suicide, propose un des étudiants de derrière sa table de travail.

– Je vais vous communiquer un autre fait que vous ne pouvez pas distinguer sur la photo, précise Scarpetta à ce groupe de seize étudiants qui suivent le cours de l'Académie. On note la présence de multiples blessures à l'arme blanche sur le cadavre.

– Homicide, se reprend précipitamment le même élève, ce qui lui vaut quelques quolibets de la part de ses condisciples.

Scarpetta fait défiler la diapositive suivante montrant les nombreuses blessures qui entourent celle ayant provoqué la mort.

– Elles n'ont pas l'air très profondes, commente un autre jeune homme.

76

– Et l'angle. Il devrait être droit si l'homme s'est infligé lui-même ces coups.

– Pas nécessairement, intervient Scarpetta de l'estrade de la salle de classe. J'ai une question : que vous indique sa chemise déboutonnée ?

Le silence lui répond.

– Si vous aviez l'intention de vous poignarder, déboutonne-riez-vous ou non votre chemise ? À ce propos, ajoute-t-elle à l'intention de l'étudiant qui a évoqué des blessures peu profondes, vous avez raison. La plupart de ces coups ont à peine entamé l'épiderme. (Elle les désigne sur le tableau blanc.) C'est ce que nous appelons des *marques d'hésitation.*

Les étudiants prennent des notes. C'est un groupe composé de personnes d'âges variés et de provenances diverses. Deux sont de nationalité anglaise. Il s'agit d'un bon groupe, intelligent, assidu. La plupart des élèves sont issus des forces de police et ambitionnent d'acquérir une formation médico-légale de nature à les orienter vers la police scientifique. D'autres sont d'ores et déjà des enquêteurs appartenant aux départements des homicides de différents États. Quelques-uns ont une licence et entreprennent leur maîtrise, que ce soit en psychologie ou en biologie moléculaire. Enfin, le dernier est assistant du district attorney et souhaite que davantage de condamnations soient prononcées par le tribunal.

Une autre diapositive apparaît sur le tableau, particulièrement effroyable, celle d'un homme éventré dont les intestins se répandent par une plaie béante de l'abdomen. Quelques élèves répriment à grand-peine des grognements et l'un d'eux murmure « oh ! là là ! ».

– Qui a déjà entendu parler du seppuku ? demande Scarpetta.

– Hara-kiri, lance une voix depuis le seuil de la porte.

Le Dr Joe Amos, pathologiste médico-légal, pénètre dans la salle comme s'il s'agissait de son cours. Il est grand, dégingandé, et son épaisse chevelure brune est toujours en désordre. Des yeux sombres et brillants éclairent son visage terminé par un long menton pointu. Lorsqu'elle le voit, Scarpetta ne peut s'empêcher de penser à un oiseau, un corbeau.

– Je ne veux surtout pas vous interrompre, déclare-t-il quand, pourtant, il ne se gêne pas pour faire le contraire.

D'un petit mouvement de tête, il désigne l'image horrible qui s'étale sur le tableau et explique :

– Ce type s'est servi d'un grand couteau de chasse qu'il a planté à la limite de l'abdomen puis s'est ouvert jusqu'à l'autre côté. C'est ce que nous appelons de la motivation.

– Était-ce l'un de vos cas, Dr Amos ? demande cette fois une fille. Très jolie.

Le Dr Amos se rapproche d'elle, l'air grave et important.

– Non. Toutefois, il vous faudra toujours garder une chose importante à l'esprit. En présence de blessures de ce genre, la seule façon de distinguer un homicide d'un suicide c'est que dans le dernier cas le sujet entaille l'abdomen approximativement au milieu puis remonte le couteau vers son menton, ce qui donne le schéma en « L » bien connu chez les victimes d'un hara-kiri. Tel n'est pas le cas ici.

Il pointe le tableau blanc.

Scarpetta jugule sa mauvaise humeur.

– Certes, il ne s'agit pas d'un meurtre très aisé, ajoute-t-il.

– Mais la cicatrice n'a pas la forme d'un « L ».

– Tout juste, approuve Amos. Donc, qui vote en faveur de l'homicide ?

Quelques étudiants lèvent le doigt.

– Moi aussi, assène Amos d'une voix péremptoire.

– Dr Amos, est-il mort rapidement ?

– Il a pu survivre quelques minutes. Cela étant, l'hémorragie devait être impressionnante. Dr Scarpetta, pourrais-je vous voir une petite minute ? (Puis, s'adressant à la classe :) Je suis désolé de perturber votre cours.

Elle suit Joe dans le couloir.

– De quoi s'agit-il ?

– De la « scène infernale » que nous avons prévue pour la fin d'après-midi. J'aimerais la pimenter un peu.

—Et cela ne pouvait pas attendre la fin de mon intervention ?

—Eh bien, je me suis dit que vous pourriez demander un volontaire. Vos étudiants feraient n'importe quoi pour vous faire plaisir.

La flatterie glisse sur elle.

—Vous pourriez leur dire que nous avons besoin d'aide pour la scène infernale de cet après-midi, mais que vous ne pouvez être plus précise quant aux détails.

—Et quels sont-ils au juste ?

—J'avais pensé à Jenny. Vous pourriez la dispenser de votre cours de quinze heures afin qu'elle me donne un coup de main.

Jenny n'est autre que la jolie étudiante qui voulait savoir si l'éviscération était l'un des cas du Dr Amos.

Scarpetta les a déjà vus ensemble, à maintes reprises. Joe est fiancé, ce qui n'a pas l'air de l'empêcher de se montrer particulièrement amical avec leurs séduisantes élèves, et ceci en dépit de l'opposition marquée de l'Académie pour ce genre de relation. Jusque-là, on ne peut lui reprocher aucune faute impardonnable et, en un sens, Scarpetta le déplore. Elle serait ravie de se débarrasser de lui.

—Nous allons lui faire jouer la meurtrière, explique-t-il d'un ton bas, dont il contient pourtant mal l'excitation. Elle a l'air si innocent, si adorable. Nous avons besoin de deux élèves pour cette mise en scène d'assassinat. La victime – un homme – est abattue de plusieurs balles alors qu'elle est installée sur le siège des toilettes. Ça se passe dans une chambre de motel, bien sûr, et Jenny déboule, en pleine crise nerveuse, désespérée. Elle interprète la fille du type qui vient de se faire descendre. Ainsi, nous verrons si les spectateurs se laissent facilement berner.

Scarpetta garde le silence.

—On va ajouter aussi quelques personnages de flics venus analyser la scène de crime. Ils regardent un peu partout et concluent que le meurtrier s'est volatilisé. Le truc, c'est de savoir si l'un d'eux sera assez malin pour s'assurer que ce n'est pas cette charmante gamine en larmes qui a fait sauter la cervelle de papa pendant qu'il poussait sur la cuvette des chiottes. Et devinez quoi ? C'est bien elle. Seulement, ils ne se méfient pas, elle tire un flingue et commence à faire un carton sur tout ce qui bouge. Elle se fait buter. Et voilà ! Un beau suicide par police interposée.

— Vous pourrez en discuter vous-même avec Jenny après le cours, déclare Scarpetta en se demandant pourquoi ce scénario lui semble si familier.

Joe est obsédé par ces « scènes infernales », une des innovations de Marino. Il s'agit de parodies de scènes de crime, supposées révéler les risques réels et les désagréments de la vraie mort. Scarpetta songe parfois que Joe devrait abandonner la carrière médico-légale et vendre son âme à Hollywood. Si tant est qu'il en ait une. Décidément, le scénario qu'il vient de proposer lui rappelle quelque chose.

— C'est bon, non ? Ça pourrait survenir dans la vraie vie.

Et soudain, ça lui revient : Tel est bien le cas.

— Nous avons connu une histoire similaire en Virginie, lâche-t-elle. Lorsque j'étais médecin expert général de l'État.

— Vraiment ? demande-t-il d'un ton surpris. Oh, il n'y a jamais rien de nouveau sous le soleil.

— À ce propos, Joe, dans la plupart des cas de seppuku, la cause de la mort est l'arrêt cardiaque, dû à un collapsus cardiaque soudain, provoqué par une chute brutale de la tension intra-abdominale, suite à l'éviscération. Pas l'exsanguination.

— Vous parlez de ce cas-là ? C'était le vôtre ? s'enquiert-il en désignant la salle de classe.

— Le mien et celui de Marino, en effet. L'affaire est vieille de pas mal d'années. Ah, une dernière chose : il s'agissait bien d'un suicide, pas d'un meurtre.

CHAPITRE 12

Le Citation X vole vers le sud à une vitesse qui frôle mach un. Lucy télécharge différents fichiers sur un réseau informatique privé, si hermétiquement protégé que même la Sécurité intérieure ne pourrait s'y faufiler.

Enfin, du moins est-ce sa conviction. Elle est certaine que son infrastructure informatique est inviolable et que nul pirate, pas même ceux du gouvernement, ne peut suivre les transactions ultraconfidentielles qui s'échangent grâce à sa banque de données et d'images, le HIT. Le gouvernement ignore son existence, Lucy en est sûre. Au demeurant, fort peu de gens sont dans la confidence. Le HIT est une propriété privée. Elle pourrait vendre ce logiciel sans aucune difficulté. Toutefois, elle n'a nul besoin d'argent supplémentaire. Elle est devenue riche, il y a déjà pas mal d'années, grâce à d'autres outils informatiques qu'elle avait mis au point. Nombre d'entre eux dérivaient des moteurs de recherche qu'elle utilise aujourd'hui pour s'orienter dans le cyberspace, à la recherche d'un crime de sang s'étant produit en Floride, dans un magasin, n'importe lequel.

Si l'on exclut les homicides survenus dans les commerces habituels – épiceries, magasins de spiritueux, cabinets de massages, boîtes de striptease –, Lucy n'a déniché aucun meurtre – résolu ou pas – qui corrobore les dires de Basil Jenrette. Toutefois, un magasin du nom de La Boutique de Noël a bien existé. Il se trouvait à l'intersection de la A1A et de East Las Olas Boulevard, coincé entre les échoppes de souvenirs pour touristes d'un goût douteux et les marchands de glace qui s'entassent le long de la plage. La Boutique de Noël a été vendue deux ans auparavant à une chaîne, Beach Bums, spécialisée dans la vente de T-shirts, de maillots de bain et de bibelots.

Joe n'arrive pas à croire que Scarpetta ait enquêté sur tant de décès durant ce qui n'est, finalement, qu'une assez brève carrière. Les pathologistes médico-légaux n'obtiennent pas leur tout premier poste avant trente ans, et encore, s'ils ont suivi leur longue et difficile formation sans interruption. S'ajoutent aux six années de médecine postlicence de Scarpetta, trois autres de droit. Or, elle est devenue médecin expert général du système médico-légal le plus réputé et le plus important des États-Unis à trente-cinq ans. Contrairement à nombre de ses pairs, elle ne se contentait pas d'en être l'administratrice. Elle pratiquait également les autopsies, des milliers d'autopsies.

Les rapports concernant la plupart d'entre elles sont enregistrés dans une banque de données qu'elle croit lui être réservée. S'y trouve également le descriptif des crédits fédéraux qu'elle a obtenus pour poursuivre différentes recherches ayant pour thème la violence, qu'elle soit d'origine sexuelle ou liée à la consommation de drogues, voire conjugale, bref, toutes sortes de violence. Marino, un flic du département des homicides de la police de Richmond, apparaît à de nombreuses reprises dans les fichiers, puisqu'il était chargé des enquêtes lorsque Scarpetta était légiste en chef. En d'autres termes, les rapports de police qu'il a rédigés sont également enregistrés dans la banque de données. Une véritable confiserie. Une fontaine dont le champagne coulerait à flot. Le grand pied !

Joe fait défiler le dossier C328-93 sur l'écran. Il s'agit du suicide par police interposée dont il s'est inspiré pour la « scène infernale » de cet après-midi. Il clique sur certaines des photos en repensant à Jenny. Dans la véritable affaire, l'énervée de la détente est allongée face contre terre dans le salon, baignant dans une mare de sang. Trois balles ont eu raison d'elle : une dans l'abdomen, et les deux autres dans la poitrine. Il s'attarde sur la façon dont elle était habillée lorsqu'elle a abattu son petit papa installé sur le siège des toilettes, sur le rôle qu'elle a d'abord joué au seul profit de la police, juste avant de dégainer à nouveau. Elle est morte pieds nus, vêtue d'un jean coupé en short et d'un T-shirt. Elle ne portait aucun sous-vêtement, ni soutien-gorge ni slip. Il clique sur les clichés pris lors de l'autopsie. Ceux sur lesquels on aperçoit l'incision en Y ne l'intéressent pas autant que ceux qui la montrent étendue nue sur la froide table d'Inox. Elle n'avait que quinze ans lorsque la police l'a tuée, et il repense à Jenny.

Il lève les yeux et lui sourit. Elle est installée de l'autre côté de son bureau et a attendu patiemment qu'il lui communique ses instructions. Il ouvre le tiroir de son bureau et en extirpe un Glock neuf millimètres. Il tire la culasse vers lui afin de vérifier que la chambre est vide. Il extrait le chargeur et pousse l'arme devant elle.

—Tu t'es déjà servie d'un pistolet ? demande-t-il à sa nouvelle chouchoute.

Elle a le plus ravissant petit nez retroussé qu'il ait jamais vu et d'immenses yeux de la couleur du chocolat au lait. Et il l'imagine nue et morte comme l'autre fille, celle des photographies qui se sont affichées sur son écran.

—J'ai grandi entourée d'armes. Qu'est-ce que vous êtes en train de consulter, si ce n'est pas indiscret ?

—Ma messagerie électronique.

Il ment avec aplomb. Mentir ne lui a jamais occasionné aucun problème.

En fait, il aime assez travestir la vérité. Après tout, la vérité n'est pas toujours la vérité. Qu'est-ce qui est vrai, au fond ? Ce qui est vrai, c'est ce que lui décide comme tel. Tout est affaire d'interprétation. Jenny tend le cou afin d'apercevoir plus facilement ce qui se trouve sur l'écran.

– Super... Les gens vous envoient des fichiers entiers par mail.

– Ça arrive, acquiesce-t-il en se positionnant sur un autre cliché et en lançant une impression couleur. (L'imprimante située derrière son bureau ronronne.) Bon, ce que nous faisons est confidentiel, souligne-t-il. Je peux te faire confiance ?

– Bien sûr, Dr Amos. Je sais très bien ce que confidentiel veut dire. Dans le cas contraire, il faudrait que je me dirige vers une autre profession.

La sortie couleur d'une des photos de la jeune fille morte, baignant dans son sang sur le sol du salon, glisse sur le plateau de l'imprimante. Joe se tourne pour la récupérer, l'examine puis la tend à Jenny.

– C'est toi, cet après-midi.

– Pas de façon littérale, j'espère, le taquine-t-elle.

– Et ça, c'est ton arme, poursuit-il en regardant le Glock posé devant elle, sur le bureau. Où penses-tu le dissimuler ?

Elle détaille le cliché imprimé, sans l'ombre d'une émotion, et demande :

– Où avait-elle caché le sien ?

– On ne peut pas le voir sur la photo. Dans son sac à main, ce qui, inutile de le souligner, aurait dû mettre la puce à l'oreille des flics. Elle prétend avoir découvert le cadavre de son père, avoir aussitôt appelé le numéro d'urgence et quand elle ouvre à la police, elle se cramponne à son sac. Elle est en pleine crise de nerfs, affirme qu'elle n'a pas quitté la maison, alors pourquoi se balade-t-elle chez elle avec son sac à main ?

– Et c'est ce que vous voulez que je fasse ?

– Oui, tu fourres le pistolet dans ton sac. À un moment tu plonges la main dedans sous prétexte de récupérer un mouchoir pour essuyer ton torrent de larmes. Tu sors l'arme et tu commences à tirer.

— Rien d'autre ?

— Tu vas te faire descendre ; alors essaie de rester jolie.

Elle sourit en répétant :

— Rien d'autre ?

— Il y a aussi la façon dont elle est habillée.

Il la regarde, espérant qu'elle déchiffre dans ses yeux ce qu'il veut.

Elle a compris.

— Je ne trouverai pas exactement la même chose dans ma garde-robe, réplique-t-elle en jouant la naïveté.

Elle est tout sauf naïve. Elle doit s'envoyer en l'air depuis la maternelle.

— Eh bien, Jenny, tâche de t'en rapprocher au plus près. Un short, un T-shirt, pas de chaussettes ni de chaussures.

— J'ai l'impression qu'elle ne portait pas de sous-vêtements.

— C'est exact.

— Elle fait assez salope.

— Bien vu. Débrouille-toi pour ressembler à une salope.

Jenny trouve cette suggestion très amusante.

— Après tout, tu es une salope, n'est-ce pas ? demande-t-il en ne la quittant pas de ses petits yeux sombres. Si tel n'est pas le cas, il faudra que je recrute une autre fille. Une salope est nécessaire pour cette scène de crime.

— Non, vous n'avez pas besoin d'une autre fille.

— Vraiment ?

— Vraiment.

Elle se retourne pour vérifier que la porte du bureau est bien fermée, comme si elle redoutait que quelqu'un les surprenne. Amos ne dit pas un mot.

— Nous pourrions avoir de gros ennuis, lâche-t-elle.

— Nous n'en aurons pas.

— Je ne veux pas risquer d'être virée.

— Tu veux travailler aux Homicides lorsque tu seras une grande fille ?

Elle acquiesce d'un hochement de tête, jouant avec le bouton supérieur de son polo de l'Académie. Il lui va fort bien. Il aime la façon dont il la moule.

– Je suis une grande fille.

– Tu es originaire du Texas, dit-il soudain en contemplant la façon dont elle remplit son polo et son treillis kaki très ajusté. Ils aiment faire pousser des gros trucs au Texas, non ?

– Mon Dieu... Mais c'est qu'on me parle de manière bien cochonne, n'est-ce pas Dr Amos ? commente-t-elle d'une voix traînante.

Il l'imagine morte. Il l'imagine baignant dans une nappe de sang, allongée sur le sol. Il l'imagine nue, reposant sur une table d'Inox. Une des grandes fables que l'on se raconte est qu'un cadavre ne peut pas être sexy. Mais nu, c'est nu, surtout si la personne avait belle allure et qu'elle n'est pas décédée depuis longtemps. Prétendre qu'un homme n'a jamais entretenu de fantasme au sujet d'une magnifique femme morte est une vaste plaisanterie. Certains flics punaisent des photographies de macchabées de sexe féminin sur leur tableau de liège, des victimes particulièrement jolies. Certains légistes illustrent leurs conférences aux forces de police de clichés qu'ils ont sélectionnés pour leur faire plaisir. Joe l'a constaté. Il sait ce que font les gars.

– Si tu meurs comme je le souhaite durant cette « scène infernale », je te prépare un bon petit dîner, promet-il à la jeune fille. Je suis amateur de bons vins et je m'y connais.

– Et vous êtes également fiancé.

– Elle assiste à une conférence à Chicago. Si ça se trouve, elle sera bloquée par la neige.

Jenny se lève et jette un regard à sa montre avant de le fixer :

– Qui c'était votre chouchoute avant moi ?

– Tu es spéciale.

CHAPITRE 13

Une heure avant d'atterrir au Signature Aviation de Fort Lauderdale, Lucy se lève pour aller chercher un autre café et faire un petit tour aux toilettes. Le ciel, qu'elle aperçoit depuis les petits hublots ovales de l'avion, est couvert et les nuages annonciateurs d'orage s'amoncellent.

Elle se réinstalle dans son siège en cuir et lance d'autres recherches à destination de l'administration fiscale et du cadastre de Broward County, tâtonnant au hasard afin de découvrir le maximum d'informations au sujet de cette ancienne boutique de Noël. L'établissement fut d'abord un restaurant appelé Rum Runner's – de 1975 au début des années 90. Il fut ensuite repris, sous le nom de Coco Nuts, par un marchand de glaces et de confiseries qui devait le revendre deux ans plus tard. En 2000, une certaine Mrs Florrie Anna Quincy, veuve d'un paysagiste fortuné de West Palm Beach, en devenait locataire.

Les doigts de Lucy frôlent à peine les touches comme elle parcourt un article paru dans le *Miami Herald*, peu de temps après l'ouverture de la Boutique de Noël. On y relate que Mrs Quincy a grandi à Chicago où son père était un gros négociant. Chaque hiver, il se transformait bénévolement en père Noël pour arpenter les étages du grand magasin Macy's. L'article poursuit :

« Noël était le moment le plus magique de notre existence, nous a confié Mrs Quincy. Mon père adorait tout ce qui avait un rapport avec le bois. Toute l'année, nous gardions à la maison nos sapins de Noël, de grands épicéas en pot décorés de guirlandes lumineuses blanches et de petites figurines sculptées dans le bois. Je ne sais pas, c'est peut-être parce qu'il avait grandi au milieu des exploitations forestières de l'Alberta, au Canada. Quoi qu'il en soit, je pense que c'est la raison pour laquelle j'adore fêter Noël toute l'année.

Sa boutique est une étonnante collection de décorations, de boîtes à musique, de pères Noël de toutes sortes, de minuscules trains électriques circulant sur de minuscules rails, bref, de tout ce qui constitue la magie de l'hiver et de ses parures. Il faut être très précautionneux lorsqu'on flâne dans ce délicat univers fantaisiste et il est aisé d'oublier le brillant soleil, les palmiers et l'océan qui vous attendent au-dehors. La boutique a ouvert ses portes le mois dernier et si Mrs Quincy se félicite du nombre de visiteurs qu'elle a reçus, elle regrette que peu d'entre eux soient devenus des clients... »

Lucy déguste son café et son regard ne lâche pas le bagel tartiné de crème de fromage qui patiente sur le plateau en bois de ronce. Elle a très faim mais redoute de manger. Obsédée par son poids, elle ne pense qu'à la nourriture, tout en sachant qu'un régime n'y fera rien. Elle peut s'affamer aussi longtemps qu'elle le veut, cela ne modifiera pas sa silhouette, ni même la façon dont elle se perçoit. Son corps était la machine la plus performante, la mieux réglée qui soit, et il l'a trahie.

Elle lance une nouvelle recherche et tente de joindre Marino depuis le téléphone installé dans l'accoudoir de son siège. Il répond alors qu'elle étudie les réponses qui s'affichent sur son écran. La réception est très mauvaise.

– Je suis dans l'avion, annonce-t-elle en poursuivant sa lecture.

– Et quand c'est que tu apprends à piloter ce truc ?

– Sans doute jamais. Je n'ai pas le temps de suivre toute la formation. Du reste, en ce moment je n'ai même plus le temps de piloter mon hélicoptère.

La vérité, c'est qu'elle ne souhaite surtout pas trouver le temps nécessaire. Plus elle vole, plus elle adore voler. Elle ne veut plus de cette passion. La prise de médicaments doit être signalée à l'association américaine de pilotage, à moins qu'il ne s'agisse de substances dont l'innocuité ne fait aucun doute et que l'on peut acheter sans ordonnance. À sa prochaine visite chez le médecin de l'air, lorsqu'elle devra renouveler son certificat d'aptitude au vol, il lui faudra déclarer qu'elle prend du Dostinex. Cela suscitera pas mal de questions. Les bureaucrates du gouvernement fouineront dans sa vie privée et se débrouilleront sans doute pour dégoter un prétexte leur permettant de lui retirer sa licence de vol. Une possibilité consisterait à ne plus jamais prendre ce médicament, ce qu'elle a déjà tenté de faire. Décider qu'elle abandonne définitivement le pilotage est une autre solution.

– Moi, je m'en tiens aux Harley, déclare Marino.

– Je viens d'avoir un tuyau. Cela ne concerne pas notre affaire, *a priori*.

– De qui ? demande Marino d'un ton soupçonneux.

– De Benton. Il semble qu'un de ses patients ait évoqué un meurtre non élucidé, survenu à Las Olas.

Sa formulation est très prudente. Marino n'est pas au courant des recherches menées dans le cadre de PREDATOR. Benton n'a pas souhaité l'inclure dans ce projet, craignant qu'il n'y comprenne rien et soit plus un frein qu'une aide. La philosophie de Marino vis-à-vis des criminels est limpide : on les malmène, on les boucle et on les exécute aussi cruellement que possible. Il est sans doute la dernière personne qui s'inquiéterait de savoir si un psychopathe meurtrier est mentalement malade ou simplement malfaisant, ou encore si un pédophile peut contrôler ses penchants ou un psychotique ses délires. Marino est persuadé que les recherches et les explorations psychologiques ayant pour objet les structures et les fonctions cérébrales sont un tissu de conneries.

– Il semble que ce patient affirme qu'un viol suivi d'un meurtre se serait produit dans cette boutique de Noël, il y a environ deux ans et demi de cela, poursuit Lucy sur ses gardes.

Elle s'inquiète de lâcher au détour d'une conversation que Benton est en train d'évaluer des détenus.

Marino n'ignore pas que McLean, le CHU de Harvard qui est parvenu à autofinancer la construction d'un pavillon réservé aux riches et aux célébrités, n'est pas une institution de psychiatrie médico-légale.

En d'autres termes, si l'on y transfère des prisonniers pour y subir des examens, c'est que quelque chose d'inhabituel et de confidentiel, pour ne pas dire de clandestin, se trame.

– Cette quoi ?

Elle répète sa phrase, se contentant d'ajouter :

– La boutique avait été louée par une certaine Florrie Anna Quincy, une Blanche de trente-huit ans dont le défunt mari possédait plusieurs pépinières à West Palm...

– Pépinières ?

– Des arbres. Surtout des citronniers et autres agrumes. La boutique de Noël, ouverte en 2000, a fermé ses portes après deux ans d'exercice, c'est-à-dire en 2002.

Lucy tape quelques commandes sur son clavier et convertit des fichiers de données en fichiers texte afin de pouvoir les expédier à Benton par mail.

– Avez-vous déjà entendu parler d'un magasin appelé Beach Bums ?

– Attends là, je suis en train de te perdre...

– Allô ? C'est mieux maintenant ?

– J'arrive à t'entendre.

– C'est le nom de la boutique qui a remplacé celle de

Mrs Quincy. Elle et sa fille de dix-sept ans, Helen, ont disparu en juillet 2002. J'ai trouvé un article dans un journal à ce sujet. Pas beaucoup d'intérêt de la part des médias, juste un entrefilet ici ou là, et plus rien depuis un an.

— Elles ont peut-être refait surface et les journaux n'en ont pas parlé, suggère Marino.

— Je n'ai rien trouvé qui étaye l'hypothèse selon laquelle elles seraient en vie et en pleine santé. D'ailleurs, le fils a tenté de les faire déclarer légalement décédées au printemps dernier. Sa requête n'a pas abouti. Vous pourriez peut-être vérifier auprès de la police de Fort Lauderdale, chercher si quelqu'un se souvient de la disparition de Mrs Quincy et de sa fille. J'ai l'intention d'aller faire un tour chez Beach Bums dès demain.

— Les flics de Fort Lauderdale ne lâcheraient pas le morceau aussi facilement, sauf s'ils avaient une bonne raison de le faire, affirme Marino.

— Eh bien, tâchons de la trouver.

Scarpetta s'obstine au comptoir de la compagnie USAir :

— Mais enfin, c'est impossible, répète-t-elle, à deux doigts de s'énerver tant sa frustration augmente. Voici mon numéro d'enregistrement et la sortie d'imprimante de mon justificatif de réservation. Là, vous voyez ! Première classe, départ à dix-huit heures vingt. Comment se peut-il que ma réservation ait été annulée ?

— Madame, regardez, c'est sur l'ordinateur. Votre réservation a été annulée à quatorze heures quinze.

— Aujourd'hui ? insiste Scarpetta, totalement incrédule.

Il doit s'agir d'une erreur.

— En effet.

— C'est impossible, je ne vous ai pas appelé.

— Quelqu'un l'aura fait pour vous.

— Bon, donnez-moi une autre place, peste Scarpetta en récupérant son portefeuille dans son sac à main.

— Le vol est complet. Je peux vous inscrire sur la liste d'attente en classe touriste. Cependant, je vous préviens qu'il y a déjà sept personnes avant vous.

Scarpetta réserve sur le vol du lendemain puis téléphone à Rose.

–J'ai bien peur que vous ne deviez venir me chercher.

–Oh non ! Que s'est-il passé ? Ils ont annulé le vol à cause du mauvais temps ?

–Je n'y comprends rien. Il semble que ma réservation ait été annulée. L'avion est complet. Rose, vous leur aviez bien téléphoné pour confirmer ?

–Tout à fait. À l'heure du déjeuner.

–Eh bien, j'ignore ce qui a pu se produire, conclut Scarpetta en pensant à Benton, à la Saint-Valentin qu'ils avaient projetée. Merde ! éructe-t-elle.

CHAPITRE 14

La lune jaune qui domine lourdement les arbustes en broussailles, les herbes folles et les amas d'ombres, semble contrefaite, comme une mangue trop mûre. L'incertaine lueur diffusée par l'astre permet à Odd de distinguer la chose.

Il la voit arriver parce qu'il sait où regarder. Depuis quelques minutes déjà, il a détecté son halo infrarouge grâce à l'appareil qu'il promène horizontalement dans l'ombre, comme une baguette magique.

Une succession de hachures rouge vif est apparue sur l'écran de la diode qui équipe le léger tube de PVC vert olive, traduisant une différence de température entre le sol et une créature à sang chaud, signalant l'approche de la chose.

Il est Odd et son corps est une chose. Il peut l'abandonner selon son envie et nul ne peut le voir. Personne ne peut l'apercevoir, au creux de cette nuit solitaire, brandissant son détecteur d'infrarouges comme une baguette de sourcier. L'appareil détecte la chaleur émise par la chair vivante et le prévient grâce à de petits signaux rouge vif qui flottent en ligne sur l'écran sombre de la lentille.

La chose est sans doute un raton laveur.

Idiote de chose. Odd lui parle dans sa tête. Il s'est assis en tailleur sur le sol sableux et scrute l'obscurité. Il vérifie parfois les traces rouge vif qui se déplacent sur la lentille située sur l'extrémité du tube la plus proche de lui, et braque l'autre extrémité vers la chose. Il fouille du regard la berme obscure et sent la maison en ruine derrière lui. L'attraction qu'elle exerce sur lui est si perceptible. Sa tête est lourde. C'est la faute des bouchons d'oreille. Son souffle est rauque, un peu comme lorsqu'on respire par l'intermédiaire d'un tuba, submergé et environné de silence, rien que le son de vos inspirations rapides et peu efficaces. Il n'aime pas les bouchons d'oreille, mais il est important de les porter.

—Tu sais ce qui va se passer, maintenant, annonce-t-il à la chose. Non, je suis sûr que tu ne sais pas.

Il distingue la grosse forme sombre qui rampe, collée au sol. Ça bouge comme un gros chat au pelage épais, et, d'ailleurs, peut-être s'agit-il d'un chat. Ça avance avec lenteur, se frayant un chemin au travers du chiendent échevelé et de la laîche, disparaissant par instants dans l'ombre des silhouettes décharnées des pins et dans le tapis desséché de feuilles et de brindilles mortes. Il scrute, surveillant l'approche de la chose, surveillant les petites hachures rouges qui flottent sur la lentille. La chose est stupide et le vent souffle en sens inverse, écartant l'odeur d'Odd d'elle. Rien ne peut donc lui permettre d'être moins sotte.

Il éteint le détecteur et le pose sur ses genoux avant de soulever le fusil à pompe Mossberg 835 Ulti-Mag décoré d'une finition de camouflage. La crosse est dure et fraîche contre sa mâchoire. Il ajuste la visée de nuit au tritium sur la chose.

—Et où tu crois que tu vas ? se moque-t-il.

La chose ne fuit pas. Quelle idiote !

—Allez, sauve-toi, qu'on voie ce qui va se passer.

La chose poursuit son approche inconsciente et lourde, le ventre collé au sol.

Odd sent son cœur. Il bat lentement mais avec tant de puissance. Sa respiration lui parvient, bruyante. Il suit la chose grâce à la lueur verdâtre de la lunette de visée infrarouge et presse la détente. La détonation déchire le silence de la nuit. Une secousse agite la chose et elle s'abat au sol, immobile. Odd retire ses bouchons et tend l'oreille. Rien, nul cri, nul râle, rien d'autre que l'écho lointain de la circulation sur l'autoroute 27 et le craquement de ses articulations lorsqu'il se lève et exécute quelques mouvements pour décrisper les muscles de ses jambes. Le fusil éjecte la douille qu'il ramasse avant de la fourrer dans sa poche et de traverser la berme. Il appuie sur le bouton de la culasse et un pinceau de lumière éclaire la chose.

Il s'agit d'un chat au pelage épais et rayé, au ventre distendu. Il le pousse du pied. La chose était gravide. Il se demande s'il ne va pas lui tirer une autre balle et écoute. Toujours rien, pas un frémissement, pas un son, pas le moindre signe de vie qui s'accrocherait encore. La chose devait tenter de se faufiler jusqu'à la maison en ruines, à la recherche de nourriture. L'avait-elle sentie? Odd réfléchit. Si la chose croyait qu'elle pourrait trouver à manger dans la maison, c'est que celle-ci a été occupée récemment. Il retourne cette hypothèse dans sa tête tout en enclenchant le cran de sûreté. Il balance le fusil sur son épaule, l'enveloppant de son bras replié comme un bûcheron le ferait de sa hache. Il repense à la grande figurine de bois sculpté qui se trouvait non loin de la porte d'entrée de la boutique de Noël. Il s'agissait aussi d'un bûcheron.

—Idiote de chose, lance-t-il.

Nul n'est là pour l'écouter, juste la chose morte.

—Non, c'est toi la chose stupide.

La voix de Dieu vient de résonner dans son dos.

Il se retourne. Elle est là, tout en noir, silhouette mouvante se détachant sur la clarté lunaire.

—Je t'ai déjà dit de ne pas faire ça! lance-t-elle.

—Personne peut m'entendre, rétorque-t-il en changeant son fusil d'épaule.

Le souvenir de ce bûcheron de bois dans cette boutique persiste avec une telle intensité qu'il a presque l'impression de le voir.

—Je ne te le répéterai pas à nouveau.

—Je savais pas que tu étais là.

—Tu ne le sens que lorsque je le souhaite.

—Je t'ai ramené les *Field & Streams*. Deux numéros. Et aussi le papier pour imprimante laser. Celui qui est brillant.

—Tu devais m'en rapporter six en tout, dont deux *Fly Fishing* et deux *Angling Journals,* bref des magazines de pêche.

—C'est que je les vole. C'est pas facile d'en piquer six d'un coup.

—Eh bien, retournes-y. Pourquoi es-tu si bête ?

Elle est Dieu. Elle possède un QI de cent cinquante.

Dieu est une femme et c'est elle, personne d'autre. Elle est devenue Dieu après qu'il eut fait cette chose très vilaine pour laquelle on l'a envoyé ailleurs, très loin, dans un lieu où il fait froid et où la neige ne cesse pas de tomber. Ensuite, il est rentré. Elle s'était débrouillée pour devenir Dieu et elle lui a déclaré qu'il était Son œil. L'œil de Dieu. Odd.

Il regarde Dieu s'éloigner, se dissoudre peu à peu dans la nuit. Il entend le rugissement du moteur lorsqu'elle s'envole. Elle s'envole vers l'autoroute. Et Odd se demande si elle recouchera un jour avec lui. Il ne cesse d'y penser. Parce que, lorsqu'elle est devenue Dieu, elle n'a plus voulu faire l'amour avec lui. Leur union est sacrée, lui a-t-elle expliqué. Elle couche avec d'autres gens, mais pas avec lui parce qu'il est l'œil de Dieu. Elle se moque de lui, lui explique qu'elle ne peut pas avoir de relations sexuelles avec son propre œil, que ce serait équivalent à de la masturbation. Et elle rit.

—Tu étais idiote, n'est-ce pas ? demande-t-il à la dépouille de la chatte pleine allongée sur la poussière terreuse.

Il a envie de sexe. Il en a envie à cet instant précis alors qu'il contemple la chose morte et qu'il la pousse à nouveau du bout de sa botte. Et il pense à Dieu, à son corps nu avec des empreintes de mains partout.

— *Je sais que tu en as envie, Odd.*

— *Oui. J'en ai envie.*

— *Je sais où tu veux poser tes mains. J'ai raison, n'est-ce pas ?*

— *Oui.*

— *Tu veux les appliquer là où d'autres les posent, n'est-ce pas ?*

— *Je préférerais que personne d'autre pose les mains sur toi. Oui, c'est ce que je veux.*

Elle lui demande de peindre ces empreintes aux endroits qu'il ne veut pas que d'autres effleurent. C'est là qu'il a appuyé ses mains lorsqu'il a commis cette chose très vilaine et qu'on l'a envoyé ailleurs, dans ce lieu où il fait si froid et où il neige. C'est dans cet endroit qu'ils l'ont fourré dans une machine dans le but de réarranger ses molécules.

CHAPITRE 15

Le lendemain matin, mardi, des nuages en provenance de l'océan distant s'accumulent et la chose gravide allongée sur le sol est raide. Des mouches l'environnent.

– Hein, regarde ce que tu as fait ! Tu as tué tous tes bébés, voilà ce que tu as fait. Idiote de chose !

Il la pousse du bout de sa chaussure. Les mouches s'envolent comme une gerbe d'étincelles. Il les contemple comme elles reviennent s'agglutiner en bourdonnant sur la tête ensanglantée. Il détaille la chose raide et les mouches qui grouillent dessus. Il les détaille sans en être incommodé. Il s'accroupit à côté, assez près pour affoler à nouveau les insectes et l'odeur lui parvient. Une bouffée de relents de mort lui monte aux narines. Dans quelques jours, ils deviendront si puissants qu'on pourra les repérer à plus de cinquante mètres en fonction du vent. Les mouches pondront dans les orifices naturels et dans les plaies, et bientôt la charogne grouillera d'asticots. Cela ne le gênera pas davantage. Il aime bien regarder ce qu'occasionne la mort.

Il tourne les talons et se dirige vers la maison en ruine, berçant son fusil dans ses bras. Il perçoit le lointain écho de la circulation sur l'autoroute 27, celle qui se dirige vers le sud. Nul n'a de raison de venir par ici. Peut-être un jour, mais en tout cas pas pour l'instant. Il pose le pied sur la véranda et une planche pourrie cède sous sa semelle. Il pousse la porte et pénètre dans une pièce sombre, une sorte d'espace aveugle et sans aération qui sent le renfermé et la poussière. Même lorsque la journée est lumineuse, il fait sombre et étouffant dans la maison et c'est encore pire ce matin puisque le temps vire à l'orage. Il n'est que huit heures du matin, pourtant on se croirait en pleine nuit à l'intérieur, et il commence à transpirer.

– Est-ce que c'est vous ? demande la voix dans les ténèbres.

Elle provient de l'arrière de la bâtisse. C'est normal puisque c'est là que doit être la voix.

Une table de fortune, faite d'une plaque de contreplaqué montée sur des blocs de ciment, est poussée contre un mur. Un petit aquarium trône au milieu. Il pointe l'arme sur lui et presse le coussinet situé sur la culasse. La lumière au xénon éclabousse violemment la paroi de verre et la silhouette noire de la tarentule prisonnière de l'aquarium, immobile sur le fond recouvert d'une couche de sable et de morceaux d'écorces. On dirait une main sombre suspendue au milieu d'un geste. Elle est tout près de son éponge imbibée d'eau et de son petit rocher préféré. Des petits grillons dérangés par la lumière s'agitent dans un des coins de l'aquarium.

– Venez me parler un peu.

La voix est presque exigeante, mais déjà plus faible que la veille.

Il n'est pas certain d'être heureux que la voix soit en vie. Peut-être, au fond. Il soulève le couvercle de l'aquarium et parle doucement, gentiment à l'araignée. Les poils de l'abdomen de l'arachnide sont clairsemés, couverts d'une croûte abandonnée par la colle sèche et le sang jaune pâle. La haine le secoue lorsqu'il se rappelle la raison pour laquelle l'animal est presque imberbe et pourquoi il a failli se vider de son sang.

Les poils de l'araignée ne repousseront pas avant la nouvelle mue. Peut-être qu'elle guérira, peut-être pas.

—Et tu sais de qui c'est la faute, n'est-ce pas? dit-il à l'animal. Mais, je m'en suis chargé, tu le sais aussi.

—Venez, demande la voix. Est-ce que vous m'entendez?

L'araignée ne bouge pas. Peut-être va-t-elle mourir. Il y a de grandes chances, même.

—Je suis désolé d'avoir été absent si longtemps. Je me doute que tu dois te sentir bien seule. Je ne pouvais pas t'emmener avec moi, surtout dans ton état. La route était longue et en plus, il faisait très froid, explique-t-il à la tarentule.

Il plonge la main dans l'aquarium et caresse doucement l'animal qui bronche à peine.

—Est-ce que c'est vous? insiste la voix faible et rauque.

Il tente d'imaginer à quoi ressemblera la vie lorsque la voix se sera tue pour toujours et repense à la chose morte, raide et infestée de mouches.

—C'est vous?

Son index appuie toujours sur le coussinet de la culasse. Le faisceau lumineux suit la ligne du canon, illuminant le parquet crasseux de poussière et constellé de coquilles desséchées d'œufs d'insectes. Il avance, précédé par la lumière mouvante.

—Hello? Qui est là?

CHAPITRE 16

Installé dans le laboratoire de balistique, Joe Amos remonte la fermeture à glissière d'un blouson de cuir noir Harley-Davidson passé autour d'un gros bloc de gélatine d'une quarantaine de kilos. Il est surmonté par un second bloc d'une vingtaine de kilos qui figure la tête. Ce dernier est chaussé de lunettes de soleil Ray-Ban et coiffé d'une sorte de fichu noir décoré de têtes de morts.

Joe recule de quelques pas afin d'admirer son œuvre. Il est assez content de lui mais un peu fatigué. Il a veillé trop tard en compagnie de sa nouvelle chouchoute, et bu beaucoup trop de vin.

– C'est marrant, n'est-ce pas? demande-t-il à Jenny.

– Marrant mais assez dégoûtant. Vous avez intérêt à ce qu'il ne le voie pas. J'ai entendu dire que c'était le genre qu'il valait mieux ne pas trop asticoter, commente-t-elle, assise sur l'une des paillasses.

– La personne qu'il vaut mieux ne pas trop asticoter, c'est moi. Je me demande si je ne vais pas utiliser un colorant alimentaire rouge. Pour que ça ressemble davantage à du sang.

— Super.

— Ajouter aussi un soupçon de marron et peut-être que ça aura l'air d'un corps en décomposition. Je peux tenter de trouver un truc pour que ça pue.

— Vous et vos scènes infernales !

— Mon esprit ne se repose jamais. Mon dos me fait mal, enchaîne-t-il en admirant à nouveau son travail. Je me suis fait mal au dos et je vais la traîner en justice.

La gélatine, gel élastique et transparent fait d'ossements d'animaux et de collagène, n'est pas très aisée de manipulation. Les blocs qu'il a déguisés lui ont donné un mal de chien lorsqu'il a fallu les transporter de leur compartiment réfrigéré au mur capitonné du stand de tir. La porte du laboratoire est fermée. La lumière rouge située sur le mur extérieur est allumée, prévenant que le stand est en activité.

— Tout fringant et nulle part où aller, lâche-t-il à la masse peu appétissante.

Le terme exact est hydrolysat de gélatine. Elle entre également dans la composition des shampoings et des conditionneurs, des rouges à lèvres, des boissons protéinées, des traitements contre l'arthrose et de bien d'autres produits que Joe ne consommerait pas pour tout l'or du monde. D'ailleurs, il refuse maintenant d'embrasser sa fiancée si elle porte du rouge à lèvres. La dernière fois que ça lui est arrivé, il a fermé les yeux lorsque les lèvres de la jeune femme se sont posées sur les siennes. Soudain, la vision d'un grand faitout dans lequel bouillaient des cochonneries récupérées de poissons, de porcs et de vaches s'est imposée à son esprit. Maintenant, il déchiffre scrupuleusement les étiquettes. Si des protéines animales hydrolysées sont indiquées dans la liste des constituants, le produit part tout droit à la poubelle, ou alors, il le remet sur son étagère.

Lorsqu'elle est préparée avec soin, la gélatine ressemble beaucoup à de la chair humaine. C'est presque aussi adéquat que les tissus porcins, que Joe aurait quand même préférés. Il a entendu dire que certains labos de balistique tiraient dans des carcasses de cochons pour tester les capacités de pénétration et d'expansion des balles dans diverses situations. Il préférerait tirer sur un porc. Il aimerait déguiser une grande carcasse en être humain afin que les étudiants puissent la cribler de balles, de près, de loin, en utilisant des projectiles et des armes variées. Ça ferait une magnifique scène infernale. Évidemment, le mieux serait carrément de faire un carton sur un cochon vivant, mais Scarpetta ne l'autorisera jamais. D'ailleurs, elle n'a même pas voulu entendre parler d'un animal mort comme cible.

– Ça ne servira à rien d'essayer de la traîner en justice, reprend Jenny. Elle est aussi avocate.

– Je m'en cogne.

– Eh bien, d'après ce que vous m'avez raconté, vous avez déjà tenté le coup, et ça ne vous a mené nulle part. De toute façon, c'est Lucy qui a tout l'argent. Il paraît qu'elle ne se prend pas pour du pipi de chat. Je ne l'ai jamais rencontrée. Aucun d'entre nous, d'ailleurs.

– Tu ne rates pas grand-chose. Un de ces quatre, quelqu'un la remettra à sa place.

– Quelqu'un comme vous ?

– Peut-être que je suis déjà en train, rétorque-t-il dans un sourire. Je vais te dire un truc : je n'ai nulle intention de partir d'ici sans un bon paquet. J'y ai droit après toutes les crasses qu'elle m'a fait subir, et c'est à nouveau de Scarpetta qu'il parle. Elle me traite comme de la merde !

– Peut-être que je rencontrerai Lucy avant de passer mon diplôme, murmure Jenny d'un ton songeur, toujours perchée sur la paillasse.

Son regard passe de Joe à la masse gélatineuse qu'il a déguisée en Marino.

– Tous de la merde ! lâche-t-il. La putain de trinité. Mais je leur réserve une petite surprise.

– Quoi donc ?

– Tu verras. Peut-être que je te mettrai dans la confidence.

– Qu'est-ce que c'est ?

– Eh bien... Disons que... je vais tirer quelque chose de tout cela. Elle m'a sous-estimé et c'est une colossale erreur. Et ce soir, je nous promets un énorme fou rire.

Une partie de son travail consiste à assister Scarpetta à l'institut médico-légal de Broward County. Elle le traite comme un sous-fifre, le contraignant à suturer les cadavres après les autopsies, à compter les pilules dans les boîtes de médicaments qui accompagnent les dépouilles et à dresser l'inventaire des effets personnels des décédés comme s'il n'était qu'un petit assistant de morgue au lieu d'un légiste. Elle lui a confié la responsabilité des pesées, de la prise des mesures, des photographies. Il doit également déshabiller les corps et passer au crible les housses à cadavres pour récupérer tout ce qui pourrait traîner au fond, surtout lorsque c'est bien putride, infesté d'asticots comme dans le cas des noyés ou encore s'il s'agit de chairs visqueuses adhérant aux os d'un presque squelette. Pourtant, le plus humiliant est sans doute sa dernière charge : mélanger les dix pour cent de gélatine qui serviront à réaliser les blocs utilisés par les scientifiques et les étudiants en balistique.

– *Pourquoi ? Donnez-moi une bonne raison ? a-t-il demandé à Scarpetta l'été dernier lorsqu'elle lui a expliqué sa future mission.*

– *Parce que ça fait partie de votre formation, Joe, a-t-elle alors expliqué de son habituel ton imperturbable.*

– *Je me forme pour devenir anatomopathologiste, pas technicien de laboratoire ou marmiton, a-t-il protesté.*

– *Ma méthode consiste à tout vous apprendre, depuis le degré zéro. Rien ne doit vous rebuter et vous devez savoir tout faire par vous-même.*

– *Ah oui ? Et je suppose que vous allez ajouter que vous avez, vous aussi, confectionné ces blocs de gelée, que votre apprentissage a commencé par là ?*

– *Oh, mais je continue, et je suis toujours ravie de communiquer ma recette personnelle, a-t-elle rétorqué. Personnellement, je préfère la Vyse, mais la Kind & Knox 250-A fait aussi bien l'affaire. Il convient de toujours utiliser de l'eau froide – entre sept et dix degrés centigrades –*

104

et d'ajouter la gélatine à l'eau, jamais l'inverse. Ensuite, il faut remuer délicatement afin d'éviter d'inclure de l'air dans la préparation. Après cela, il faut ajouter 2,5 millilitres d'antimousse pour un bloc de dix kilos et s'assurer que le moule est impeccablement propre. Et mainte-nant, le tour de main du chef : on introduit 0,5 millilitre d'huile de cannelle à la mixture.

— Comme c'est chou !

— L'huile de cannelle empêche la prolifération des moisissures.

Elle a même écrit sa recette personnelle ainsi qu'une liste du matériel nécessaire incluant : une balance, un Bécher gradué, un agitateur, une seringue hypodermique de 12 cc, de l'acide propionique, un mince tuyau, du papier d'aluminium, une grande louche et le reste. Elle s'est ensuite fendue d'une démonstration digne de Martha Stewart dans la salle de pré-paration attenante au laboratoire comme si, du coup, s'activer autour de conteneurs de 12 kilos de poudre de déchets ani-maux, peser, puis nettoyer, soulever ou traîner d'énormes mar-mites pour les transférer dans un réfrigérateur ou la chambre froide devenait normal et presque gratifiant. Pour couronner le tout, il doit ensuite s'assurer que les étudiants se rendent dans le stand ou sur le champ de tir avant que ces foutus machins ne se détériorent, parce qu'en plus ça s'abîme assez vite. Ils fondent comme la glace et mieux vaut les utiliser dans la demi-heure qui suit leur retrait de la chambre froide, parfois même plus tôt si la température extérieure est plus élevée.

Il dégonde la porte grillagée d'un placard et la pose en équi-libre contre les blocs de gélatine accoutrés en motard, puis coiffe des protections d'oreilles et chausse des lunettes de tir en encourageant d'un signe de tête Jenny à l'imiter. Il choisit un Beretta 92 en acier poli, un excellent pistolet double action équipé d'un guidon de visée au tritium, et introduit un char-geur de Speer Gold Dot 147 grains, des balles qui se caracté-risent par six dentelures autour de la pointe creuse. Grâce à cette conformation, le projectile s'évasera, ou plutôt s'épa-nouira à la manière d'une fleur, même après avoir traversé quatre épaisseurs d'un tissu très épais ou le cuir compact d'un blouson de motard.

Pourtant, cette fois, les conditions sont un peu différentes, puisque la balle va d'abord lacérer le grillage de la porte avant de déchirer le blouson Harley et de forer un chemin à la façon d'un javelot au travers de la poitrine de Mr Gélatine, ainsi qu'il aime à baptiser ses mannequins faits de blocs.

Il actionne la culasse et fait feu à quinze reprises, imaginant que Mr Gélatine n'est autre que Marino.

CHAPITRE 17

Le vent malmène les palmiers qu'elle aperçoit depuis les fenêtres de la salle de réunion. *Il va pleuvoir*, songe Scarpetta. On dirait qu'un violent orage se prépare à fondre sur eux et Marino est encore en retard. Il n'a toujours pas daigné la rappeler, en dépit des messages qu'elle lui a laissés.

– Bonjour, eh bien, allons-y, annonce-t-elle à son équipe. Nous avons pas mal de choses à passer en revue et il est déjà neuf heures et quart.

Elle déteste être en retard. Elle déteste que quelqu'un la mette en retard, c'est-à-dire, dans ce cas, Marino. Encore Marino ! Il est en train de ficher en l'air toutes les routines quotidiennes. D'ailleurs, il fiche tout en l'air.

– Avec un peu de chance, ce soir je serai installée dans l'avion pour Boston, poursuit-elle. Enfin, si ma réservation n'a pas encore été annulée par l'opération du Saint-Esprit.

– C'est un vrai foutoir, ces compagnies aériennes, commente Joe. Ça ne m'étonne pas qu'elles fassent toutes faillite.

— On nous a confié une affaire survenue à Hollywood. L'hypothèse du suicide est assez convaincante, mais certains détails
sont pour le moins troublants, explique-t-elle.

— Avant tout, j'aimerais discuter d'un point, intervient Vince,
l'expert en balistique.

— Allez-y, l'encourage Scarpetta en tirant d'une enveloppe des
clichés de la taille d'une feuille de papier machine et en les
faisant circuler autour de la table de réunion.

— Quelqu'un s'est entraîné dans le stand de tir il y a environ
une heure. Sans s'être inscrit sur le planning, lâche-t-il en
jetant un regard à Joe.

— Je voulais réserver le stand hier soir et puis j'ai complètement oublié, explique Joe. D'un autre côté, personne ne semblait en avoir besoin ce matin.

— Il est impératif de réserver. C'est la seule façon de garder
une trace de...

— J'expérimentais une nouvelle recette de gélatine balistique.
J'ai utilisé de l'eau chaude au lieu de la froide pour voir si
l'étalonnage était différent. Eh bien, c'est le cas. On a une
différence d'un centimètre. Ça, c'est une bonne nouvelle, ça
prouve que ça marche.

— De toute façon, il y a probablement une différence d'un
centimètre en plus ou en moins à chaque nouvelle préparation
de gélatine, lui lance Vince d'un ton irrité.

— Nous devons nous assurer de l'adéquation de tous les blocs
de gélatine que nous utilisons. C'est la raison pour laquelle je
passe ma vie à calibrer la matière première et à tenter de
perfectionner notre protocole de préparation. Du coup, je suis
forcé de passer un temps fou dans le labo de balistique. Il ne
s'agit pas d'un choix personnel.

Joe jette un regard à Scarpetta.

— La préparation des blocs de gélatine est l'une de mes tâches.

Il lui destine un nouveau regard.

— J'espère que vous avez pensé à installer des panneaux
d'arrêt avant de cribler le mur du fond de telles rafales, dit
Vince. Je vous l'ai déjà demandé.

– Vous connaissez nos règles, Dr Amos, approuve Scarpetta.

Elle lui donne toujours son titre lorsqu'ils sont en présence des autres. Elle lui témoigne plus de respect qu'il ne le mérite.

– Tout doit être consigné dans nos registres, ajoute-t-elle. Chaque arme empruntée de la collection de référence, chaque chargeur, chaque tir d'essai. Nos protocoles doivent être suivis à la lettre.

– Oui, madame.

– Il y a des justifications juridiques à cela. La plupart de nos affaires finissent au tribunal.

– Oui, madame.

– Très bien.

Elle attaque ensuite le dossier Johnny Swift.

Elle leur raconte qu'il a subi, début novembre, une intervention chirurgicale des deux mains. Dès sa sortie de l'hôpital, il est venu passer quelque temps avec son frère, à Hollywood. Ils sont vrais jumeaux. La veille de Thanksgiving, Laurel, le frère de Johnny, est sorti faire quelques courses. Lorsqu'il est rentré vers seize heures trente, les bras chargés de sacs d'épicerie, il a découvert le Dr Swift sur le canapé, mort d'une balle de fusil en pleine poitrine.

– Je crois que je me souviens de cette histoire, intervient Vince. Ils en ont parlé dans les médias.

– Quant à moi, je me souviens parfaitement du Dr Swift, s'exclame Joe. Il téléphonait souvent au Dr Self. Un jour que j'étais invité à son émission, il l'a appelée et il lui a cassé les pieds à propos du syndrome de Tourette. Manque de chance, j'étais d'accord avec elle, parce que ce syndrome, c'est le plus souvent une bonne excuse pour justifier des comportements inacceptables. Il a pontifié au sujet des dysfonctionnements neurochimiques, des aberrations cérébrales. Ah, quel expert ! conclut-il d'un ton sarcastique.

Les apparitions de Joe au cours des émissions du Dr Self ou de quiconque d'autre n'intéressent personne.

– Que sait-on au juste au sujet de l'arme et de la douille ? interroge Vince.

– Si l'on en croit le rapport de police, Laurel Swift a remarqué la présence d'un fusil à pompe à environ un mètre, derrière le canapé. L'arme était tombée et gisait par terre. Pas de douille.

– Ce n'est pas banal, ça. Donc, il se tire une balle en pleine poitrine et se débrouille quand même pour balancer le fusil derrière le canapé ? récapitule Joe. Je n'ai vu aucune photo de scène du crime avec le fusil.

– Le frère prétend avoir vu le fusil par terre, derrière le canapé. J'ai bien dit « prétend ». Nous reviendrons sur ce point un peu plus tard, prévient Scarpetta.

– On a retrouvé des résidus de tir sur lui ?

– Je suis vraiment désolée que Marino ne soit pas parmi nous, d'autant qu'il était chargé de cette enquête et qu'il travaille en collaboration avec la police de Hollywood, réplique-t-elle en prenant garde de ne rien laisser transparaître de ses sentiments à son sujet. En revanche, je sais que les vêtements de Laurel n'ont pas été analysés.

– Et ses mains ?

– On a détecté dessus des résidus de tir. Laurel Swift prétend qu'il a touché son frère, l'a secoué et que c'est de cette façon que du sang l'a éclaboussé. Théoriquement, la chose n'est pas impossible. J'ai d'autres détails à vous communiquer. Les deux poignets de la victime étaient serrés dans des attelles. Son alcoolémie plafonnait à 1,2 et, toujours d'après le rapport de police, il y avait pas mal de cadavres de bouteilles de vin dans la cuisine.

– On est certain qu'il ne buvait pas en compagnie ?

– On n'est certain de rien.

– Selon moi, ça ne devait pas être aisé pour un gars qui venait d'être opéré des deux poignets de soulever une arme aussi lourde.

– La remarque est justifiée, approuve Scarpetta. Quand on ne peut pas se servir de ses mains, que fait-on ?

– On utilise ses pieds.

– C'est réalisable. J'ai tenté l'expérience avec mon Remington calibre 12. Non chargé, bien sûr, précise-t-elle avec une pointe d'humour.

Elle a tenté ladite simulation toute seule parce que Marino ne s'est pas montré. Il n'a pas appelé non plus. Il n'en avait rien à faire.

– Malheureusement, je n'ai pas de photographies de cette petite reconstitution, ajoute-t-elle en omettant diplomatiquement d'indiquer qu'il lui était impossible de les prendre en l'absence de Marino. Quoi qu'il en soit, il est clair que le recul a dû repousser l'arme vers l'arrière, ou alors peut-être qu'une brutale secousse de son pied l'a fait basculer derrière le canapé. Enfin, en admettant qu'il se soit bien suicidé. Tant que j'y pense, aucune éraflure n'a été remarquée sur ses gros orteils.

– Il s'agissait d'une blessure à bout touchant? demande Vince.

– La densité de la suie sur sa chemise, l'abrasion des berges de l'orifice d'entrée, ainsi que son diamètre et sa forme, l'absence de marque en pétales de la bourre qui se trouvait toujours dans le corps sont cohérents avec un tir à bout touchant. Toutefois, nous sommes confrontés à une incohérence de taille qui, selon moi, découle du fait que le légiste s'est fié à un radiologue pour la détermination de la distance de tir.

– Qui cela?

– Il s'agissait d'une des affaires du Dr Bronson, précise-t-elle.

Plusieurs des scientifiques gémissent.

– Mon Dieu, il est aussi vieux que le pape ! Mais quand va-t-il se décider à prendre sa retraite !

– Le pape est mort, plaisante Joe.

– Merci pour le bulletin-flash de CNN.

– Le radiologue en question s'est mis en tête qu'il s'agissait d'un – et je cite – « tir à distance », résume Scarpetta. Il a évalué ladite distance à un mètre au minimum. Hum... Du coup, nous nous retrouvons face à un homicide parce qu'il est impossible de tenir à un mètre le canon d'un fusil que l'on braque sur sa poitrine. Nous sommes tous d'accord sur ce point.

Quelques clics de souris et les radiographies de la décharge fatale qui a tué Johnny Swift s'étalent sur le tableau blanc. Une nuée de plombs semblables à de petites bulles blanchâtres flottent entre les silhouettes fantomatiques des côtes de la victime.

– Comme vous pouvez le constater, les plombs se sont répandus dans la cage thoracique, aussi l'erreur du radiologue devient-elle plus compréhensible. Une telle répartition en éventail peut évoquer un tir à un mètre, un mètre cinquante de distance. Cela étant, je pense plutôt que nous sommes en présence d'un exemple parfait de ce que j'appelle l'effet billard.

La radiographie disparaît du tableau et Scarpetta ramasse quelques marqueurs de couleurs différentes.

– Les premiers plombs qui ont pénétré dans les tissus ont été freinés puis percutés par les suivants. Ces ricochets ont provoqué un essaimage qui évoque un tir à distance, explique-t-elle en dessinant des plombs rouges ricochant pour heurter d'autres plombs bleus à la manière de boules de billard. En d'autres termes, on se retrouve avec une dispersion des projectiles qui peut faire croire à un tir à distance alors qu'en réalité il s'agissait d'un bout touchant.

– Et aucun des voisins n'a entendu la détonation ?

– De toute évidence, non.

– Peut-être que les gens étaient à la plage. Sans compter ceux qui avaient profité de Thanksgiving pour partir en vacances.

– Ce n'est pas exclu.

– Il s'agissait de quel genre de fusil ? Et à qui appartenait-il ?

– À en juger par les plombs, nous avons affaire à un calibre 12, répond Scarpetta. Il semble que l'arme ait disparu avant l'arrivée de la police.

CHAPITRE 18

Ev Christian est réveillée. Elle est assise sur un matelas sombre de ce qu'elle pense être du sang séché.

Des magazines sont éparpillés sur le sol crasseux de cette petite chambre malpropre dont le plafond menace de s'effondrer et dont le papier peint est taché d'auréoles d'humidité. Elle voit si mal sans ses lunettes qu'elle parvient à peine à distinguer les couvertures pornographiques. Elle discerne juste les bouteilles de sodas et les emballages de fast-food qui jonchent le sol. Une petite chaussure de tennis rose est coincée entre le matelas et le mur rugueux d'échardes. Une pointure de fillette. Ev l'a ramassée d'innombrables fois pour la détailler, se demandant ce que sa présence signifiait, à qui elle avait pu appartenir, s'inquiétant au sujet de la petite fille qui l'avait peut-être portée. Était-elle morte ? Parfois, Ev fourre la tennis derrière elle lorsqu'il pénètre dans la pièce, de crainte qu'il ne la lui prenne. C'est tout ce qu'elle possède.

Elle ne dort jamais plus d'une ou deux heures d'affilée et a perdu toute notion du temps. Du reste, le temps n'existe pas.

113

Une lumière grise se faufile par la fenêtre cassée située à l'autre bout de la chambre, et elle ne parvient pas à apercevoir le soleil. En revanche, elle sent la pluie.

Elle ignore ce qu'il a pu faire de Kristin et des garçons. Elle ignore ce qu'il a pu leur faire. Elle se souvient très vaguement des toutes premières heures, de ces effroyables heures, si irréelles, durant lesquelles il lui a apporté à manger et à boire puis l'a fixée dans la pénombre. Lui-même était si ténébreux, ténébreux comme un esprit malfaisant planant dans l'embrasure de la porte.

– *Quel effet ça fait ?* lui a-t-il demandé de cette voix douce et glaciale. *Quel effet ça fait de savoir qu'on va mourir ?*

Il fait toujours sombre dans cette chambre. Pourtant, l'obscurité s'épaissit lorsqu'il y pénètre.

– *Je n'ai pas peur. Vous ne pouvez rien contre mon âme.*

– *Dis que tu es désolée.*

– *Il n'est pas trop tard pour vous repentir. Dieu peut pardonner les pires péchés si l'on se repent avec humilité.*

– *Dieu est une femme et je suis Son Œil. Dis que tu es désolée.*

– *Blasphème ! Honte à vous. Je n'ai rien commis et n'ai nulle excuse à vous présenter.*

– *Je vais t'apprendre la honte. Et tu finiras par dire que tu es désolée. Comme elle.*

– *Kristin ?*

Il avait disparu sur ces mots, et Ev avait ensuite entendu des voix provenant d'une autre pièce. Elle n'était pas parvenue à comprendre ce qui s'échangeait, mais il devait parler avec Kristin, il ne pouvait pas en être autrement. Elle n'arrivait pas à distinguer les mots, mais elle les entendait discuter. Elle se souvient d'un traînement de pieds et de ces voix provenant de l'autre côté du mur. Et puis soudain, elle a entendu Kristin. Elle a su qu'il s'agissait bien d'elle. Pourtant, lorsque Ev y repense maintenant, elle se demande si elle n'a pas rêvé.

– *Kristin ! Kristin ! Je suis là ! Je suis là ! Ne vous avisez pas de lui faire du mal !*

L'écho de sa propre voix résonne dans son esprit. Pourtant, si ça se trouve, tout cela n'était qu'une illusion.

— *Kristin ? Kristin ? Je suis là ! Réponds-moi ! Ne vous avisez pas de lui faire du mal !*

Ensuite, les voix ont repris. Peut-être rien d'affreux ne se produisait-il. Ev n'en est pas certaine. Peut-être a-t-elle déliré. Peut-être a-t-elle également rêvé qu'elle entendait l'écho de ses boots le long du couloir et la porte de devant se refermer. Cela a-t-il duré quelques minutes ou plusieurs heures ? Peut-être a-t-elle entendu une voiture démarrer. Mais là encore, il pouvait s'agir d'un rêve, d'une sorte d'hallucination. Ev s'est assise dans l'obscurité, son cœur battant la chamade. Elle a tendu l'oreille, guettant le moindre son de Kristin ou des garçons. En vain. Elle les a appelés jusqu'à ce que sa gorge soit en feu et qu'elle ne puisse plus voir, ni presque respirer.

Les nuits succédaient aux jours et sa silhouette sombre apparaissait d'un coup, un gobelet d'eau à la main, mais rien à manger. La silhouette sombre s'immobilisait et la fixait sans qu'elle parvienne à distinguer son visage. Du reste, elle n'a jamais vu son visage, pas même la première fois qu'il est entré dans la maison. Il porte une cagoule noire avec deux trous qui lui permettent de voir. Elle ressemble à une grande taie d'oreiller et pend sur ses épaules. La silhouette encapuchonnée aime bien pousser Ev du bout du canon de son fusil, comme si elle était un animal de zoo, comme s'il était curieux de savoir comment elle réagira. Il cogne de la sorte sur ses endroits intimes et attend sa réaction.

— *Honte à vous !* lance Ev lorsqu'il enfonce la gueule de son canon. *Vous pouvez blesser ma chair, mais vous n'atteindrez jamais mon âme. Mon âme appartient à Dieu.*

— *Elle n'est pas là. Je suis Son Œil. Dis que tu es désolée.*

— *Mon Dieu est un Dieu jaloux. « Tu n'auras pas d'autres dieux que moi. »*

— *Elle n'est pas là.*

Il enfonce le canon de son fusil, parfois si brutalement que la gueule abandonne de petits cercles d'un noir violacé sur sa peau.

— *Dis que tu es désolée,* répète-t-il.

Ev est assise sur le matelas répugnant qui sent mauvais. Il a déjà été utilisé, d'une épouvantable façon. Des taches raidies et noirâtres le maculent. Elle est assise dessus, dans cette pièce puante et dépourvue d'air qui ressemble à une décharge. Elle écoute, tente de réfléchir, écoute et prie, elle hurle aussi dans l'espoir d'un secours. Nul ne répond jamais. Nul ne l'entend et elle se demande où elle se trouve. Où peut-elle bien se trouver pour que nul n'entende ses hurlements?

Elle ne peut même pas s'échapper puisqu'il a très intelligemment tordu des cintres autour de ses poignets et de ses chevilles. Il a ensuite passé des cordages dans les armatures métalliques et les a noués autour d'un chevron du plafond qui s'affaisse. Elle ressemble à une grotesque marionnette, contusionnée et couverte de piqûres d'insectes et de rougeurs. Tout son corps dévêtu la démange et la douleur le ravage. En se démenant, elle parvient à se mettre debout. Elle peut s'écarter un peu du matelas pour uriner ou faire ses besoins. À chaque fois, la souffrance est si crucifiante qu'elle manque se trouver mal.

Il fait tout dans le noir. Il peut voir en pleine obscurité. Elle l'entend respirer. Il est la sombre silhouette. Il est le diable.

— Aidez-moi, mon Dieu, lance-t-elle vers la fenêtre brisée, vers le ciel gris, vers le Dieu qui se tient de l'autre côté, quelque part dans Son paradis. Je vous en supplie, aidez-moi.

CHAPITRE 19

L'écho lointain d'une moto équipée d'un pot d'échappement particulièrement bruyant parvient à Scarpetta.

Elle tente de se concentrer comme le véhicule se rapproche, contourne le bâtiment en direction du parking. Elle se demande si elle va devoir virer Marino et n'est pas certaine de pouvoir le faire.

Elle est en train d'expliquer qu'il y avait deux postes de téléphone chez Laurel Swift. Leurs prises étaient débranchées et les cordons manquaient à l'appel. Laurel avait oublié son téléphone portable dans sa voiture et, a-t-il affirmé, n'avait pas réussi à mettre la main sur celui de son frère, expliquant ainsi qu'il n'ait pu appeler les secours. Paniqué, il s'était rué hors de l'appartement, hélant la première personne qu'il avait rencontrée. Il n'était pas rentré chez lui avant l'arrivée de la police. À ce moment-là, le fusil avait disparu.

–Voilà pour les informations que m'a communiquées le Dr Bronson, conclut Scarpetta. J'ai discuté avec lui à plusieurs reprises, mais force m'est d'admettre que cela n'a pas amélioré ma compréhension des détails.

– Les cordons de téléphone. Est-ce qu'on les a retrouvés ?

– Je l'ignore, admet Scarpetta puisque Marino ne lui en a pas parlé.

Joe se fend d'un de ses scénarios pleins d'imagination :

– Johnny Swift aurait pu les débrancher lui-même pour s'assurer que personne ne pourrait lui porter secours, dans le cas où la balle ne l'aurait pas tué sur le coup. Enfin, s'il s'agit bien d'un suicide.

Scarpetta reste silencieuse. Elle ne sait rien de plus. Elle ne dispose que des informations floues pour ne pas dire incohérentes qu'a bien voulu lui transmettre le Dr Bronson.

– Autre chose avait-il disparu, en dehors des cordons, du téléphone portable du défunt et du fusil ? Il est vrai que c'est déjà pas mal.

– Il faudra que vous le demandiez à Marino.

– Je crois qu'il vient d'arriver, sauf si quelqu'un d'autre possède une moto qui fait autant de vacarme qu'une navette spatiale.

– Si vous voulez mon sentiment, je suis surpris que Laurel n'ait pas été accusé du meurtre de son jumeau, remarque Joe.

– Vous ne pouvez accuser personne tant que les circonstances de la mort ne sont pas déterminées, rétorque Scarpetta. Or, c'est le cas. Les certitudes font encore défaut pour affirmer qu'il s'agit d'un suicide, d'un homicide, voire d'un accident, quoique cette dernière solution me paraisse totalement invraisemblable. Si le Dr Bronson ne parvient pas à une conclusion ferme et définitive à ce sujet, il n'est pas exclu qu'il n'opte pour une « origine indéterminée ».

L'écho d'une démarche pesante résonne dans le couloir.

– Et le bon sens dans tout ça ? lance Joe.

– On ne peut pas déterminer les circonstances d'un décès en se fiant juste au bon sens, réplique Scarpetta tout en souhaitant qu'il garde ses commentaires pour lui-même.

La porte de la salle de réunion s'ouvre pour laisser passage à Marino, qui tient d'une main un attaché-case et de l'autre une boîte de beignets Krispy Kreme. Il est tout habillé de noir, de ses jeans à ses bottes de cuir en passant par son blouson dont le dos est orné du logo Harley. Son habituelle tenue. Il s'installe sur sa chaise, à côté de Scarpetta qu'il ignore royalement, et fait glisser la boîte de beignets au milieu de la table.

– J'aimerais vraiment qu'on puisse analyser les vêtements que portait le frère ce jour-là, rechercher la présence éventuelle de résidus de tir... dit Joe.

Il se laisse aller contre le dossier de sa chaise comme à chaque fois qu'il va pontifier. Au demeurant, il a tendance à étaler encore plus sa science dès que Marino est présent.

– ... On pourrait les passer aux rayons X, au Faxitron, voire utiliser la microscopie électronique à balayage couplée à la spectrométrie...

Marino dévisage Joe comme s'il avait envie de lui balancer son poing dans la figure.

– Certes, on peut récolter plein d'autres traces sur quelqu'un sans qu'elles proviennent nécessairement d'un projectile. Des substances utilisées pour la plomberie, les piles, ou entrant dans la composition des graisses de moteur ou des peintures. Exactement comme lors de ma *practicum* de laboratoire du mois dernier, conclut Joe en récupérant un beignet au chocolat, si écrasé que la presque totalité de son nappage adhère au couvercle de la boîte.

– ... Vous savez ce qui s'est passé ?

Il se lèche les doigts et jette un regard à Marino installé de l'autre côté de la table.

– C'était une sacrée *practicum*, lâche Marino. Je me demande où vous avez trouvé cette idée.

– L'objet de ma question est de savoir ce que sont devenus les vêtements du frère.

– Je crois que vous avez trop regardé de séries télévisées mettant en scène des légistes, déclare Marino sans qu'un muscle de son gros visage ne tressaille. Trop de policiers à la Harry Potter sur le grand écran plat de votre télé. Du coup, vous vous

prenez pour un anatomopathologiste, enfin presque, un avocat, un scientifique, un gars de la police scientifique, un flic,
bref le capitaine Kirk de Star Trek et la fée Clochette, tout en
un.

– À propos, la scène infernale d'hier était un fabuleux succès,
déclare Joe. C'est vraiment dommage que vous l'ayez tous man-
quée.

– Pour en revenir aux vêtements, Pete, commence Vince,
savons-nous ce qu'il portait lorsqu'il a découvert le cadavre de
son frère?

– À l'en croire, il portait rien, répond Marino. Il paraît qu'il
est entré chez lui par la porte de la cuisine, qu'il a déposé ses
sacs de provisions sur le plan de travail, puis qu'il a filé dans la
chambre pour pisser. J'ai bien dit « il paraît ». Il a pris une
douche parce qu'il devait travailler au restaurant ce soir-là.
Ensuite, il a jeté un coup d'œil par la porte et c'est là qu'il a
aperçu le fusil derrière le canapé. À ce moment-là, toujours
selon lui, il était à poil.

– Ça m'a l'air d'un vrai paquet de foutaises, marmonna Joe
la bouche pleine.

– Mon opinion, c'est qu'on a affaire à un cambriolage qui a
mal tourné, propose Marino. Exemple, un voleur interrompu
au beau milieu. Ou autre chose dans ce genre. On peut pas
exclure que ce riche médecin se soit trouvé embringué avec la
personne qu'il fallait pas. Quelqu'un a vu mon blouson Harley? Le noir avec une tête de mort sur une épaule et le drapeau
américain sur l'autre?

– Quand le portiez-vous la dernière fois?

– Je l'ai laissé dans le hangar quand Lucy et moi avons fait
une balade dans les airs. Quand je suis revenu, il avait disparu.

– Je ne l'ai pas vu.

– Moi non plus.

– Merde. Je l'ai payé un paquet. En plus, c'était un truc per-
sonnalisé. Merde, alors! Si quelqu'un l'a piqué...

– Il n'y a pas de voleurs, ici, le coupe Joe.

– Sans blague? Même pas des voleurs d'idées? fait Marino en

le pulvérisant du regard. Tiens, tant que j'y pense, continue-t-il en s'adressant à Scarpetta, puisqu'on discute de ces scènes infernales...

— Tel n'est pas le sujet de la réunion, l'interrompt-elle.

— Je suis venu ce matin avec quelques commentaires à leur sujet.

— Une autre fois.

— J'ai des trucs sympas à dire, je vous ai laissé un dossier sur votre bureau, insiste Marino. Comme ça, vous aurez des trucs intéressants à cogiter durant vos vacances. Surtout que vous allez probablement être bloquée par la neige, là-haut, et qu'on vous reverra pas avant le printemps prochain.

Elle tente de juguler son irritation, de la repousser au fond d'elle dans l'espoir que nul ne la perçoive. Il perturbe sciemment une réunion du personnel et la traite de la même façon qu'il y a quinze ans, lorsqu'elle était le médecin expert général de l'État de Virginie, une femme dans un monde d'hommes, une femme qui se donnait des airs, de l'avis de Marino, puisqu'elle possédait un doctorat de médecine et un diplôme de droit.

— Je pense que l'affaire Swift ferait une scène infernale géniale, intervient Joe. Les résidus de tir racontent des choses bien différentes des analyses en spectrométrie à rayons X et autres. Histoire de savoir comment s'en sortiraient les étudiants. Je parie qu'ils n'ont jamais entendu parler de l'effet billard.

— J'ai pas demandé au poulailler, tonne Marino. Quelqu'un m'a entendu demander au poulailler ?

— Oh, vous savez ce que je pense de vos talents créatifs, rétorque Joe. Franchement, je les trouve dangereux.

— Je me contre-tape de votre opinion.

— Enfin, on a de la chance que l'Académie ne soit pas sur la paille. Parce qu'un règlement à l'amiable nous aurait coûté une véritable fortune, persiste Joe comme si l'idée qu'un jour Marino puisse lui flanquer son poing dans la figure ne l'avait jamais effleuré. Ça, nous avons vraiment eu du bol après ce que vous avez fait.

L'été dernier, l'une des reconstitutions criminelles imaginées par Marino a tellement traumatisé une étudiante qu'elle a quitté l'Académie en menaçant de les traîner en justice. Fort heureusement, personne n'en a plus jamais entendu parler. Cela étant, Scarpetta et son équipe sont devenus paranoïaques dès qu'il s'agit de permettre à Marino de participer à la formation, qu'elle consiste à mettre sur pied une scène infernale ou à intervenir lors d'une conférence.

—Je peux vous assurer que cet incident me trotte dans la tête lorsque je crée une de ces scènes, s'obstine Joe.

—Ah, parce que vous « créez » des scènes infernales ? contre-attaque Marino. Vous voulez pas plutôt dire « lorsque vous me piquez » des idées ?

—Je crois que c'est ce que l'on nomme des paroles vitriolées. Je n'ai nul besoin de voler des idées, et certainement pas les vôtres.

—Ouais, vraiment ? Vous croyez peut-être que je reconnais pas mes propres trucs ? Vous en savez pas assez pour monter des histoires comme les miennes, monsieur le presque médecin légiste.

—Ça suffit, s'exclame Scarpetta en haussant le ton. Ça suffit !

—Vraiment ? Pourtant, j'en ai une super. *A priori*, on pense que la victime a été abattue lors d'une fusillade dont l'auteur passait à bord d'une voiture. Mais lorsqu'on extrait la balle, on s'aperçoit que le plomb conserve une marque de gaufrage, comme un maillage, parce que la victime a été descendue à travers la moustiquaire de sa fenêtre, son corps...

—C'est mon idée ! éructe Marino en abattant son poing sur la table.

CHAPITRE 20

Le Séminole possède un pick-up blanc passablement délabré, rempli d'épis de maïs. Il est garé à quelques mètres des pompes à essence. Odd l'observe depuis un bon moment.

– Une espèce d'enfoiré m'a piqué mon putain de portefeuille et mon téléphone portable ! Ça a dû se passer pendant que je prenais cette foutue douche, s'énerve l'homme dans la cabine téléphonique, tournant le dos à la station-service CITGO et aux poids lourds qui ne cessent d'y défiler dans un grondement permanent.

Odd feint le plus grand sérieux en écoutant l'homme tempêter, se plaindre de sa prochaine nuit, jurer comme un charretier parce qu'il va devoir dormir dans son pick-up, qu'il n'a plus de portable et plus d'argent pour s'offrir une nuit au motel. D'ailleurs, il n'a même plus assez pour se payer une douche. En plus, maintenant, ils vous demandent cinq dollars et c'est quand même abusif pour une simple douche, d'autant qu'ils ne vous donnent rien d'autre, même pas un bout de savon. Des fois, y'a des gars qui la prennent à deux. Du coup,

123

ils obtiennent une petite ristourne. Ils disparaissent derrière une palissade en bois cru, du côté ouest du petit supermarché de la station CITGO. Ils empilent leurs vêtements et leurs chaussures sur un banc de l'autre côté de la palissade avant d'entrer dans la cabine qui n'est rien de plus qu'un bac de ciment éclairé faiblement et équipé d'une seule pomme de douche. L'eau s'écoule par une large bonde rouillée au centre du bac.

L'intérieur de la cabine est toujours trempé. La pomme de douche goutte et les robinets geignent. Les gars amènent leur propre savon, leur shampoing, sans oublier leur dentifrice et leur brosse à dents, qu'ils trimbalent le plus souvent dans un petit sac en plastique. Ils amènent aussi leur serviette. Odd ne s'est jamais douché là-dedans, mais il regarde souvent les vêtements des gars en se demandant ce que peuvent contenir leurs poches. De l'argent, des téléphones portables, parfois même de la came. La douche des femmes a été construite contre le flanc est du supermarché. Elle ressemble comme deux gouttes d'eau à celle des hommes. Elles ne la prennent jamais à deux, pas même pour la ristourne. Elles se douchent à toute vitesse, embarrassées par leur nudité, et terrifiées à l'idée que quelqu'un puisse pénétrer dans la cabine. Un homme. Un grand mec baraqué qui pourra faire ce qui lui chante.

Odd compose le numéro vert inscrit sur la carte qu'il garde pliée dans la poche arrière de son pantalon, une carte rectangulaire qui doit faire dans les vingt centimètres de long. Un grand trou rond la perce et une des extrémités est fendue pour permettre de l'accrocher à une poignée de porte. La carte porte des informations, et aussi un petit dessin humoristique représentant un citron vêtu d'une chemise tropicale et portant des lunettes de soleil. Odd réalise la volonté de Dieu. Il est l'Œil de Dieu et réalise les œuvres de Dieu. Dieu possède un QI de cent cinquante.

« Merci de contacter le Programme d'Éradication du Chancre des Agrumes, débite la voix familière. Votre appel peut être enregistré à des fins d'évaluation de la qualité de nos services. »

La voix enregistrée de la fille continue et offre un autre numéro dans le cas où l'appel concernerait d'éventuels dommages survenus à Palm Beach, à Monroe ou dans les comtés de Dade ou de Broward. Il surveille le Séminole du coin de l'œil. Celui-ci remonte dans son pick-up et sa chemise écossaise à gros carreaux rouges lui évoque un bûcheron. Celui qui se trouvait derrière la porte de la boutique de Noël. Il compose le numéro dicté par la voix féminine.

– Département de l'Agriculture, annonce une femme.

– Je voudrais parler à un inspecteur chargé des agrumes, s'il vous plaît, explique-t-il en songeant aux combats d'alligators, le regard toujours rivé sur le Séminole.

– En quoi puis-je vous aider ?

– Vous êtes inspectrice ? demande-t-il en pensant à l'animal qu'il a aperçu il y a une heure affalé sur la berge de l'étroit canal qui suit l'autoroute 27, direction sud.

Il y a vu un signe faste. L'alligator mesurait bien un mètre cinquante de long. Les écailles du saurien étaient très noires et sèches et il ne semblait pas le moins du monde intéressé par les énormes camions transportant du bois qui passaient dans un bruit infernal. Odd se serait bien garé s'il en avait eu la possibilité. Il aurait contemplé l'alligator, étudié la façon dont il se débrouillait dans la vie, sans une once de crainte, silencieux et calme mais toujours prêt à foncer vers l'eau pour agripper une proie inconsciente et l'entraîner sous la surface, jusqu'au fond du canal afin de la noyer, puis de la laisser pourrir pour la dévorer ensuite. Il aurait longtemps surveillé l'alligator. Cependant, il aurait été imprudent de se garer sur le bas-côté ou de sortir de l'autoroute, d'autant qu'il est en mission.

– Avez-vous des informations à nous communiquer ? poursuit la femme.

– Je travaille pour une entreprise de jardinage et, hier, j'ai constaté la présence d'arbres infestés par le chancre dans un jardin, pas très loin d'où je tondais une pelouse.

– Pouvez-vous me donner l'adresse ?

Odd s'exécute. Il s'agit d'une adresse de West Lake Park.

– Et votre nom ?

– Je préférerais que mon appel reste anonyme parce que je pourrais avoir des ennuis avec mon patron.

– D'accord. J'aimerais vous poser quelques questions. Avez-vous pénétré dans le jardin que vous supposez atteint par la maladie ?

– Y'avait pas de clôture, alors je m'y suis un peu baladé. Ils ont de très beaux arbres et des haies, et puis une bonne surface de pelouse. Je me suis dit que peut-être ils avaient besoin de quelqu'un pour s'en occuper et que je pourrais leur proposer mes services. C'est là que j'ai repéré des feuilles pas normales sur plusieurs des arbres. Elles présentent des petites lésions.

– Avez-vous remarqué une sorte de mince bordure autour de ces lésions évoquant un cerclage liquide ?

– J'ai l'impression que l'infection est assez récente. C'est sans doute la raison pour laquelle vos inspecteurs ne l'ont pas repérée lors de leurs tournées de routine. Non, ce qui m'inquiète, ce sont les arbres des jardins avoisinants. Il y a aussi des citronniers et, à vue de nez, je dirais qu'ils sont plantés à moins de trois cents mètres des arbres infectés. Du coup, ça m'étonnerait pas qu'ils soient aussi atteints. Et puis, encore plus loin, il y a d'autres jardins. Ça peut se propager dans tout le voisinage. Alors, bien sûr, vous comprenez mon inquiétude.

– Pourquoi pensez-vous que nos inspections de routine ne les ont pas remarqués ?

– J'ai rien vu qui indique que vous soyez déjà passés. Vous savez, ça fait un bout de temps que je travaille avec les agrumes, d'ailleurs, j'ai presque toujours bossé dans l'entretien de jardins. J'ai vu ce qui pouvait arriver de pire, des vergers entiers qu'il a fallu brûler. Des gens lessivés.

– Avez-vous remarqué des lésions sur les fruits ?

– Non, comme je vous ai dit, j'ai eu l'impression qu'on en était aux premiers stades de la maladie, aux tout premiers. J'ai vu brûler des vergers entiers à cause de ce chancre. Des gens dont la vie était fichue.

– Lorsque vous êtes ressorti du jardin où vous pensez avoir constaté un début de propagation de la maladie, vous êtes-vous désinfecté ? demande alors la femme, et Odd n'aime pas son ton.

Il ne l'aime pas. Elle est stupide et tyrannique.

– Bien sûr que je me suis décontaminé. Ça fait un bail que je travaille dans l'entretien de jardins. Je me pulvérise toujours avec du GX-1027, sans oublier mes outils, comme le veut la réglementation. Je suis au courant de tout ce qui peut se passer. J'ai vu des vergers entiers détruits, partir en fumée à cause de ce chancre. Des gens ont été ruinés.

– Excusez-moi...

– Des choses terribles arrivent.

– Excusez-moi...

– On ne doit pas prendre cette maladie à la légère, poursuit Odd.

– Quel est le numéro d'enregistrement de votre véhicule, celui que vous utilisez professionnellement ? Je suppose que vous avez un de ces badges jaune et noir collé à droite de votre pare-brise ? C'est le numéro qui figure dessus dont j'ai besoin.

– Mon numéro a rien à voir dans l'histoire, lance Odd à l'inspectrice qui se croit si importante et pense qu'elle dispose de plus de pouvoir que lui. Le véhicule appartient à mon patron et j'aurais plein d'ennuis si jamais il découvre que je vous ai téléphoné. Si les gens apprennent que mon entreprise de jardinage a signalé une infection et que du coup tous les arbres du coin sont détruits, à votre avis, est-ce qu'on aura encore beaucoup de clients ?

– Je vous comprends, monsieur. Mais il faut que votre numéro figure sur nos registres, d'autant que j'aurai peut-être besoin de vous contacter, le cas échéant.

– Pas question, je me ferais virer.

CHAPITRE 21

Des semi-remorques commencent à affluer vers la station CITGO. Les routiers se garent juste derrière le petit supermarché, à proximité du Chickee Hut Restaurant. Ils s'alignent les uns derrière les autres à l'orée du bois pour dormir dans leurs cabines, et sans doute pour un bref échange sexuel.

Les conducteurs de poids lourds se restaurent au Chickee Hut, orthographié en dépit du bon sens parce que les gens qui s'y arrêtent sont trop incultes pour savoir comment s'épelle « chikee », et qu'ils ignorent sans doute ce que le mot signifie. Il s'agit d'un mot séminole, et même les représentants de cette ethnie sont incapables de l'écrire correctement.

Les routiers ignares vivent sur la route, au jour le jour. Ils s'arrêtent parfois ici pour dépenser leur argent au supermarché qui vend du diesel, de la bière, des hot-dogs, des cigares et même des couteaux suisses présentés dans une vitrine. Ils peuvent jouer au billard dans la grande salle du Golden Tee et faire réviser leurs engins à la station service CB. En réalité, le CITGO est une de ces stations d'autoroute, plantées au beau milieu de nulle part, dans lesquelles on peut à peu près tout trouver. Les gens y viennent puis repartent sans s'occuper des autres. Personne n'ennuie Odd. Les gens le regardent à peine, il y a tant de passage qu'il y a peu de chances qu'on le remarque, sauf, peut-être le gars du Chickee Hut Restaurant.

C'est derrière le grillage qui clôture le parking. Des pancartes accrochées aux mailles de fer préviennent que les avocats seront poursuivis, que les seuls chiens admis sont les canins, et que les animaux sauvages pénètrent dans ces lieux à leurs risques et périls. Il est exact qu'à la nuit tombée il s'y presse une faune pour le moins étrange. Toutefois, Odd ne dispose d'aucun moyen de le vérifier puisqu'il ne jette pas son argent par les fenêtres dans la salle de jeux, ni au billard, et encore moins avec les juke-box. Il ne boit pas. Il ne fume pas non plus. Surtout, il refuse de lever une des femmes qui hantent la station CITGO.

Elles sont dégoûtantes dans leurs shorts étriqués et leurs débardeurs collants. Les excès de maquillage bon marché et de bronzette ont durci leurs visages. Elles s'installent à la terrasse du restaurant ou au bar, qui se résume à un toit recouvert de palmes et à un comptoir de bois balafré devant lequel s'alignent huit tabourets. Elles ingurgitent leur dîner de côtes de porc au barbecue, de pain de viande, de steaks et elles boivent. La bouffe est bonne, et tout est préparé sur place. Odd aime particulièrement le hamburger du routier, d'autant qu'il ne coûte que trois dollars quatre-vingt-quinze. Le sandwich au fromage grillé est à peine moins cher, trois dollars et vingt-cinq *cents*. Femmes médiocres et répugnantes. De mauvaises choses finissent par arriver à ce genre de femmes. Et elles le méritent.

Elles le souhaitent.

Elles racontent tout à tout le monde.

—Je vais prendre un sandwich au fromage grillé à emporter, annonce Odd au type derrière le bar, et un hamburger du routier à consommer sur place.

Le ventre du gars en question ressemble à une outre sanglée dans un tablier d'un blanc crasseux. Il est en train de décapsuler des bouteilles de bière dégoulinantes qu'il plante ensuite dans un baquet rempli de glace. Ce n'est pas la première fois que le gros type prend sa commande, pourtant, il semble ne jamais le reconnaître.

—Vous les voulez en même temps ? demande-t-il en faisant glisser deux bouteilles de bière devant un routier et sa compagne qui ont l'air déjà bien imbibés.

—Je veux juste que le sandwich au fromage grillé soit emballé pour que je puisse l'emmener.

—Je vous ai demandé si vous les vouliez en même temps, répète l'autre d'un ton plus indifférent qu'agacé.

—Ouais, ce serait sympa.

—Qu'est-ce que je vous sers à boire ? demande encore le gros type en ouvrant une nouvelle bouteille de bière.

—De l'eau plate.

—Bordel, et qu'est-ce que c'est ça, de *l'eau plate* ? braille le routier.

Sa compagne glousse en pressant ses seins sur son gros bras tatoué.

—C'est de la flotte qui s'est fait rouler dessus ? C'est pour ça qu'elle est aplatie ?

—Juste de l'eau plate, répète Odd au gars derrière son comptoir.

—Ben, moi, j'aime rien de plat, hein ma poule ?

La petite amie fin ronde du routier éméché bredouille, cramponnant le tabouret entre ses jambes grassouillettes qui émergent d'un short trop serré. Son abondante poitrine menace de s'échapper de son décolleté très avantageux.

—Et alors, où c'est que tu vas ? demande la femme plus que pompette.

—Vers le nord, répond-il. Un jour ou l'autre.

—Fais gaffe dans le coin, surtout que tu roules seul, bafouille la fille. Y'a un paquet de fondus dans les parages.

CHAPITRE 22

—Avons-nous la moindre idée d'où il se trouve ? demande Scarpetta à Rose.

—Il n'est pas dans son bureau, et son portable sonne dans le vide. Je lui ai parlé juste après la réunion d'équipe et j'ai mentionné que vous souhaitiez discuter avec lui. Il m'a dit qu'il avait une course à faire mais qu'il n'en avait pas pour longtemps, lui explique Rose. Ça fait une heure et demie de cela.

—À quelle heure devons-nous partir pour l'aéroport ?

Le regard de Scarpetta se perd vers la fenêtre, vers les palmiers que les bourrasques de vent secouent sans ménagement. L'idée de mettre Marino à la porte lui trotte à nouveau dans la tête.

—Nous allons avoir droit à un sacré orage, reprend-elle. C'est sûr. Bon, je n'ai nulle intention de rester là à l'attendre. Je crois que je ferais mieux d'y aller.

—Votre avion ne décolle qu'à dix-huit heures trente, lui rappelle Rose en lui tendant une petite liasse de messages.

–Pourquoi faut-il que je me casse la tête avec ça ! Pourquoi même tenter de lui parler, peste Scarpetta en les parcourant rapidement.

Rose lui jette un de ces regards dont elle seule a le secret. Elle se tient dans l'encadrement de la porte, l'air songeur. Ses cheveux blancs sont ramassés vers l'arrière en catogan. Son impeccable tailleur en lin gris est élégant en dépit de sa coupe un peu passée de mode, quant à ses escarpins en lézard de couleur assortie, ils semblent sortir du magasin, bien que Rose les porte depuis dix ans.

–Une minute vous voulez lui parler, et la suivante vous changez d'avis. Que se passe-t-il ? s'enquiert Rose.

–Je ferais mieux de me mettre en route.

–Ce n'est pas ce que je vous ai demandé. Je vous ai demandé ce qui se passait.

–Je ne sais pas ce que je vais faire de lui. Je n'arrête pas de me répéter que le mieux serait que je le vire, mais je crois que je préférerais encore démissionner que de m'y résoudre.

–Vous pourriez parfaitement accepter le poste de médecin expert général, lance Rose. Ils pousseraient le Dr Bronson à prendre sa retraite si vous manifestiez votre intérêt et, au fond, je crois que vous devriez y songer sérieusement.

Rose sait exactement ce qu'elle fait. Elle a l'air si sincère lorsqu'elle suggère à Scarpetta un arrangement qu'elle réprouve en son for intérieur. Le résultat de cette stratégie est assez prévisible.

–Oh que non ! rétorque celle-ci d'un ton sans appel. Je vous rappelle que j'ai déjà donné. Et, au cas où vous l'auriez oublié, Marino est l'un de leurs enquêteurs. En d'autres termes, démissionner de l'Académie pour atterrir dans les bureaux du médecin expert à plein temps ne réglerait pas mes problèmes avec lui. Qui est cette Mrs Simister et de quelle église est-il question ? demande Scarpetta en relisant l'un de ses messages.

–J'ignore de qui il s'agit au juste, bien que j'aie eu le sentiment qu'elle vous connaissait.

–Je n'ai jamais entendu parler de cette dame.

–Elle a appelé il y a quelques minutes de cela. Elle voulait discuter avec vous, au sujet d'une famille qui aurait disparu, dans la région de West Lake Park. Elle n'a pas laissé de numéro où la joindre et a simplement précisé qu'elle vous rappellerait.

–Comment cela, disparu? Ici? À Hollywood?

–C'est ce qu'elle a affirmé. Voyons, votre vol décolle de Miami, malheureusement. C'est le pire des aéroports. Selon moi, il faudrait partir... Vous savez ce que c'est, avec la circulation... Peut-être qu'il vaudrait mieux partir vers seize heures. Avant cela, je veux m'assurer de votre réservation.

–Vous êtes sûre que je suis bien en première classe et que rien n'a été annulé?

–J'ai le justificatif imprimé. Mais il va falloir que vous vous présentiez à l'enregistrement puisqu'il s'agit d'une réservation de dernière minute.

–C'est vraiment un comble! Ils annulent et maintenant c'est à moi de m'enquiquiner parce qu'il a fallu que je prenne un autre vol.

–Tout va bien.

–Je m'en voudrais de vous vexer, Rose, mais c'est déjà ce que vous avez prétendu le mois dernier. Or, mon nom avait disparu du listing informatique et je me suis retrouvée en seconde classe, jusqu'à Los Angeles. Quant à hier, c'était le pompon!

–J'ai confirmé votre réservation en arrivant ce matin, mais je compte bien les rappeler.

–Est-ce que vous pensez que ces scènes infernales sont à l'origine du problème? Peut-être y a-t-il un lien avec l'attitude de Marino.

–Je crois qu'il a eu le sentiment que vous l'évitiez après cette histoire, que vous ne lui faisiez plus autant confiance, et que votre estime pour lui en avait pris un sacré coup dans l'aile.

–Et comment pourrais-je me fier à son jugement, Rose?

–Écoutez, je ne sais toujours pas au juste ce qu'a fait Marino, rétorque Rose. Cela étant, j'ai moi-même saisi et corrigé le texte de cette fameuse scène infernale, ainsi que j'en ai l'habitude pour toutes celles qu'il imagine. Je vous l'ai déjà dit, son texte initial ne mentionnait absolument pas la présence d'une aiguille hypodermique fourrée dans la poche de ce gros vieillard décédé.

— Néanmoins, c'est bien Marino qui s'est occupé de la mise en scène, qui a tout supervisé.

— Marino jure ses grands dieux qu'il n'a jamais placé l'aiguille dans la poche du défunt. Il pense que le coupable est sans doute cette fille, pour récupérer de l'argent, que, fort heureusement, elle n'est pas parvenue à obtenir. Franchement, je ne peux pas en vouloir à Marino de son aigreur. Après tout, ces scènes infernales étaient son idée et maintenant c'est le Dr Amos qui s'en charge et qui du coup devient la vedette des étudiants alors que Marino est traité comme...

— Il n'est pas agréable avec eux, depuis le début.

— Eh bien, maintenant, c'est encore pire. Les étudiants ne savent pas qui est véritablement Marino. Ils pensent qu'il s'agit d'un de ces dinosaures revêches, un vieil *has been* grincheux. Et voyez-vous, je sais exactement ce que l'on ressent lorsqu'on est traité comme un vieux jeton acariâtre... ou pire, lorsqu'on finit par se sentir comme cela.

— Vous n'avez rien d'une *has been* et vous n'êtes certainement pas acariâtre, Rose.

— En résumé, vous êtes d'accord sur un point : je suis vieille, conclut Rose en s'écartant de l'embrasure de la porte avant d'ajouter : Bon, je vais essayer de **le** rappeler.

Joe est installé devant le vilain petit bureau de la chambre 112 du Last Stand motel, lequel fait face à un lit tout aussi médiocre. Il consulte la réservation d'avion de Scarpetta depuis son ordinateur, griffonnant le numéro du vol suivi de toutes les autres informations, puis appelle la compagnie aérienne.

Après une attente de cinq minutes, il a enfin quelqu'un en ligne.

— J'aimerais changer une réservation, annonce-t-il.

Grâce aux informations qu'il vient de noter, il transfère Scarpetta en seconde classe, aussi loin de la cabine de pilotage que possible, et opte pour le siège central coincé entre deux autres passagers, en expliquant que son patron n'aime pas être contre le hublot et encore moins en bout de rangée, côté allée. Sa ruse a si bien fonctionné la dernière fois, lorsqu'elle devait se rendre à Los Angeles. Certes, il pourrait carrément annuler sa réservation, mais c'est beaucoup plus drôle comme ça.

—Bien, monsieur.

—Est-ce que je peux avoir un billet par Internet?

—Non, ce n'est pas possible, monsieur, nous sommes trop proches de l'heure de départ. À ce propos, il faudra vous présenter au comptoir d'enregistrement.

Il raccroche et exulte en imaginant la toute-puissante Scarpetta coincée trois heures durant entre deux étrangers. Avec un peu de chance, on peut espérer qu'il s'agira de deux obèses affligés de fortes odeurs corporelles. Il sourit tout en branchant un enregistreur digital sur son combiné téléphonique hybride dernier cri. Le conditionneur d'air de la fenêtre produit un effrayant vacarme pour un piètre résultat. La chaleur commence à l'incommoder, et de vagues relents nauséabonds lui parviennent du tapis qu'il a dissimulé sous le plancher de la penderie. Il y a enroulé la viande avariée provenant d'une récente scène infernale, des côtes de porc, du foie de bœuf et même de la peau de poulet.

Il avait prévu cet exercice en conclusion d'un déjeuner de travers de porc au barbecue accompagnés de riz, déjeuner qu'il avait facturé sur le compte de l'Académie. Plusieurs des étudiants avaient failli s'étouffer lorsque l'écœurant paquet, suintant d'humeurs de décomposition et grouillant d'asticots, avait été découvert. Dans leur hâte à retrouver les prétendus restes humains et à évacuer la scène de crime, l'équipe A n'avait pas remarqué le petit éclat d'ongle arraché, abandonné lui aussi sous le plancher de la penderie, perdu dans un coin du fond répugnant. Manque de chance pour eux, cet indice était le seul à pouvoir leur permettre de remonter jusqu'au tueur.

Joe allume un cigare et se souvient, non sans une certaine tendresse, du succès qu'a rencontré cette scène infernale, un succès d'autant plus savoureux que s'y ajoutait l'indignation de Marino qui s'obstinait à répéter que Joe lui avait encore volé l'une de ses idées. Ce gros péquenaud de flic n'a pas encore compris un détail de la plus grande importance. Lucy a opté pour un système de contrôle des communications en interface avec le central de l'Académie, un autocommutateur privé. En d'autres termes, toute personne possédant les autorisations de sécurité appropriées peut pister qui bon lui chante *via* ce système.

Lucy a manqué de prudence. L'intrépide super-agent Lucy a laissé son Treo – un minuscule ordinateur de communications de la taille d'un *palm* qui fait office d'assistant personnel, de téléphone, de messagerie électronique, de caméra, et de tant d'autres choses – dans l'un de ses hélicoptères. Cette gaffe s'est produite il y a à peu près un an, alors que Joe venait tout juste d'entreprendre sa formation à l'Académie. Ce jour-là, le ciel a voulu qu'il se trouve dans le hangar en compagnie d'une des étudiantes, une fille particulièrement jolie, à qui il montrait les engins de la patronne. Il a tout de suite remarqué le Treo dans le Bell 407.

Le Treo de Lucy.

La session était toujours active. Du coup, il n'a même pas eu besoin de son mot de passe pour accéder à toutes les données enregistrées. Il a conservé l'appareil assez longtemps pour copier tous les fichiers avant de le restituer. Il l'a poussé sous l'un des sièges de l'hélicoptère, où Lucy l'a retrouvé un peu plus tard dans la journée, sans se douter le moins du monde de ce qui s'était passé. Elle n'en a toujours pas la moindre idée.

Joe dispose maintenant de mots de passe, de douzaines de mots de passe, dont celui d'administrateur du système de Lucy. Cela permet à la jeune femme – et maintenant à Joe – d'accéder – et même de modifier – aux données de l'ordinateur et aux systèmes de télécommunications des bureaux régionaux de Floride du Sud, du quartier général de Knoxville, sans oublier les annexes de New York et de Los Angeles. Il a également accès à toutes les données de Benton Wesley concernant ses recherches *archi-secrètes* dans le cadre du projet PREDATOR, et à toutes les confidences que lui et Scarpetta échangent. Joe peut s'amuser à réexpédier les mails et les fichiers, se procurer tous les numéros de téléphone liste rouge de ceux qui ont un jour eu affaire avec l'Académie. Bref, Joe peut faire des ravages. Sa bourse universitaire arrive à son terme dans un mois et avant de passer à autre chose – et une chose à la mesure de ses envies – il se sera peut-être débrouillé pour provoquer l'implosion de l'Académie, et pour fâcher irrémédiablement tout le monde, notamment cette espèce de gros vaurien stupide de Marino et la très autoritaire Scarpetta. Ceux-là, Joe souhaite qu'ils se détestent.

Il est si facile de surveiller la ligne de téléphone du bureau de la grande andouille, d'activer dans la plus grande discrétion le haut-parleur qui relaye chaque mot échangé, à l'instar d'un micro espion. Marino dicte tout, dont ses scènes infernales. Rose les tape parce qu'il est infichu d'orthographier correctement, que sa grammaire est déplorable, qu'il ne lit presque jamais, bref, qu'il est à la limite de l'illettrisme.

Une vague d'euphorie soulève Joe comme il tapote la cendre de son cigare dans une cannette vide de Coca-Cola et pénètre dans le central de l'Académie. Il accède à la ligne téléphonique de Marino et active le haut-parleur pour vérifier si l'autre est dans son bureau et ce qu'il y fabrique.

CHAPITRE 23

C'est sans grand enthousiasme que Scarpetta avait accepté de devenir l'anatomopathologiste consultante du projet PRE-DATOR. Elle avait tenté de mettre Benton en garde, de le dissuader, lui répétant que les sujets recrutés pour cette recherche se moquaient éperdument de savoir s'ils avaient affaire à un médecin, un psychologue ou un professeur de Harvard.

— *Ils t'étriperont ou te feront exploser la boîte crânienne contre un mur de la même façon qu'ils procèdent avec leurs habituelles victimes,* avait-elle expliqué. *Il n'existe aucune immunité dans ce genre de situation.*

— *J'ai passé la plus grande partie de ma vie avec ces gens,* avait-il répliqué. *C'est mon métier, Kay.*

— *Pas dans ce genre de cadre. Pas dans un hôpital psychiatrique affilié à l'une des huit prestigieuses universités privées de la côte Est, lequel hôpital n'a jamais été confronté à des meurtriers de toute son histoire. Tu ne te contentes pas de regarder le gouffre, tu es en train d'y installer la lumière et un monte-charge, Benton.*

Elle entend Rose parler de l'autre côté de la cloison de son bureau.

– Mais enfin, où étiez-vous passé ? s'exclame cette dernière.

– Et quand est-ce que je vous emmène faire une balade ? beugle Marino.

– Je vous ai déjà dit que je refusais d'enfourcher cette machine. J'ai l'impression que votre téléphone ne fonctionne pas correctement.

– C'est mon vieux fantasme, ça : vous voir toute vêtue de cuir noir.

– Je vous ai cherché, mais vous n'étiez pas dans votre bureau, ou alors vous ne m'avez pas répondu.

– J'ai pas été là de la matinée.

– Pourtant, le témoin lumineux de votre ligne est allumé.

– Sûrement pas.

– Je vous assure que c'était toujours le cas il y a quelques minutes.

– Vous vous inquiétez toujours de moi. Je crois que vous avez un petit béguin, Rose.

La voix tonitruante de Marino parvient à Scarpetta pendant qu'elle relit un mail que vient de lui expédier Benton, une nouvelle annonce de recrutement qui doit paraître dans le *Boston Globe* et sur Internet.

ÉTUDE EN IRM RECHERCHE DES VOLONTAIRES SAINS ADULTES

CENTRE D'IMAGERIE DE L'HÔPITAL MCLEAN, À BELMONT, MASSACHU-SETTS. DES CHERCHEURS AFFILIÉS À LA FACULTÉ DE MÉDECINE DE HAR-VARD ÉTUDIENT LES STRUCTURES ET FONCTIONS CÉRÉBRALES CHEZ DES ADULTES SAINS.

Scarpetta entend la réprimande affectueuse de Rose :

– Allez, le Dr Scarpetta vous attend et vous êtes encore en retard. Il va falloir arrêter de disparaître de la sorte.

VOUS POUVEZ PARTICIPER À CETTE ÉTUDE SI :

— VOUS ÊTES DE SEXE MASCULIN ;
— VOUS ÊTES ÂGÉ DE 17 À 45 ANS ;
— VOUS POUVEZ VOUS RENDRE À L'HÔPITAL MCLEAN POUR CINQ VISITES ;
— VOUS N'AVEZ JAMAIS SOUFFERT D'UN TRAUMATISME CRÂNIEN, N'AVEZ
PAS DE PASSÉ DE TOXICOMANIE, N'ÊTES PAS ATTEINT DE SCHIZOPHRÉNIE
OU DE TROUBLES MANIACO-DÉPRESSIFS.

Scarpetta fait défiler la suite du texte de l'annonce pour en arriver aux meilleures lignes, un post-scriptum de Benton :

« *Tu serais étonnée du nombre de gens qui se croient normaux. Si seulement cette fichue neige voulait bien s'arrêter de tomber. Je t'aime.* »

La grande carcasse de Marino s'encadre dans l'embrasure de la porte.
— Qu'est-ce qui se passe ? attaque-t-il.
— Fermez la porte, je vous prie, demande Scarpetta en décrochant son téléphone.
Il s'exécute, tire une chaise afin de s'installer un peu de biais par rapport à elle et éviter ainsi d'avoir à la regarder dans les yeux, assise derrière son imposant bureau, dans son grand fauteuil en cuir. Elle connaît toutes ses ruses, toutes ses maladroites stratégies. Il n'aime pas avoir affaire à elle lorsqu'elle le considère de derrière son grand bureau. Il préférerait qu'ils s'installent côte à côte, comme des égaux. Scarpetta connaît bien la psychologie des relations de travail, bien mieux que Marino.
— Je vous demande juste une minute, précise-t-elle.

BONG-BONG-BONG-BONG-BONG-BONG, c'est le pouls rapide de l'onde radio qui génère un champ magnétique de nature à exciter les protons.

La structure d'un autre cerveau prétendument « normal » est scannée dans le laboratoire réservé à l'IRM.

– La météo est-elle aussi épouvantable que cela, là-haut ? demande Scarpetta à l'autre bout du fil.

Le Dr Lane enfonce le bouton de l'interphone et demande à leur nouveau sujet d'étude :

– Tout se passe bien ?

L'homme affirme être normal. Sans doute se leurre-t-il. Il ignore que l'objet de ces analyses est de comparer son cerveau à celui d'un tueur.

– Je ne sais pas trop, répond-il d'un ton incertain.

– Ça va encore à peu près, explique Benton à Scarpetta, enfin, du moins si tu n'es pas de nouveau retardée par un contre-temps. Si l'on en croit les prévisions, la situation devrait devenir épouvantable demain dans la soirée...

BOUAHH... BOUAHH... BOUAHH... BOUAHH...

– Je n'entends rien, lâche-t-il d'un ton exaspéré.

La réception est fort médiocre entre ces murs. Parfois même, son portable ne sonne pas lors des appels. De plus, il est fatigué, distrait, frustré. Les résultats du scanner sont décevants, rien n'a marché de toute la journée. Le découragement du Dr Lane est perceptible. Quant à Josh, il fixe son écran avec ennui.

– Je n'ai pas beaucoup d'espoir, dit le Dr Lane à Benton, un air de résignation peint sur le visage. Même avec des bouchons d'oreille.

À deux reprises aujourd'hui, des sujets contrôle ont refusé d'être soumis au scanner parce qu'ils souffraient de claustrophobie, détail qu'ils avaient omis de mentionner lorsqu'ils ont été inclus dans le protocole expérimental. Et voici maintenant que leur troisième volontaire sain se plaint du vacarme, le comparant à des guitares électriques déchaînées. Du moins fait-il preuve d'un peu d'imagination !

– Je t'appellerai juste avant le décollage, explique Scarpetta au téléphone. L'annonce me semble convenir, comme les précédentes.

141

– Ton enthousiasme me fait chaud au cœur. Il nous faut des retours, parce que le nombre de sujets inadéquats augmente. Il doit y avoir une épidémie de phobies dans le coin. Ajoute à cela qu'un bon tiers des sujets prétendus « normaux » ne l'est pas.

– Je ne suis plus certaine de la définition exacte de ce terme.

Benton se couvre l'autre oreille de la main, arpentant la salle dans l'espoir de dénicher un petit coin où le signal s'avérera meilleur :

– Un gros truc m'est tombé dessus, Kay, je suis vraiment désolé. Ça va représenter un surcroît considérable de travail.

– Comment allez-vous ? demande le Dr Lane dans le haut-parleur.

– Pas génial, répond le sujet.

– C'est toujours le cas lorsque nous prévoyons des petites vacances ensemble, commente Scarpetta en haussant la voix pour couvrir un écho qui ressemble à celui que produirait un marteau cognant répétitivement contre un morceau de bois. Si je peux t'aider de quelque façon que ce soit, surtout, n'hésite pas.

– Écoutez, je commence à me sentir vraiment mal, déclare le volontaire.

– Ça ne va pas marcher, lâche Benton en observant par la paroi de Plexiglas l'homme installé tout au bout du tunnel de l'aimant.

Il tente de bouger la tête, malgré l'adhésif qui la maintient penchée vers le bas.

– Susan ? insiste Benton en jetant un regard au médecin.

– Je sais, répond celle-ci. Je vais devoir le repositionner.

– Je vous souhaite bien du plaisir. Je crois que c'est raté, commente Benton.

– Il a fichu en l'air le point de repère, annonce Josh en levant les yeux.

S'adressant au sujet par l'intermédiaire de l'interphone, le Dr Lane explique :

—Bien. Je crois que nous allons nous arrêter là. Je viens vous chercher.

—J'suis désolé, mec, mais j'peux vraiment pas! avoue l'homme d'une voix tendue.

—Pardon. Et un autre qui mord la poussière! marmonne Benton au profit de Scarpetta tout en observant le Dr Lane, qui pousse la porte de la salle d'appareillage pour relâcher leur dernier échec. Ça fait deux heures que j'évalue ce type et, terminé, tout tombe dans le lac... Josh? Appelez-lui un taxi.

Le cuir noir de la tenue de motard Harley gémit lorsque Marino s'installe plus confortablement. Il en fait des tonnes pour montrer comme il est détendu, et s'avachit contre le dossier, les jambes écartées.

—Quelle annonce? demande-t-il lorsque Scarpetta raccroche.

—Un autre programme de recherches auquel Benton prend part.

—Ah ouais? Quel genre de recherches? insiste-t-il d'un ton qui tendrait à prouver qu'il soupçonne quelque chose.

—Une étude de neuropsychologie. La façon dont différentes personnes assimilent divers types d'informations, ce genre de choses.

—Ben vrai, ça c'est ce que j'appelle une réplique. Le genre qu'ils doivent resservir à chaque fois qu'un journaliste les appelle, bref une explication qui veut rien dire. Pourquoi que vous vouliez me voir?

—Avez-vous écouté mes messages? Je vous en ai laissé quatre depuis dimanche soir.

—Ouais, je les ai eus.

—Il eût été gentil de me rappeler.

—Vous avez pas précisé que c'était un 9-1-1.

Ils ont utilisé le numéro d'urgence comme code personnel durant des années, à chaque fois qu'ils se *bipaient*. À l'époque, les téléphones cellulaires étaient encore fort rares. Ils ont conservé cette habitude ensuite, lorsque ces appareils se sont généralisés sans pour autant offrir une sécurité maximale. Depuis, Lucy a fait installer des brouilleurs et tant d'autres perfectionnements qui leur permettent de laisser des messages sans inquiétude.

– Je ne laisse jamais de 9-1-1 sur une boîte vocale, rétorque-t-elle. Et puis, comment devrais-je m'y prendre ? Quoi, je dis 9-1-1 après le bip sonore ?

– C'que je voulais dire, c'est que vous avez pas précisé qu'il s'agissait d'une urgence. Qu'est-ce que vous vouliez ?

– Vous m'avez posé un lapin. Nous devions passer le cas Swift en revue, vous vous souvenez ?

D'autant qu'elle leur avait préparé un dîner. Cependant, elle garde ce détail pour elle.

– J'étais occupé, pas mal sur les routes.

– Verriez-vous un inconvénient à m'expliquer ce que vous faisiez et où ?

– Je me baladais avec ma nouvelle bécane.

– Durant quarante-huit heures d'affilée ? Et vous ne vous êtes jamais arrêté une minute, ne serait-ce que pour prendre de l'essence ou faire un tour aux toilettes ? Bref, vous n'avez pas trouvé une minute pour passer un malheureux coup de téléphone ?

Elle se laisse aller contre le dossier de son grand fauteuil, derrière son grand bureau et, pourtant, lorsqu'elle le regarde, elle se sent petite.

– Vous faites de l'opposition systématique, voilà de quoi il s'agit !

– Et pourquoi qu'il faudrait que je vous raconte ce que je fabrique ?

– À défaut d'autres raisons, parce que je suis la directrice du département de sciences et de médecine légale.

– Et moi, je suis le responsable de la section d'enquêtes, qui dépend de l'entraînement et des opérations spéciales. Donc, en réalité, c'est Lucy ma chef, et, en réalité, c'est pas vous.

– Lucy n'est pas votre supérieure hiérarchique.

—Vous n'avez qu'à lui en parler directement.

—Les enquêtes dépendent *en réalité* du département de sciences et de médecine légale. Vous n'êtes pas à proprement parler un agent des opérations spéciales, Marino. Je vous rappelle que c'est mon département qui paye votre salaire. *En réalité.*

Elle est à deux doigts de perdre toute contenance et de lui voler dans les plumes, tout en sachant qu'il s'agirait d'une erreur.

Il la regarde, son gros visage durci, ses doigts épais tambourinant sur l'accoudoir. Il croise les jambes et son pied chaussé d'une grosse boot Harley bat la mesure nerveusement.

—Votre travail consiste à m'assister. Vous êtes celui dont je dépends le plus afin de résoudre mes affaires, lance-t-elle.

—Selon moi, vous feriez mieux d'en discuter avec Lucy, grommelle-t-il, son regard impénétrable refusant de se poser sur elle, ses doigts martelant toujours l'accoudoir. En résumé, il faudrait que je vous raconte tout, mais vous, pour obtenir une info, y'a pas moyen. Vous n'en faites qu'à votre tête et vous pensez pas une seconde que vous pourriez vous fendre d'une explication à mon profit. Je suis assis en face de vous et je vous écoute me raconter des bobards, au point que je finis par me demander si vous croyez pas que je suis tellement crétin que je m'en rendrai pas compte ! Vous me demandez rien, vous me dites rien, sauf quand ça vous arrange.

Elle ne parvient pas à retenir les mots qui lui viennent :

—Je ne travaille pas pour vous, Marino. Je crois même que c'est plutôt l'inverse.

—Ah ouais ?

Il se penche vers le grand bureau, son visage virant au rouge cramoisi.

—Encore une fois, faudrait en discuter avec Lucy, siffle-t-il. C'est sa boîte. C'est elle qui paye le salaire de tout le monde. Allez, demandez-lui.

—De fait, vous n'avez pas assisté à une bonne partie de notre discussion au sujet de l'affaire Swift, biaise-t-elle d'un ton plus accommodant en essayant d'étouffer dans l'œuf ce qui risque de virer à la confrontation.

— Pourquoi que je me serais embêté avec ça ? C'est moi qui détiens toutes les foutues informations.

— Justement, nous espérions pouvoir les partager avec vous. Nous sommes tous impliqués dans cette histoire.

— Sans blague ? Tout le monde s'implique partout. Plus rien ne m'appartient vraiment. La chasse est ouverte sur mes anciennes enquêtes, mes scènes infernales. Vous balancez tout aux autres quand ça vous chante, sans jamais vous préoccuper de ce que je peux ressentir.

— C'est faux et j'aimerais que vous vous calmiez. Je ne veux pas vous voir claquer d'une attaque.

— Vous avez entendu comme moi, hier, au sujet de cette scène infernale. Où pensez-vous qu'il ait pêché cette idée ? Il consulte nos fichiers.

— C'est impossible. Les disques durs sont verrouillés. Quant aux autres copies, elles sont totalement inaccessibles. Cela étant, en ce qui concerne la scène infernale d'hier, j'admets qu'elle était similaire...

— Similaire ? Mon cul ! C'était une copie conforme.

— Marino, cette affaire a été relatée dans les médias. D'ailleurs, on peut encore trouver des articles sur Internet, je le sais, j'ai effectué une recherche.

Il la fixe. Son gros visage est empourpré, un visage si inamical qu'elle le reconnaît à peine.

— Pourrait-on évoquer un peu le dossier Johnny Swift, s'il vous plaît ?

— Demandez-moi ce que vous voulez savoir, acquiesce-t-il d'un air sombre.

— Je m'interroge au sujet de cette histoire de vol. Pourrait-il s'agir d'un mobile ? D'ailleurs, y a-t-il eu vol ?

— Rien n'avait été sorti de la baraque, sauf qu'on arrive pas à comprendre ce bordel de carte de crédit.

— Quel « bordel » de carte de crédit ?

— Une semaine après la mort de Johnny Swift, quelqu'un a

retiré deux mille cinq cents dollars dans des distributeurs automatiques. Chaque retrait était de cinq cents dollars, ce qui nous fait cinq distributeurs, tous localisés dans la région de Hollywood.

—Vous avez remonté les pistes?

Marino hausse les épaules et déclare:

—Ouais, jusqu'à des distributeurs de parkings. Les retraits ont été effectués à des heures diverses, et pas le même jour, bref aucun point commun sinon le montant. Toujours cinq cents dollars à la fois. Lorsque la banque a fini par envoyer un courrier à Johnny Swift – qui était déjà mort à ce moment-là – pour l'avertir de transactions inhabituelles pouvant indiquer que quelqu'un d'autre utilisait sa carte, les retraits avaient cessé.

—Et les caméras de surveillance? Cette personne n'a pas été filmée?

—Aucun des distributeurs utilisés n'en était équipé. En d'autres termes, le gars qui a fait ça savait exactement où il mettait les pieds, sans doute parce qu'il n'en était pas à son coup d'essai.

—Laurel connaissait-il le code secret de la carte?

—Johnny pouvait toujours pas conduire en raison de son opération, donc son frère s'occupait de tout, et notamment des retraits en liquide.

—Et qui d'autre?

—Pour autant qu'on le sache, personne à part le frère.

—Ça ne se présente pas trop bien pour lui, commente Scarpetta.

—Ben, je crois pas qu'il ait dégommé son frère jumeau juste pour lui piquer sa carte bancaire.

—Des gens ont déjà tué pour bien moins que ça.

—Moi, je penche pour une autre candidature, peut-être quelqu'un que Johnny Swift venait de rencontrer. Peut-être que cette personne venait d'abattre Johnny et qu'elle a entendu la voiture de Laurel qui arrivait. La personne en question se planque en vitesse, ce qui expliquerait que le fusil ait traîné par terre. Quand Laurel part en courant après avoir découvert son frère, le gars ramasse le fusil et se barre.

–Justement, pourquoi cette arme se trouvait-elle au sol ?

–Peut-être qu'il a essayé de mettre le meurtre en scène pour le faire passer pour un suicide. Et puis, il a été dérangé.

–Attendez... Voulez-vous dire que la thèse de l'homicide ne fait aucun doute dans votre esprit ?

–Pourquoi, vous en doutez ?

–Je pose simplement des questions.

Le regard de Marino fait le tour de la pièce, balaye son bureau encombré de papiers, les piles en attente, les dossiers. Il la contemple parfois d'un air si mauvais qu'elle s'en inquiéterait, si elle n'avait pas vu passer tant de tristesse et d'incertitude dans ces yeux au fil des années. Peut-être, finalement, lui semble-t-il si changé parce qu'il a rasé son crâne dégarni et qu'il porte maintenant un clou de diamant à l'oreille ? Il s'entretient avec une telle obstination au gymnase qu'elle a l'impression qu'il est devenu encore plus imposant.

–J'aimerais bien que vous jetiez un coup d'œil sur mes scènes infernales, lâche-t-il. Toutes celles que j'ai créées sont sur ce disque. En fait, je voudrais que vous les étudiiez de près, et puisque vous allez être coincée dans un avion pendant un bout de temps, sans rien à faire de bien folichon...

–Qui vous dit que je ne trouverai pas une occupation palpitante ? tente-t-elle de plaisanter pour alléger un peu l'ambiance et lui remonter le moral.

Sans résultat.

–Rose a tout enregistré sur un disque, depuis la première scène l'année dernière. C'est dans ce dossier, dans une enveloppe cachetée, précise-t-il en désignant les chemises posées sur son bureau. Vous pouvez peut-être les balancer sur votre ordinateur portable pour les étudier. Ça inclut l'histoire de la balle avec l'empreinte du grillage de la porte moustiquaire. Quelle merde, ce mec, et il raconte sans arrêt des mensonges ! Je vous jure que c'est moi qui ai eu cette idée en premier.

— Si vous lancez une recherche Internet en précisant comme mot clef « cible intermédiaire », je peux vous garantir que vous trouverez des affaires et des tests balistiques dans lesquels sont impliqués des projectiles ayant transpercé des portes grillagées. Vous savez, je crois bien que rien n'est plus nouveau ou confidentiel.

— Ce type, c'est rien qu'un rat de laboratoire qu'avait jamais vécu en dehors de son microscope jusqu'à y'a encore un an. Ce que je veux dire, c'est qu'il n'a aucune connaissance de ces trucs-là. C'est impossible. Tout ça, c'est à cause de ce qui s'est passé à la Ferme des Corps. Vous auriez au moins pu être honnête à ce sujet.

— Vous avez parfaitement raison, acquiesce-t-elle. J'aurais dû vous dire que j'avais cessé de relire vos scènes infernales ensuite. Du reste, nous étions tous dans le même état d'esprit. J'aurais dû vous asseoir de force et vous l'expliquer, mais vous étiez si en colère et si agressif qu'aucun de nous n'a voulu se colleter à vous.

— Peut-être que si vous vous faisiez entuber de la même façon que moi, vous seriez, vous aussi, en colère et agressive.

— Joe n'était pas présent à la Ferme des Corps, ni même à Knoxville lorsque cet incident s'est produit, lui rappelle-t-elle. Expliquez-moi donc comment il aurait pu glisser une aiguille hypodermique dans la poche de veste de cet homme.

— Cet exercice sur le terrain était censé mettre les étudiants en présence d'un vrai cadavre en décomposition qui traînait à la Ferme des Corps, pour vérifier s'ils pouvaient lutter contre le facteur « je dégueule partout » et quand même dénicher quelques indices. L'aiguille souillée n'en faisait pas partie. C'est lui qui a monté ce coup pour me tirer dans les pattes.

— Vous savez, la terre entière ne s'acharne pas contre vous, Marino.

149

– S'il m'avait pas savonné la planche, pourquoi la fille n'aurait-elle pas donné suite, pourquoi qu'elle aurait laissé tomber son projet de nous traîner en justice ? Parce que c'était du pipeau, c'est tout. Cette foutue aiguille était pas contaminée par le sida, n'est-ce pas ? En fait, elle avait jamais été utilisée. Juste une petite omission de la part de cet enfoiré.

Scarpetta se lève :

– Ce qui compte, c'est ce que je vais faire de vous, déclare-t-elle en refermant son attaché-case.

– J'suis pas le seul à avoir des secrets, lâche-t-il en suivant son geste.

– En effet, vous en avez un certain nombre. J'ignore la plupart du temps où vous vous trouvez et ce que vous fabriquez.

Elle récupère la veste de son tailleur suspendue derrière la porte. Le regard dur et indéchiffrable ne la quitte pas. Enfin, les doigts de Marino cessent de pianoter nerveusement sur l'accoudoir. Le cuir craque lorsqu'il se lève à son tour.

– Benton doit plus se sentir, à travailler avec tous ces scientifiques de Harvard, lance-t-il, et ce n'est pas la première fois qu'il fait cette remarque. Toutes ces grosses têtes bourrées de secrets.

La main sur la poignée de la porte, elle se tourne vers lui. Deviendrait-elle paranoïaque, elle aussi ?

– Oh ouais... Ça doit être super-excitant ce qu'il fabrique à Boston. Seulement, si vous me demandez mon avis et je serais ravi de vous le donner : ne perdez pas trop votre temps.

Il ne peut pas faire allusion au programme PREDATOR.

– Je parle même pas de tout le fric gâché qui pourrait être bien mieux employé. Moi ? Ça me tord les tripes de penser qu'on accorde tant de pognon et d'attention à des sacs à merde de ce genre.

Nul n'est censé être au courant des recherches menées dans le cadre de PREDATOR, à l'exception de l'équipe de recherche, du président de l'hôpital, du comité scientifique interne et de quelques rares représentants de l'administration carcérale. Même les volontaires sains qui en font partie ignorent le nom ou la finalité réelle du projet. En d'autres termes, Marino n'avait aucun moyen d'être informé, sauf à croire qu'il soit parvenu à pénétrer dans sa messagerie électronique, ou même à pirater les disques durs qu'elle boucle dans l'un de ses classeurs à dossiers. Une idée lui traverse la tête pour la première fois : et si, en effet, quelqu'un avait ouvert une brèche dans leur système de sécurité ? Et si cette personne n'était autre que Marino ?

– De quoi parlez-vous ? demande-t-elle d'un ton calme.

– Vous devriez faire gaffe quand vous transférez des dossiers attachés, vous assurer que rien d'autre ne part avec, répond-il.

– Quels fichiers attachés ?

– Les notes que vous avez tapées après votre première rencontre avec ce grand chéri de Dave au sujet du bébé secoué dont il s'acharne à faire un accident.

– Je ne vous ai jamais transféré de notes.

– Un peu ! Vous m'avez envoyé le mail vendredi dernier, mais je ne l'ai pas ouvert avant de vous voir dimanche. Des notes qui s'étaient retrouvées attachées à un mail expédié par Benton.

Son inquiétude monte d'un cran, et elle insiste :

– Certainement pas, je ne vous ai rien envoyé.

– Peut-être par inadvertance. C'est dingue comme parfois les mensonges vous rattrapent, conclut-il alors qu'un coup léger est frappé à la porte.

– Est-ce la raison pour laquelle vous m'avez posé un lapin dimanche soir, et avez omis d'assister à la réunion d'hier matin avec Dave ?

– Excusez-moi, commence Rose en pénétrant dans le bureau. Je crois que l'un de vous devrait s'occuper de cela.

– Vous auriez au moins pu m'en parler, me donner une chance de m'expliquer, lance Scarpetta à Marino. Peut-être que je ne vous dis pas toujours tout, mais en tout cas, je ne vous mens pas.

– Mentir par omission, c'est toujours mentir.

– Excusez-moi, persiste Rose.

– PREDATOR, articule Marino. Ça vous dit quoi, comme mensonge ?

Rose hausse le ton pour les interrompre :

— Mrs Simister, la dame de l'église qui a déjà appelé. Je suis désolée, mais ça m'a l'air important.

Marino n'esquisse pas le moindre geste, comme pour rappeler à Scarpetta qu'il ne travaille pas pour elle et qu'elle n'a qu'à répondre elle-même à ses appels.

— Mince, à la fin ! jette Scarpetta en rejoignant son bureau. Bon, passez-la-moi.

CHAPITRE 24

Marino fourre les mains dans les poches de son jean et se laisse aller contre le chambranle de la porte en l'observant pendant qu'elle se débrouille avec cette Mrs Simister, qui qu'elle soit.

Jadis, il aimait s'installer dans le bureau de Scarpetta, y rester des heures durant, à l'écouter en buvant un café et en fumant. Ça ne le dérangeait pas de lui demander des explications lorsqu'il ne comprenait pas quelque chose, pas plus que de patienter lorsqu'elle était dérangée, ce qui n'était pas rare. Il s'en fichait lorsqu'elle était en retard.

Mais les choses ont changé, et c'est de sa faute à elle, c'est certain. Il n'a nulle intention d'attendre qu'elle soit disponible. Il ne souhaite plus qu'elle lui explique les choses, et il préfère rester dans l'ignorance plutôt que de lui poser une question médicale, professionnelle ou personnelle. Même si sa vie en dépendait, il ne lui demanderait rien. Pourtant, avant, il n'hésitait pas à formuler toutes les interrogations qui lui trottaient dans la tête. Mais elle l'a trahi. Elle l'a humilié intentionnellement – d'ailleurs elle continue – en dépit de tout ce qu'elle peut raconter. Elle sait parfaitement bien réécrire l'histoire, la justifier lorsque ça l'arrange, et elle est capable de blesser sous couvert de logique et de science. Le pire, c'est qu'elle pense qu'il est trop bête pour s'en apercevoir.

Au fond, ce n'est guère différent de ce qu'il a vécu avec Doris, son ex-femme. Un jour, elle est rentrée en larmes à la maison. Il ne parvenait pas à savoir si elle était furieuse ou triste. En tout cas, elle était bouleversée, bouleversée comme il ne l'avait jamais vue auparavant.

« *Qu'est-ce qui se passe ? Il faut qu'il t'arrache la dent ?* » avait demandé Marino en sirotant sa bière, installé dans son fauteuil préféré devant la télévision, un œil sur le bulletin d'informations.

Doris s'était effondrée sur le canapé, s'étouffant dans ses sanglots.

« *Merde, mais qu'est-ce qui se passe, Bébé ?* »

Elle avait enfoui le visage dans ses mains, pleurant comme si quelqu'un venait de décéder. Marino l'avait rejointe et enveloppée de ses bras. Il l'avait serrée ainsi contre lui durant un long moment, puis, voyant qu'elle était incapable de parler, avait exigé qu'elle s'explique.

« *Il m'a tripotée*, avait-elle avoué entre ses larmes. *Je savais bien que ce n'était pas normal, et je n'ai pas arrêté de lui demander ce qu'il fabriquait mais il m'a dit de me détendre, qu'il était docteur. Au fond, je me doutais de ses intentions, mais j'étais terrifiée. J'aurais dû réagir, l'envoyer paître. Je n'arrivais pas à aligner deux pensées.* »

Elle avait poursuivi en expliquant à son mari que ce dentiste, ou spécialiste des canaux, ou quel que fût le titre qu'il revendiquait, avait affirmé qu'elle souffrait d'une infection systémique consécutive à la fêlure d'une racine dentaire et qu'il devait palper ses glandes. C'était le terme qu'il avait utilisé, avait insisté Doris.

Ses glandes !

–Attendez... dit Scarpetta à cette Mrs Simister. Je branche le haut-parleur. J'ai là dans mon bureau un enquêteur.

154

Elle lance un regard à Marino, un regard qui indique que ce que cette femme lui raconte l'inquiète, et il tente de chasser Doris de son esprit. Il pense encore très souvent à son ex-femme. Bizarrement, plus il vieillit, plus il se souvient de ce qui s'est passé entre eux, de son état d'esprit lorsqu'elle lui a avoué que le dentiste l'avait caressée, de son état d'esprit lorsqu'elle l'a plaqué pour ce concessionnaire automobile, cet enfoiré minable de vendeur de bagnoles. Tout le monde l'abandonne. Tout le monde le trahit. Tout le monde veut s'approprier ce qu'il a. Et tous pensent qu'il est trop stupide pour percer à jour leurs manipulations et leurs ruses. Il a atteint l'extrême limite de sa résistance durant ces dernières semaines.

Et maintenant, le dernier coup : Scarpetta qui lui raconte des bobards au sujet de l'étude en cours dans le Massachusetts. Elle l'exclut, elle le rabaisse. Elle prend ce qu'elle veut quand bon lui chante et elle le traite comme un rien du tout.

– J'aurais aimé vous apporter davantage d'informations…

La voix de Mrs Simister emplit la pièce. Elle a l'air aussi vieille que Mathusalem.

– … J'espère que rien de grave ne s'est produit, mais franchement, je suis très inquiète. C'est affreux, la police semble s'en laver les mains.

Marino ne voit pas du tout de quoi parle cette femme, ni qui elle peut être et encore moins pourquoi elle a contacté l'Académie nationale de sciences médico-légales. Il n'arrive pas à exorciser le souvenir de Doris. Il regrette de s'être juste contenté de menacer ce foutu dentiste, ou quel que soit son titre. Il aurait dû coller son poing dans la figure de cette ordure et lui casser quelques doigts.

– Pourriez-vous expliquer à l'enquêteur Marino ce que vous entendez par « la police semble s'en laver les mains » ? demande Scarpetta à la dame.

– Écoutez, la dernière fois que j'ai vu quelqu'un là-bas, c'était jeudi dernier, tard le soir. Ensuite, force m'a été d'admettre que tous s'étaient volatilisés. J'ai donc appelé le numéro d'urgence de la police et ils ont envoyé un officier sur les lieux, qui a contacté à son tour un de leurs enquêteurs. Le moins qu'on puisse dire, c'est qu'elle n'en a rien à faire.

– S'agit-il de la police de Hollywood ? demande Scarpetta en jetant un regard à Marino.

– En effet. Une certaine détective Wagner.

Marino roule des yeux. Il ne manquait plus que cela. Avec la poisse qu'il se traîne depuis quelque temps, il s'en serait bien passé.

Toujours appuyé contre le chambranle, il demande :

– C'est bien de Reba Wagner que vous parlez ?

– Pardon ? s'enquiert la voix plaintive.

Il se rapproche du téléphone et réitère sa question.

– Tout ce que je sais, c'est que les initiales qui figurent sur sa carte sont R. T. En d'autres termes, son prénom pourrait être Reba.

Marino roule à nouveau des yeux et se tapote le front pour signifier que ladite R. T. Wagner est une crétine patentée.

– Elle a fait le tour de la maison et du jardin et décidé que rien n'indiquait qu'il se soit passé quelque chose d'anormal. Selon elle, ils étaient partis et cela ne concernait pas la police.

– Vous connaissiez ces gens ? intervient Marino.

– J'habite juste en face, de l'autre côté de l'eau, et je me rends à leur église. Je sais que quelque chose de terrible s'est produit.

– Je vois, dit Scarpetta. Que souhaitez-vous que nous fassions, Mrs Simister ?

– Qu'au moins vous jetiez un coup d'œil à cette maison. Il faut que vous sachiez que c'est l'église qui la loue, et depuis qu'ils ont disparu, la maison est fermée. Le bail arrive à échéance dans trois mois, mais le propriétaire a indiqué qu'il ne demanderait pas la caution à l'église puisqu'il a déjà trouvé d'autres locataires. Du coup, certaines des fidèles ont décidé de s'y rendre dès demain matin pour préparer les cartons du déménagement. Je me dis que si jamais il y avait des indices, ils disparaîtraient.

– Je vois, répète Scarpetta. Je vais vous dire ce que nous allons faire : nous allons contacter la détective Wagner. Nous ne pouvons pas pénétrer dans cette maison sans l'autorisation de la police. Vous comprenez, une affaire ne dépend de nous que lorsqu'ils requièrent notre aide.

—Je comprends. Merci beaucoup. Je vous en prie, faites quelque chose.

—C'est entendu, Mrs Simister. Nous vous rappellerons sous peu. Vous allez me donner un numéro où nous pouvons vous joindre.

—Hum... Elle a sans doute une case en moins, commente Marino lorsque Scarpetta a raccroché.

—Et si vous contactiez Reba Wagner, puisque vous semblez la connaître ?

—Elle faisait partie de la brigade motorisée. Elle est idiote à bouffer du foin mais j'dois dire qu'elle savait se tenir sur sa Road King. J'en reviens pas qu'ils l'aient bombardée détective !

Il sort son Treo, redoutant d'entendre la voix de Reba et espérant que le souvenir de Doris finisse par le lâcher. Il précise au répartiteur qu'il cherche la détective Wagner et demande que celle-ci le rappelle aussi vite que possible. Il raccroche ensuite et son regard balaye le bureau de Scarpetta, en frôle chaque détail pour éviter de se poser sur elle. Doris, le dentiste, le concessionnaire l'obsèdent. Il songe qu'il aurait été infiniment plus gratifiant de défoncer le spécialiste à coups de poing au lieu de se soûler copieusement pour débarquer à son cabinet en exigeant qu'il s'explique devant la salle d'attente bondée de patients, en l'interrogeant sur la nécessité d'examiner les seins de sa femme, et sur le lien médical pouvant exister entre sa poitrine et les canaux d'une de ses dents.

—Marino ?

Pourquoi cet incident le tracasse-t-il à ce point après tant d'années ? Mystère. Au demeurant, ce n'est pas le seul. Tant de choses ont recommencé à le hanter sans qu'il comprenne pourquoi. Ces dernières semaines ont été un calvaire.

—Marino ?

Il se reprend et fixe Scarpetta, pour s'apercevoir que son téléphone vibre.

– Ouais ?

– Détective Wagner.

– Enquêteur Pete Marino, annonce-t-il comme s'il ignorait tout d'elle.

– Vous avez cherché à me joindre, enquêteur Marino, lance-t-elle comme si elle non plus n'avait aucune idée de qui il était.

– J'ai cru comprendre qu'une famille avait disparu dans la région de West Lake. Jeudi dernier, dans la nuit.

– Qui vous a raconté ça ?

– De toute évidence, il semble qu'il s'agisse d'un crime, et la rumeur veut que vous n'ayez pas fait grand-chose.

– On aurait remué ciel et terre si on avait soupçonné une histoire pas claire. Qui vous a renseigné ?

– Une dame, une fidèle de leur église. Vous avez les identités de ces gens qui se seraient volatilisés ?

– Attendez que je réfléchisse... C'est des noms assez bizarres. Eva Christian et Crystal ou Christine Christian. Un truc dans ce genre-là. Quant aux garçons, j'arrive pas à me souvenir de leurs prénoms.

– Est-ce que ça pourrait être Christian Christian ?

Le regard de Scarpetta rencontre celui de Marino.

– C'est un truc qui y ressemble beaucoup. J'ai pas mes notes avec moi. Si vous voulez les consulter, je vous en prie. Mon département n'a pas l'intention d'investir de gros moyens dans cette histoire sans qu'on ait un début de preuve que...

– Ça va, j'avais compris, l'interrompt très discourtoisement Marino. D'après ce qu'on sait, l'église commencerait les cartons du déménagement dès demain, alors si on veut jeter un coup d'œil, c'est maintenant ou jamais.

– Ça fait pas une semaine qu'ils ont quitté la maison et on emballe déjà leurs affaires ? Selon moi, ils savent que ces gens ont quitté la ville et qu'ils ne reviendront pas. C'est pas votre avis ?

– Mon avis, c'est qu'on ferait mieux de s'en assurer.

L'homme qui se tient derrière le comptoir est plus âgé, mais plus distingué que ne l'avait imaginé Lucy. Elle s'attendait à une sorte de surfeur un peu *has been*, le genre de type couvert de tatouages et à la peau tannée par le soleil, bref le genre à travailler dans une boutique baptisée Beach Bums.

Lucy pose l'étui de sa caméra vidéo et fouille parmi les chemises criardes dont les imprimés représentent des grandes fleurs, des requins, des palmiers et autres motifs d'inspiration tropicale. Elle examine les rangées de chapeaux de paille, les caisses dans lesquelles sont empilées des tongs et les présentoirs sur lesquels s'alignent des lunettes de soleil et des lotions bronzantes. Elle n'a nulle intention de faire des emplettes et, finalement, le regrette. Elle traîne ainsi quelques minutes entre les rayons, attendant le départ de deux autres clients. Elle se demande quel effet cela pourrait faire d'être comme tout le monde, de se préoccuper de choisir des petits bibelots souvenirs, d'acheter des vêtements tape-à-l'œil, de paresser des journées entières au soleil, de se sentir bien dans un maillot de bain très échancré.

—Vous n'en avez pas avec de l'oxyde de zinc dedans? demande la cliente à Larry, assis derrière son comptoir.

Il a une épaisse chevelure blanche, porte une barbe taillée avec soin. Il est âgé de soixante-deux ans, est né en Alaska, et conduit une Jeep. Il n'a jamais été propriétaire d'une maison, n'a pas fait d'études supérieures et a été arrêté en 1957 pour ivresse et tapage sur la voie publique. Larry dirige Beach Bums depuis environ deux ans.

—Plus personne n'en veut, répond-il à la femme.

—Moi, si. Ça n'irrite pas la peau comme toutes ces autres lotions. Je me demande si je ne suis pas allergique à l'aloe vera.

—Ces écrans totaux n'en renferment pas.

—Vous vendez des Maui Jim?

—Elles sont beaucoup trop coûteuses, ma chère. Les seules lunettes de soleil que nous vendons sont celles que vous voyez.

La discussion se poursuit quelques instants, les clients font de petits achats puis sortent. Lucy se rapproche du comptoir.

—Je peux vous aider ? demande Larry en la détaillant de la tête aux pieds. On dirait que vous sortez du tournage d'un nouveau *Mission impossible.*

—Je suis venue en moto.

—Eh bien, vous faites partie de la minorité qui a un peu de plomb dans la tête ! Regardez-moi ça... Ils se baladent tous en shorts, en T-shirts, sans casque. Y'en a même qui n'ont que des tongs aux pieds.

—Je suppose que vous êtes Larry ?

Il paraît surpris et déclare :

—Vous êtes déjà passée au magasin ? Je ne me souviens pas de vous, pourtant je suis assez physionomiste.

—J'aimerais vous parler de Florrie et d'Helen Quincy. Mais je préférerais que vous fermiez la boutique.

La Harley-Davidson Screamin' Eagle Deuce chromée et ornée de flammes qui tranchent sur la peinture bleue est garée tout au fond du parking de la faculté. Marino s'en rapproche, accélérant progressivement l'allure.

—Bordel de fils de pute !

Il fonce soudain vers l'engin.

Il vocifère, lance des obscénités si virulentes que Link, un des employés du service d'entretien qui arrache les mauvaises herbes d'un parterre de fleurs, s'interrompt et se redresse d'un bond en lançant :

—Ça va ?

—Enfoiré de mes deux ! hurle Marino.

Le pneu avant de sa moto est à plat, complètement dégonflé, au point que la jante de chrome étincelant frotte le bitume. Marino, furieux et secoué, s'accroupit pour examiner le pneu, cherchant du regard un clou, ou une vis, bref un objet pointu qu'il aurait pu ramasser en arrivant au travail ce matin. Il pousse la moto puis la fait reculer et découvre la crevaison. Elle mesure moins d'un demi-centimètre et semble avoir été faite par une lame pointue et ferme, peut-être celle d'un couteau.

Peut-être même la lame d'un scalpel. Il scrute les environs, à la recherche de Joe Amos.

— Ouais, j'me disais aussi qu'y avait un truc pas normal, commente Link en s'approchant de la Harley et en essuyant ses mains terreuses sur sa combinaison de jardinier.

— C'est sympa de me tenir au courant, feule Marino en fourrageant rageusement dans l'une des sacoches latérales de selle à la recherche du petit nécessaire de réparation.

La seule idée de Joe Amos attise sa colère.

— Vous avez dû ramasser un clou quelque part, diagnostique Link en se baissant pour regarder de plus près. Ça a l'air sérieux.

— Vous auriez pas vu quelqu'un tourner autour de ma bécane ? Où est passée cette foutue pâte à rustines ?

— J'ai pas bougé d'ici de toute la journée, et j'ai vu personne s'approcher de votre moto. C'est un sacré engin. Combien ? Dans les mille quatre cents CC ? Moi, avant, j'avais une Springer, jusqu'à ce qu'un débile pile juste devant moi et que je valdingue par-dessus son capot. J'ai commencé à désherber les massifs de fleurs vers dix heures ce matin, et le pneu était déjà à plat.

Marino retrace ses faits et gestes. Il est arrivé entre neuf heures et quart et neuf heures et demie.

— Avec un tel trou, le pneu se serait dégonflé si vite que j'aurais pas pu rouler très longtemps, et je suis certain qu'il était en parfait état quand je me suis arrêté pour acheter des beignets. Donc, ça s'est produit après que je me suis garé ici.

— Oh, ça sent mauvais, ça !

Marino balaye le parking du regard, Joe Amos toujours en tête. Il le butera. Si jamais il a touché à sa bécane, il est mort.

— J'aime pas ça du tout, insiste Link. Faudrait être drôlement gonflé pour traverser ce parking et faire un truc pareil. Enfin, si ça s'est vraiment passé comme ça.

— Bordel, où il est ? s'énerve Marino en fouillant l'autre sacoche. Vous avez pas une rustine pour colmater ce machin ?

Merde, ça me prend la tête ! (Il abandonne sa fouille en déclarant :) De toute façon, ça marchera sans doute pas, pas avec un trou de cette taille, bordel !

Il ne lui reste plus qu'à changer le pneu. Il y en a de réserve dans le hangar.

— Et Joe Amos ? Vous l'auriez pas vu ? Vous auriez pas vu cette affreuse face de rat rôder dans les parages ?

— Non.

— Et les étudiants ?

Les étudiants le détestent, d'ailleurs, tout le monde le déteste.

— Non, répète Link. J'aurais remarqué si quelqu'un s'était pointé dans le parking pour tripoter votre moto ou l'une des voitures.

— Personne, donc ? s'acharne Marino avant de commencer à soupçonner Link de complicité.

Au fond, si ça se trouve, personne ne l'aime à l'Académie. Et puis, la moitié de la planète le jalouse de posséder une Harley customisée. C'est dingue le nombre de gens qui suivent son passage du regard ou qui s'arrêtent pour admirer sa bécane dans la station service où il se sert.

— Va falloir que vous la poussiez jusqu'au garage à côté du hangar, suggère Link. À moins qu'on la monte sur une de ces remorques que Lucy utilise pour ses nouveaux V-Rods.

Marino réfléchit. Les grilles situées devant et derrière le campus de l'Académie ne s'ouvrent que grâce à un code. Le vandale est donc quelqu'un de chez eux. Joe Amos. Mais soudain un détail crucial lui revient. Joe était en salle de réunion. Il était déjà installé, ouvrant sa grande gueule, lorsque Marino les a rejoints.

CHAPITRE 25

La maison orange pâle au toit blanc a été construite dans les années cinquante et doit avoir l'âge de Scarpetta. Elle tente d'imaginer à quoi ressemblaient ses occupants et perçoit leur absence comme elle fait le tour du jardin.

Elle n'arrête pas de penser à cet homme qui s'est présenté au téléphone sous le nom de Odd, à ses références cryptiques à Johnny Swift et à ce Christian Christian qu'a cru comprendre Marino. Scarpetta est presque certaine qu'il s'agissait en fait de Kristin Christian. Johnny est mort, quant à Kristin, elle semble s'être évanouie dans la nature. Il y a tant d'endroits où dissimuler des cadavres en Floride du Sud, tant de langues de terre gorgées d'humidité, de canaux, sans oublier les immenses forêts de conifères. La chair se décompose si vite dans ces zones subtropicales, les insectes se repaissent des restes, et des prédateurs rongent les os et les dispersent comme des fétus de paille. La chair ne demeure pas longtemps intacte au fond de l'eau, et les sels minéraux fuient peu à peu des squelettes sous l'action du sodium contenu dans l'eau de mer, jusqu'à totale dissolution.

Le cours d'eau qui s'étire derrière la maison a la couleur du sang oxydé. Des feuilles mortes flottent sur la surface brune et stagnante, et des noix de coco vertes ou marron émergent par instants comme des têtes décapitées. Le soleil fait de timides et transitoires apparitions derrière l'amoncellement de nuages menaçants, l'air est lourd d'humidité, et le vent souffle en rafales.

La détective Wagner préfère qu'on l'appelle par son prénom. Elle est jolie et assez sexy, dans un genre un peu voyant et très bronzé. Ses yeux sont d'un bleu intense et ses cheveux blond platine artistement hirsutes. Avec ça, elle n'a pas le QI d'un moustique. Quant à la réputation que Marino lui a faite de « salope sur ses jantes alu ajourées », elle reste à démontrer, tout comme la réalité de son affirmation selon laquelle « Reba était une harceleuse de bites », affirmation dont la signification demeure un peu mystérieuse pour Scarpetta. En revanche, il ne fait nul doute que la jeune femme manque d'expérience, expérience qu'elle semble décidée à acquérir. Scarpetta se demande si elle doit lui parler de l'appel anonyme mentionnant cette Kristin Christian.

— Elles ont vécu assez longtemps ici mais elles ne sont pas américaines, explique Reba au sujet des deux sœurs qui occupaient la maison avec deux petits garçons qui leur avaient été confiés. Elles sont originaires d'Afrique du Sud, comme les gamins d'ailleurs, c'est sans doute pour cela qu'elles les ont recueillis. Moi, je vous dis qu'ils sont tous repartis là-bas.

— Pour quelle raison auraient-ils décidé de disparaître, ou plutôt de s'enfuir de la sorte ? demande Scarpetta, le regard tourné vers l'étroit et sombre bras d'eau.

L'air gorgé d'eau pèse sur ses épaules comme une chape tiède et moite.

— J'ai cru comprendre qu'elles souhaitaient adopter les enfants mais qu'elles avaient peu de chance d'y parvenir.

— Pourquoi cela ?

— Les gamins avaient de la famille en Afrique du Sud. Ces gens voulaient les récupérer, mais ils devaient d'abord démé-

164

nager pour une maison plus grande. Les deux garçons avaient été placés en attendant. En plus, les deux sœurs étaient ultra-religieuses et un peu frappées, ce qui n'aurait sans doute pas favorisé leurs démarches d'adoption.

Scarpetta balaye du regard les maisons qui s'élèvent de l'autre côté du cours d'eau, leurs pelouses d'un vert tendre et les taches bleu pâle de leurs piscines. Elle ne parvient pas à déterminer quelle est celle de Mrs Simister, et se demande si Marino s'est déjà présenté chez la dame en question.

– Quel âge ont les enfants ?

– Sept et douze ans.

Scarpetta feuillette quelques pages de son petit carnet de notes et demande :

– Eva et Kristin Christian. Je n'ai toujours pas compris pourquoi on leur a confié la garde des enfants.

Elle met un point d'honneur à évoquer les personnes disparues au présent.

– Non, c'est pas Eva. Pas de « A », rectifie Reba.

– Ev ou Eve ?

– C'est Ev, comme dans Evelyn, sauf que, dans son cas, c'est Ev tout court. Ni « A », ni « E » à la fin.

Scarpetta corrige l'orthographe dans son calepin tout en songeant : quel prénom ! Elle tourne les yeux vers l'étroit canal. La réflexion du soleil à sa surface irise l'eau, lui donnant des reflets de thé fort. Ev et Kristin Christian. Quels noms pour des ultrareligieuses qui se sont volatilisées comme des fantômes ! Le soleil se cache alors à nouveau derrière les nuages et l'eau devient presque noire.

– S'agit-il de leurs véritables prénoms ? Sommes-nous certains qu'elles n'ont pas opté pour des pseudonymes, peut-être pour accentuer les connotations religieuses ? s'enquiert Scarpetta, en contemplant au-delà du bras d'eau les maisons qui semblent dessinées au pastel.

Une silhouette vêtue d'un pantalon noir et d'une chemise blanche traverse un jardin, peut-être celui de Mrs Simister.

– Pour autant qu'on le sache, ce sont bien leurs noms, réplique

Reba en suivant le regard de Scarpetta. Foutus inspecteurs des agrumes... Ça grouille partout en ce moment. C'est encore un truc politique. L'idée, c'est d'empêcher les citoyens de faire pousser leurs propres fruits, comme ça, ils devront les acheter.

— Certainement pas. Le chancre des agrumes est un véritable fléau. Si on ne parvient pas à contrôler sa prolifération, bientôt, plus personne ne pourra faire pousser un seul citronnier dans son jardin.

— Non, c'est une conspiration. J'ai suivi tous les débats à la radio. Ça vous arrive d'écouter l'émission du Dr Self? Vous devriez entendre ce qu'elle a à dire à ce sujet.

Scarpetta n'écoute le Dr Self que contrainte et forcée. Elle suit du regard la silhouette lointaine qui s'agenouille et fouille dans ce qui semble être un grand sac de couleur sombre pour en tirer quelque chose.

— Ev Christian est une des révérendes, ou des prêtres ou je ne sais pas comment on peut appeler ça, de leur petite église loufoque. Bon, il va falloir que je vous le lise parce que j'arrive jamais à le mémoriser, précise Reba en feuilletant à son tour son carnet. Les Véritables Filles du Sceau de Dieu.

— Je n'ai jamais entendu parler de cela, commente Scarpetta, un brin ironique, en consignant l'appellation. Et Kristin? Que fait-elle?

L'inspecteur se relève et ajuste les différents segments de ce qui ressemble à une pince à fruits. Il la soulève vers l'arbre et décroche un pamplemousse qui atterrit au sol.

— Kristin travaille aussi pour l'église. Elle fait des interventions et propose des exercices de méditation durant les services. Les parents des gamins sont morts dans un accident de scooter, il y a environ un an. Vous savez, une de ces Vespas.

— Où cela?

— En Afrique du Sud.

— De qui tenez-vous ces informations?

— D'un des fidèles de leur église.

— Vous êtes-vous procuré les rapports d'accident?

166

– Comme je vous l'ai dit, ça s'est produit en Afrique du Sud. On tente de mettre la main dessus.

Scarpetta ne parvient toujours pas à se décider : doit-elle mettre la jeune femme au courant de l'étrange coup de téléphone de ce Odd ?

– Comment s'appellent les garçons ?

– David et Tony Chance. C'est dingue, non, quand on y pense ? Chance.

– Les autorités sud-africaines traîneraient-elles des pieds ? Où cela, en Afrique du Sud ?

– Le Cap.

– Les deux sœurs sont-elles originaires de cette ville ?

– C'est ce qu'on m'a dit. Après la mort de leurs parents, elles ont recueilli les gamins. Leur église est située à vingt minutes d'ici, sur Davie Boulevard, juste à côté d'une de ces boutiques d'animaux de compagnie « alternatifs ». Ça paraît logique, non ?

– Vous êtes-vous rapprochée des bureaux du médecin expert du Cap ?

– Pas encore.

– Je peux vous aider.

– Ce serait génial. Oui, c'est logique, vous trouvez pas ? Des araignées, des scorpions, des grenouilles venimeuses, et tous ces petits ratons qu'on peut acheter pour nourrir les serpents domestiques, insiste Reba. Moi, je vous dis que de drôles de trucs se passent là-bas.

– J'ai jamais autorisé quelqu'un à photographier ma boutique, sauf s'il s'agit de vrais flics. J'ai déjà été cambriolé, ça fait un petit moment de ça, explique Larry installé sur son tabouret derrière le comptoir.

De l'autre côté de la devanture, les incessants flots de circulation de la A1A s'écoulent. Plus loin encore s'étend l'océan. Une pluie légère a commencé de tomber, annonciatrice de l'orage qui se prépare au sud. Lucy repense à ce que lui a confié Marino quelques minutes plus tôt au sujet de la maison, de ses habitants volatilisés, sans oublier sa crevaison, sans doute sa préoccupation majeure. Elle se demande ce que fait sa tante en ce moment, et s'interroge sur l'imminence de l'orage.

Après une longue digression sur le fait que la Floride du Sud a tellement changé et qu'il se tâte pour savoir s'il ne va pas rentrer en Alaska, Larry revient à Florrie et Helen Quincy :

— C'est sûr que j'en ai pas mal entendu parler. Mais c'est un peu comme avec le reste. Les détails sont exagérés au fur et à mesure que le temps passe. Il n'en demeure pas moins que j'ai pas trop envie que vous filmiez dans ma boutique, répète-t-il.

— Il s'agit d'une enquête policière, insiste Lucy. On a requis mes services de détective privé.

— Et comment je peux être certain que vous n'êtes pas un journaliste ou un truc de ce genre ?

— Écoutez, j'ai été agent du FBI et de l'ATF. Vous avez déjà entendu parler de l'Académie nationale des sciences médico-légales ?

— Ce grand camp d'entraînement dans les Everglades ?

— Pas tout à fait dans les Everglades. Nous possédons des laboratoires privés et nous employons des experts. De plus, nous avons obtenu l'agrément de presque tous les services de police de Floride du Sud. Nous les aidons lorsqu'ils nous le demandent.

— Ça m'a l'air de coûter une fortune, tout ça. Laissez-moi deviner. L'argent du contribuable, bref le mien ?

— Indirectement. Des bourses, la réciprocité des services. Ils nous aident, nous les formons. Plein d'autres choses.

Elle récupère le portefeuille de cuir noir glissé dans la poche arrière de son pantalon et le lui tend. Il examine sa carte d'identité, un faux, et son badge d'inspecteur qui ne vaut même pas le cuivre dont il est fait puisqu'il est également faux.

— Y'a pas de photo, remarque-t-il.

— Il ne s'agit pas d'un permis de conduire.

Il lit son nom à haute voix, ainsi que son appartenance aux opérations spéciales.

168

– En effet.

– Si vous le dites, lâche-t-il en lui rendant le portefeuille.

– Racontez-moi ce qui vous est venu aux oreilles, demande-t-elle en posant la caméra vidéo sur le comptoir.

Elle jette un regard vers la porte verrouillée de la boutique. Un jeune couple en maillots de bain minimalistes tente de la pousser.

Ils collent leur front à la porte vitrée, tentant de voir si quelqu'un se trouve à l'intérieur. Larry les décourage d'un mouvement de la tête. Non, il n'est pas ouvert.

– Vous me faites perdre des affaires, commente-t-il. (Pourtant, le constat n'a pas l'air de le chagriner.) Quand j'ai enfin eu la possibilité de récupérer la boutique, je peux vous dire que j'en ai entendu un paquet sur les Quincy ! On m'a raconté qu'elle arrivait toujours vers sept heures trente afin de mettre en marche les petits trains électriques, d'illuminer tous les sapins et d'allumer la chaîne qui diffusait en permanence des chants de Noël. Bref, ce genre de trucs. Sauf que ce jour-là elle n'a jamais ouvert la porte de la boutique. Le panonceau *fermé* était toujours contre la vitre lorsque le fils a fini par s'inquiéter de sa mère et de sa sœur, et qu'il est passé.

Lucy récupère un étui à stylo dans l'une des poches de son treillis. Un minuscule magnétophone est dissimulé à l'intérieur. Elle ouvre son petit calepin et demande :

– Ça ne vous ennuie pas si je prends quelques notes ?

– Non. Attention... ce que je vous raconte, c'est pas parole d'Évangile, hein ? J'étais pas présent au moment des faits, je me contente de restituer ce que j'ai entendu.

– J'ai cru comprendre que Mrs Quincy avait commandé un plateau-repas par téléphone. J'ai lu un article de journal à ce sujet.

– Chez Floridian, ce vieux restau de l'autre côté du pont basculant. C'est super-chouette comme endroit. Je ne sais pas si vous connaissez. Bon, moi ce qu'on m'a dit à l'époque, c'est qu'elle ne les avait jamais appelés, pour la bonne raison qu'ils

169

lui préparaient son déjeuner tous les jours. Elle prenait toujours une salade de thon.

— Et pour sa fille, Helen ?

— Ça, j'en sais rien.

— Mrs Quincy passait-elle chercher son repas ou se le faisait-elle livrer ?

— Elle y allait, sauf quand son fils était dans le coin. C'est grâce à lui que j'en sais autant sur cette affaire.

— J'aimerais le rencontrer.

— Je ne l'ai pas revu depuis un an. Avant, il passait parfois, il venait faire un tour à la boutique, on discutait un peu. Je crois que cette disparition l'a obsédé durant un an. Ensuite, à mon avis, il n'a plus pu supporter ce souvenir. Il habite une très jolie maison à Hollywood.

Lucy se tourne pour regarder les rayons.

— Je n'ai pas de décorations de Noël ici, précise Larry pensant qu'il s'agit de ce qu'elle cherche.

Elle ne pose aucune question au sujet du fils Quincy, Fred. Grâce à l'HIT, elle sait déjà que Fred Anderson Quincy est âgé de vingt-six ans, qu'il travaille en indépendant comme graphiste informatique et concepteur de sites sur le web. Elle connaît également son adresse. Larry explique encore que le jour où Mrs Quincy et sa fille ont disparu, Fred a tenté de les joindre une bonne partie de la journée par téléphone. N'y tenant plus, il est passé à la boutique pour trouver porte close et l'Audi de sa mère toujours garée derrière.

— Est-ce qu'on est certain qu'elles ont bien ouvert la boutique, ce jour-là ? demande Lucy. Quelque chose aurait-il pu leur arriver au moment où elles sont descendues de voiture ?

— Je suppose que tout est possible.

— A-t-on retrouvé le portefeuille de Mrs Quincy et ses clés de voiture à l'intérieur ? Avait-elle préparé du café, passé des coups de fil, n'importe quoi qui puisse indiquer que la mère et la fille avaient bien pénétré dans la boutique ? Par exemple, est-ce que les trains électriques circulaient, est-ce que les arbres étaient illuminés? Y avait-il de la musique de Noël? Les éclairages étaient-ils allumés?

—J'ai entendu dire que son portefeuille et ses clés de voiture manquaient à l'appel. Quant au reste, les histoires divergent. Certains affirment que les jouets, les arbres, bref tous les trucs, sans oublier les lumières, étaient allumés, d'autres prétendent le contraire.

L'attention de Lucy se focalise vers l'arrière de la boutique, vers la porte. Elle repense à ce que Basil Jenrette a raconté à Benton. À première vue, il paraît peu probable que Basil ait violé puis assassiné une femme dans cette petite réserve. Comment serait-il parvenu à tout nettoyer, à sortir le cadavre pour le dissimuler dans une voiture avant de s'éloigner sans être aperçu? On était en pleine journée et le coin est très touristique, même hors saison en juillet. De plus, ce scénario n'explique pas ce qu'il aurait pu faire de la fille, à moins qu'il ne l'ait enlevée pour la tuer plus tard et ailleurs, ainsi qu'il l'a fait avec ses autres victimes. Une horrible perspective. La jeune fille n'avait que dix-sept ans.

—Que s'est-il passé après leur disparition? La boutique a-t-elle réouvert?

—Nan. D'autant que les décorations de Noël, c'est pas vraiment idéal dans notre coin. À mon avis, c'était plutôt l'envie d'une excentrique. La boutique est restée fermée et puis, un ou deux mois plus tard, son fils a débarrassé toute la marchandise. Beach Bums s'est installé en septembre, et ils m'ont confié la direction du magasin.

—J'aimerais jeter un coup d'œil dans l'arrière-boutique, et je vous promets qu'ensuite je vous fiche la paix.

Odd prélève deux autres oranges, puis décroche des pamplemousses à l'aide du panier en forme de mâchoires arrimé en haut de sa longue perche. Il regarde parfois de l'autre côté du bras d'eau, et détaille Scarpetta et la détective Wagner qui contournent la piscine.

171

La détective ponctue ses phrases de grands gestes pendant que Scarpetta prend des notes et examine le moindre détail de ce qui l'entoure. La scène amuse énormément Odd. Idiotes. Elles se croient très intelligentes, mais elles ont tort. Il est bien plus malin qu'elles. Il sourit en songeant que Marino a dû être retardé par cette malencontreuse crevaison. Il aurait pu y remédier bien simplement et très rapidement en empruntant la voiture de l'Académie pour venir jusqu'ici. Mais non, voyons. Il était hors de lui et n'a pu résister à l'envie de réparer son pneu aussitôt. Gros plouc idiot. Odd s'accroupit pour dévisser les différents segments d'aluminium de la haute pince à fruits avant de les ranger dans son grand sac de nylon noir. Le sac est lourd et il le jette sur son épaule comme un bûcheron le ferait de sa hache, comme le bûcheron de la boutique de Noël.

Il traverse sans hâte le jardin en direction de la petite maison d'à côté, toute de stuc blanc. Il la voit qui se balance sur sa véranda. Elle surveille à l'aide de jumelles la maison orange qui s'élève de l'autre côté du bras d'eau. Cela fait plusieurs jours que cette surveillance dure. Trouve-t-elle cela distrayant ? Odd est entré et sorti à trois reprises de la maison d'un orangé pâle et nul ne l'a remarqué. Il est sorti et entré pour se souvenir, pour tout revivre, pour prendre tout son temps. Nul ne peut l'apercevoir. Il a le pouvoir de disparaître.

Il pénètre dans le jardin de Mrs Simister, prétendant examiner l'un de ses citronniers. Les jumelles obliquent dans sa direction. Quelques instants plus tard, elle pousse la porte coulissante mais ne sort pas dans le jardin. Il ne l'y a jamais vue. Le jardinier arrive et repart. Elle ne sort jamais de chez elle pour lui parler. Elle se fait livrer ses courses. C'est toujours le même livreur, peut-être s'agit-il de quelqu'un de sa connaissance, peut-être d'un fils. Cependant, il apporte juste les sacs de provisions et ne reste jamais très longtemps. Personne ne se tracasse au sujet de Mrs Simister. Elle devrait éprouver de la reconnaissance pour Odd. Dans peu de temps, tant de gens feront attention à elle. Plein de monde en entendra parler, lorsqu'elle atterrira dans l'émission du Dr Self.

172

— Laissez mes arbres tranquilles ! crie Mrs Simister. (Elle parle avec un fort accent.) Ça fait deux fois que vous pénétrez chez moi cette semaine. C'est du harcèlement !

— Je suis désolé, m'dame, j'ai presque fini, répond Odd poliment en arrachant une feuille de citronnier pour l'examiner.

— Sortez de chez moi ou j'appelle la police ! insiste-t-elle d'une voix devenue stridente.

Elle est effrayée. Sa colère naît de sa peur. Elle a tellement peur de perdre ses chers arbres. Pourtant, elle ne l'évitera pas, mais à ce moment-là, ça n'aura plus d'importance. Car ils sont infectés. Ce sont de vieux arbres d'au moins vingt ans et ils sont fichus. C'est si facile. À chaque fois que les gros camions orange s'arrêtent pour abattre des arbres atteints par le chancre avant de les réduire en sciure, quelques feuilles s'échappent et tombent par terre. Odd les ramasse, les déchiquette, puis les plonge dans l'eau en attendant que les bactéries se développent pour former comme des petites bulles. Il remplit alors la seringue que Dieu lui a donnée.

Odd descend la fermeture à glissière de son sac et en sort une bombe de peinture rouge. Il trace une marque rouge tout autour du tronc du citronnier. Du sang peint au-dessus de la porte, comme l'ange de la mort, mais nul ne sera épargné. Les paroles d'un sermon résonnent quelque part dans sa tête, dans un coin sombre et caché, hors d'atteinte.

Un faux témoin ne sera pas absous sans punition.

Je ne dirai rien.

Les menteurs sont punis.

Je n'ai rien dit. Rien.

Les punitions que dispense ma main ne cesseront jamais.

Rien, je n'ai rien dit !

— Mais qu'est-ce que vous faites ? Laissez mes arbres tranquilles, vous m'entendez !

— Je serais très heureux de vous expliquer, m'dame, répond Odd d'un ton poli et bienveillant.

Mrs Simister secoue la tête. Elle repousse d'un geste rageur le panneau coulissant et le verrouille.

CHAPITRE 26

Il a fait très chaud pour la saison ces derniers temps et la pluie n'a pas cessé. Scarpetta parcourt le jardin, foulant l'herbe drue et la terre spongieuse. Lorsque le soleil émerge de nouveau derrière les nuages sombres, il tape fort sur sa tête et ses épaules.

Elle remarque les buissons d'hibiscus roses et rouges, les palmiers, plusieurs citronniers aux troncs cerclés de peinture rouge, et observe de l'autre côté de la voie d'eau l'inspecteur des agrumes qui remonte la fermeture à glissière de son sac après que la vieille dame l'a invectivé. Elle se demande s'il s'agit de Mrs Simister, et en conclut que Marino n'est pas encore arrivé chez elle. Il est toujours en retard, et traîne systématiquement des pieds lorsque Scarpetta lui demande quelque chose, s'il condescend toutefois à s'exécuter. Elle se rapproche d'une paroi de béton qui tombe à pic dans l'eau, sans aucune barrière de protection, et bien qu'il n'y ait probablement pas d'alligators, un enfant ou un chien pourrait tomber par-dessus bord et se noyer.

Ev et Kristin ont assumé la garde de deux enfants, mais n'ont pas pris la peine d'ériger une clôture le long du jardin. Scarpetta songe qu'il ne doit pas être difficile, à la nuit tombée, d'oublier la frontière entre le bout du jardin et le bras d'eau. Étroit derrière la maison, celui-ci s'écoule d'est en ouest, et va en s'élargissant petit à petit. Des bateaux à voile et à moteur sont amarrés plus loin, derrière des maisons bien plus belles que celle où résidaient Ev, Kristin, David et Tony.

D'après les informations de Reba, les deux sœurs et les garçons ont été vus pour la dernière fois le jeudi 10 février au soir. Marino a reçu le coup de téléphone de l'individu disant s'appeler Odd le lendemain matin très tôt. À ce moment-là, les deux femmes et les deux garçonnets s'étaient volatilisés.

– Leur disparition a-t-elle été signalée par les médias ? demande Scarpetta à Reba.

Peut-être est-ce par ce biais que le correspondant anonyme a pu obtenir le nom de Kristin.

– Pas à ma connaissance.

– Vous avez rempli un procès-verbal ?

– Rien qui soit destiné à la corbeille où atterrissent les informations destinées à la presse. Vous savez, Dr Scarpetta, ici, des gens disparaissent toutes les cinq minutes. Bienvenue en Floride du Sud !

– Racontez-moi tout ce que vous avez appris au sujet de la dernière fois où on les aurait aperçus. Ce dernier jeudi.

Ev a fait un sermon à son église, et Kristin a procédé à plusieurs lectures de la Bible, lui explique Reba. Le lendemain, lorsque les deux femmes ne se sont pas montrées à un rassemblement de prière, une associée a d'abord tenté de les appeler, en vain. Elle s'est alors rendue à la maison en voiture. Elle possédait un double des clés. Elle n'a rien vu qui sorte de l'ordinaire, si ce n'est qu'Ev, Kristin et les garçons n'étaient plus là, et que la cuisinière était allumée. Un poêlon vide était toujours posé sur l'un des brûleurs qui chauffait au plus bas. Ce détail est important, mais Scarpetta se concentrera dessus une fois dans les lieux. Pour l'instant, elle n'est pas prête. Elle appréhende une scène de crime à la façon d'un prédateur qui évalue son terrain de chasse, selon une progression qui va de l'extérieur vers l'intérieur, se réservant le pire pour la fin.

Lucy demande à Larry si la réserve a changé depuis qu'il a emménagé, il y a environ deux ans.

—J'y ai pas touché.

À la lueur d'une unique ampoule nue qui se balance au-dessus de sa tête, elle examine de grandes boîtes en carton, des étagères chargées de T-shirts, de lotions, de serviettes de plage, de lunettes de soleil, ainsi que du matériel de nettoyage, et le reste du stock.

—Ça valait pas le coup que je m'ennuie avec la décoration là-dedans, explique Larry. Qu'est-ce qui vous intéresse, au juste ?

Elle s'introduit dans les toilettes, un réduit sans fenêtre équipé d'un lavabo et d'une cuvette, lui aussi éclairé par une simple ampoule. Les murs de parpaings sont recouverts d'une légère couche de peinture vert pâle, et le sol carrelé de brun.

—Vous n'avez pas repeint, ou changé le revêtement ? demande-t-elle.

—C'était exactement comme ça quand je l'ai repris. Vous croyez qu'il s'est passé un truc ici ?

—J'aimerais revenir avec quelqu'un, répond-elle.

De l'autre côté du cours d'eau, Mrs Simister poursuit son observation.

Installée sur sa véranda fermée, elle pousse sa balancelle du pied, et se berce d'avant en arrière dans un léger grincement rythmé, ses chaussons frôlant à peine le carrelage. Elle cherche la femme blonde en tailleur foncé qui arpentait le jardin de la maison orange. Elle cherche l'inspecteur des agrumes qui a de nouveau pénétré chez elle, qui a osé s'acharner une nouvelle fois sur ses arbres, osé leur pulvériser de la peinture rouge. Mais il est n'est plus là, pas plus que la femme blonde.

Mrs Simister a tout d'abord cru que la blonde était une de ces fanatiques religieuses. Il faut dire qu'il en est passé une flopée dans cette maison. Pourtant, après l'avoir détaillée à l'aide de ses jumelles, elle n'en était plus aussi certaine. La blonde prenait des notes, et portait un sac noir en bandoulière. Mrs Simister en était au point de songer qu'elle devait être banquière ou avocate, quand l'autre femme a fait son apparition. Celle-ci était très bronzée, les cheveux platine, avec un treillis et une arme dans un holster d'épaule. C'est peut-être la même que celle qui est venue l'autre jour, vendredi. Mrs Simister croit se souvenir que celle-là aussi était bronzée avec des cheveux platine. Toutefois, elle n'en est pas sûre.

Les deux femmes ont discuté, avant de contourner la maison en direction de l'entrée et de sortir de son champ de vision. Elles vont peut-être revenir. Mrs Simister surveille si l'inspecteur refait également surface. C'est le même, celui qui a été si gentil la première fois, qui lui a posé des questions sur ses arbres, leurs dates de plantation, la signification qu'ils revêtaient pour elle. Et puis il est revenu et les a barbouillés de peinture. Pour la première fois depuis des années, la vieille dame a pensé à son revolver. Quand son fils lui a donné cette arme, elle lui a expliqué que si un jour elle devait la brandir contre un agresseur, le seul résultat serait que le méchant s'en emparerait pour la retourner contre elle. Elle a glissé le revolver sous le lit, là où personne ne peut le voir.

Elle n'aurait pas tiré sur l'inspecteur. Toutefois, elle aurait bien aimé lui faire peur. Elle en a entendu parler à la radio, de tous ces inspecteurs des agrumes qu'on paye à arracher des arbres qui ont accompagné des gens plus de la moitié de leur vie. Les siens sont probablement les prochains sur la liste. Elle les adore. Le jardinier en prend soin, cueille les fruits qu'il laisse sur le perron. Quand il a acheté la maison juste après leur mariage, Jake, son époux, a planté des agrumes dans tout le jardin. La vieille dame est perdue dans ses souvenirs, lorsque sonne le téléphone proche de la balancelle.

— Allô ?

– Mrs Simister ?

– Qui est à l'appareil ?

– Enquêteur Pete Marino. Nous nous sommes parlé tout à l'heure.

– Vraiment ? Qui êtes-vous ?

– Vous avez appelé l'Académie nationale de sciences médico-légales il y a quelques heures.

– Sûrement pas ! Vous vendez quelque chose ?

– Non, m'dame. J'aimerais passer discuter avec vous, si ça vous dérange pas.

– Si, ça me dérange ! assène-t-elle en raccrochant.

Elle agrippe avec tant de force les accoudoirs de métal frais que ses grosses articulations blanchissent sous la peau détendue et tachetée de soleil de ses vieilles mains inutiles. Il y a sans arrêt des gens qui téléphonent, alors qu'ils ne la connaissent même pas. En fait, ce sont des machines qui appellent, et Mrs Simister ne comprend vraiment pas pourquoi les gens acceptent d'écouter des trucs enregistrés par des avocats qui ne sont à l'affût que d'une chose : faire de l'argent. Le téléphone retentit une nouvelle fois. Elle l'ignore et récupère ses jumelles pour scruter la maison orange pâle où vivent les deux dames avec les deux petits voyous.

Elle parcourt du regard le mince canal, puis la résidence plantée sur l'autre rive. À travers l'objectif, le jardin et la piscine apparaissent brusquement énormes, vert contre bleu vif, leurs contours bien distincts. La blonde en tailleur sombre et la jeune femme bronzée au pistolet demeurent invisibles. Qu'est-ce qu'elles cherchent là-bas ? Où sont les deux dames qui vivent là ? Où sont les voyous ? De nos jours, tous les enfants sont des voyous.

La sonnette de l'entrée retentit. Elle cesse brusquement de se balancer, et son cœur s'emballe. Plus elle vieillit, plus le moindre mouvement, le moindre bruit inattendu l'effraient. Elle redoute de plus en plus la mort, ce qu'elle signifie. Enfin, si tant est qu'elle ait une signification. Plusieurs minutes s'écoulent, et la sonnette retentit de nouveau. Mrs Simister reste immobile. Elle attend. Une nouvelle sonnerie, puis quelqu'un heurte violemment le battant. Elle finit par se lever.

– Une seconde, j'arrive, marmonne-t-elle, contrariée et inquiète. Vous avez intérêt à ne pas essayer de me vendre quoi que ce soit.

Elle pénètre dans le salon, qu'elle traverse en traînant des pieds. Elle ne peut plus soulever les jambes comme autrefois. La moindre marche lui devient très pénible.

– Une seconde, je fais de mon mieux, répète-t-elle d'un ton impatient quand on sonne à nouveau.

C'est peut-être le transporteur UPS, car, de temps en temps, son fils lui commande des choses sur Internet. Elle regarde à travers l'œilleton de la porte d'entrée, mais le visiteur n'arbore pas d'uniforme marron ou bleu, ne porte aucun courrier ou paquet. C'est encore lui.

– Qu'est-ce qu'il y a, cette fois-ci? demande-t-elle avec colère, collée contre le judas.

– Mrs Simister? J'ai des formulaires à vous faire remplir.

CHAPITRE 27

Le portail mène au jardin de devant, et Scarpetta se concentre sur la haie d'hibiscus touffus qui, telle une barricade, sépare la résidence du trottoir qui s'achève en impasse sur le cours d'eau.

Nulle brindille ou branche cassée, rien qui puisse indiquer que quelqu'un s'est introduit dans la propriété en traversant la haie. Elle fouille dans le sac en bandoulière de nylon noir qu'elle emporte toujours sur les scènes de crime, et en tire une paire de gants d'examen en coton blanc. Elle examine le véhicule dans l'allée de béton fissuré, un vieux break gris garé en dépit du bon sens. L'un de ses pneus mord sur la pelouse dont il a en partie écrasé l'herbe. Tandis qu'elle enfile les gants, elle se demande pourquoi Ev ou Kristin a garé la voiture de cette façon, du moins si l'on admet que la conductrice était bien l'une des deux femmes.

Elle inspecte l'habitacle par l'une des vitres, les banquettes de vinyle gris, ainsi que le transpondeur destiné au passage des péages de Floride plaqué contre le pare-brise. De nouveau, elle prend quelques notes, car un schéma commence à se dessiner dans son esprit. La piscine et le jardin situés à l'arrière sont entretenus avec soin, de même que le patio fermé par une moustiquaire, et le mobilier de jardin. L'intérieur du break est immaculé. Pas de saletés ou de désordre. Seul un parapluie noir est abandonné sur le tapis de sol, à l'arrière du véhicule. Pourtant, il a été garé n'importe comment, comme si son conducteur était pressé ou doté d'une mauvaise vue. Scarpetta se penche pour observer de près la terre et les débris de végétaux incrustés dans la chape du pneu, la poussière qui recouvre le bas de caisse d'une couche grisâtre évoquant la couleur des vieux os.

— On dirait que cette voiture a quitté la route pour rouler sur un chemin, remarque-t-elle en se relevant, tout en continuant d'examiner les pneus maculés.

Reba la suit tout autour du véhicule. La curiosité se peint sur son visage bronzé, déjà ridé.

— La terre de la bande de roulement laisse à penser que la voiture s'est avancée sur un sol humide ou détrempé, précise Scarpetta. Le parking de l'église est-il goudronné ?

— En tout cas, l'herbe vient de là, commente Reba en contemplant le gazon malmené sous un pneu arrière.

— Cela ne suffit pas à expliquer le fait que les quatre pneus sont couverts de terre.

— Le centre commercial où se trouve l'église possède un grand parking, et je n'ai rien remarqué dans le coin qui ne soit pas goudronné.

— La voiture était-elle là lorsque cette femme de leur église est venue chercher Kristin et Ev ?

Intéressée par les pneus, Reba continue d'observer les alentours.

— C'est ce qu'ils m'ont dit, et, en tout cas, je l'ai vue quand je suis arrivée dans le courant de l'après-midi.

— Ce serait une bonne idée de vérifier le transpondeur, voir par quels péages elle est passée, et quand. Vous avez ouvert les portières ?

–Oui, elles étaient déverrouillées. Je n'ai rien remarqué d'important.

–La voiture n'a donc pas fait l'objet d'une analyse de traces ?

–Je ne peux pas demander aux techniciens de scène de crime de traiter un véhicule quand rien n'indique qu'un crime a été commis.

–Je comprends.

Tandis que Reba l'observe, Scarpetta reprend son examen au travers des vitres recouvertes d'une mince pellicule de poussière, puis elle recule et contourne le break, scrutant chaque centimètre.

–À qui appartient la voiture ?

–À l'église.

–Et la maison ?

–Pareil.

–On m'a dit que l'église la louait.

–Non, non, l'église est propriétaire, ça, c'est certain.

–Vous connaissez quelqu'un du nom de Simister ? interroge Scarpetta.

Un sentiment étrange s'empare d'elle, une de ces impressions qui naissent au creux de l'estomac avant de remonter, de lui serrer la gorge, la même que celle qu'elle a éprouvée lorsque la voix de Reba, relayée par le haut-parleur du téléphone de son bureau, a mentionné un nom : Christian Christian.

–Qui ça ? demande Reba.

La détective fronce les sourcils lorsque l'écho d'une explosion étouffée retentit de l'autre côté du bras d'eau.

Les deux femmes s'interrompent et se rapprochent du portail, balayant du regard les maisons de l'autre rive, sans apercevoir quiconque.

–Probablement un pot d'échappement, conclut Reba. C'est dingue le nombre de caisses pourries qui circulent dans le coin, et la majorité de leurs conducteurs ne devraient même pas avoir le droit de prendre le volant. Plus vieux que Mathusalem et plus bigleux que des taupes.

Scarpetta répète le nom de *Simister*.

– Jamais entendu parler d'elle.

– Elle a affirmé avoir déjà discuté avec vous. À trois reprises, pour être exacte.

– Non, jamais entendu parler d'elle, et elle m'a jamais adressé la parole. Je parie que c'est celle qui s'est plainte de moi, qui a dit que je me fichais de l'affaire.

S'excusant, Scarpetta tente alors de joindre Marino sur son portable. Elle lui laisse un message sur sa boîte vocale, lui demandant de la rappeler de toute urgence.

– Prévenez-moi, quand vous aurez trouvé qui est cette Mrs Simister, lui dit Reba. Il y a un truc bizarre dans cette histoire. On devrait peut-être au moins passer l'intérieur de la voiture à la poudre à empreintes? Ne serait-ce que pour exclure les deux sœurs et les gamins?

– Malheureusement, vous ne récupérerez probablement pas les empreintes des garçons dans la voiture, pas après quatre jours, répond Scarpetta. Ni même à l'intérieur de la maison, d'ailleurs. Et, en tout cas, pas celles du petit garçon de sept ans.

– Et qu'est-ce qui vous fait dire ça?

– Les empreintes digitales d'enfants prépubères ne subsistent pas très longtemps. Quelques heures, quelques jours au maximum. On ne sait pas exactement pourquoi, mais il y a très probablement un rapport avec la composition de la sueur que l'on sécrète lorsqu'on atteint la puberté. David a douze ans, n'est-ce pas? Peut-être parviendrez-vous à récupérer ses empreintes à lui, je dis bien *peut-être*.

– Eh ben, c'est la première fois que j'entends ça.

– Je suggère que vous fassiez transférer ce break au labo, qu'il soit passé à l'analyse de traces, et qu'on enfume l'habitacle à la superglue aussi rapidement que possible. Peut-être dénichicherons-nous quelques empreintes. Nous pouvons procéder à l'analyse à l'Académie, si vous préférez. Nous disposons d'un quai destiné à ce genre d'examen.

– C'est peut-être pas une mauvaise idée.

– Nous devrions trouver les empreintes d'Ev et Kristin dans la maison, ainsi que de l'ADN, dont celui des garçons. Grâce

183

à leurs brosses à dents, brosses à cheveux, chaussures, vêtements, explique-t-elle avant d'évoquer l'interlocuteur anonyme qui a prononcé le nom de Kristin Christian.

Mrs Simister vit seule dans une petite maison basse en stuc
blanc, une vraie ruine bonne pour la démolition, du moins
selon les critères de la Floride du Sud.

Son abri à voiture monté de plaques d'aluminium est vide,
ce qui ne signifie pas pour autant qu'elle se soit absentée,
puisqu'elle ne possède plus ni voiture ni permis de conduire
valide. Marino remarque également que les rideaux de la
fenêtre située à droite de la porte d'entrée sont tirés, et qu'il
n'y a pas de journaux abandonnés sur le trottoir. On lui distribue chaque jour le *Miami Herald*, ce qui implique qu'elle voit
encore assez pour lire, pourvu qu'elle chausse ses lunettes.

Sa ligne de téléphone est occupée depuis une demi-heure.
Marino coupe le contact de sa moto et descend, tandis qu'une
Chevy Blazer aux vitres teintées passe dans la rue. C'est une
rue tranquille. La plupart des gens du quartier doivent être
âgés et résider ici depuis des années, jonglant pour parvenir à
payer leurs taxes foncières. La colère le saisit, lorsqu'il pense
qu'après avoir vécu dans ce quartier durant vingt ou trente
ans, enfin terminé de rembourser leur maison, ces petits vieux
découvrent qu'ils ne peuvent plus payer les impôts, parce que
les riches s'arrachent le front de mer. La bicoque de Mrs Simister est évaluée à presque huit cent mille dollars, et elle sera
probablement bientôt obligée de la vendre, si elle n'atterrit
pas avant dans une résidence pour personnes à motricité
réduite. Elle n'a que trois mille dollars d'économies.

Marino a beaucoup appris sur Dagmara Schudrich Simister.
Après avoir discuté par haut-parleur interposé, dans le bureau
de Scarpetta, à quelqu'un qu'il soupçonne de s'être fait passer
pour la vieille dame, Marino a lancé une recherche grâce au
HIT. Âgée de quatre-vingt-sept ans, Mrs Simister se fait appeler
Daggie par ses familiers. Elle est juive, membre d'une syna-

gogue locale où elle n'a pas mis les pieds depuis des années, et n'a jamais appartenu à la même église que ces femmes, de l'autre côté de l'eau. Ce qu'elle a dit au téléphone était donc faux, si tant est qu'il s'agissait bien de Daggie Simister, ce dont Marino doute fortement.

Elle est née à Lublin, en Pologne, et a survécu à l'Holocauste. Elle n'a quitté la Pologne qu'à près de trente ans, ce qui explique l'accent marqué avec lequel elle a accueilli Marino plus tôt au téléphone. En revanche, l'interlocutrice avec laquelle il a discuté dans le bureau de Scarpetta parlait sans accent prononcé et paraissait simplement âgée. Le fils unique de Mrs Simister vit à Fort Lauderdale, où il a reçu en l'espace de dix ans deux contraventions pour conduite en état d'ivresse et trois pour infractions au code de la route. L'ironie veut qu'il soit promoteur et entrepreneur immobilier, et qu'il fasse ainsi partie de ceux-là mêmes qui ont fait grimper les taxes foncières de sa mère.

Mrs Simister est suivie par quatre médecins, pour son arthrose, sa vue, des ennuis cardiaques et des problèmes de pieds. Elle ne voyage pas, en tout cas pas sur des lignes commerciales. Il semble qu'elle ne sorte guère de chez elle, et peut-être est-elle au courant de tout ce qui se passe alentour. Nombre de gens qui ne bougent plus de chez eux par la force des choses passent leur temps à espionner, surtout dans des quartiers comme celui-ci. Marino espère qu'elle en fait partie. Il espère qu'elle a remarqué ce qui a pu se passer de l'autre côté du bras d'eau, dans la maison orange pâle, et qu'elle a peut-être une idée de la personne qui a appelé le bureau de Scarpetta en se faisant passer pour elle. Si toutefois tel est bien le cas.

Il sonne, le portefeuille à la main, prêt à présenter son badge, ce qui n'est pas tout à fait honnête. Il est en réalité retraité de la police, n'a jamais été flic en Floride. En d'autres termes, il était censé rendre sa plaque et son pistolet lorsqu'il a quitté le dernier département de police pour lequel il a travaillé, une modeste affectation, à Richmond, en Virginie. Il s'y est toujours senti à l'écart, sous-estimé et peu apprécié. Il sonne de nouveau à la porte, puis tente de joindre Mrs Simister par téléphone.

La ligne est toujours occupée.

–Police! Il y a quelqu'un? crie-t-il d'une voix forte en cognant contre le battant.

CHAPITRE 28

Scarpetta suffoque dans son tailleur sombre, mais n'a nulle intention de remédier à ce désagrément. Si elle ôte sa veste, elle va devoir la poser ou la suspendre quelque part, et elle ne se laisse jamais aller sur les scènes de crime, même celles que la police ne considère pas comme telles.

Maintenant qu'elle a pénétré dans la maison, elle est prête à conclure de son examen que l'une des deux sœurs souffre d'un désordre obsessionnel compulsif. Les fenêtres, le carrelage et l'ameublement sont immaculés, et le mobilier impeccablement disposé. Un tapis à la frange si nette qu'elle paraît avoir été peignée est étalé au milieu de la pièce, centré au millimètre près. Elle vérifie le thermostat, note dans son carnet que l'air conditionné est en marche, et qu'il règne dans le salon une température de 22 degrés.

– Le thermostat a-t-il été reprogrammé ? s'enquiert-elle. Il était réglé de cette façon ?

– Tout est demeuré en l'état, répond Reba depuis la cuisine où elle se trouve avec Lex, l'enquêtrice de scène de crime. Sauf la cuisinière, qui a été éteinte. La dame qui est venue quand Ev et Kristin ne se sont pas montrées à l'église l'a arrêtée.

Scarpetta note qu'il n'existe pas de système d'alarme.

Reba ouvre le réfrigérateur en suggérant à Lex :

—À votre place, je passerais les portes de placard à la poudre à empreintes. Tant que vous y êtes, autant tout saupoudrer, d'ailleurs. Il n'y pas grand-chose à manger là-dedans pour deux gamins en pleine croissance, ajoute-t-elle à l'adresse de Scarpetta. Pas grand-chose à manger tout court. Si ça se trouve, elles sont végétariennes, conclut-elle en refermant le réfrigérateur.

—La poudre va bousiller le bois, intervient Lex.

—C'est votre problème.

—Sait-on à quelle heure ils sont rentrés de l'église le jeudi soir ? Enfin, à quelle heure ils sont censés être rentrés ? demande Scarpetta.

—Le service s'est terminé à dix-neuf heures. Ev et Kristin sont restées un moment à parler avec des fidèles. Puis elles sont retournées dans le bureau d'Ev, pour la réunion. Un petit bureau. Ce n'est qu'une toute petite église, et la pièce où ils célèbrent les services ne doit guère accueillir plus de cinquante personnes, enfin, à mon avis.

Reba quitte la cuisine pour rejoindre le salon.

—Une réunion avec qui, et où se trouvaient les garçons ? demande Scarpetta en soulevant un coussin du canapé à motif floral.

—Certaines des femmes se réunissaient. Je ne sais pas comment vous les appelez, ces femmes qui gèrent les trucs de l'église. À ce que j'ai compris, les garçons n'étaient pas présents, ils devaient s'amuser dans un coin. Puis, vers vingt heures, ils sont partis avec Ev et Kristin.

—Il y a toujours des réunions les jeudis soir, après le service ?

—Je crois. Le service régulier a lieu le vendredi soir, du coup, ils se rencontrent la veille. Un truc en rapport avec le Vendredi saint, quand Dieu est mort pour nos péchés. Ils ne parlent pas de Jésus, juste de Dieu, et ils ont l'air à fond dans les histoires

188

de péché et d'enfer. C'est une église un peu excentrique, un genre de secte, si vous voulez mon avis. Ils doivent charmer les serpents ou des trucs dans ce goût-là.

À petites tapes, Lex fait tomber un nuage de poudre d'oxyde Silk Black sur une feuille de papier. Le comptoir blanc de la cuisine est éraflé mais impeccable, et complètement dépouillé. Elle tamponne une brosse en fibre de verre dans le récipient de poudre et entreprend de faire tournoyer délicatement ses soies sur le plan de travail, qui vire inégalement au noir de suie lorsque la poudre adhère à des substances huileuses ou autres résidus latents.

— J'ai pas trouvé de portefeuille, ni de sac, rien de ce genre, précise Reba à Scarpetta. Ça fait que me conforter dans l'idée qu'ils ont pris la tangente.

— On peut être enlevé avec son sac à main, rétorque Scarpetta. On enlève les gens avec leurs portefeuilles, leurs clés, leurs voitures, leurs enfants. Il y a quelques années de ça, j'ai travaillé sur une affaire d'enlèvement suivi de meurtre dans laquelle la victime avait eu la possibilité de faire sa valise.

— Oh, moi aussi je connais plein d'affaires, notamment du genre où tout a été mis en scène pour faire croire à un crime, alors que les gens se sont tout simplement tirés. Ce coup de fil bizarre dont vous m'avez parlé, c'était peut-être un des cinglés de l'église.

Scarpetta pénètre dans la cuisine pour examiner la cuisinière. Une casserole de cuivre recouverte d'un couvercle est posée sur un des brûleurs arrière. Le métal rayé est gris foncé.

— C'est le feu qui était allumé ? demande-t-elle en soulevant le couvercle.

Le revêtement intérieur en acier inoxydable est d'un gris foncé décoloré.

Dans un craquement sonore, Lex décolle un bout d'adhésif à empreintes.

— Lorsque la dame de l'église est arrivée, le brûleur arrière gauche était sur la position « mijotage », et la poêle vide bouillante. En tout cas, c'est ce qu'on m'a dit, informe Reba.

Scarpetta remarque au fond de l'ustensile une légère couche de cendre fine et blanchâtre.

— Elle a peut-être contenu quelque chose, de l'huile de cuisson, mais pas de nourriture. Il n'y avait pas d'aliments sur le plan de travail ?

— Quand je suis entrée, les choses étaient telles que vous les voyez, et la dame de l'église affirme qu'il n'y avait pas de nourriture alentour.

Lex détache l'adhésif sur plusieurs centimètres, et commente :

— Quelques petites crêtes, mais surtout des traînées. Je ne vais pas m'obstiner sur les placards. Le bois n'est pas une surface très propice, inutile de les abîmer pour rien.

Scarpetta ouvre la porte du réfrigérateur, et l'air froid lui effleure le visage, tandis qu'elle examine les différents compartiments les uns après les autres. Un blanc de dinde laisse à penser qu'au moins une personne de la maison n'est pas végétarienne. Il reste un peu de laitue, des brocolis frais, des épinards, du céleri et beaucoup de carottes, dix-neuf sacs de carottes conditionnées en petits cubes épluchés, comme des snacks basses calories faciles à grignoter.

La porte vitrée coulissante de la véranda de Mrs Simister n'est pas fermée à clé. Marino patiente devant, planté dans l'herbe, jetant un coup d'œil autour de lui.

Il contemple la maison orange pâle de l'autre côté du cours d'eau, et se demande si Scarpetta a découvert quelque chose. Mais vu son retard, elle a peut-être déjà quitté les lieux. Il a perdu pas mal de temps à pousser la moto sur une remorque, à l'amener jusqu'au hangar, puis à changer la roue. Ensuite, il s'est attardé à discuter avec d'autres agents d'entretien, quelques étudiants qui traînaient dans le coin et des enseignants dont les voitures se trouvaient garées sur le même parking, en espérant que quelqu'un avait pu être témoin de quelque chose. Ce n'était pas le cas. Quoi qu'il en soit, c'est ce qu'ils ont tous prétendu.

Il entrouvre la porte de Mrs Simister et appelle.

Pas de réponse. Il frappe alors avec force contre la paroi vitrée et hurle :

– Y a quelqu'un ? Ohé ?

Il compose de nouveau son numéro, mais le téléphone est toujours occupé. Scarpetta a essayé de le joindre un peu plus tôt, alors qu'il devait être déjà en route. Il la rappelle.

– Qu'est-ce qui se passe là-bas ? demande-t-il tout de go.

– Reba affirme qu'elle n'a jamais entendu parler de Mrs Simister.

– Quelqu'un est en train d'essayer de nous baiser, rétorque-t-il. Elle fait pas non plus partie de la congrégation, celle des gens qui ont disparu, et elle répond pas à sa porte. Je vais entrer.

Il jette un regard en arrière, vers la maison orange pâle de l'autre côté, tire la porte coulissante et lance d'une voix tonitruante :

– Mrs Simister ? Y a quelqu'un ? Police !

Une deuxième baie vitrée l'arrête. Elle n'est pas non plus verrouillée et il pénètre de quelques pas dans le salon, avant de s'immobiliser pour appeler de nouveau. Quelque part au fond de la maison s'élève l'écho d'une télévision, dont le volume est poussé très haut. Le son le guide. Marino persiste à s'annoncer. Cependant, cette fois-ci, il a dégainé son arme. Il suit un couloir et distingue les rires qui émaillent le talk-show.

– Mrs Simister ? Y a quelqu'un ?

La télévision se trouve dans une pièce du fond, probablement une chambre dont la porte est fermée. Marino hésite, appelle encore. Il frappe, puis assène des coups de poing contre le battant, avant d'entrer et de voir le sang, un corps menu allongé sur le lit, et ce qu'il reste d'une tête.

CHAPITRE 29

Des crayons, des stylos à bille et des feutres sont rangés dans un tiroir de bureau. À la vue des marques laissées par des dents dans le bois et le plastique de certains d'entre eux, Scarpetta se demande lequel des deux petits garçons les mâchonne nerveusement.

Elle glisse chaque crayon, stylo à bille et feutre dans des pochettes à indices individuelles, referme le tiroir, puis examine la pièce en songeant à l'existence qu'ont pu mener ces petits orphelins d'Afrique du Sud. La chambre est si austère, ni jouets ni posters sur les murs, aucun indice de ce que les enfants pouvaient aimer – les filles, les voitures, le cinéma, la musique ou les sports – ou des héros qu'ils adulaient. Aucun signe qu'ils se soient amusés, tout simplement.

La porte suivante ouvre sur une vieille salle de bains à l'affligeant carrelage vert, équipée d'une baignoire et d'une cuvette de WC. Le visage de Scarpetta se reflète brièvement dans le miroir de l'armoire à pharmacie dont elle tire la porte, passant en revue les étroites étagères de métal chargées de fil dentaire, d'aspirine et de ces petits savons de courtoisie que l'on trouve dans les motels. Elle soulève par son couvercle blanc un flacon de médicament en plastique orange et déchiffre l'étiquette, surprise d'y trouver le nom du Dr Marilyn Self.

Le Dr Self, psychiatre des célébrités, a prescrit à David Chance de l'hydrochloride de Ritaline. L'enfant est censé en prendre dix milligrammes trois fois par jour. L'ordonnance de cent comprimés a été renouvelée le mois précédent, trois semaines auparavant, exactement. Scarpetta ôte le couvercle et fait glisser dans sa main les comprimés verts striés. Elle en compte quarante-neuf, et calcule qu'avec trois semaines de traitement il devrait en rester trente-sept. Le petit garçon est censé avoir disparu le jeudi soir, cinq jours auparavant, l'équivalent de quinze comprimés. Quinze plus trente-sept égalent cinquante-deux, le compte y est à peu près. Si la disparition de David était volontaire, aurait-on oublié sa Ritaline ? Et pourquoi aurait-on laissé la cuisinière allumée ?

Scarpetta fait glisser les comprimés dans le flacon, qu'elle fourre dans un sac à indices. À l'extrémité du couloir se trouve la seule autre chambre, celle que partageaient de toute évidence les deux sœurs. Les deux lits sont ornés de dessus-de-lit vert émeraude, le papier peint et le tapis sont également verts, tout comme les meubles laqués. D'autres nuances de vert se déclinent sur les luminaires et le ventilateur de plafond, sans oublier les rideaux tirés qui occultent totalement la lumière du jour. La lampe de chevet est allumée. La faible lueur qu'elle dispense, accompagnée de celle qui provient du couloir, perce la pénombre qui règne dans la pièce.

Aucun tableau, aucun miroir ne décore les murs. Deux photos isolées, protégées par un cadre, trônent sur la commode. La première est une scène de plage, prise sur fond de soleil couchant. Deux garçonnets en maillots de bain sourient, tous les deux blond filasse. L'un semble plus âgé que l'autre, et ils paraissent frères. Sur le deuxième cliché, deux femmes munies de bâtons de marche clignent des yeux dans le soleil. Elles paraissent si perdues contre le gigantesque ciel bleu. Derrière elles se dresse une montagne de forme curieuse, dont le sommet est obscurci par une couche de nuages qui s'élève telle une épaisse fumée blanche. L'une des femmes est petite, potelée. Ses longs cheveux gris sont tirés en arrière. L'autre, plus grande et plus mince, repousse de son visage une très longue chevelure brune ondulée balayée par le vent.

Scarpetta tire de son sac une loupe avec laquelle elle détaille les clichés de près, examinant soigneusement la peau nue et le visage des enfants, puis ceux des deux femmes, à la recherche de cicatrices, de tatouages, d'anomalies physiques, ou de bijoux. Le teint de la mince femme aux longs cheveux noirs semble maladif, au point qu'elle paraît presque souffrir d'une jaunisse, à moins qu'il ne s'agisse de l'éclairage, ou d'un produit bronzant qui a gratifié sa peau de cette teinte jaunâtre.

Scarpetta ouvre la penderie qui ne contient que des vêtements de tous les jours, de qualité médiocre, et quelques ensembles un peu plus habillés de tailles trente-huit et quarante-deux. Elle sort tout ce qui est blanc ou approchant, à la recherche d'auréoles de transpiration jaunes, qu'elle trouve sous les manches de plusieurs chemisiers de taille trente-huit. Son regard revient sur la photo de la femme aux longs cheveux bruns. Elle repense aux légumes frais stockés dans le réfrigérateur, aux carottes, et au Dr Marilyn Self.

À l'exception d'une Bible reliée de cuir posée sur la table de chevet, il n'y a pas de livres dans la pièce. La Bible est ancienne, ouverte sur les textes apocryphes. La lumière éclaire ses pages fragiles que le temps a desséchées et brunies. Scarpetta chausse ses lunettes et se penche, notant dans son calepin que la Bible est ouverte sur le Livre de la Sagesse de Salomon, et que le verset vingt-cinq du chapitre douze est marqué de trois petits « x » griffonnés au crayon.

Aussi, comme à des enfants sans raison, leur as-tu envoyé un châtiment de dérision.

Elle tente de joindre Marino sur son portable, mais tombe sur sa messagerie. Sa deuxième tentative n'est pas plus heureuse et elle finit par lui laisser un message urgent tout en écartant les rideaux dans le but de vérifier si la baie vitrée est bien fermée à clé. De lourds nuages orageux se sont amoncelés dans le ciel. La pluie a recommencé de tomber et les gouttes criblent la surface de la piscine et du petit canal. Le vent secoue les palmiers par rafales, et agite la profusion de fleurs rouges et roses des haies basses d'hibiscus qui s'épanouissent de chaque côté de la baie vitrée. Scarpetta remarque deux traces à la forme caractéristique sur la paroi de verre. Elle les identifie immédiatement et rejoint aussitôt Reba et Lex qui inspectent le contenu du lave-linge et du sèche-linge installés dans la buanderie.

–J'ai trouvé une Bible dans la grande chambre. Elle est ouverte sur les textes apocryphes, et la lampe de chevet est allumée.

Reba la regarde sans paraître comprendre.

–Je voudrais savoir si la chambre était exactement dans cet état quand la femme de l'église est venue, explique Scarpetta. Était-elle comme cela lorsque vous y êtes entrée ?

–Rien ne paraissait avoir été dérangé. Je me souviens que les rideaux étaient tirés. Je n'ai pas vu de Bible, ni quoi que ce soit d'autre, et je ne me souviens pas d'une lampe allumée.

–L'une des photos représente deux femmes. Il s'agit d'Ev et Kristin ?

–C'est ce qu'a affirmé la dame de l'église.

–Et sur l'autre, c'est bien Tony et David ?

–Je crois.

–Une des deux sœurs souffre-t-elle d'un désordre alimentaire ? Est-elle malade ? Savons-nous si l'une des deux est suivie par un médecin ? Et j'aimerais savoir qui est qui, sur la photo ?

Reba reste coite. Jusqu'à présent, personne n'a pensé que des questions comme celles de Scarpetta pouvaient se poser, aussi les réponses ne présentaient-elles guère d'importance.

–Avez-vous, vous ou quelqu'un d'autre, ouvert les baies coulissantes dans leur chambre, la chambre verte, veux-je dire ?

–Non.

– Elles ne sont pas fermées à clé, et j'ai remarqué des traces à l'extérieur de la vitre. Des empreintes d'oreilles. Je me demande si elles s'y trouvaient déjà lorsque vous avez fait le tour de la maison vendredi dernier.

– Des empreintes d'oreilles ?

– Deux, abandonnées par une oreille droite, précise Scarpetta à l'instant même où se déclenche la sonnerie de son portable.

CHAPITRE 30

Il pleut à verse. Trois véhicules de police ainsi qu'une ambulance sont garés devant la maison de Mrs Simister lorsque Scarpetta s'y arrête.

Elle descend de voiture sans se soucier de prendre un parapluie et s'entretient avec le médecin expert de l'institut médico-légal de Broward County, dont la juridiction s'applique à toutes les morts subites, inattendues ou violentes qui se produisent entre Palm Beach et Miami. Elle lui confie qu'elle entend profiter du fait qu'elle est déjà sur place pour examiner le corps, et qu'elle a besoin d'un service d'enlèvement le plus rapidement possible, afin de le transporter ensuite à la morgue. Elle recommande que l'autopsie soit pratiquée dans les plus brefs délais.

– Vous ne pensez pas que cela peut attendre demain ? J'ai cru comprendre qu'avec les antécédents dépressifs de cette dame, un suicide n'était pas exclu, souligne le médecin expert avec prudence, peu désireux d'avoir l'air de mettre en doute le jugement de Scarpetta.

Il ne tient pas à exprimer tout à trac que l'urgence de la situation ne lui apparaît pas, et choisit ses mots. Scarpetta n'est pas dupe. Trempée jusqu'aux os, elle explique en gravissant le seuil d'un pas pressé :

— Selon Marino, il n'y a pas d'arme sur la scène de crime.

— Ah... j'ignorais ce détail.

— Enfin et à ma connaissance, personne ne suggère que nous ayons affaire à un suicide.

La prétendue détonation de pot d'échappement qu'elles ont entendue plus tôt avec Reba lui revient, et elle tente de se souvenir du moment précis où celle-ci s'est produite.

— Vous vous en occupez, alors ?

— Bien sûr, répond-elle. Prévenez le Dr Amos, que tout soit prêt.

Elle repousse des mèches de cheveux alourdis de pluie et franchit la porte d'entrée.

— Où est Wagner ? demande Marino, qui l'attend à l'intérieur. Malheureusement, je suppose qu'elle vient. Putain, on n'a pas besoin d'une gourdasse de son calibre dans ce bordel !

— Elle est partie quelques minutes après moi, j'ignore où elle est.

— Paumée, à tous les coups. J'ai jamais vu quelqu'un affligé d'un sens de l'orientation aussi nul.

Scarpetta évoque la Bible retrouvée dans la chambre d'Ev et Kristin, le verset marqué de croix.

— C'est le même truc que ce qu'il m'a dit ! s'exclame Marino. Nom de Dieu, qu'est-ce qui se passe ? Quelle imbécile, répète-t-il en parlant de Reba. Je vais devoir la court-circuiter et récupérer un vrai flic si on veut que l'affaire soit pas foutue en l'air.

— Faites-moi plaisir, rétorque Scarpetta, qui en a assez de ses commentaires désobligeants, aidez-la de votre mieux, et rangez votre rancune au placard. Racontez-moi ce que vous savez, enjoint-elle en regardant par-dessus son épaule deux auxiliaires des services d'urgences chargés de leur équipement. Leur tâche était inutile.

– Un coup de fusil à pompe dans la bouche, qui lui a explosé le sommet du crâne, résume Marino en s'écartant pour laisser passer les urgentistes qui regagnent leur ambulance. Elle est sur le lit là-bas au fond, tout habillée, avec la télé allumée. Rien qui indique une effraction, un cambriolage ou une agression sexuelle. On a trouvé une paire de gants en latex, dont un ensanglanté dans le lavabo de la salle de bains.

– Laquelle ?

– Celle de sa chambre.

– D'autres indices qui pourraient laisser à penser que le tueur a pu se laver après ?

– Non, rien que les gants dans le lavabo. Pas de serviettes ensanglantées, ni d'eau.

– Je vais vérifier tout cela. L'identité de la victime est confirmée ?

– On sait à qui appartient la maison, Daggie Simister, mais je peux pas vous certifier que c'est bien elle qu'est sur le lit.

Scarpetta fouille dans son sac à la recherche d'une paire de gants, puis s'avance dans le vestibule. Elle examine les lieux, tandis qu'elle repense aux portes coulissantes déverrouillées de la chambre de la maison située de l'autre côté du bras d'eau. Elle balaye du regard le sol de mosaïque, les murs bleu pâle, puis le petit salon encombré de meubles, de photos, d'oiseaux de porcelaine et d'autres bibelots d'une époque révolue. Rien ne semble avoir été dérangé. Marino lui fait traverser le salon. Ils longent la cuisine et parviennent à l'arrière de la maison, où le corps repose dans une chambre dont la fenêtre ouvre sur le cours d'eau.

Étendue sur le dos, la vieille femme porte un survêtement et des pantoufles roses. Elle a la bouche grande ouverte, les yeux morts et fixes. Une impressionnante blessure a pulvérisé le haut de son crâne. Le cerveau s'est répandu. Des esquilles d'os et de gros morceaux de matière grise adhèrent à un oreiller imbibé d'un sang rouge profond, qui commence tout juste à coaguler. Des fragments de peau et de cervelle ont été projetés sur la tête de lit et contre le mur éclaboussé et zébré de sang.

Scarpetta glisse la main dans la veste de survêtement ensanglanté, tâte la poitrine et le ventre, puis touche les mains. Le corps est encore tiède, et la *rigor mortis* n'apparaît pas encore. Elle descend la fermeture à glissière de la veste, et place un thermomètre sous l'aisselle droite. Elle patiente en cherchant d'autres traces de blessures, moins évidentes que celle de la tête.

—Vous croyez qu'elle est morte depuis combien de temps? demande Marino.

—Elle est encore très chaude. La rigidité cadavérique ne s'est même pas installée.

Si elle prend pour repère cette détonation que Reba et elle ont attribuée à un pot d'échappement, le coup de feu a eu lieu une heure auparavant. Elle se dirige vers le thermostat, constate que l'air conditionné est branché, et qu'il règne dans la pièce un petit vingt degrés. Elle le note, puis balaye sans hâte les lieux du regard. Le sol de la petite chambre est en mosaïque, à moitié dissimulée par un tapis bleu foncé qui s'étend du pied du lit couvert d'un duvet jusqu'à la fenêtre qui donne sur le bras d'eau. Les stores sont fermés. Sur la table de chevet sont posés un verre plein de ce qui ressemble à de l'eau, un roman de Dan Brown – une édition en gros caractères – et une paire de lunettes. Au premier abord, il ne semble pas y avoir eu lutte.

—Elle a peut-être été tuée juste avant que j'arrive, remarque Marino qui tente de ne rien laisser paraître de son malaise. Ça s'est peut-être produit quelques minutes à peine avant que j'arrive en moto. J'étais en retard, quelqu'un m'avait crevé mon pneu avant.

—Volontairement? demande Scarpetta, intriguée par la coïncidence.

S'il était arrivé plus tôt, la femme ne serait peut-être pas morte. Elle lui parle de cette détonation, presque certaine maintenant qu'il s'agissait bien d'un coup de feu. Un agent en uniforme émerge de la salle de bains, les mains chargées de flacons de médicaments qu'il dépose sur un buffet.

– Et comment, que c'était volontaire ! renchérit Marino.

– De toute évidence, elle est morte il y a très peu de temps. À quelle heure l'avez-vous trouvée ?

– J'étais sur les lieux depuis à peu près un quart d'heure quand je vous ai appelée. Je voulais vérifier que la maison était sûre avant de tenter quoi que ce soit. Genre, que l'assassin était pas planqué quelque part dans un placard.

– Les voisins n'ont rien entendu ?

Un des agents en uniforme a déjà vérifié. Il n'y a personne dans les maisons proches de celle de Mrs Simister, l'informe Marino. Il transpire à grosses gouttes, le visage cramoisi, les yeux dilatés, à moitié fous.

– Je comprends rien à ce qui se passe, répète-t-il tandis que la pluie tambourine sur le toit. J'ai l'impression qu'on a été piégés, Wagner et vous bloquées de l'autre côté de l'eau, et moi à la bourre à cause de mon pneu crevé.

– Il y avait un inspecteur de l'Agriculture dans le jardin, quelqu'un qui examinait les citronniers, lui apprend-elle en décrivant la longue pince à fruits que l'homme a démontée et rangée dans un grand sac noir. À votre place, je vérifierais cela au plus vite.

Scarpetta retire le thermomètre et relève une température de 36,2 degrés. Elle passe ensuite dans la salle de bains, inspecte l'intérieur de la douche, de la cuvette des toilettes ainsi que la poubelle. Le lavabo est sec, sans trace de sang, sans la moindre présence de résidu, et cette netteté n'est pas logique.

– Les gants étaient bien dans ce lavabo ? demande-t-elle en regardant Marino.

– Ouais, c'est ça.

– Si lui – ou elle, on ne sait jamais – les a ôtés après avoir abattu la victime pour les jeter dedans, ils auraient dû abandonner des traces, en tout cas celui qui était maculé de sang.

– Sauf si le sang du gant était déjà sec.

– Je ne vois pas comment cela aurait pu être le cas, souligne-t-elle en ouvrant l'armoire à pharmacie.

Elle y découvre l'habituelle panoplie des remèdes prescrits contre diverses douleurs ou les problèmes de constipation.

– À moins que le tueur les ait portés assez longtemps pour que le sang sèche dessus, ajoute-t-elle.

– Ça ne doit pas prendre tant de temps que ça.

– Peut-être pas. Ils sont toujours dans les parages ?

Ils ressortent de la salle de bains, et Marino récupère dans une mallette de scène de crime une grande enveloppe à indices en papier brun. Il en écarte les bords afin qu'elle puisse y jeter un coup d'œil sans frôler les gants. Le premier est vierge de toute souillure. L'autre, à demi retourné, est taché d'un sang séché brun foncé. Il s'agit de ces gants de latex dépourvus de talc, et le propre semble ne jamais avoir été enfilé.

– Il va falloir prélever l'ADN de l'intérieur, et les empreintes, bien sûr, dit-elle.

– Il doit pas savoir qu'on peut laisser des empreintes à l'intérieur de gants de latex.

– Ben, alors, c'est qu'il regarde pas la télé, remarque un des policiers.

– Me parle pas de cette merde qu'ils diffusent ! Ça me pourrit la vie, renchérit un autre, à moitié allongé sous le lit. Tiens, tiens, remarque-t-il, avant de se relever, sa torche dans une main et, dans l'autre, un petit revolver en acier à la crosse en bois de rose.

Il ouvre le barillet, prenant soin d'y toucher le moins possible.

– Pas chargé. Ça a pas dû lui servir à grand-chose. J'ai pas l'impression qu'on ait tiré avec depuis la dernière fois qu'il a été nettoyé... Enfin, du moins si on s'en est jamais servi.

– On va quand même vérifier les empreintes, lui indique Marino. Drôle d'endroit pour planquer un flingue. Il était loin sous le lit ?

– Trop loin pour le récupérer sans se mettre à quatre pattes et ramper sous le sommier comme je viens de le faire. Calibre 22. Qu'est-ce que c'est qu'une putain de « Veuve Noire » ?

– Tu rigoles ? fait Marino en jetant un coup d'œil. Fabriqué par la North American Arms, un revolver à simple action. Le genre de flingue crétin destiné aux petites vieilles qu'ont les mains déformées par l'arthrose.

—Quelqu'un a dû le lui donner pour se protéger... sauf qu'elle s'en est jamais souciée.

—Tu as vu une boîte de munitions quelque part?

—Pas pour l'instant.

L'agent laisse tomber l'arme dans une pochette à indices qu'il pose sur le buffet où un autre officier s'attaque à l'inventaire des flacons de médicaments.

—Accuretic, Diurese et Enduron, énumère-t-il. Pas la moindre idée de ce que c'est.

—Un inhibiteur de l'enzyme de conversion, bref un vasodilatateur et des diurétiques. Ils sont prescrits en cas d'hypertension, explique Scarpetta.

—Du Verapamil, un flacon qui remonte au mois de juillet.

—Pour l'hypertension, l'angine de poitrine, l'arythmie.

—Apresoline et Loniten. Difficile à prononcer, ces trucs-là. Vieux de plus d'un an.

—Toujours des vasodilatateurs, pour l'hypertension.

—Alors, peut-être qu'elle est morte d'un accident vasculaire. Vicodine, ça, je sais ce que c'est, et de l'Ultram. Ces ordonnances-là sont plus récentes.

—Des antalgiques. Pour l'arthrose, éventuellement.

—Et du Zithromax. C'est un antibiotique, non? Il date de décembre.

—Rien d'autre? demande Scarpetta.

—Non, m'dame.

—Qui a prévenu l'institut médico-légal qu'elle avait des antécédents dépressifs? interroge-t-elle en regardant Marino.

Personne ne répond, puis Marino affirme:

—En tout cas, c'est sûrement pas moi!

—Qui a appelé l'institut? insiste-t-elle.

Les trois hommes s'interrogent mutuellement du regard.

—Merde! jure Marino.

—Nous allons tirer cela au clair, déclare Scarpetta.

Elle compose le numéro de l'institut médico-légal et parvient à joindre le médecin expert.

— Qui vous a prévenu de ce décès par balle ? demande-t-elle.

— La police de Hollywood.

— Quel enquêteur ?

— Le détective Wagner.

— Le détective Wagner ? répète Scarpetta, perplexe. Quelle heure est notée sur le registre d'appel ?

— Heu, attendez... Quatorze heures onze.

Scarpetta regarde de nouveau Marino et lui lance :

— À quelle heure m'avez-vous appelée, précisément ?

— Quatorze heures vingt-deux, réplique-t-il après avoir vérifié sur son portable.

Scarpetta jette un coup d'œil à sa montre. Il est presque quinze heures trente. Elle est consciente qu'elle ne réussira pas à sauter à bord de l'avion de dix-huit heures trente.

— Tout va bien ? s'inquiète le médecin expert, toujours en ligne.

— Quand vous avez reçu le coup de fil provenant soi-disant du détective Wagner, un identifiant d'appel s'est-il affiché ?

— Soi-disant ?

— Il s'agissait bien d'une voix féminine, n'est-ce pas ?

— Tout à fait.

— Quelque chose vous a-t-il paru inhabituel dans sa façon de parler ?

— Pas du tout. Elle semblait tout à fait crédible, affirme-t-il après un silence.

— Pas de trace d'accent ?

— Kay, que se passe-t-il ?

— Rien de bon.

— D'accord. Attendez, je passe les différents appels en revue. Quatorze heures onze, numéro masqué.

— Cela ne me surprend pas. À bientôt, d'ici une heure.

Scarpetta se penche sur le lit et examine méthodiquement les mains de la victime en les retournant doucement. Elle fait toujours preuve de douceur envers ses patients, en dépit du fait qu'ils ne ressentent plus rien. Elle ne relève aucune marque d'écorchure, de coupure ou d'ecchymose qui puisse laisser supposer que la victime a été ligotée, ou même qu'elle s'est défendue. Elle recommence l'examen, en s'aidant cette fois d'une loupe, et découvre des fibres et de la poussière adhérant aux paumes des deux mains.

— Il n'est pas impossible qu'elle se soit retrouvée par terre à un moment donné, remarque-t-elle à l'instant où Reba pénètre dans la pièce, trempée de pluie, pâle et de toute évidence secouée.

— C'est un vrai dédale de rues, lâche la jeune femme.

— Hé, à quelle heure vous avez appelé le médecin légiste ? lui lance Marino.

— À quel propos ?

— À propos du prix des œufs en Chine, bien sûr !

— Hein ? fait-elle en contemplant le spectacle sanglant du lit.

— À propos de cette affaire, dit Marino d'un ton bourru. Je parlais de quoi, à votre avis ? Et pourquoi vous vous équipez pas d'un foutu GPS ?

— J'ai pas appelé le médecin légiste. Y'avait aucune raison puisqu'elle était juste à côté de moi, réplique-t-elle en regardant Scarpetta.

— Emballons ses mains et ses pieds, intime celle-ci. Et je veux qu'elle soit enveloppée avec sa couette dans un drap de plastique propre. La literie vient aussi.

Scarpetta s'avance vers la fenêtre qui donne sur le jardin et le petit canal, regarde les citronniers martelés par la pluie, et songe à l'inspecteur qu'elle a aperçu plus tôt. Elle est quasiment certaine qu'il se trouvait bien dans ce jardin, et tente de déterminer l'heure exacte à laquelle elle l'a vu. La détonation a retenti presque au même moment, et il s'agissait d'un coup de feu. De nouveau, elle balaye la pièce du regard et remarque deux taches sombres sur le tapis, non loin de la fenêtre.

Elles se fondent presque complètement dans la laine bleu foncé. Scarpetta extrait de son sac un kit de détection de sang, en sort des flacons de produits chimiques et des pipettes. Les deux taches, de forme ovale et de la taille d'une pièce de vingt-cinq *cents*, sont espacées de quelques centimètres. Elle gratte l'une d'entre elles d'un long coton-tige, puis verse quelques gouttes d'alcool isopropylique, de phénolphthaléine, puis de peroxyde d'hydrogène sur l'écouvillon. L'échantillon vire au rose. La coloration ne signifie pas nécessairement qu'il s'agit de sang humain, bien que la probabilité soit forte.

— S'il s'agit bien de celui de la victime, que fabrique-t-il là ? s'interroge-t-elle à voix haute.

— Des éclaboussures ? suggère Reba.

— Impossible.

— Des gouttes pas tout à fait circulaires, intervient Marino. On dirait que la personne qui saignait se tenait presque debout.

Il examine les alentours, à la recherche d'autres taches.

— C'est pas banal qu'il n'y en ait nulle part ailleurs. Quand quelqu'un saigne beaucoup, on peut s'attendre à davantage de gouttes, remarque-t-il comme si Reba ne se trouvait pas dans la pièce.

— Certes, mais elles sont difficiles à déceler sur une surface aussi sombre, argumente Scarpetta. Cela dit, je n'en vois pas non plus d'autres.

— On devrait peut-être revenir avec du luminol, suggère Marino en continuant d'ignorer Reba.

Un soupçon de colère naît sur les traits de la jeune femme.

— Lorsque les techniciens vont arriver, il faudra qu'ils prélèvent un échantillon des fibres de ce tapis, lance Scarpetta à la cantonade.

— Ouais, en plus d'aspirer le tapis et de vérifier les indices, renchérit Marino en évitant le regard de Reba.

— Avant que vous partiez, il me faudra votre déposition, puisque c'est vous qui avez trouvé la victime, lui balance la jeune détective. D'ailleurs, qu'est-ce que vous fabriquiez au juste dans cette maison ?

Il ne lui répond pas, faisant comme si elle n'existait pas.

206

– Si on sortait tous les deux quelques minutes, histoire que vous me racontiez tout. Mark ? poursuit-elle en s'adressant à l'un des policiers. Si on vérifiait les résidus de poudre sur l'enquêteur Marino ?

– Et si t'allais te faire foutre ?

Scarpetta reconnaît le grondement sourd dans sa voix, le plus souvent annonciateur d'une violente éruption.

– C'est juste pour la forme. Je suis sûre que vous ne tenez pas à ce que quelqu'un vous accuse d'un truc.

– Heu, Reba, on n'a pas de tampon pour le prélèvement des résidus de poudre, remarque le policier prénommé Mark. C'est les techniciens de scène de crime qui se chargent de ça.

– Bon Dieu, où ils sont, ceux-là, d'ailleurs ? répond Reba avec irritation. Sa gêne est palpable. Elle est encore si novice dans le métier.

– Marino, intervient Scarpetta, vous ne voulez pas vérifier où en est le service d'enlèvement du corps ?

Il se rapproche de Reba, se collant si près d'elle que la jeune femme est obligée de reculer d'un pas, et jette :

– Juste par curiosité, sur combien de scènes de crime vous avez bossé ? Je veux dire où vous étiez seule détective avec un macchabée ?

– Vous allez devoir quitter les lieux, vous et le Dr Scarpetta, qu'on puisse commencer à analyser la scène, insiste-t-elle mala-droitement.

– La réponse, c'est zéro ! continue Marino comme si elle n'avait pas ouvert la bouche. Pas une seule de putain de scène de crime ! répète-t-il en élevant la voix. Si vous allez jeter un œil à votre manuel d'*Enquêtes pour les nuls*, vous découvrirez peut-être que le corps est sous la juridiction du médecin légiste. Ça veut dire que c'est le Dr Scarpetta qui commande ici, pas vous ! Et comme il se trouve que je suis aussi enquêteur certifié de scène de crime, en plus de tous mes autres chouettes diplômes, et que j'aide la Doc quand c'est nécessaire, vous pouvez pas non plus me courir, d'accord ?

Les agents en uniforme se contiennent pour ne pas éclater de rire. Marino s'acharne :

– Le bilan est simple mais super-important : c'est moi et le Doc qui commandons ici, vous savez que dalle, et vous êtes dans nos pattes.

– Je vous interdis de me parler sur ce ton ! s'exclame Reba, prête à fondre en larmes.

– Les gars, est-ce que l'un d'entre vous pourrait nous amener un *vrai* détective ? demande Marino. Parce que moi, je sors pas d'ici tant que vous y êtes.

CHAPITRE 31

Benton est installé dans son bureau, au rez-de-chaussée du laboratoire de neuro-imagerie cognitive, l'une des rares constructions contemporaines du campus de quatre-vingt-quinze hectares agrémenté d'étangs et d'arbres fruitiers. La plupart des autres bâtiments de brique et d'ardoise sont vieux d'un siècle. À l'inverse de l'écrasante majorité des bureaux, le sien n'a d'autre vue qu'un parking pour handicapés qui s'étend juste derrière sa fenêtre. Au-delà s'étirent une route, puis un champ dans lequel s'ébattent souvent des oies du Canada.

Planté au milieu du labo en forme de H, l'espace qu'on lui a attribué est de taille restreinte, encombré de livres et de papiers. Dans chaque coin de la pièce se trouve un scanner MR, et les champs électromagnétiques réunis des quatre machines sont assez puissants pour arracher un train de ses rails. Benton est le seul psychologue spécialisé en criminologie dont le bureau soit situé à l'intérieur du laboratoire. La raison en est simple et résulte de son implication dans le programme PRE-

209

DATOR: les neuropsychologues doivent pouvoir le localiser à n'importe quel moment.

Il joint la coordinatrice du projet scientifique par l'interphone.

—Est-ce que notre dernier volontaire « normal » a rappelé? demande-t-il en suivant du regard deux oies qui se dandinent le long de la route. Kenny Jumper?

—Attendez, c'est peut-être lui qui appelle. (Un silence, puis:) Dr Wesley? Il est en ligne.

—Allô? Bonjour, Kenny, c'est le Dr Wesley. Comment allez-vous, aujourd'hui?

—Pas trop mal.

—On dirait que vous êtes enrhumé.

—Peut-être de l'allergie, j'ai caressé un chat.

—Kenny, je vais vous poser quelques questions supplémentaires, déclare Benton en contemplant un formulaire de criblage par téléphone.

—Vous m'avez déjà posé toutes ces questions.

—Non, il ne s'agit pas des mêmes. Celles-ci sont banales. Nous les posons à tous ceux qui participent à notre étude.

—D'accord.

—Tout d'abord, d'où appelez-vous?

—D'une cabine téléphonique. Vous ne pouvez pas me rappeler à ce numéro.

—Il n'y a pas de téléphone où vous séjournez?

—Non. Comme je vous ai dit, je séjourne chez un ami, ici à Waltham. Pas de téléphone chez lui.

—D'accord. Commençons par confirmer quelques-uns des renseignements que vous m'avez communiqués hier, Kenny. Vous êtes célibataire.

—Oui.

—Vous êtes âgé de vingt-quatre ans.

—Oui.

—Vous êtes Blanc.

—Oui.

—Êtes-vous gaucher ou droitier?

— Droitier. Si vous voulez une pièce d'identité, je n'ai pas de permis de conduire.

— Pas de problème, nous nous en passons.

Au demeurant, cela dépasse largement le strict problème des informations nécessaires à l'étude. Demander une preuve d'identité, photographier les patients ou s'efforcer de quelque façon que ce soit de vérifier qui ils sont vraiment contrevient aux mesures de confidentialité des données médicales établies par le HIPPA, la loi d'amélioration de la protection sociale votée en 1996.

Benton passe en revue les différentes questions du formulaire : Kenny porte-t-il un dentier ou des bagues, a-t-il des implants médicaux, des plaques ou des broches métalliques, comment subvient-il à ses besoins, souffre-t-il d'autres allergies, de problèmes respiratoires, d'une maladie quelconque, suit-il un traitement médical, a-t-il jamais été blessé à la tête, a-t-il déjà pensé à attenter à sa propre vie ou à celle des autres, suit-il actuellement une thérapie, est-il en liberté surveillée ? Comme toujours, les réponses sont négatives. Plus d'un tiers des individus qui se portent volontaires en tant que sujets témoins « normaux » doivent, en fin de compte, être éliminés de l'étude car ils se révèlent tout sauf normaux. Néanmoins, Kenny semble un élément prometteur, jusqu'à présent.

— Pourriez-vous évaluer votre consommation d'alcool au cours du dernier mois ? continue Benton.

Il déteste chaque seconde de cette procédure. La sélection par téléphone ajoute le prosaïsme à l'ennui. Cela étant, il n'a guère d'alternative, n'accordant qu'une confiance très limitée aux données récoltées par les assistants de recherche et autres employés sans formation. Dénicher au hasard un sujet d'étude potentiel et découvrir après d'innombrables et coûteuses heures de travail passées en sélection, entrevues, échelles de classification, examens neurocognitifs, imagerie cérébrale et travail de labo que celui-ci ne convient pas, qu'il est instable ou potentiellement dangereux, ne sert strictement à rien.

–Oh, une ou deux bières de temps en temps, pas plus, répond Kenny. Vous savez, je ne bois pas beaucoup. Je ne fume pas non plus. Quand est-ce que je peux commencer? L'annonce dit que je suis payé huit cents dollars, et que vous offrez aussi le taxi. J'ai pas de voiture, donc pas de moyen de transport, et j'ai bien besoin d'argent.

–Pourquoi ne venez-vous pas ce vendredi, à quatorze heures? Cela vous conviendrait?

–Pour le truc de l'aimant?

–C'est ça. Votre scanner.

–Non, plutôt jeudi à dix-sept heures. Jeudi, je suis libre.

–D'accord, va pour jeudi dix-sept heures, acquiesce Benton en notant le rendez-vous.

–Vous pouvez envoyer un taxi.

Benton le lui promet. L'adresse que lui donne Kenny l'intrigue: une certaine entreprise de pompes funèbres Alpha et Omega, dont il n'a jamais entendu parler. Elle se trouve à Everett, un quartier peu fréquentable à la périphérie de Boston.

–Des Pompes funèbres? demande-t-il en tapotant le formulaire de son crayon.

–C'est tout près de là où je suis, et il y a une cabine de téléphone.

–Kenny, j'aimerais que vous me rappeliez demain pour confirmer votre venue, d'accord?

–D'accord, je vous appellerai de ce même téléphone.

Wesley raccroche, puis vérifie dans l'annuaire l'existence de l'entreprise Alpha et Omega d'Everett. Il compose le numéro, et patiente au son de *The Reason*, une chanson du groupe Hoobastank.

Une raison pour quoi? songe-t-il avec agacement. *Pour mourir?*

–Benton?

Il lève les yeux. Le Dr Susan Lane se tient sur le seuil de son bureau, un dossier à la main.

–Bonjour, fait-il en raccrochant.

– J'ai des nouvelles à propos de votre ami Basil Jenrette. Vous avez l'air stressé, déclare-t-elle en l'examinant avec attention.

– C'est permanent chez moi. L'analyse est terminée ?

– Vous devriez peut-être rentrer chez vous, Benton, vous paraissez épuisé.

– Préoccupé. Je veille trop. Racontez-moi comment fonctionne le cerveau de notre ami Basil, je grille d'impatience.

Elle lui tend un exemplaire de l'analyse d'imagerie structurelle et fonctionnelle, et entreprend d'expliquer :

– Augmentation de l'activité en partie frontale du lobe temporal en réponse aux stimuli affectifs, en particulier les visages effrayants ou véhiculant des émotions négatives, que lesdits visages soient découverts ou masqués.

– Décidément, c'est intéressant, commente-t-il. Cela nous en apprendra peut-être davantage sur la façon dont ces tueurs sélectionnent leurs victimes. Là où vous et moi ne verrions que de la surprise ou de la curiosité dans une expression donnée, peut-être y lisent-ils de la colère ou de la peur, ce qui leur sert de déclencheur.

– Une piste plutôt troublante.

– C'est donc la direction dans laquelle je dois poursuivre lorsque je les interroge. À commencer par Jenrette.

Il ouvre un tiroir et en tire un flacon d'aspirine.

– Voyons, dit-elle en examinant le rapport. Lors de l'exécution de la tâche de Stroop, nous avons observé une décroissance de l'activité du cortex cingulaire antérieur, que ce soit dans les régions dorsale ou ventromédiane. Dans le même temps, l'activité du cortex préfontal dorsolatéral augmentait.

– Susan, j'ai la migraine. Sautez directement aux conclusions, supplie-t-il en même temps qu'il fait glisser trois comprimés dans sa paume avant de les avaler d'un trait.

– Comment faites-vous ça ?

– Un long entraînement.

– On y va ! acquiesce-t-elle en reprenant l'analyse cérébrale de Basil. En gros, les résultats reflètent avec certitude une connectivité anormale des structures du cortex limbique, ce qui suggère une inhibition de réponse anormale dont l'origine pourrait être des déficits en un certain nombre de processus à médiation.

– Ceux qui concernent sa capacité de contrôle et d'inhibition comportementale. Un phénomène que nous constatons bien souvent chez nos charmants invités en provenance de Butler. C'est cohérent avec un désordre bipolaire ?

– Ce serait tout à fait cohérent, en effet, ainsi qu'avec d'autres troubles psychiatriques.

– Excusez-moi une seconde, dit-il en décrochant son téléphone pour composer le numéro de poste de la coordinatrice de projet. Pouvez-vous vérifier le journal de vos appels, et me donner le numéro d'où téléphonait Kenny Jumper ? demande-t-il à celle-ci.

– Numéro masqué.

– Hmm, à ma connaissance, aucune cabine publique n'est liste rouge.

– À propos, Butler vient juste de m'appeler, annonce-t-elle. Basil ne va pas bien. Il demande si vous pouvez lui rendre visite.

Le parking de l'institut médico-légal de Broward County est quasiment vide à dix-sept heures trente. Les employés, surtout ceux des professions non médicales, ne s'attardent guère à la morgue après les heures de travail.

Le bâtiment à un étage en stuc et pierre rouge orangé, typique de l'architecture de Floride du Sud, est situé sur Southwest 31st Avenue, dans un environnement relativement peu construit, regorgeant de palmiers, de pins et de chênes, et parsemé de mobile homes. L'édifice est adossé à un étroit canal saumâtre où les moustiques sont une plaie et dans lequel s'aventurent parfois des alligators. Le département des Incendies et des Urgences est installé juste à côté. Cette proximité rappelle en permanence au personnel médical où atterrissent leurs patients les moins chanceux.

La pluie a presque cessé. Seules quelques flaques persistantes évoquent la récente averse lorsque Scarpetta et Joe se dirigent vers un Hummer H2 couleur argent. Elle n'a pas une passion pour ce véhicule, au demeurant bien pratique pour les scènes de crime situées hors des sentiers battus, et pour transporter un équipement volumineux. Lucy adore les Hummer, alors que Scarpetta s'inquiète toujours de l'endroit où elle va pouvoir les garer.

— Je ne comprends vraiment pas comment quelqu'un a pu rentrer là-bas en plein jour, armé d'un fusil, répète Joe pour la cinquantième fois depuis une heure. Il doit bien exister un moyen de déterminer si le canon a été scié.

— Si le canon n'a pas été poli après avoir été scié, il peut y avoir des marques d'outil sur la bourre de la cartouche, répond Scarpetta.

— L'absence de marque n'impliquant pas nécessairement que le canon n'a pas été trafiqué.

— Exact.

— Il a pu polir le canon scié. Nous n'aurons alors aucun moyen de le déterminer, sauf à retrouver l'arme en question. Au moins, nous savons qu'il s'agit d'un calibre douze.

Ils ont obtenu cette information grâce à la bourre de plastique à quatre pétales Power Piston Remington que Scarpetta a extraite du crâne dévasté de Daggie Simister. Elle ne peut établir avec certitude que quelques autres faits, tels que la nature de l'agression, dont l'autopsie a révélé qu'elle était bien différente de ce que tout le monde avait présumé. Même si Mrs Simister n'avait pas été abattue, il est fort probable qu'elle serait morte. Scarpetta est quasiment certaine qu'elle était inconsciente lorsque le tueur lui a fourré le canon du fusil dans la bouche et a actionné la détente. Cela étant, la conclusion n'a pas été aisée à dégager.

Les larges blessures crâniennes béantes peuvent en dissimuler d'autres, antérieures au traumatisme final. L'anatomopathologie recourt parfois à la chirurgie esthétique, et Scarpetta a œuvré de son mieux pour reconstituer la tête de Mrs Simister, rajustant bout à bout fragments d'os et de cuir chevelu avant de raser les cheveux. Elle a alors découvert une lacération à l'arrière de la tête, et une fracture du crâne. Le point d'impact correspondait à un hématome subdural dans une partie sous-jacente du cerveau demeurée relativement intacte après le coup de feu.

S'il s'avère que le sang des taches du tapis de la chambre appartient bien à Mrs Simister, il est alors fort probable que c'est là qu'elle a été agressée, ce qui expliquerait également la présence de terre et de fibres bleutées sur ses paumes. Frappée à la tête par-derrière à l'aide d'un objet contondant, elle s'est écroulée, puis son agresseur a soulevé comme une plume ses quarante kilos, et l'a jetée sur le lit.

— Un fusil à canon scié, ça se transporte facilement dans un sac à dos, poursuit Joe.

— Pas nécessairement, répond Scarpetta avec lassitude tout en déverrouillant les portières du Hummer à l'aide de la télécommande.

Joe la fatigue et l'agace chaque jour davantage.

— Même en sciant trente à quarante-cinq centimètres de canon, et quinze de crosse, il vous reste quand même une arme d'au moins quarante-cinq centimètres de long, remarque-t-elle. Du moins si nous présumons qu'elle est à chargement automatique.

Elle repense au grand sac noir que transportait l'inspecteur des agrumes, et ajoute :

— S'il s'agit d'un fusil à pompe, il est probable qu'il sera plus long que ça. Aucun des scénarios ne fonctionne avec un sac à dos, à moins d'un très grand.

— Un sac fourre-tout, alors.

Elle revoit l'homme, la longue pince à fruits qu'il a démontée et rangée dans le sac noir. Elle a déjà observé des inspecteurs des agrumes. Pourtant, c'est la première fois que l'un d'entre eux était équipé de cette sorte de perche. Ils se contentent en général d'examiner les fruits à leur portée.

— Je parie qu'il avait un fourre-tout, répète Joe.

—Je n'en ai pas la moindre idée, rétorque-t-elle en maîtrisant son irritation.

Tout au long de l'autopsie, il n'a cessé de jacasser, lancer des suppositions, pontifier, au point qu'elle ne s'entendait plus penser. Il a jugé nécessaire d'annoncer le moindre de ses gestes, de commenter chaque note qu'il consignait sur le formulaire agrafé à son bloc. Il a éprouvé le besoin de lui communiquer le poids de chaque organe, et de déduire à quand remontait le dernier repas de Mrs Simister, en se basant sur la viande et les légumes en partie digérés retrouvés dans son estomac. Il s'est assuré que Scarpetta entendait le craquement des dépôts de calcium lorsqu'il a ouvert au scalpel les coronaires en partie occluses et conclu que c'était peut-être l'athérosclérose qui avait tué Mrs Simister.

— *Ha, ha.*

Certes, l'avenir de la vieille dame n'était pas bien brillant. Le cœur était en piètre état, et les poumons présentaient des adhérences, sans doute des vestiges d'une ancienne pneumonie. Quant au cerveau en partie atrophié, il évoquait une maladie d'Alzheimer.

— *Tant qu'à faire, si on se fait assassiner, autant être en mauvaise santé*, a résumé Joe.

Il continue :

—Je crois qu'il l'a frappée derrière la tête avec la crosse du fusil, comme ça, vous voyez, fait-il en joignant le geste à la parole. Elle mesurait à peine un mètre cinquante, poursuit-il. Pour lui asséner un coup de crosse avec une arme qui doit peser dans les trois kilos si elle n'a pas été sciée, l'agresseur devait être assez fort, et plus grand qu'elle.

—Nous n'en savons strictement rien, répond Scarpetta en sortant la voiture du parking. Tant de choses dépendent de sa position par rapport à la victime. Tant de choses dépendent de tant d'éléments. Nous ne savons pas si elle a été frappée avec le fusil, nous ne savons même pas si le tueur était un homme. Faites attention, Joe.

—À quoi ?

– Porté par l'enthousiasme de la reconstitution, vous risquez de confondre la théorie avec la vérité, et de transformer les faits en fiction. Il ne s'agit pas d'une scène infernale, mais d'un véritable être humain. Un être humain qui est vraiment mort.

– Un peu de créativité, ça ne peut pas faire de mal, répond-il, les yeux fixés droit devant lui, son long menton pointu et sa bouche mince figés dans l'expression qu'il arbore lorsqu'il est irrité.

– La créativité doit vous suggérer où chercher, et pourquoi, mais pas nécessairement vous encourager à chorégraphier le genre de reconstitutions que l'on voit au cinéma ou à la télévision.

CHAPITRE 32

La petite maison d'amis est nichée derrière une piscine bordée d'une céramique espagnole, au milieu des arbres fruitiers et des arbustes en fleurs. Ce n'est certes pas un endroit ordinaire, et sans doute pas le meilleur, pour recevoir des patients. Toutefois, le décor est poétique et regorge de symboles. Lorsqu'il pleut, le Dr Marilyn Self se sent aussi débordante d'inventivité que la terre humide et chaude.

Les intempéries deviennent la métaphore des événements qui se déclenchent lorsque les gens franchissent le seuil de sa porte. Dans la sécurité de son environnement thérapeutique se déversent, parfois de façon torrentielle, des émotions longtemps réprimées. Les instabilités climatiques qui l'entourent lui sont destinées et sont uniques à ses yeux, lourdes de signification et d'enseignement.

Bienvenue au cœur de mes tempêtes, et maintenant, si nous parlions des vôtres.

La réplique est bonne, et elle en fait souvent usage dans son cabinet, dans son émission de radio, et maintenant, au cours

219

de son émission de télévision. Les émotions humaines sont semblables à des systèmes météorologiques internes, explique-t-elle à ses patients, à la multitude de ses auditeurs. Chaque front dépressif a sa cause. Rien ne naît du néant, et parler du temps n'est ni futile ni banal.

– Vous avez de nouveau cette expression, déclare-t-elle, installée dans le fauteuil de cuir de son confortable salon. Depuis que la pluie a cessé, elle vous est revenue.

– J'arrête pas de vous dire que j'ai pas d'expression particulière.

– Ce qui est intéressant, c'est qu'elle se peint sur votre visage quand la pluie s'arrête. Ni quand elle commence ni au plus fort de l'averse, mais quand elle cesse brusquement, comme maintenant.

– J'ai pas d'expression.

– Là, à l'instant, la pluie s'est arrêtée, et vous avez fait cette tête-là, répète-t-elle, la même que lorsque la séance se termine.

– Non, c'est pas vrai.

– Je vous promets que si.

– Je paie pas trois cents dollars de l'heure pour parler d'orages. Je fais pas de tête particulière.

– Pete, je vous dis ce que je vois.

– Je fais rien de spécial, réplique-t-il depuis le fauteuil inclinable installé face à elle, c'est des conneries. Pourquoi est-ce que je me soucierais d'un orage ? J'en ai vu toute ma vie, j'suis pas né dans le désert.

Elle étudie ses traits. Dans un genre très masculin et fruste, il est plutôt bel homme. Elle sonde le regard gris sombre derrière les lunettes à monture métallique. Son crâne dégarni et charnu, pâle et nu sous la douce lumière de la lampe, lui évoque un tendre postérieur attendant une fessée.

– Je pense que nous avons un problème de confiance, Pete.

Du fond de son siège, il la foudroie du regard.

– Pourquoi ne pas me confier la raison pour laquelle les orages ont de l'importance pour vous. Surtout leur fin ? Parce que je suis convaincue que c'est le cas. Et je vous promets que vous faites encore cette tête-là, en ce moment même, tandis que nous parlons.

Il se tâte le visage comme s'il s'agissait d'un masque, d'un objet indépendant de son propre corps.

— Mon visage est normal, il n'a rien, rien de rien, affirme-t-il en tapant sur sa mâchoire massive, son grand front. Je le saurais, si j'avais une expression. J'en ai pas ! assène-t-il.

Ils conduisent en silence depuis quelques minutes, en direction du parking du département de police de Hollywood, où Joe va pouvoir récupérer sa Corvette rouge, et où Scarpetta cessera de l'avoir dans les pattes pour le reste de la journée.

— Vous ai-je dit que j'avais eu mon examen de plongée sous-marine ? déclare-t-il brusquement.

— Tant mieux pour vous, répond-elle sans même prétendre être intéressée.

— Je vais acheter un joli appartement aux îles Caïman. Enfin, pas tout à fait. Ma petite amie et moi, plus exactement. Elle gagne plus que moi, vous vous rendez compte ? Je suis médecin, elle seulement juriste, même pas avocate, et elle gagne plus que moi !

— Il ne me serait jamais venu à l'esprit que vous aviez opté pour la médecine légale dans l'intention d'y faire fortune.

— Non, mais je n'avais pas non plus l'intention d'être pauvre.

— En ce cas, vous devriez peut-être songer à changer de métier, Joe.

— Vraiment ? pourtant, vous ne m'avez pas l'air de manquer de grand-chose, rétorque-t-il en se retournant alors qu'ils sont arrêtés à un feu rouge, et elle sent son regard fixé sur elle. Je suppose que ça aide d'avoir une nièce aussi riche que Bill Gates, et un petit ami qui vient d'une famille fortunée de la Nouvelle-Angleterre, ajoute-t-il.

— Que voulez-vous dire, exactement ? demande-t-elle en songeant à Marino et ses scènes infernales.

—Qu'il est facile de ne pas se soucier de l'argent quand on en a beaucoup, et qu'on ne l'a pas vraiment gagné par soi-même.

—Mes finances ne vous concernent pas, mais je vous assure que si vous travaillez autant d'années que je l'ai fait, et si vous êtes intelligent, vous pouvez vous en sortir très honorablement.

—Tout dépend de ce que vous entendez par « s'en sortir ».

Elle repense à quel point la candidature de Joe était impressionnante, sur le papier. Lorsqu'il a postulé pour la bourse de l'Académie, elle s'est fait la réflexion qu'il était le candidat le plus prometteur qu'elle ait jamais recruté. Comment elle a pu se tromper à ce point ?

—Aucun de ceux qui vous entourent ne se contente de « s'en sortir », poursuit-il d'un ton plus narquois. Même Marino gagne plus que moi.

—Et comment pouvez-vous savoir combien il gagne ?

Le département de police de Hollywood, un bâtiment préfabriqué de trois étages, se trouve juste un peu plus loin sur la gauche, si proche d'un parcours de golf public qu'il n'est pas rare que les voitures de police soient bombardées de balles égarées, passées par-dessus la clôture. Elle repère la précieuse Corvette rouge de Joe dans un coin éloigné, garée à l'écart de tout ce qui pourrait l'érafler.

—Tout le monde sait à peu près ce que gagnent les autres, c'est du domaine public, rétorque-t-il.

—Sûrement pas.

—Il est impossible de garder un secret dans un groupe aussi réduit.

—L'Académie n'est pas si réduite que cela, et beaucoup de choses devraient y demeurer confidentielles, notamment les salaires.

—Je devrais être mieux payé. Marino n'est pas un foutu médecin, il a à peine terminé le lycée, et il gagne plus que moi. Lucy ne fait rien d'autre que jouer à l'agent secret avec ses Ferrari, ses hélicoptères, ses jets et ses motos. J'aimerais bien savoir ce qu'elle fout, pour avoir tout ça. La caïd superwoman arrogante et qui se la joue... Pas étonnant que les étudiants la détestent.

Scarpetta s'arrête derrière la Corvette et le regarde. Il ne lui a sans doute jamais vu une expression aussi sérieuse.

–Joe ? Il vous reste un mois. Tâchons de le supporter.

L'expression qu'arbore Marino en ce moment même est, de l'avis professionnel du Dr Self, à l'origine des plus gros problèmes de son existence.

C'est sa presque imperceptible négativité, par opposition à l'expression elle-même, qui aggrave les choses, comme s'il en était besoin. Si seulement il n'était pas si subtil dans ses peurs les plus secrètes, ses répugnances, ses renonciations, ses insécurités sexuelles, ses intolérances et autres. Elle parvient à identifier la tension de sa bouche et de son regard. En revanche, ce n'est probablement pas le cas des autres interlocuteurs de Pete, en tout cas pas consciemment. Ils la perçoivent néanmoins de façon inconsciente et y réagissent.

Marino est fréquemment victime d'agressions verbales, de comportements grossiers, de malhonnêteté, de rejet et de trahison. Il a largement son comptant de bagarres, et il prétend avoir tué plusieurs personnes au cours de sa dangereuse et exigeante carrière. De toute évidence, quiconque est assez déraisonnable pour lui chercher des noises en a largement pour son argent. Toutefois, lui-même ne considère pas les choses sous cet angle. À son avis, les gens s'en prennent à lui sans aucune raison valable, et leur hostilité vient en partie de son boulot. La plupart de ses problèmes naissent des préjugés, parce qu'il sort d'un milieu pauvre du New Jersey. Il répète très souvent qu'il ne comprend pas pourquoi les gens ont toujours été si nuls avec lui, toute sa vie.

Il était dans un état épouvantable toutes ces dernières semaines. Cet après-midi, c'est encore pire.

–Si nous parlions du New Jersey au cours des quelques minutes qui nous restent, suggère le Dr Self en lui rappelant délibérément que la séance touche à son terme. La semaine dernière, vous y avez plusieurs fois fait allusion. Pourquoi êtes-vous convaincu que votre lieu de naissance revêt encore de l'importance ?

– Si vous aviez grandi dans le New Jersey, vous sauriez pourquoi, rétorque-t-il, et son expression s'intensifie.

– Ce n'est pas une réponse, Pete.

– Mon père était un alcoolique, nous étions du mauvais côté de la barrière. Les gens me considèrent toujours comme si j'étais un mec de là-bas, et c'est ça qui me fait exploser.

– C'est peut-être votre expression, Pete, et pas la leur qui déclenche les choses, souligne-t-elle à nouveau.

Le répondeur téléphonique posé sur la table voisine du fauteuil de cuir du Dr Self se déclenche dans un cliquetis, et les traits de Marino sont de plus en plus crispés. Même si le Dr Self ne répond pas, il n'apprécie pas qu'un appel vienne interrompre leur séance. Il ne comprend pas pourquoi elle use toujours de cette vieille technologie au lieu de passer à une messagerie vocale, parfaitement silencieuse, jamais agaçante ou importune. Il lui en a fait la remarque. À plusieurs reprises. Elle jette un coup d'œil discret à sa montre, une grande montre en or au cadran orné de chiffres romains qu'elle peut déchiffrer sans mettre ses lunettes.

La séance va s'achever dans douze minutes. Pete Marino a des problèmes avec les conclusions, les codas, tout ce qui se finit, se termine, s'épuise, meurt. Ce n'est pas une coïncidence si le Dr Self programme les rendez-vous de Marino en fin d'après-midi, de préférence vers dix-sept heures, lorsque le jour commence à tomber, que cessent les orages de l'après-midi. Marino est un cas intrigant. Elle ne le recevrait pas, sinon. Qu'elle parvienne à le convaincre de devenir un des patients invités de son émission de radio, ou même de sa nouvelle émission de télévision, n'est plus qu'une question de temps. Il serait particulièrement impressionnant devant la caméra, tellement plus que l'idiot et peu séduisant Dr Amos.

Elle n'a encore jamais reçu de flic. Invitée à donner des conférences à la session d'été de l'Académie nationale de sciences médico-légales, elle s'est retrouvée un soir assise à côté de Marino, lors d'un dîner donné en son honneur, et l'idée lui a traversé l'esprit qu'il ferait un sujet fascinant pour son émission. Peut-être même pourrait-elle le réutiliser à plusieurs reprises. Il était évident qu'il avait grand besoin d'une thérapie. Il buvait trop – il s'était enfilé quatre bourbons devant elle –, il fumait trop – elle le sentait à son haleine –, et il mangeait de façon compulsive – il s'était resservi à trois reprises du dessert. Ce soir-là, il débordait de haine de soi et d'envie d'autodestruction.

– *Je peux vous aider*, lui avait-elle affirmé.

– *À quoi ?* avait-il réagi avec violence, comme si elle venait de lui mettre la main aux fesses sous la table.

– *À calmer vos tempêtes, Pete, vos tempêtes intérieures. Racontez-moi tout. Je vous dirai la même chose que ce que je viens de dire à tous ces étudiants brillants. Vous pouvez maîtriser votre climat intérieur, en faire ce que vous voulez. Vous pouvez faire régner en vous-même l'orage ou le soleil. Vous pouvez vous cacher la tête dans le sable, ou marcher à découvert.*

– *Dans ma profession, vous avez intérêt à faire gaffe si vous marchez à découvert*, avait-il rétorqué.

– *Mais je ne veux pas du tout votre mort, Pete. Vous êtes un bel homme, grand et intelligent, je tiens à ce que vous restiez avec nous longtemps.*

– *Vous ne me connaissez même pas.*

– *Je vous connais mieux que vous ne le pensez.*

Il avait commencé à venir la consulter. Au bout de trois mois, il avait réduit sa consommation d'alcool et de tabac, et perdu plus de quatre kilos.

– Je fais pas cette tête-là, maintenant. Je sais pas de quoi vous parlez, répète-t-il en se tâtant le visage du bout des doigts comme un aveugle.

– Si, à l'instant où la pluie s'est arrêtée. Tout ce que vous ressentez se lit sur votre visage, Pete, explique-t-elle avec insistance. Et je me demande si cette expression ne remonte pas aussi loin que le New Jersey. Qu'en dites-vous ?

— J'dis que c'est des conneries. À l'origine, je suis venu vous voir parce que j'arrivais pas à arrêter la clope, et que je buvais et mangeais un peu trop. Je suis pas venu parce que j'avais une expression de merde. Personne s'est jamais plaint que je faisais une tête de mes deux. Ma femme Doris, ça, elle se plaignait que j'étais gros, que je fumais et que je buvais un petit peu trop, mais elle s'est jamais plainte de ma tête, et elle m'a pas largué à cause de ça. Aucune de mes nanas, d'ailleurs.

— Qu'en est-il du Dr Scarpetta ?

Il se tend et se rétracte toujours lorsqu'ils abordent ce sujet. Ce n'est pas un hasard si le Dr Self a attendu que la séance soit presque terminée pour mentionner Scarpetta.

— Je devrais être à la morgue en ce moment, déclare-t-il.

— Pourvu que vous n'y soyez pas allongé, c'est le principal, rétorque-t-elle d'un ton léger.

— Ouais, ben aujourd'hui, j'ai pas le sens de l'humour ! On m'éjecte du dossier sur lequel je travaille. C'est toute l'histoire de ma vie.

— C'est Scarpetta qui vous a exclu ?

— Je lui en ai pas laissé l'opportunité. Je voulais pas qu'il y ait de conflit d'intérêt, alors je suis resté en dehors de l'autopsie, au cas où quelqu'un m'accuserait de quoi que ce soit. En plus, c'est plutôt évident de quoi elle est morte, cette femme.

— Vous accuser de quoi ?

— Les gens sont toujours en train de m'accuser de quelque chose.

— La semaine prochaine, nous aborderons votre paranoïa. Tout ça remonte à l'expression de votre visage, je vous assure. Vous croyez que Scarpetta ne l'a jamais remarquée ? Je parie que si. Vous devriez lui demander.

— Bordel, c'est que des conneries !

— Souvenez-vous de ce que nous avons dit sur les obscénités. Rappelez-vous de notre accord. Les obscénités, c'est le passage à l'acte. Je veux que vous me confiez votre ressenti, pas que vous vous deveniez odieux.

— Eh bien, j'*sens* que c'est des putain de conneries !

Le Dr Self lui sourit comme à un méchant garçon qui a besoin d'une fessée.

— Je suis pas venu vous voir à cause de la tête que je fais, ou plutôt que vous croyez que je fais.

— Pourquoi n'en parlez-vous pas à Scarpetta ?

— J'*sens* un putain *de non* m'envahir !

— Parlons-en, et ne soyez pas infernal.

Elle est ravie de s'entendre énoncer la phrase qui sert d'accroche à son émission : *Parlons-en* avec le Dr Self.

— Que s'est-il passé aujourd'hui ? demande-t-elle à Marino.

— Vous rigolez ? J'suis tombé sur une vieille dame à qui on avait fait exploser la tête. Et devinez qui est le détective sur le coup ?

— Je suppose que c'est vous, Peter.

— Je suis pas vraiment responsable, riposte-t-il. Si c'était comme autrefois, bordel, c'est sûr que j'en aurais l'intégrale responsabilité. J'vous ai déjà expliqué, je peux être enquêteur criminel et aider la Doc, mais je peux pas être responsable de tout le dossier. À moins que la juridiction concernée me le confie, et y a pas à tortiller, Reba fera jamais ça. Elle y connaît que dalle, mais elle a une dent contre moi.

— Si je me souviens bien, d'après ce que vous m'avez raconté, c'est vous qui aviez un faible pour elle, avant qu'elle ne se montre irrespectueuse et ne tente de vous rabaisser.

Il vire au cramoisi.

— C'est pas normal qu'elle soit devenue une foutue détective ! s'exclame-t-il.

— Expliquez-moi cela.

— Je peux pas parler de mon boulot, même avec vous.

— Je ne vous demande pas de détails sur vos dossiers ou vos enquêtes. Cela dit, vous pouvez me raconter ce que vous souhaitez. Ce qui s'échange dans cette pièce n'en sort jamais.

—Sauf quand vous êtes à la radio ou dans votre nouvelle émission de télé !

—Nous ne sommes ni à la radio ni à la télévision, répond-elle avec un nouveau sourire. Mais si vous le voulez, nous pouvons arranger ça. Vous seriez tellement plus intéressant que le Dr Amos.

—Lèche-cul de stars. Trou du cul !

Elle le met en garde – gentiment, bien sûr :

—Pete ? Je suis parfaitement consciente que vous ne l'aimez pas non plus, et que vous entretenez également une paranoïa vis-à-vis de lui. Mais à cet instant, il n'y a que vous et moi ici, sans micro ni caméra.

Il considère la pièce comme s'il n'était pas certain de la croire, puis déclare :

—J'ai pas apprécié qu'elle lui parle alors que j'étais là, devant elle.

— « Lui » se référant à Benton, et « elle » à Scarpetta ?

—Elle me fait venir en réunion, et puis elle lui téléphone alors que je suis assis en face d'elle.

—Vous réagissez à peu près comme lorsque mon répondeur se déclenche.

—Elle aurait pu l'appeler quand j'étais pas là. Elle l'a fait exprès.

—C'est devenu une habitude chez elle, n'est-ce pas ? Il faut qu'elle mêle son amant à la conversation, alors qu'elle doit être au courant de ce que vous ressentez, de votre jalousie ?

—Moi, jaloux ? De quoi, putain ? C'est un profiler du FBI, un voyant de mes deux, un *has been* friqué !

—Vous savez bien que ce n'est pas vrai. Il est psychologue spécialisé en criminologie à l'université de Harvard, et vient d'une famille distinguée de Nouvelle-Angleterre. Cela me paraît plutôt impressionnant.

Elle n'a jamais rencontré Benton, mais aimerait bien faire sa connaissance. Au fond, elle adorerait l'inviter à son émission.

—C'est un *has been*. C'est les gens qui sont des *has been* qui donnent des cours.

–Je crois qu'il fait davantage qu'enseigner.

–C'est un foutu *has been*.

–On dirait que c'est le cas de la plupart des gens qui vous entourent, y compris Scarpetta. Vous m'avez dit la même chose à son sujet.

–Je dis ça comme je le pense.

–Je me demande si vous ne vous percevez pas également comme un *has been*.

–Qui ça, moi? Vous plaisantez? J'soulève deux fois mon poids en haltères maintenant, et l'autre jour, j'ai fait du tapis de course, pour la première fois en vingt ans.

–Il nous reste très peu de temps, lui rappelle-t-elle. Parlons de votre ressentiment vis-à-vis de Scarpetta. C'est un problème de confiance, n'est-ce pas?

–Un problème de respect, parce qu'elle me traite comme de la merde et me raconte des craques!

–Vous avez le sentiment qu'elle ne vous fait plus confiance à cause de ce qui s'est passé l'été dernier à Knoxville, dans cet endroit où ils pratiquent toutes ces recherches sur les cadavres? Comment cela s'appelle-t-il, déjà? Le Centre de Décomposition quelque chose...?

–La Ferme des Corps.

–Ah oui.

Quel sujet de discussion fascinant pour l'une de ses émissions: « La Ferme des Corps n'est pas une Promenade de Santé. Qu'est-ce que la Mort? *Parlons-en* avec le Dr Self. »

Elle a déjà trouvé l'accroche promotionnelle.

Marino consulte sa montre, lève son gros poignet de façon ostensible, comme si cela ne le dérangeait pas de voir approcher la fin de la séance, comme s'il attendait celle-ci avec impatience.

Elle ne s'en laisse pas compter et résume la séance:

–La peur. La peur existentielle de ne pas compter, de ne rien représenter, d'être totalement abandonné. Quand le jour s'achève, quand l'orage se termine. Quand les choses touchent à leur fin. Cela fait peur, n'est-ce pas? Quand il n'y a plus d'argent, plus de santé, plus de jeunesse, plus d'amour. Peut-être votre relation avec Scarpetta va-t-elle se terminer? Peut-être va-t-elle finir par vous rejeter?

— Il y a rien à terminer, sauf le travail, et ça, ça s'arrêtera jamais, parce que les humains sont des merdes et qu'ils continueront à se trucider bien après que j'aurai obtenu mes ailes de mignon ange là-haut. Je remettrai plus les pieds ici pour écouter ces conneries. Vous faites que parler de la Doc alors que c'est plutôt évident que c'est pas elle, mon problème.

— Il est vraiment temps de nous interrompre, dit-elle en se levant avec un sourire.

— J'ai arrêté de prendre les médicaments que vous m'aviez prescrits. Y a deux semaines. J'ai oublié de vous prévenir.

Il se lève à son tour, et son imposante présence paraît emplir la pièce.

— Ça m'avait rien fait, alors c'était pas la peine de m'emmerder à les prendre.

Elle est toujours surprise de constater à quel point il est massif. Ses mains tannées par le soleil lui évoquent des gants de base-ball. Elle l'imagine parfaitement en train d'écraser un crâne ou de tordre un cou, de réduire en miettes les os d'un individu.

— Nous parlerons de l'Effexor la semaine prochaine. Je vous vois... jeudi prochain à dix-sept heures, dit-elle après avoir consulté le carnet de rendez-vous posé sur son bureau.

Marino contemple à travers la porte ouverte la petite véranda avec sa table, ses deux chaises et ses plantes en pot, dont certaines atteignent presque le plafond. Aucun patient n'attend. Il n'y en a jamais à cette heure tardive.

— Eh ben, heureusement qu'on s'est pressés pour finir à temps, remarque-t-il. J'aurais détesté que vous fassiez poireauter quelqu'un.

— Vous voulez me régler à votre prochain rendez-vous?

C'est sa façon de lui rappeler qu'il lui doit trois cents dollars.

— D'accord, d'accord. J'ai oublié mon carnet de chèques, réplique-t-il.

Évidemment, qu'il l'a oublié. Il n'est pas prêt de lui devoir de l'argent. Il reviendra.

CHAPITRE 33

Benton abandonne sa Porsche sur un emplacement réservé aux visiteurs, à l'extérieur de la haute palissade de métal dont le sommet incurvé comme une vague menaçante est surmonté de rouleaux de fil de fer barbelé. Aux quatre coins de l'établissement, des miradors se dressent avec austérité sur le ciel froid et couvert. Des camionnettes blanches banalisées dont l'habitacle est protégé par une paroi d'acier sont garées sur un parking latéral. Les véhicules sont dépourvus de vitres et de verrous intérieurs. Il s'agit en réalité de cellules de détention roulantes destinées au transfert vers l'extérieur des prisonniers comme Basil.

Le bâtiment en préfabriqué de sept étages, percé de fenêtres grillagées, qui est réservé au Butler State Hospital est planté sur huit hectares de bois et d'étangs, à moins d'une heure au sud-ouest de Boston. On y maintient en détention les délinquants déclarés fous, et l'endroit est considéré comme un modèle de progrès et d'humanisme. Il est organisé en modules baptisés « cottages », abritant chacun des patients qui requièrent différents types de soins et de sécurité. Le Cottage D se trouve à l'écart, non loin du bâtiment d'administration. Environ une centaine de prédateurs dangereux y sont confinés.

Séparés du reste de la population carcérale, ils passent – en fonction de leurs statuts – l'essentiel de leur journée dans des cellules individuelles disposant de douches qu'ils ont l'autorisation d'utiliser dix minutes par jour, et où les toilettes peuvent être actionnées deux fois par heure. Une équipe de psychiatres criminologistes est assignée au module D. À l'instar de Benton, d'autres professionnels de la santé mentale et de la justice s'y rendent régulièrement. Butler est censé constituer un lieu humain et évolué, dont l'objectif est la guérison de ses occupants. Toutefois, pour Benton, ce n'est rien d'autre qu'un lieu de détention de sécurité maximale rendu attrayant, destiné à des êtres que rien ne pourra jamais remettre en état. Car il n'entretient aucune illusion sur le sujet : les gens comme Basil n'ont pas de vie, n'en auront jamais. Si on leur en laisse l'opportunité, ils briseront d'autres existences, et ne cesseront jamais de le faire.

Une fois à l'intérieur du hall peint en beige, Benton approche de la vitre blindée, et demande par l'interphone :

– Comment allez-vous, George ?

– Pas mieux que la dernière fois que vous m'avez posé la question.

– Désolé de l'entendre, répond-il tandis qu'un fort cliquetis métallique lui livre accès à un premier sas. Vous ne vous êtes pas encore débrouillé pour voir votre médecin ?

Les battants se referment derrière lui, et il place sa serviette sur une petite table en métal. George est âgé d'une soixantaine d'années et ne va jamais bien. Il déteste son travail, il déteste sa femme, il déteste le temps qu'il fait, et les politiciens. Dès qu'il en a l'occasion, il décroche le portrait du gouverneur suspendu dans le hall d'entrée. Depuis un an, il traîne une extrême fatigue, des problèmes d'estomac et des douleurs diverses. Il déteste également les médecins.

−Je ne prends pas mes médocs, alors, à quoi ça servirait ? Aujourd'hui, les docteurs savent rien faire d'autre que vous filer des pilules, dit-il en fouillant la serviette de Benton avant de la lui rendre. Votre copain est à l'endroit habituel. Amusez-vous bien.

Un nouveau cliquetis, Benton passe une deuxième porte en acier, et Geoff, un gardien en uniforme marron et brun, l'accompagne le long d'un couloir impeccable, avant de franchir un nouveau sas qui débouche dans l'unité de haute sécurité où les avocats et le personnel psychiatrique rencontrent les détenus dans des petites pièces en parpaings dépourvues d'ouvertures.

−Basil dit qu'il ne reçoit pas son courrier, remarque Benton.

−Il dit beaucoup de choses, repartit Geoff sans esquisser un sourire. D'ailleurs, il fait rien d'autre que déblatérer.

Il déverrouille une porte en acier grise, qu'il tient ouverte.

−Merci.

−Je me tiens juste là-dehors, l'informe Geoff en jetant un regard à Basil avant de refermer.

Assis à une petite table de bois, Basil ne se lève pas. Libre de ses mouvements, il est vêtu de son uniforme carcéral, pantalon bleu, T-shirt blanc et tongs avec des chaussettes. Il a les yeux injectés de sang, le regard distrait, et il pue.

−Comment allez-vous, Basil ? demande Benton en s'asseyant en face de lui.

−J'ai passé une mauvaise journée.

−C'est ce qu'on m'a dit. Racontez-moi.

−Je suis angoissé.

−Comment dormez-vous ?

−J'ai presque pas fermé l'œil de la nuit, j'ai pas arrêté de penser à notre conversation.

−Vous paraissez agité.

−Je tiens pas en place. C'est à cause de ce que je vous ai raconté. J'ai besoin qu'on me donne quelque chose, Dr Wesley, de l'Ativan, ou un autre truc. Vous avez regardé les images ?

−Quelles images ?

–Celles de mon cerveau. Vous avez dû, je sais que vous êtes curieux. Tout le monde est curieux là-bas, hein ? fait-il avec un sourire nerveux.

–C'est à ce propos que vous vouliez me voir ?

–Tout à fait. Et puis, je veux mon courrier. Y'a rien à faire pour qu'ils me le filent, et je suis tellement perturbé et stressé que j'arrive plus à manger ou dormir. Et puis, de l'Ativan, aussi. J'espère que vous y avez réfléchi ?

–À quoi ?

–À ce que je vous ai raconté au sujet de la dame qui a été tuée.

–La dame de la boutique de Noël.

–Dix-quatre.

–Oui, j'y ai beaucoup réfléchi, Basil, acquiesce Benton comme s'il admettait la véracité de ce que lui a raconté le détenu.

Lorsqu'il pense qu'un patient lui ment, il ne doit jamais le faire sentir. Dans le cas de Basil, il n'en est pas sûr, pas sûr du tout.

–Revenons-en à ce jour de juillet, il y a deux ans et demi, propose Benton.

Lorsque le Dr Self a refermé la porte derrière Marino, elle a aussitôt repoussé le verrou. Ça énerve le grand flic parce que c'est un peu comme si elle l'enfermait dehors.

Il se sent systématiquement insulté par ce geste, par ce qu'il sous-entend. Elle se fiche complètement de lui. Il ne représente qu'un rendez-vous comme un autre. Elle est ravie de ne plus l'avoir dans les pattes, de ne plus devoir supporter sa compagnie avant une semaine. La prochaine session n'est pas avant la semaine prochaine, cinquante minutes, pas une seconde de plus, même s'il ne prend plus son traitement.

C'est de la merde, ce truc. Il ne pouvait plus avoir de relations sexuelles. À quoi sert un antidépresseur si on ne peut plus baiser. Si vous voulez être déprimé, prenez donc un antidépresseur : ça vous fout en l'air votre vie sexuelle.

Il se tient sur la véranda, devant la porte fermée, et regarde d'un air un peu hébété les deux chaises tapissées de vert pâle, et la table en verre couleur d'eau sur laquelle est posée une pile de revues. Il les a toutes lues, car il est toujours en avance à ses rendez-vous. Voilà encore une chose qui le contrarie. Il préférerait arriver en retard, débarquer avec nonchalance, comme s'il avait bien mieux à faire que de se pointer chez le psy. D'un autre côté, s'il est en retard, il perd du temps, et il ne peut pas se permettre de perdre une seule minute, quand chacune d'elles compte et coûte cher.

Six dollars la minute, pour être exact. Cinquante minutes, pas une de plus. Elle n'est pas prête d'en rajouter une ou deux pour faire bonne mesure, par bonne volonté, ou quelle qu'en soit la raison. Il pourrait bien menacer de se suicider, elle jetterait un œil à sa montre en annonçant : *La séance est terminée.* Il pourrait lui dire qu'il va tuer quelqu'un, être en train d'exécuter sa menace, sur le point de presser la détente, et elle déclarerait quand même : *La séance est terminée.*

— *Vous êtes même pas curieuse ?* lui a-t-il demandé par le passé. *Comment pouvez-vous couper les choses comme ça en plein milieu, alors que je vous ai même pas encore dit le meilleur ?*

— *Vous me raconterez le reste la semaine prochaine, Pete.* Elle sourit toujours.

—*Eh ben, peut-être pas. Vous avez déjà de la chance que je vous raconte des trucs, un point, c'est tout. Y a plein de gens qui paieraient une fortune pour entendre toute l'histoire, la vraie de vraie.*

— *La prochaine fois.*

— *Laissez tomber, y aura pas de prochaine fois.*

Et quand c'est l'heure, elle ne perd pas de temps à discuter avec lui. Quoi qu'il tente pour grappiller une ou deux minutes de plus, elle se lève, ouvre la porte, attend qu'il soit sorti pour fermer à clé derrière lui, et il n'y a pas moyen de négocier. Six dollars la minute pour quoi ? Pour se faire insulter. Il ne comprend pas ce qui le pousse à y retourner chaque semaine.

Il fixe la petite piscine en forme de haricot autour de laquelle court un rebord de céramique espagnole, puis les orangers et les pamplemoussiers chargés de fruits, dont les troncs sont cerclés d'une bande de peinture rouge.

Mille deux cents dollars par mois. Pourquoi fait-il ça, à la fin ? Il pourrait se payer un de ces pick-up Dodge avec le moteur V-10 Viper. Il pourrait s'offrir plein de trucs avec une somme pareille.

Sa voix lui parvient de derrière la porte fermée. Elle est au téléphone. Il fait semblant de parcourir un magazine et tend l'oreille.

—Je suis désolée, qui est à l'appareil ? s'enquiert-elle d'une voix forte, une voix radiophonique, qui porte loin, et dont il émane autant d'autorité que d'une arme ou d'une plaque de police.

La voix du Dr Self lui fait vraiment de l'effet. Il aime sa voix, elle provoque une sorte de trouble en lui. C'est une femme séduisante, vraiment, tellement qu'il est difficile à Marino de s'asseoir en face d'elle et d'imaginer que d'autres hommes s'installent sur le même siège pour contempler la même chose : ses traits délicats et ses cheveux bruns, ses yeux brillants et ses dents blanches à l'implantation parfaite. Du coup, il n'apprécie pas qu'elle ait cette nouvelle émission de télévision. Il n'a pas envie que d'autres hommes voient à quoi elle ressemble, à quel point elle est sexy.

—Qui êtes-vous, et comment avez-vous eu ce numéro ? lance-t-elle derrière la porte. Non, elle n'est pas là, et elle ne prend pas directement ce genre d'appel. Qui est à l'appareil ?

La chaleur et l'inquiétude gagnent Marino, qui écoute toujours. Le début de soirée est humide, l'eau perle sur l'herbe, et dégouline encore des arbres. Le Dr Self n'a pas l'air ravie, et semble s'adresser à quelqu'un qu'elle ne connaît pas.

—Je comprends votre souci de protéger votre vie privée. Cela étant, je suis sûre que vous comprenez également qu'il ne nous est pas possible de vérifier la teneur de vos déclarations si vous refusez de communiquer votre identité. Ce genre de chose doit être contrôlé et vérifié, sinon le Dr Self ne peut rien en faire. Mais c'est un surnom, pas un nom. Ah si, d'accord, je vois. D'accord.

Marino comprend qu'elle se fait passer pour quelqu'un d'autre, et qu'elle s'inquiète de ne pas connaître son interlocuteur.

— Oui, d'accord, continue-t-elle, vous pouvez faire ça. Bien sûr, parlez-en au producteur. Je dois avouer que si ce que vous me dites est vrai, c'est intéressant. Le mieux est de joindre le producteur, et je vous suggère de le faire tout de suite, car c'est le thème de l'émission de jeudi. Non, pas à la radio, ma nouvelle émission de télévision, déclare-t-elle du même ton ferme qui franchit aisément la porte en bois et parvient jusque sur la véranda.

Elle s'exprime au téléphone d'une voix beaucoup plus sonore qu'au cours de ses séances. Heureusement. Si un autre patient attendant là saisissait le moindre mot des échanges entre le Dr Self et Marino durant leurs cinquante très onéreuses minutes d'entretien, ce ne serait pas génial. Elle ne parle pas aussi fort lorsqu'ils sont ensemble derrière cette porte. Cependant, il n'y a jamais personne qui attende sur la véranda pendant qu'il est avec elle. Il est toujours le dernier de la journée, raison de plus pour qu'elle se relâche un peu et le gratifie de quelques minutes supplémentaires. Ce n'est pas comme si elle faisait poireauter quelqu'un. Il n'y a jamais personne. Un de ces jours, il va sortir un truc important et bouleversant et, du coup, elle lui accordera quelques minutes supplémentaires. Ce sera peut-être la première fois de sa vie qu'elle cédera sur ce genre de choses. Avec lui. Elle en éprouvera le désir. Mais ce jour-là, c'est peut-être lui qui n'aura plus le temps.

— *Je dois y aller*, s'imagine-t-il en train de dire.

— *Je vous en prie, terminez. J'ai vraiment envie de savoir ce qui s'est passé.*

— *Je peux pas. Faut que j'y aille.* Il se lèvera de son siège. *La prochaine fois, je vous promets que je vous raconterai le reste quand...*

voyons… la semaine prochaine, un de ces jours. Rappelez-le-moi, d'accord ?

Lorsque Marino réalise que le Dr Self a raccroché, il traverse la véranda sans bruit, comme une ombre, et sort par la porte coulissante, qu'il referme en silence. Il suit le chemin qui contourne la piscine. Il traverse le jardin et ses arbres cerclés de rouge puis longe la petite maison de stuc blanche où réside le Dr Self. Elle ne devrait tout simplement pas vivre là. N'importe qui pourrait aller frapper à sa porte. N'importe qui pourrait foncer jusqu'à son bureau situé derrière, au bord de la piscine à l'ombre des palmiers. C'est dangereux. Des millions de gens l'écoutent chaque semaine, et elle vit comme ça. Ce n'est pas raisonnable. Il devrait retourner frapper à sa porte pour la prévenir.

Sa Screamin' Eagle Deuce customisée est garée dans la rue. Il la contourne afin de s'assurer que personne n'y a touché pendant son rendez-vous. Il rêve de mettre la main sur celui qui a crevé son pneu tout à l'heure. Un léger film de poussière recouvre les chromes et les flammes qui lèchent la peinture bleue. Cette constatation l'énerve beaucoup. Tôt ce matin, il a passé en revue sa moto, il a poli le moindre centimètre de garniture, pour se retrouver avec un pneu à plat et maintenant, de la poussière. Le Dr Self devrait avoir un parking abrité, ou un foutu garage. Sa décapotable Mercedes blanche de luxe occupe toute l'allée, et ses clients sont obligés de se garer dans la rue. Encore un truc qui n'est pas sûr.

Il débloque la potence et le contact, et balance la jambe par-dessus sa selle Warrior, savourant de ne plus mener l'existence du pauvre flic urbain qu'il a été presque toute sa vie. L'Académie lui fournit un Hummer H2 noir avec un V8 turbo-diesel, un moteur de 250 chevaux, une transmission quatre rapports sur-multipliée, une galerie, un treuil et tous les équipements hors-piste. Il a acheté la Harley, qu'il a customisée à son gré, et il a les moyens de se payer un psychiatre, vous vous rendez compte ?

Il met le moteur au point mort, puis enclenche le starter, tout en regardant l'attrayante maison blanche du Dr Self. Il actionne l'embrayage et pousse les gaz, faisant rugir les pots d'échappement ThunderHead, tandis qu'au loin des éclairs déchirent le ciel, et qu'une sombre armée de nuages battant en retraite fait donner son artillerie au-dessus de la mer.

CHAPITRE 34

Un nouveau sourire détend les traits de Basil.

— Je n'ai trouvé aucun élément en rapport avec un meurtre, déclare Benton. Toutefois il y a deux ans et demi, une femme et sa fille ont disparu d'un magasin baptisé La Boutique de Noël.

— Je vous l'avais dit.

— Vous ne m'aviez pas parlé de disparition, ni d'une jeune fille.

— Ils veulent pas me filer mon courrier.

— Je m'en occupe, Basil.

— C'est ce que vous avez déjà dit il y a une semaine. Je veux mon courrier, et je le veux aujourd'hui ! Ils ont arrêté de me le donner juste après que j'ai eu ce différend.

— Quand vous vous êtes mis en colère contre Geoff, et que vous l'avez appelé Oncle Tom.

— Et à cause de ça, j'ai plus de courrier, et je suis sûr qu'il crache dans ma nourriture. Je veux tout, tout le vieux courrier qui traîne depuis un mois et, après, vous pourrez me transférer dans une autre cellule.

—Je ne le peux pas, Basil. Vous êtes là pour votre propre bien.

—Vraiment? Donc, je suppose que vous ne voulez pas en savoir davantage.

—Et si je vous promets que vous aurez votre courrier à la fin de la journée?

—Y a intérêt, sinon, c'est la fin de notre conversation amicale à propos de la Boutique de Noël. Votre petit projet scientifique commence sérieusement à m'ennuyer.

—La seule Boutique de Noël que j'ai dénichée se trouvait à Las Olas, sur la plage, continue Benton. Le 14 juillet, Florrie Quincy et sa fille de dix-sept ans, Helen, ont disparu. Cela vous dit quelque chose?

—J'ai jamais eu la mémoire des noms.

—Basil, quels souvenirs conservez-vous de la Boutique de Noël?

—Il y avait des arbres pleins de guirlandes lumineuses, des petits trains et des décorations partout, commence-t-il, cette fois-ci sans l'ombre d'un sourire. Je vous ai déjà raconté tout ça. Je veux savoir ce que vous avez trouvé dans mon cerveau. Vous avez vu les images? demande-t-il en désignant sa tempe du bout de l'index. Tout ce que vous voulez savoir est là-dedans. Vous êtes en train de me faire perdre mon temps. Je veux mon foutu courrier!

—Je vous l'ai promis, non?

—Et dans l'arrière-boutique, il y avait un coffre, vous savez, une grande malle bourrée de trucs complètement cons. Je lui ai fait ouvrir. Elle avait stocké là-dedans ces décorations de collection fabriquées en Allemagne dans des boîtes en bois peintes, des trucs comme Hansel et Gretel, Snoopy et le Petit Chaperon rouge. Elle les bouclait parce qu'ils étaient vache-ment chers, et j'ai dit: « Putain, pourquoi faire? Il y a qu'à voler la malle, si on veut. Vous croyez vraiment que ça va empê-cher quelqu'un de les piquer, si vous les enfermez dans cette malle? »

Il se tait, le regard fixé sur le mur de parpaing.

—De quoi avez-vous parlé avec elle avant de la tuer?

—« Salope, je vais te buter », je lui ai dit.

—À quel moment lui avez-vous parlé du coffre qui se trouvait dans l'arrière-boutique ?

—Je lui en ai pas parlé.

—Vous venez de dire...

—J'ai jamais dit que je lui avais parlé de ça ! s'impatiente Basil. Je veux qu'on me donne un traitement ! Pourquoi vous pouvez pas me donner quelque chose ? Je peux pas dormir, j'arrive pas à rester tranquille, j'ai envie de baiser n'importe quoi, et ensuite je suis déprimé, et je ne sors plus de mon lit. Je veux mon courrier.

—Combien de fois par jour vous masturbez-vous ? demande Benton.

—Six ou sept, peut-être dix.

—Davantage que d'habitude.

—On a eu notre petite conversation hier soir, vous et moi, et c'est tout ce que j'ai fait de la journée. Je me suis pas levé, sauf pour pisser, j'ai à peine mangé, j'ai même pas pris de douche. Je sais où elle est, déclare-t-il alors. Filez-moi mon courrier.

—Mrs Quincy ?

—Écoutez, fait Basil en s'adossant à sa chaise, moi, je suis bouclé ici. Qu'est-ce que j'ai à perdre ? Qu'est-ce qui pourrait me motiver ? Des faveurs, un petit traitement spécial, un peu de compréhension. Je veux mon putain de courrier !

Benton se lève. Il entrouvre la porte, et demande à Geoff d'aller se renseigner au sujet du courrier de Basil. À sa réaction, il comprend que le garde est au courant, et qu'il n'est pas ravi de lever ne serait-ce que le petit doigt pour faciliter la vie du détenu. Basil n'a probablement pas menti sur ce point : son courrier ne lui a pas été distribué.

—J'ai besoin que vous vous en occupiez au plus vite, insiste Benton en regardant Geoff dans les yeux. C'est important.

Le gardien hoche la tête et s'éloigne. Benton referme la porte et se rassied.

242

Un quart d'heure plus tard, Benton et Basil arrivent au terme de leur conversation, mélange enchevêtré de désinformation et de jeux alambiqués. La contrariété le dispute à l'agacement chez Benton, même s'il n'en montre rien. Cependant, il est soulagé de voir revenir Geoff.

— Ton courrier t'attend sur ton lit, lance le garde depuis le seuil en jetant à Basil un regard froid, dénué d'expression.

— Vous avez intérêt à ne pas m'avoir fauché mes magazines.

— Personne s'intéresse à tes putains de magazines de pêche. Pardon pour le langage, Dr Wesley, s'excuse Geoff, avant d'ajouter à l'intention de Basil : Il y en a quatre sur ton lit.

Le détenu lance une canne à pêche imaginaire et déclare :

— C'est toujours le plus gros qui vous échappe. Mon père m'emmenait à la pêche, quand j'étais petit... Enfin, quand il passait pas son temps à tabasser ma mère.

— J'te préviens Jenrette, déclare Geoff, et je te le dis en présence du Dr Wesley. Si tu me cherches encore des crosses, ton courrier et tes magazines de pêche, ce sera de la tarte à côté des autres problèmes qui te tomberont dessus.

— Vous voyez ? C'est exactement ce que je veux dire ! déclare Basil à Benton. C'est comme ça qu'on me traite, ici.

CHAPITRE 35

Une fois dans la réserve, Scarpetta ouvre une mallette de scène de crime qu'elle a tirée du Hummer. Elle en sort des fioles de perborate de sodium, de carbonate de sodium et de luminol, dont elle mélange le contenu à de l'eau distillée dans un récipient qu'elle agite avant de transférer la solution obtenue dans un pulvérisateur noir.

— Tu ne pensais pas vraiment passer ta semaine de vacances comme ça, remarque Lucy en installant un appareil photo 35 mm sur un trépied.

— Un peu de loisir, ça ne fait pas de mal, ironise Scarpetta. Et puis, au moins, nous avons l'occasion d'être un peu ensemble.

Elles sont toutes les deux enveloppées dans des combinaisons jetables blanches et équipées de protège-chaussures, de masques, de lunettes de sûreté et de bonnets. La porte de l'arrière-boutique est fermée, il est presque vingt heures et, une fois encore, Beach Bums a porte close avant l'heure de fermeture.

— Laisse-moi une minute pour appréhender le contexte, demande Lucy en vissant un câble de déclenchement à distance sur l'appareil photo. Tu te souviens de l'époque où on devait utiliser une chaussette?

Le pulvérisateur ne doit pas apparaître sur la photo, ce qui n'est possible que si le flacon ou l'embout sont noirs, ou recouverts d'un tissu de même couleur. À défaut d'autre chose, une chaussette fait très bien l'affaire.

– C'est sympa de disposer d'un budget un peu plus conséquent, hein? ajoute Lucy tandis qu'elle presse le déclencheur et que l'obturateur s'ouvre. Il y a longtemps que nous n'avons pas fait un truc comme ça ensemble. De toute façon, les problèmes d'argent, ce n'est pas rigolo.

L'appareil bien installé, elle prend une vue partielle du sol de béton et des rayonnages.

– Je ne sais pas, rétorque Scarpetta. Nous parvenions toujours à nous débrouiller, et sur bien des plans c'était préférable. Les avocats de la défense ne nous opposaient pas une interminable batterie de questions auxquelles l'unique réponse était *Non*: Avez-vous utilisé une lampe à ultraviolets Mini-Crime Scope? Avez-vous utilisé des cotons-tiges calibrés? Avez-vous utilisé la trajectoire laser? Avez-vous utilisé des ampoules d'eau stérile? Quoi? Vous avez pris une bouteille d'eau distillée, et vous l'avez achetée où? Au 7-Eleven? Vous avez acheté dans une épicerie des éléments destinés à la collecte des indices?

Lucy prend une nouvelle photo.

– Vous avez testé l'ADN des arbres, des oiseaux et des écureuils du jardin? continue Scarpetta en enfilant par-dessus son gant d'examen en coton qui recouvre sa main gauche un gant de caoutchouc noir. Comment, vous n'avez pas passé tout le quartier à l'aspirateur?

– Je crois que tu es vraiment de mauvais poil.

– Je crois plutôt que je suis lasse que tu passes ton temps à m'éviter. Tu ne m'appelles que dans ce genre de circonstances.

– Vous êtes tous logés à la même enseigne.

– C'est donc tout ce que je suis pour toi? Un membre de ton personnel?

– Le simple fait que tu poses la question est ahurissant. Je peux éteindre la lumière, tu es prête ?

– Vas-y.

Lucy tire sur le cordon qui éteint l'unique ampoule et les plonge dans l'obscurité totale. Scarpetta commence par vaporiser du luminol sur un échantillon de sang témoin, une unique goutte déposée sur un carré de carton. Une lueur bleu-vert s'élève, puis s'évanouit. Elle entreprend ensuite de vaporiser des portions du revêtement à grands gestes, et celles-ci s'illuminent comme si le sol tout entier était en feu, un brasier de néon bleu et verdâtre.

– Seigneur ! s'exclame Lucy, qui enclenche l'appareil photo tandis que Scarpetta continue de pulvériser du luminol. Je n'ai jamais vu ça.

La vive lueur bleu-vert s'embrase puis disparaît au rythme lent et fantomatique des nuages de produits chimiques. Lucy rallume la lumière. Elles examinent toutes les deux attentivement le sol de béton.

– Je ne vois rien d'autre que de la poussière, dit Lucy, de plus en plus frustrée.

– Prélevons des échantillons avant de piétiner davantage.

– Merde ! Dommage que nous n'ayons pas essayé d'abord le Mini-Crime Scope.

– Pas tout de suite, mais nous pourrons un peu plus tard.

Lucy ramasse avec un pinceau propre de la poussière qu'elle fait tomber dans un sac à indices en plastique, puis repositionne l'appareil photo et son trépied. Elle prend cette fois-ci des clichés des étagères de bois, puis éteint la lumière. Le luminol réagit différemment. Par endroits, des taches luisent d'un bleu électrique, dansant comme des étincelles, l'obturateur se déclenche, encore et encore. Scarpetta vaporise, et la lueur bleue vibre comme des pulsations rapides, pour s'évanouir beaucoup plus rapidement que lors d'une réaction caractéristique avec du sang ou avec la plupart des substances qui réagissent en chimioluminescence.

– De l'eau de Javel, remarque Lucy.

Un certain nombre de substances engendrent des faux positifs, notamment l'eau de Javel. La réaction chimique qu'elle provoque est très particulière.

– Quelque chose qui a un spectre différent, et qui rappelle vraiment l'eau de Javel, rectifie Scarpetta. Il pourrait s'agir de n'importe quel nettoyant contenant de l'hypochlorite. Je ne serais pas étonnée de trouver quelque chose dans ce genre là-bas.

– Tu as tout ?

– Au suivant.

La lumière se rallume, si crue qu'elles clignent les yeux toutes les deux.

– Basil a raconté à Benton qu'il avait nettoyé avec de l'eau de Javel, remarque Lucy. Le luminol peut-il réagir avec ce genre de substances deux ans et demi plus tard ?

– Ce n'est pas exclu, du moins si le bois en a été imprégné et qu'on n'y ait plus touché ensuite. Je mets tout cela au conditionnel parce ce que je n'en sais rien, je ne connais personne qui ait jamais pratiqué ce type de tests, répond-elle en sortant de sa mallette de scène de crime une loupe éclairante qu'elle utilise pour scruter les rebords des étagères de contreplaqué encombrées de T-shirts et de tubas. Si tu regardes de près, tu peux distinguer une faible zone d'éclaircissement du bois par-ci, par-là. Comme des marques d'éclaboussures.

Lucy se rapproche et emprunte la loupe.

– Oui, je crois que je les distingue.

Aujourd'hui, il est entré et sorti à plusieurs reprises, mais il l'a ignorée, sauf pour lui apporter un sandwich au fromage grillé et davantage d'eau. Il ne vit pas sur place. Il n'y reste pas la nuit ou, alors, il est aussi silencieux qu'un mort.

Il est tard, bien qu'elle ne puisse déterminer l'heure exacte. Derrière la fenêtre délabrée, la lune est prise au piège, coincée entre les nuages. Elle l'entend remuer dans la maison. Elle perçoit l'écho de ses pas. Il se dirige vers elle, et son pouls s'accélère.

SANS RAISON

Elle dissimule derrière son dos la petite chaussure de tennis rose. Il la lui confisquera s'il s'aperçoit de son importance pour elle. Il se matérialise devant elle, ombre noire précédée d'un long pinceau de lumière. L'araignée est avec lui. Elle recouvre sa main. C'est la plus grosse araignée qu'Ev ait jamais vue.

Tandis que la lumière sonde ses poignets et ses chevilles tuméfiés et à vif, elle tente d'entendre Kristin et les garçons. Il examine le matelas dégoûtant, la robe vert vif souillée drapée sur ses jambes. Elle relève les genoux et les bras, tente de se couvrir, tandis que le rai de lumière éclaire les parties intimes de son corps. Elle recule lorsqu'elle sent qu'il la détaille avec insistance. Elle ne distingue pas son visage et n'a aucune idée de son apparence. Il est toujours vêtu de noir. Dans la journée, il se couvre le visage d'une cagoule, noire elle aussi. Le soir, elle ne distingue plus qu'une ombre. Il lui a pris ses lunettes.

C'est la première chose qu'il a faite lorsqu'il s'est introduit de force dans la maison.

— *Donne-moi tes lunettes. Tout de suite !*

Elle est restée paralysée dans la cuisine, pétrifiée par la terreur et l'incrédulité. Incapable de réfléchir, elle avait l'impression que son corps tout entier s'était vidé de son sang. Puis l'huile d'olive dans la poêle a commencé à fumer, les garçons se sont mis à pleurer, et il a pointé le fusil sur eux. Et ensuite sur Kristin. Lorsque Tony a ouvert la porte de derrière, il était tout en noir, la tête dissimulée par sa cagoule. Il est entré, et tout s'est déroulé très vite.

— *Donne-moi tes lunettes !*

— *Donne-les-lui*, a dit Kristin. *Je vous en prie, ne nous faites pas de mal. Prenez tout ce que vous voulez.*

— *Ferme-la ou je vous tue tous maintenant !*

Il a ordonné aux garçons de s'allonger face contre terre dans le salon, puis il les a frappés derrière la tête. Il leur a asséné un coup de crosse pour leur ôter l'envie de s'enfuir. Il a éteint toutes les lumières et ordonné ensuite à Kristin et Ev de traîner les corps inanimés des enfants dans le couloir, puis à l'extérieur, en passant par la baie vitrée de la grande chambre. Du sang a coulé sur le sol. Elle ne cesse de penser que quelqu'un devrait avoir vu les traces rouges. Quelqu'un a dû se rendre à la maison, dans le but de s'informer de ce qui avait bien pu leur arriver. Quelqu'un a dû voir le sang. Que fait la police ?

Les garçons sont restés évanouis dans l'herbe à côté de la piscine, il les a ligotés à l'aide des cordons téléphoniques et bâillonnés avec des torchons. Pourtant, ils étaient incapables de remuer ou d'émettre un son. Puis il a obligé Ev et Kristin à marcher dans l'obscurité jusqu'au break.

Ev conduisait.

Kristin était installée devant, lui à l'arrière. Le canon de son fusil était pointé sur sa tête.

Il lui a indiqué le chemin d'une voix calme et froide.

— *Je vous emmène quelque part, et puis je reviendrai les chercher*, a-t-il précisé de cette même voix.

— *Appelez quelqu'un*, a supplié Kristin. *Il faut les emmener à l'hôpital. Je vous en supplie, ne les laissez pas mourir, ce sont des enfants.*

— *J'ai dit que j'allais y retourner.*

— *Ils ont besoin d'aide. Ce sont des petits garçons, des orphelins, leurs parents sont morts.*

— *Parfait. Ils ne manqueront à personne, alors.*

Sa voix était glaciale et inhumaine, une voix dénuée de toute intonation, de toute émotion.

Elle se souvient avoir aperçu des panneaux indiquant Naples. Ils se dirigeaient vers l'ouest, vers les Everglades.

— *Je ne peux pas conduire sans mes lunettes*, a dit Ev.

Son cœur battait si fort qu'elle avait l'impression que sa cage thoracique allait éclater, et elle ne parvenait pas à reprendre son souffle. Quand elle est montée sur le talus, il lui a rendu ses lunettes, pour les lui reprendre lorsqu'ils ont atteint cet endroit sombre et monstrueux où elle se trouve depuis.

À l'intérieur du cabinet de toilette, Scarpetta vaporise les murs de parpaing qui s'illuminent de zébrures, de traînées et d'éclaboussures, invisibles lorsque la lumière est allumée.

— Quelqu'un a nettoyé, déclare Lucy dans l'obscurité.

— Il vaut mieux que je m'arrête. Je ne voudrais pas risquer de dénaturer le sang, s'il s'agit bien de cela. Tu as tout sur pellicule ?

— Oui, répond sa nièce en allumant.

Scarpetta sort un kit de détection de sang et tamponne le mur aux endroits qu'elle a vus réagir au luminol, manœuvrant l'extrémité du coton-tige sur le béton poreux où du sang aurait pu s'incruster, même après avoir été lavé. Elle fait tomber au compte-gouttes sa décoction chimique sur le prélèvement qui vire au rose vif, confirmant que la substance qui a réagi sur le mur pourrait être du sang, et éventuellement du sang humain. Le labo devra vérifier cela.

Si les analyses attestent qu'il s'agit bien de sang, Scarpetta ne serait guère surprise qu'il se révèle vieux de deux ans et demi. Le luminol réagit avec l'hémoglobine des globules rouges. Plus le sang est ancien, plus il s'oxyde, et plus la réaction est intense. Elle continue de tamponner avec de l'eau distillée, recueillant des échantillons qu'elle place dans des boîtes à indices qu'elle étiquette avant de les scotcher et d'y inscrire ses initiales pour les sceller.

Une heure vient de s'écouler, et les deux femmes commencent à avoir chaud dans leurs vêtements de protection. De l'autre côté de la porte, elles entendent Larry aller et venir dans le magasin, et son téléphone sonne à plusieurs reprises.

Elles regagnent la réserve. Lucy ouvre une robuste mallette noire, dont elle extrait un Mini-Crime Scope, un boîtier de métal portable équipé de prises latérales et d'une lampe à ultraviolets dont le flexible ressemble à un tuyau d'arrosage en acier brillant portant à l'extrémité un témoin lumineux qui permet de changer le filtre et d'obtenir différentes longueurs d'ondes. Elle branche l'appareil, actionne l'interrupteur, et un ventilateur se met à bourdonner. Elle ajuste l'intensité et opte pour une longueur d'ondes de 455 nanomètres. Elles chaussent des lunettes teintées de couleur orange qui améliorent le contraste et protègent les yeux.

Elles éteignent, Scarpetta soulève le boîtier par sa poignée, et balaye les murs, les étagères et le sol de son rayon bleu. Le sang ainsi que certaines substances sensibles au luminol ne réagissent pas nécessairement en lumière alternative. En d'autres termes, les zones qui s'étaient illuminées plus tôt demeurent dans l'ombre. Cependant, sur le sol, plusieurs petites taches brillent d'un rouge vif. Lucy rallume la lumière et positionne de nouveau son trépied avant de fixer un filtre orange sur l'objectif de l'appareil photo. Une fois dans l'obscurité, elle photographie les taches rouges fluorescentes. La lumière inonde à nouveau la réserve. Les taches sont à peine visibles, vagues décolorations un peu plus sales sur un sol lui-même décoloré et crasseux. Cependant, à la loupe, Scarpetta distingue une très légère rougeur. Quelle que soit la nature de la substance en question, elle ne se dissout pas dans l'eau distillée, et Scarpetta ne tient pas à utiliser un solvant qui risquerait de la détruire.

—Nous avons besoin d'un échantillon, déclare-t-elle en étudiant le béton.

—Attends, je reviens.

Lucy ouvre la porte et appelle Larry. Il est au téléphone, assis derrière son comptoir. Lorsqu'il lève les yeux et découvre la silhouette recouverte de la tête aux pieds de papier plastifié blanc, la surprise se peint sur son visage.

—On vient juste de me téléporter sur la station Mir et je ne m'en suis pas aperçu ? demande-t-il.

—Vous avez des outils, dans cette taule, que je n'aie pas à sortir jusqu'à la voiture ?

—Il y a une petite boîte à outils là-bas, sur l'étagère contre le mur, dit-il en la désignant du doigt. Une petite boîte à outils rouge.

—Je vais peut-être un peu abîmer le sol. Juste un tout petit peu.

Il ouvre la bouche puis se ravise, hausse les épaules, et Lucy referme la porte. Elle extrait de la boîte à outils un marteau et un tournevis, et, en quelques coups, fait sauter de petits

251

fragments de taches rouge sale, qu'elle scelle dans des poches à indices.

Elles se débarrassent de leurs combinaisons, qu'elles fourrent dans la poubelle, puis remballent leur équipement et s'en vont.

– Pourquoi faites-vous ça ?

D'une voix rauque, Ev répète la même question. Elle la lui pose à chaque fois qu'il vient, lorsqu'il pointe le faisceau lumineux sur elle, lorsque la lumière lui transperce les yeux comme une lame de couteau.

– Je vous en prie, écartez cela de mon visage.

– Tu es la plus moche et la plus grosse truie que j'aie jamais vue, dit-il. Pas étonnant que personne ne t'aime.

– Les mots ne peuvent pas me blesser. Vous ne pouvez pas me blesser. J'appartiens à Dieu.

– Regarde-toi ! Qui pourrait vouloir de toi ? Au fond, tu dois être contente que je te prête attention, non ?

– Où sont les autres ?

– Dis que tu es désolée. Tu sais ce que tu as fait. Les pécheurs doivent être punis.

Elle repose toujours la même question :

– Qu'avez-vous fait d'eux ? Laissez-moi partir, Dieu vous pardonnera.

– Dis que tu es désolée.

Il lui frappe les chevilles de ses boots, et la douleur est effroyable.

– Mon Dieu, pardonnez-lui, prie-t-elle à voix haute. Vous ne voulez pas aller en enfer, dit-elle en s'adressant à lui, le malfaisant. Il n'est pas encore trop tard.

CHAPITRE 36

La nuit est d'un noir d'encre. La lune, floue derrière les nuages, ressemble à une forme obscure passée aux rayons X. De minuscules insectes grouillent dans la clarté des lampadaires. La circulation ne ralentit jamais sur la A1A, et un bruit incessant trouble l'obscurité.

— Qu'est-ce qui te tracasse ? demande Scarpetta à Lucy qui se concentre sur sa conduite. Cela fait une éternité que nous n'avons pas passé un peu de temps ensemble, rien que nous deux. Je t'en prie, parle-moi.

— J'aurais pu appeler Lex. J'ai eu tort de te traîner jusqu'ici.

— J'aurais pu refuser, je n'étais pas obligée d'accepter d'être ta complice dans le crime, ce soir.

Elles sont toutes deux fatiguées, et le sens de l'humour leur fait défaut.

— Eh bien, nous voilà réunies, remarque Lucy. J'ai peut-être profité de l'occasion pour que nous rattrapions le temps perdu. J'aurais pu appeler Lex, répète-t-elle, tout en conduisant, le regard fixé droit devant elle.

– Je n'arrive pas à déterminer si tu te moques de moi.

– Mais non, répond Lucy en se retournant vers sa tante sans un sourire. Je suis désolée de cette situation.

– Encore heureux !

– Inutile d'acquiescer si rapidement. Tu ne sais peut-être pas toujours à quoi ressemble ma vie.

– Oh, mais j'aimerais être au courant. Le problème, c'est que tu m'en exclus systématiquement.

– Tante Kay, je ne suis pas convaincue que tu aimerais tout savoir. T'est-il jamais venu à l'esprit que je te rendais peut-être service, en la matière ? Que tu devrais profiter de moi telle que tu me connais, sans chercher à découvrir le reste ?

– Et quel est ce reste ?

– Je ne te ressemble pas.

– Si, pour les choses importantes. Nous sommes toutes les deux des femmes bien, intelligentes, et qui travaillent dur. Nous essayons de faire changer les choses, nous prenons des risques. Nous sommes honnêtes. Nous faisons vraiment des efforts.

– Je ne suis pas quelqu'un d'aussi correct que tu le penses. Je passe mon temps à blesser les autres. C'est un talent chez moi, j'y excelle même. Pourtant, à chaque fois que cela m'arrive, j'y accorde de moins en moins d'importance. Peut-être suis-je en train de devenir une espèce de Basil Jenrette. Peut-être Benton devrait-il m'inclure dans son étude, là-bas. Je parie que mon cerveau ressemble à celui de Basil, de tous ces autres putains de psychopathes.

– Mais qu'est-ce qu'il t'arrive ? demande doucement Scarpetta.

– Je crois que c'est du sang... repartit Lucy dans un de ses fréquents coq-à-l'âne.

Elle a l'habitude de changer de sujet de façon si brutale que c'en est déstabilisant.

– ... je suis sûre que Basil dit la vérité, et qu'il l'a tuée dans l'arrière-boutique. Je sens que ce qu'on a trouvé là-bas, c'était bien du sang.

– Attendons les résultats du labo.

—Tout le sol s'est allumé, c'était bizarre.

—Pourquoi Basil a-t-il parlé de cela ? Pourquoi maintenant, et pourquoi à Benton ? remarque Scarpetta. C'est cela qui me tracasse et qui m'inquiète, si tu veux le fond de ma pensée.

—Ces gens-là ont toujours une excellente raison d'agir comme ils le font. Il s'agit de manipulation.

—Et ça m'inquiète.

—Il raconte ça pour obtenir quelque chose en échange, pour prendre son pied. Comment aurait-il pu l'inventer ?

—Il aurait pu être au courant des personnes disparues de la Boutique de Noël. C'était dans le journal, et il était flic à Miami. Il a peut-être entendu d'autres flics en discuter.

Plus elles débattent du sujet, et plus Scarpetta s'alarme de ce que Basil ait véritablement un rapport avec ce qui est arrivé à Florrie et Helen Quincy. Cependant, elle ne parvient pas à comprendre comment il a pu violer et assassiner la mère dans l'arrière-boutique, comment il s'est débrouillé pour sortir le cadavre ensanglanté de là, ou même les deux cadavres, si, toutefois, il a également tué Helen.

—Je sais, pour moi aussi c'est une énigme, intervient Lucy. Et si c'est bien lui, pourquoi ne les a-t-il pas simplement abandonnées sur place ? À moins qu'il ait tenu à ce qu'on ne sache pas qu'elles avaient été tuées, qu'il ait voulu faire croire qu'elles avaient disparu de leur propre gré.

—Ce qui suggère un mobile, à mon avis. En d'autres termes, pas un meurtre compulsif à caractère sexuel.

—À propos, je te dépose chez toi ? s'enquiert Lucy, j'ai oublié de te poser la question.

—À cette heure-ci, sans aucun doute.

—Que vas-tu faire pour Boston ?

—Nous devons nous occuper de la scène de crime de Mrs Simister. Cela peut attendre un peu. J'en ai eu assez pour la soirée, et Reba aussi, sans aucun doute.

—Je suppose qu'elle a accepté de nous laisser rentrer ?

—Pourvu qu'elle soit présente sur les lieux. Nous nous y attellerons dès demain. Je me demande si je ne vais pas carrément renoncer à mes vacances bostoniennes. Pourtant, ce n'est pas juste vis-à-vis de Benton, ni même vis-à-vis de nous deux, d'ailleurs, ajoute-t-elle, incapable de dissimuler sa déception et sa frustration. Bien entendu, c'est toujours la même histoire. Des dossiers urgents me tombent dessus, et lui est plongé jusqu'au cou dans une affaire pressante. Nous passons notre vie à travailler.

— Qu'est-ce que c'est, son affaire ?

— Une femme abandonnée près de Walden Pond, nue, avec de faux tatouages bizarres sur le corps, dont je soupçonne qu'ils ont été dessinés après le meurtre. Des empreintes de main rouges.

Les phalanges de Lucy se crispent sur le volant.

— Comment ça, de faux tatouages ?

— Peints. Du *body art*, dit Benton. Une cagoule sur la tête, une douille insérée dans le rectum, une mise en scène dégradante, et tout le reste. Je n'en sais pas beaucoup plus, mais ça viendra.

— Ils connaissent son identité ?

— Ils disposent de très peu d'éléments.

— Des événements similaires sont-ils survenus dans le coin ? Des homicides ? Avec les empreintes de main ?

— Lucy, tu peux t'acharner à détourner la conversation autant que tu voudras, mais cela ne marchera pas. Je ne te reconnais plus. Tu as pris du poids, ce qui, dans ton cas, signifie que quelque chose déraille et déraille vraiment. Cela ne te va pas mal, pas mal du tout, mais je te connais. Tu es très fatiguée, et tu n'as pas l'air en forme, on m'en a parlé. Je n'ai rien dit. Pourtant, je sais que quelque chose ne va pas, et depuis un moment. Vas-tu te confier à moi ?

— J'aimerais en savoir davantage au sujet de ces empreintes de main.

— Je t'ai dit tout ce que je savais. Pourquoi ? demande Scarpetta sans quitter des yeux les traits tendus de Lucy. Que t'arrive-t-il ?

Lucy regarde droit devant elle. Elle cherche comment élaborer une réponse satisfaisante. Elle est si intelligente et vive qu'elle excelle à ce jeu. Elle est capable de tordre les informations de telle sorte que ses échafaudages intellectuels deviennent plus crédibles que la vérité, au point que ses interlocuteurs les mettent rarement en doute. Ce qui la sauve, c'est qu'elle ne se laisse pas emporter par ses propres tentatives de désinformation, et qu'elle ne perd jamais de vue les faits, évitant ainsi de tomber dans ses propres pièges. Lucy a toujours une explication rationnelle à ses agissements, et il s'agit quelquefois d'une très bonne raison.

— Tu dois avoir faim, déclare soudain Scarpetta d'un ton calme et gentil, le ton qu'elle employait avec Lucy quand celle-ci était une enfant impossible. Elle se conduisait de façon exaspérante, mais il est vrai qu'elle souffrait terriblement.

— Quand tu ne sais plus quoi faire de moi, tu me nourris toujours, répond Lucy, apaisée.

— Ça marchait, autrefois. Quand tu étais petite fille, je pouvais te faire faire n'importe quoi en échange d'une de mes pizzas.

La jeune femme demeure silencieuse, et, dans la lueur rougeoyante de la circulation, Scarpetta ne perçoit que le visage sombre d'une étrangère.

— Lucy ? Vas-tu me sourire ou me regarder ne serait-ce qu'une seule fois ce soir ?

— J'ai fait des idioties. Je couche à droite, à gauche, des rencontres d'une nuit. Je blesse les gens. L'autre jour à Provincetown, j'ai replongé. Je veux qu'on me laisse seule. Je n'ai pas envie d'être proche de qui que ce soit. De toute évidence, je ne peux pas m'empêcher de me conduire comme je le fais. Mais cette fois-ci, c'était peut-être vraiment une grosse bêtise. Parce que je n'ai pas fait attention, peut-être parce que je n'en ai rien à foutre.

— Je ne savais même pas que tu étais allée à Provincetown, remarque Scarpetta, d'un ton dénué de tout jugement critique, car l'orientation sexuelle de Lucy n'est pas ce qui l'inquiète. Tu étais prudente autrefois, plus prudente que n'importe qui d'autre.

— Tante Kay, je suis malade.

CHAPITRE 37

La forme noire de l'araignée recouvre le dos de la main de l'homme et flotte dans la direction d'Ev, à quelques centimètres de son visage, passant à travers le pinceau lumineux. C'est la première fois qu'il approche autant la tarentule. Il a placé une paire de ciseaux sur le matelas, qu'il éclaire brièvement.

– Dis que tu es désolée, déclare-t-il. Tout ça est de ta faute.

– Renoncez à vos actions malfaisantes avant qu'il ne soit trop tard, répond Ev.

Les ciseaux sont à portée de sa main, mais peut-être les a-t-il placés là juste pour la tenter, pour qu'elle s'en empare. Pourtant, elle les distingue à peine, en dépit de la lumière. L'araignée devient une forme floue devant son visage. Elle tend l'oreille dans l'espoir d'entendre Kristin et les garçons.

– Rien de tout cela ne serait arrivé. C'est toi qui as provoqué tout ça, et maintenant, l'heure du châtiment a sonné.

– Tout peut être encore défait.

– L'heure du châtiment. Dis que tu es désolée.

Son cœur bat à se rompre, sa peur est si intense qu'elle a envie de vomir. Mais elle ne s'excusera pas, elle n'a commis aucun péché. Si elle dit qu'elle est désolée, il la tuera. Elle en est certaine, sans savoir au juste d'où lui vient cette conviction.

– Dis que tu es désolée.

Elle refuse de prononcer la phrase.

Il lui ordonne de dire qu'elle est désolée, et elle s'entête. Elle le sermonne, elle prêche ses imbécillités, ses idioties au sujet de son dieu minable. Si son dieu était si puissant que cela, elle ne serait pas sur ce matelas.

– Nous pouvons faire comme si rien n'était arrivé, le presse-t-elle de sa voix rauque.

Il sent sa peur. Il exige qu'elle dise qu'elle est désolée. Elle a beau le sermonner, elle a peur, l'araignée la fait trembler, les muscles de ses jambes tressautent nerveusement sur le matelas.

– Vous serez pardonné. Vous serez pardonné si vous vous repentez et nous relâchez. Je ne raconterai jamais rien à la police.

– Oh non, tu ne raconteras rien, jamais. Les gens qui racontent sont punis, et d'une façon que tu n'imagines même pas. Ses crochets peuvent traverser un doigt de part en part, transpercer un ongle, ajoute-t-il en parlant de l'araignée. Certaines tarentules peuvent piquer plusieurs fois de suite.

L'araignée lui frôle quasiment le visage, et Ev rejette la tête en arrière dans un sursaut.

– Elles piquent encore et encore, sans s'arrêter tant qu'on n'a pas réussi à les arracher. Si elles atteignent une artère importante, c'est la mort assurée. Elles peuvent vous enfoncer les poils dans les yeux, et vous aveugler. C'est très douloureux. Dis que tu es désolée.

Odd lui a demandé de dire qu'elle était désolée, et il voit la porte se fermer, le vieux battant de bois à la peinture écaillée, le matelas sur le plancher sale. Puis l'écho de la pelle en train de creuser, parce qu'il lui a demandé de ne rien dire après qu'il a fait cette vilaine chose. Il lui a expliqué que Dieu punissait les rapporteurs, de façon inimaginable, jusqu'à ce qu'ils aient compris la leçon.

– Implorez le pardon. Dieu vous pardonnera.

– Dis que tu es désolée !

Il lui braque la lumière dans les yeux, qu'elle ferme de toutes ses forces en détournant brusquement le visage, mais le rayon s'acharne sur elle.

Elle ne pleurera pas.

Elle a pleuré, quand il a fait la vilaine chose. Il lui a dit qu'elle ne manquerait pas de pleurer, si jamais elle racontait ce qui s'était passé. Mais elle l'a quand même fait, elle a parlé, et Odd n'a pas pu faire autrement que d'avouer, parce que c'était la vérité, il avait mal agi. Pourtant, sa mère n'en a pas cru un mot. Elle a affirmé que Odd ne pouvait pas avoir fait une telle chose, qu'il était de toute évidence malade, souffrant d'hallucinations.

Il faisait froid et il neigeait. Il ne savait pas que le temps pouvait devenir aussi exécrable que cela. Il l'avait vu à la télévision ou au cinéma, sans toutefois jamais l'expérimenter lui-même. Il se souvient d'avoir vu de vieux immeubles de brique à travers la vitre de la voiture quand on l'a conduit là-bas. Il se souvient du petit hall où il a patienté avec sa mère en attendant l'arrivée du docteur. Il s'agissait d'un endroit vivement éclairé. Un homme était assis. Il remuait les lèvres en roulant des yeux au ciel tout en discutant avec un interlocuteur invisible.

Sa mère avait suivi le docteur pour discuter avec lui, en le laissant tout seul dans le hall. Elle lui avait raconté la vilaine chose que Odd disait avoir commise. Elle lui avait affirmé qu'il s'agissait d'un mensonge, qu'il était très malade, qu'il s'agissait d'une affaire privée. Elle avait insisté sur le fait que tout ce qu'elle voulait, c'était que Odd se rétablisse, qu'il cesse d'aller raconter partout de telles choses au risque de ruiner la réputation de la famille avec ses délires.

Elle n'avait pas cru qu'il ait fait la vilaine chose.

Elle avait expliqué à Odd ce qu'elle avait l'intention de confier au médecin.

— *Tu ne vas pas bien, mais tu ne peux rien y faire. Tu imagines des choses, des mensonges, et tu te laisses facilement influencer. Je vais prier pour toi, et tu as intérêt à prier pour ton salut, à demander à Dieu de te pardonner, à t'excuser d'avoir blessé des gens qui ont toujours été bons avec toi. Je sais que tu es malade, mais honte à toi.*

Odd rapproche la lampe.

—Je vais la poser sur toi. Si tu lui fais mal, comme l'autre, déclare-t-il en appuyant la gueule du canon contre son front, tu sauras véritablement ce que signifie le châtiment.

— Honte à vous.

—Je t'ai déjà dit que je ne voulais pas entendre ce genre de trucs !

Il enfonce encore plus fort le canon du fusil, jusqu'à heurter l'os, et elle crie. Il presse le bouton de la lumière, qui brille sur son visage laid, bouffi et marqué. Elle saigne, le sang dégouline sur son visage. Quand l'autre a balancé l'araignée sur le sol, l'abdomen de la tarentule s'est déchiré, et son sang jaune s'est répandu. Odd a dû la recoller.

—Dis que tu es désolée. Elle a dit qu'elle était désolée. Tu sais combien de fois elle l'a dit ?

Il l'imagine qui sent les pattes poilues sur son épaule nue, la droite. Elle doit sentir l'araignée progresser sur sa chair et s'arrêter en l'agrippant légèrement. Assise contre le mur, Ev est agitée de violents tremblements et jette un regard à la paire de ciseaux sur le matelas.

—Toute la route, jusqu'à Boston. C'était un long trajet, et il faisait froid derrière, surtout qu'elle était nue et ligotée. Il n'y a pas de siège derrière, juste le plancher de métal glacé. Elle avait froid. Je leur ai donné matière à réflexion, là-bas.

Il se souvient des immeubles de vieille brique aux toits d'ardoise bleu-gris. Il se souvient quand sa mère l'a conduit là-bas, après qu'il eut fait la vilaine chose. Des années après, il y est retourné tout seul. Il a vécu au milieu des briques centenaires et de l'ardoise, mais il n'a pas tenu très longtemps. Il n'a pas tenu longtemps à cause de la vilaine chose.

Elle tente d'avoir l'air forte, de ne pas montrer qu'elle est terrorisée :

— Qu'avez-vous fait des garçons ? Relâchez-les !

Il enfonce le canon sur ses parties intimes, elle a un sursaut et il rit. Il la traite de grosse, de laide et d'idiote, lui dit que personne ne voudra jamais d'elle, la même chose qu'il a dite lorsqu'il a commis la vilaine chose.

— C'est pas étonnant, continue-t-il en fixant ses seins affaissés, son corps flasque et épais. Tu as de la chance que je te fasse ça, personne d'autre n'en aurait envie, tu es trop dégoûtante et stupide.

— Je ne dirai rien à personne, laissez-moi simplement m'en aller. Où sont Kristin et les garçons ?

— Je suis retourné les chercher, ces pauvres petits orphelins, exactement comme j'avais promis. J'ai même ramené ta voiture. J'ai le cœur tellement pur, moi, je ne suis pas un pécheur, comme toi. Ne t'inquiète pas, je les ai ramenés ici, comme je l'avais dit.

— Je ne les entends pas.

— Dis que tu es désolée.

— Vous les avez conduits à Boston, eux aussi ?

— Non.

— Vous n'avez pas réellement emmené Kristin...

— Là-bas, je leur ai donné de quoi s'occuper. Je suis sûr qu'il est impressionné. J'espère qu'il est au courant. De toute façon, d'une manière ou d'une autre, il saura bientôt. Il ne reste plus beaucoup de temps.

— Qui ? De qui parlez-vous ? Vous pouvez vous confier à moi. Je ne vous déteste pas, déclare-t-elle d'un ton maintenant compréhensif.

Il a saisi ce qu'elle essaie de faire. Elle pense qu'ils peuvent devenir amis. Si elle lui parle suffisamment, si elle fait semblant de ne pas avoir peur, et prétend qu'elle l'aime bien, ils deviendront amis et, ainsi, il ne la punira pas.

– Ça ne marchera pas, la prévient Odd. Ils ont tous essayé ça, et ça n'a pas fonctionné. C'était vraiment une livraison très spéciale. Je suis sûr qu'il aurait été impressionné, s'il avait su. Je leur donne de quoi s'occuper. Il ne reste plus beaucoup de temps, tu devrais en tirer parti. Dis que tu es désolée !

– Je ne comprends pas de quoi vous parlez, lâche-t-elle du même ton hypocrite.

L'araignée remue sur l'épaule de la femme, il tend la main dans l'obscurité, et l'animal grimpe dessus. Il traverse la pièce en laissant les ciseaux sur le matelas.

– Coupe tes cheveux crasseux, lui enjoint-il. Coupe tout. Si tu n'as pas obéi quand je reviendrai, ce sera pire pour toi. N'essaie pas de trancher les cordes. Tu n'as pas d'issue, nulle part où t'enfuir.

CHAPITRE 38

La lumière est éteinte dans le bureau de Benton situé à l'étage, et le clair de lune transparaît à travers la neige. Il est installé devant son ordinateur, passant des photos en revue, à la recherche de clichés bien spécifiques.

Il y a cent quatre-vingt-dix-sept photographies, grotesques et troublantes. Mettre la main sur celles qu'il recherche s'est révélé éprouvant, car ce qu'il a devant lui le déconcerte et le perturbe. Benton pressent que derrière l'évidence il s'est passé et il continue de se passer autre chose. Cette affaire le dérange personnellement, ce qui est difficile à admettre, compte tenu de sa vaste expérience en la matière. Distrait, il n'avait pas noté les numéros de clichés, et il lui a fallu presque une demi-heure pour retrouver les scènes en question, les numéros 62 et 74. Il est impressionné par le travail du détective Thrush de la police d'État du Massachusetts. On n'en fait jamais trop dans les cas d'homicide, et particulièrement dans ce genre de meurtre.

Le temps n'arrange rien lorsque l'on est confronté à une mort violente. La scène de crime disparaît, ou bien elle est

264

contaminée par des éléments extérieurs et il est impossible de revenir en arrière. Le corps change après la mort, surtout après l'autopsie. Les enquêteurs de la police d'État ont été mis en état d'alerte extrême et se sont déchaînés avec leur matériel : Benton a été submergé de photos et d'enregistrements vidéo sur lesquels il travaille depuis qu'il est rentré chez lui, après sa visite à Basil Jenrette. Il pensait avoir tout vu au cours de sa vingtaine d'années au FBI, et en tant que psychologue spécialisé en criminologie. Il pensait avoir été témoin de tous les comportements aberrants. Il se trompait : il n'a jamais rien vu de pareil.

Les clichés 62 et 74 ne sont pas aussi explicites que la majorité des autres, car ils ne montrent pas ce qui reste de la tête anéantie de la femme non identifiée. Ils ne montrent pas l'absence de visage dans toute son horreur sanglante. Benton a l'impression d'une sorte de coquille évidée plantée sur la tige du cou, ses cheveux mal coupés imprégnés de matière cérébrale, de tissu et de sang séché. Les clichés 62 et 74 sont des gros plans de son corps, depuis le cou jusqu'aux genoux. Ils font naître en Benton un sentiment qu'il est incapable de décrire, la sensation qu'il éprouve lorsqu'un détail lui rappelle quelque chose d'inquiétant mais qu'il ne parvient pas à mettre le doigt dessus. Les images tentent de lui transmettre quelque chose qu'il sait déjà et qui s'obstine à lui échapper. Quoi ? De quoi peut-il bien s'agir ?

Dans les deux cas, le corps est allongé sur la table d'autopsie. Sur le cliché numéro 62, le torse est pris de face et retourné sur le numéro 74. Benton clique alternativement d'avant en arrière sur les deux images, étudie le torse nu, tentant de trouver une signification aux empreintes de main rouges, à la peau écorchée et à vif entre les omoplates, une zone de quinze centimètres sur vingt dans laquelle est enfoncé ce qui ressemble à « de la terre et des échardes de bois », d'après le rapport d'autopsie.

Il a envisagé la possibilité que les mains rouges aient été peintes avant la mort de la femme et qu'elles n'aient rien à voir avec le meurtre. Elle portait peut-être déjà ces faux tatouages avant de rencontrer son agresseur. Il doit envisager l'hypothèse, bien que n'y croyant pas vraiment. Il est plus que probable que c'est le tueur qui a transformé son torse en œuvre d'art, une œuvre dégradante, suggérant la violence sexuelle, suggérant des mains qui lui agrippent les seins et qui lui ouvrent les jambes de force, des symboles qu'il a dessinés sur elle alors qu'il la retenait en otage, peut-être alors qu'elle était réduite à l'impuissance, ou même morte. Benton ne sait pas, il n'a aucun moyen de le découvrir. Il regrette que Scarpetta n'ait pas hérité de cette affaire, que ce ne soit pas elle qui se soit trouvée sur la scène de crime, qui ait pratiqué l'autopsie. Il regrette qu'elle ne soit pas là. Comme d'habitude, un imprévu a surgi.

Il étudie d'autres photos, d'autres rapports. L'âge présumé de la victime a été fixé à trente-cinq, quarante ans, et les découvertes *post mortem* confirment ce que le Dr Lonsdale a déduit à la morgue : la femme inconnue n'était pas morte depuis très longtemps lorsque son corps a été découvert abandonné dans un sentier public qui traverse les bois de Walden, non loin de Walden Pond, dans la ville huppée de Lincoln. Aucune trace de sperme sur les échantillons prélevés grâce au kit de collecte d'indices, ce dont Benton tire une conclusion préliminaire : celui qui l'a tuée et a disposé son corps dans les bois obéit à des fantasmes sadiques, la catégorie de fantasmes sexuels qui transforment la victime en simple objet.

Quelle que soit l'identité de la victime, elle ne lui était rien. Elle n'était pas un individu, juste un symbole, une chose destinée à lui fournir du plaisir, et son plaisir consistait à l'avilir et la terroriser, la punir, la faire souffrir, l'obliger à affronter l'humiliation et la violence de sa mort imminente, à sentir le goût du canon de fusil dans sa bouche, et à le regarder appuyer sur la détente. Il peut l'avoir connue, mais elle peut tout aussi bien lui être totalement étrangère. Il a pu la traquer et l'enlever. La police d'État du Massachusetts affirme que personne correspondant à sa description n'a été porté disparu. Sa disparition n'a été signalée nulle part.

Au-delà de la piscine s'élève la digue donnant sur le bras de mer, assez large à cet endroit pour y amarrer un bateau de dix-huit mètres. Scarpetta n'en possède pas et n'a jamais éprouvé l'envie d'en avoir un, de quelque sorte ou de quelque taille que ce soit.

Elle contemple le spectacle des bateaux, surtout la nuit, lorsque les feux qui éclairent poupes et proues glissent au-dessus de l'eau, semblables à des avions, et que seul le grondement des moteurs s'élève dans le silence. Lorsque les cabines sont illuminées, elle aperçoit les gens qui se déplacent à l'intérieur, ou bien qui restent assis, s'esclaffant en levant leurs verres, ou encore sérieux, sans rien faire de particulier. Elle ne veut pas être à leur place, ni leur ressembler. Elle ne souhaite pas être eux.

Elle n'a jamais été comme eux et n'a jamais rien voulu avoir à faire avec leur monde. L'enfant pauvre et solitaire qu'elle était ne leur ressemblait pas, ne pouvait se mêler à eux, et c'étaient eux qui la tenaient à l'écart. Aujourd'hui, c'est devenu son choix, à elle. Elle reste en retrait et observe ces existences anodines, déprimantes, vides et effrayantes. Elle a toujours eu peur que quelque chose de tragique arrive à sa nièce. Il est dans sa nature d'entretenir des idées morbides à propos des gens qu'elle aime. Cela étant, cette tendance vire au paroxysme lorsque Lucy est concernée. L'éventualité d'un décès soudain de sa nièce a toujours préoccupé Scarpetta. Cependant, il ne lui est jamais venu à l'esprit que la jeune femme pourrait être malade, que la biologie pourrait se retourner contre elle, justement parce que celle-ci est aveugle et n'a que faire de la personnalité de Lucy.

Elles sont installées entre deux pilotis de bois, sur des sièges de teck, et Lucy parle dans l'obscurité :

– Des symptômes qui ne rimaient à rien sont apparus.

Sur la table reposent des verres, du fromage et des crackers. Elles n'ont pas touché aux amuse-bouche mais se sont servi un deuxième verre.

– Quelquefois, j'aimerais bien fumer, ajoute Lucy en récupérant sa tequila.

– Quel drôle de souhait.

– Tu ne trouvais pas ça si bizarre quand tu fumais. Et tu en as encore l'envie, après toutes ces années.

– Ce dont j'ai envie n'a aucune importance.

– Ça, c'est toi tout craché. Comme si tu n'éprouvais pas les mêmes sentiments que les autres, réplique Lucy dans l'obscurité, le regard perdu en direction de l'eau. Bien sûr que si, cela a de l'importance. Tout ce dont tu as envie a de l'importance, particulièrement quand tu ne peux pas l'obtenir.

– Tu as envie d'elle ? demande Scarpetta.

– De quelle « elle » parles-tu ?

– La dernière avec laquelle tu étais, lui rappelle Scarpetta. Ta dernière conquête, à Provincetown.

– Je ne les considère pas comme des conquêtes, mais comme de brefs moments d'évasion. Comme de fumer du shit. Je suppose que c'est ça le plus décevant, l'absence de signification. Sauf cette fois-ci, parce que ça signifie peut-être quelque chose. Un truc que je ne comprends pas. Je me suis peut-être fourrée dans quelque chose. En tout cas, je me suis conduite de façon stupide.

Elle parle à Scarpetta de Stevie, de ses tatouages en forme d'empreintes de main. Elle éprouve des difficultés à s'exprimer, mais s'efforce de paraître détachée, comme si elle parlait de quelqu'un d'autre ou discutait d'une affaire.

Scarpetta demeure silencieuse, prend son verre et tente de réfléchir à ce que vient de lui raconter la jeune femme, qui continue :

– Peut-être cela ne signifie-t-il rien. Peut-être s'agit-il d'une coïncidence. Il y a de nombreux adeptes du *body art*, qui se peignent plein de machins bizarres, des trucs en acrylique ou en latex qu'ils se dessinent partout sur le corps à l'aérographe.

—Les coïncidences commencent à m'agacer. Il semble qu'elles s'accumulent ces derniers temps.

—Elle est très bonne, cette tequila. Je me fumerais bien un joint, là maintenant.

—Tu dis cela dans le but de me choquer ?

—L'herbe n'est pas aussi mauvaise pour la santé que tu le crois.

—C'est toi le médecin, maintenant ?

—Vraiment, je t'assure.

—Lucy, pourquoi as-tu l'air de te détester autant ?

—Tu sais quoi, Tante Kay ? fait Lucy en se tournant vers elle, les traits nets et bien affirmés dans le doux éclat des lumières qui courent le long de la digue. Tu n'as véritablement aucune idée de ce que je fais ou de ce que j'ai fait, alors ne prétends pas le contraire.

—On dirait une espèce de mise en accusation. D'ailleurs, une grande part de ce que tu as dit ce soir résonnait comme une accusation. Si je ne me suis pas montrée à la hauteur avec toi, j'en suis désolée, et bien plus que tu ne l'imagineras jamais.

—Je ne suis pas toi.

—Bien entendu. Et tu n'arrêtes pas de me le répéter.

—Je ne suis pas à la recherche d'une relation permanente, de quelqu'un qui soit vraiment important et sans qui je ne pourrais pas vivre. Je ne veux pas d'un Benton. Je veux des gens que je puisse oublier, des rencontres d'une nuit. C'est mon score que tu veux connaître ? Moi, je n'y tiens pas.

—C'est pour cette raison que tu n'as pratiquement pas voulu me voir de toute l'année qui vient de s'écouler ?

—Cela facilite les choses.

—Tu as peur que je te juge ?

—Tu devrais peut-être.

—Ce qui m'inquiète, ce ne sont pas les gens avec qui tu couches, mais tout le reste. Tu t'isoles complètement à l'Académie, tu n'entretiens aucune relation avec les étudiants, tu es pratiquement toujours absente et, quand tu es là, tu te tues au gymnase, dans un hélicoptère, sur le champ de tir, ou à essayer n'importe quoi, et de préférence une machine dangereuse.

–Je ne m'entends peut-être bien qu'avec les machines.

–Lorsque l'on maltraite quelque chose, les retours de manivelles sont inévitables, tu sais ?

–Et ça inclut mon propre corps.

–Et ton âme et ton cœur ? Si nous commencions par là ?

–Voilà une réflexion réfrigérante. Merci pour ma santé.

–Je me sens tout sauf froide à ton égard, et ta santé a plus d'importance pour moi que la mienne.

–Je ne pense pas l'avoir rencontrée par hasard. Elle savait que je fréquentais le bar et elle est venue avec une idée en tête.

De nouveau, elle fait allusion à cette femme, aux empreintes similaires à celles décrites par Benton.

–Tu dois discuter de Stevie avec Benton. Quel est son nom de famille ? Que sais-tu d'elle ?

–Presque rien. Je suis sûre que cela n'a aucun rapport, mais c'est étrange, non ? Elle se trouvait là-bas au moment où cette femme a été assassinée et abandonnée, plus ou moins dans les parages.

Scarpetta ne dit rien.

–Il existe peut-être une espèce de secte là-bas, continue Lucy. Plein de gens qui se peinturlurent des mains rouges partout sur le corps. Ne me juge pas, je n'ai pas besoin qu'on me dise à quel point je suis imprudente et idiote.

Scarpetta la regarde, sans proférer une parole.

Lucy s'essuie les yeux.

–Je ne te juge pas. J'essaie de comprendre pourquoi tu as tourné le dos à tout ce que tu aimes. L'Académie est à toi, c'était ton rêve. Tu détestais les institutions de maintien de l'ordre, et particulièrement les Fédéraux. Tu as donc créé ta propre force, ton propre détachement. Et aujourd'hui, tu laisses divaguer ta monture toute seule, sans cavalier. Où es-tu passée ? Nous tous, tous les gens que tu as ralliés à ta cause, nous nous sentons abandonnés. La plupart des étudiants de l'année dernière ne t'ont jamais rencontrée, et certains des enseignants ne te connaissent pas, ou ne te reconnaîtraient même pas s'ils te croisaient.

Lucy suit du regard la lente glissade d'un bateau aux voiles ferlées, puis s'essuie de nouveau les yeux.

–J'ai une tumeur. Au cerveau.

CHAPITRE 39

Benton agrandit une autre photographie, de la scène du crime, cette fois-ci.

Allongée sur le dos, bras et jambes tournés en dehors, la victime semble avoir été l'objet de pratiques pornographiques hideuses et violentes. Un pantalon blanc ensanglanté est noué autour de ses hanches comme une couche, une culotte blanche souillée d'excréments et d'un peu de sang lui recouvre la tête comme un masque. Deux trous ont été découpés dans le tissu à la place des yeux. Il se laisse aller contre le dossier de son fauteuil et réfléchit. Conclure de cette mise en scène dans les bois de Walden que le but de son auteur était simplement de choquer serait trop sommaire. Il y a autre chose.

Cette affaire fait appel à sa mémoire.

Il considère le pantalon noué comme une couche. Il est retourné à l'envers, ce qui suggère plusieurs hypothèses : elle a pu l'ôter sous la contrainte, puis le remettre. L'assassin le lui a peut-être enlevé après l'avoir tuée. Le vêtement est en lin blanc, un tissu assez peu porté en cette saison en Nouvelle-

272

Angleterre. Un autre cliché montre le pantalon étalé sur une table d'autopsie recouverte de papier. Le schéma des taches de sang est révélateur. Du genou jusqu'à la taille, le devant est raide de sang rouge sombre, alors que seules quelques traînées sont visibles sur le bas. Benton se la représente : elle était à genoux lorsqu'elle a été abattue. Il l'imagine s'agenouillant. Il tente de joindre Scarpetta, mais celle-ci ne répond pas.

L'humiliation. Le pouvoir. La déchéance absolue, rendre la victime absolument impuissante, aussi impuissante qu'un enfant. Cagoulée, à l'instar d'un prisonnier que l'on va exécuter, un prisonnier de guerre que l'on va torturer, terroriser. Le tueur reconstitue probablement un événement de sa propre vie, un élément provenant de son enfance, et sans doute un abus sexuel, peut-être accompagné de sadisme, comme c'est si souvent le cas. Fais aux autres ce que l'on t'a fait à toi. Benton essaie à nouveau d'appeler Scarpetta, sans résultat.

Basil s'immisce dans son esprit. Celui-ci a mis en scène certaines de ses victimes, les a appuyées contre des objets, contre le mur des toilettes des dames sur une aire de repos, par exemple. Benton se remémore les photos d'autopsies et de scènes de crime des victimes de Basil, celles que tout le monde connaît. Il revoit les visages sanglants et énucléés. La ressemblance se situe peut-être là. Les trous dans la culotte rappellent les victimes aveugles de Basil.

À moins qu'il ne s'agisse de la cagoule. En fait, cette hypothèse est plus convaincante. Cagouler quelqu'un, c'est le maîtriser totalement, parer à toute possibilité de fuite ou de lutte, faire souffrir, terrifier, punir. Aucune des victimes de Basil n'était cagoulée, en tout cas pas celles qui ont été découvertes. Il est vrai qu'il reste toujours tant d'éléments qu'on ignore sur le déroulement réel d'un meurtre sadique. La victime n'est plus là pour raconter.

Benton se demande s'il n'a pas passé trop de temps à visiter le cerveau de Basil.

Il rappelle Scarpetta.

– C'est moi, annonce-t-il lorsqu'elle décroche.

273

– Je m'apprêtais à t'appeler, répond-elle, laconique et glaciale, en dépit de son débit mal assuré.

– Tu as l'air préoccupée.

– Toi d'abord, Benton, dit-elle du même ton, un ton qui ne lui ressemble guère.

– Tu as pleuré ?

Son attitude le déstabilise, et il ajoute :

– Je voulais discuter de notre affaire, ici.

Scarpetta est la seule personne capable de lui faire éprouver cette sensation de frayeur.

– J'espérais pouvoir en parler avec toi. Je suis en train d'y travailler, répète-t-il.

– Je suis ravie que tu aies au moins envie de me parler de quelque chose, rétorque-t-elle en insistant sur le *quelque chose*.

– Que se passe-t-il, Kay ?

– Lucy, voilà ce qui se passe ! Tu es au courant depuis un an. Comment as-tu pu me faire une chose pareille ?

– Elle s'est décidée, en conclut-il en se frottant la mâchoire.

– Elle a passé un scanner dans ton foutu hôpital, et tu ne m'en as jamais dit un mot. Tu sais quoi ? C'est ma nièce, pas la tienne, tu n'as pas le droit...

– Elle m'a fait promettre de garder le secret.

– Elle n'en avait pas le droit.

– Bien sûr que si, Kay. Personne ne pouvait t'en parler sans son consentement, pas même ses médecins.

– Pourtant, elle t'a choisi comme confident !

– Pour une excellente raison...

– C'est grave, et nous allons devoir régler ça. Je ne suis pas certaine de parvenir encore à te faire confiance.

Il pousse un soupir, l'estomac noué comme un poing. Ils se disputent rarement. Quand c'est le cas, les choses deviennent effroyables.

– Je vais te laisser, déclare-t-elle, avant de répéter : nous allons devoir régler ça.

Elle raccroche sans un au revoir, et il demeure assis, incapable de bouger pendant un moment. Il fixe d'un air absent une épouvantable photo qui s'est affichée sur son écran, puis clique, la tête ailleurs, sur les divers éléments du dossier. Il parcourt les rapports, le compte rendu que Thrush a écrit à son intention, tentant de détourner son esprit de ce qui vient d'arriver.

Des marques indiquant que le corps a été traîné dans la neige, depuis un parking jusqu'à l'endroit de sa découverte, ont été repérées. Aucune empreinte appartenant à la victime n'a été relevée. En revanche, celles de son assassin étaient visibles. Approximativement une pointure 42, peut-être 43, une semelle épaisse évoquant une chaussure de randonnée.

Scarpetta est injuste de l'accuser de la sorte. Il n'avait pas le choix. Lucy lui a fait jurer le secret en le menaçant de lui en vouloir à mort s'il confiait quoi que ce soit à qui que ce soit, surtout à sa tante et à Marino.

Ni tache ni trace de sang ne suivent la piste abandonnée par le tueur, ce qui laisse à penser qu'il avait enveloppé le corps avant de le tirer. La police a récolté quelques fibres dans les traînées.

C'est une projection. Scarpetta s'en prend à lui parce qu'elle ne peut pas en vouloir à Lucy et encore moins à sa tumeur. Elle ne peut pas diriger sa colère contre quelqu'un qui est malade.

Des fibres et des débris microscopiques ont été récoltés sous les ongles, adhérant au sang, à la peau écorchée et aux cheveux. L'examen préliminaire en laboratoire indique que la plupart de ces indices sont cohérents avec des fibres de coton et de tapis. Il y avait également des minéraux, des fragments d'insectes, de végétation et de pollen que l'on trouve communément dans le sol. Ceux-là mêmes que le médecin légiste a si éloquemment baptisés du terme de « terre ».

Lorsque le téléphone de son bureau sonne, c'est un numéro masqué, et il décroche vivement, supposant qu'il s'agit de Scarpetta.

– Oui ?

– Je suis le standardiste du McLean Hospital.

Il hésite, déçu et blessé au plus profond de lui. Scarpetta aurait pu le rappeler. Il ne se souvient même plus de la dernière fois où elle lui a raccroché au nez.

– Je cherche à joindre le Dr Wesley, déclare son correspondant.

L'utilisation de son titre lui paraît toujours étrange. Il a passé son diplôme il y a bien longtemps, presque aussi longtemps que le début de sa carrière au FBI. Toutefois, il n'a jamais particulièrement insisté pour que les gens lui donnent du « docteur ».

– C'est lui-même.

Lucy est assise dans le lit de la chambre d'amis de sa tante et fixe l'obscurité. Elle a ingurgité trop de tequilas pour prendre le volant. Sur l'écran illuminé de son Treo, elle consulte le numéro précédé de l'indicatif 617. Elle est un peu dans les vapes, un peu ivre.

Elle songe à Stevie, se souvient de son émotion, de son comportement peu assuré lorsqu'elle a quitté le cottage en trombe. Elle repense à la façon dont la jeune femme l'a suivie jusqu'au Hummer garé sur le parking. À ce moment-là, elle était de nouveau la femme séduisante, mystérieuse et sûre d'elle que Lucy avait rencontrée au Lorraine's. Le souvenir de cette première rencontre au bar fait resurgir en Lucy l'émotion qui l'avait étreinte. Elle a beau s'efforcer de rester de marbre, elle n'y parvient pas, ce qui augmente son trouble.

Stevie la perturbe. Peut-être sait-elle quelque chose. Elle se trouvait en Nouvelle-Angleterre à peu près au moment où cette femme a été tuée et abandonnée à Walden Pond. Toutes les deux avaient des mains rouges peintes sur le corps. Stevie a prétendu qu'une autre personne lui avait appliqué ces empreintes sur la peau.

Qui donc ?

Un peu désorientée, un peu effrayée, Lucy appuie sur la touche « envoi ». Elle aurait dû effectuer une recherche au sujet de ce numéro qui commence par 617, vérifier à qui il appartenait et si le prénom de la jeune femme était véritablement Stevie.

– Allô ?

Il s'agit donc bien de son numéro.

– Stevie ? Tu te souviens de moi ?

– Comment aurais-je pu t'oublier ? C'est impossible, répond-elle d'une voix séductrice, chaude et apaisante.

La sensation déjà éprouvée chez Lorraine's envahit Lucy, mais elle se force à se souvenir de la raison de son appel.

Les empreintes de main. D'où viennent-elles ? Qui les lui a peintes ?

– J'étais sûre de ne plus jamais avoir de tes nouvelles, déclare la voix enveloppante de Stevie.

– Eh bien, tu t'es trompée.

– Pourquoi parles-tu aussi doucement ?

– Je ne suis pas chez moi.

– Je suppose que je ne suis pas censée demander ce que tu veux dire par là. Mais je fais beaucoup de choses que je ne devrais pas faire. Avec qui es-tu ?

– Personne. Tu es toujours à Provincetown ?

– Je suis partie juste après toi. J'ai fait le trajet d'une traite pour rentrer chez moi.

– À Gainesville ?

– Où es-tu ?

– Tu ne m'as jamais dit ton nom de famille, remarque Lucy.

– Chez qui es-tu, si ce n'est pas chez toi ? Je suppose que tu vis dans une maison. Remarque, je n'en sais rien.

– Tu séjournes de temps en temps dans le Sud ?

– Je vais où je veux. Au sud de quoi ? Tu es à Boston ?

– En Floride, répond Lucy. J'aimerais te voir. Il faut que nous parlions. Si tu me donnais ton nom de famille, que nous ayons un peu moins l'impression d'être des étrangères ?

– De quoi souhaites-tu parler ?

Inutile de reposer la question, elle ne révélera pas son nom de famille à Lucy. Elle ne lui dira probablement rien, en tout cas pas au téléphone.

— Si on se voyait ? suggère Lucy.

— C'est toujours mieux.

Elle demande à Stevie de la retrouver le lendemain soir à vingt-deux heures, à South Beach.

— Tu as entendu parler d'un endroit qui s'appelle Deuce ? demande Lucy.

— C'est connu comme le loup blanc, répond la voix séductrice de Stevie.

CHAPITRE 40

La tête de cuivre arrondie brille sur l'écran comme une lune.

Tom, technicien en armes à feu du laboratoire de balistique de la police d'État du Massachusetts, est installé dans une pièce faiblement éclairée, au milieu des ordinateurs et des microscopes à comparaison. Le NIBIN – le réseau national intégré d'informations balistiques – vient enfin de cracher sa réponse.

Il détaille les agrandissements des fines striures et des gouges transférées des parties métalliques d'un fusil à pompe aux têtes de cuivre de deux cartouches. Les deux images sont superposées, les deux moitiés se rejoignent au milieu, et les signatures microscopiques, comme les baptise Tom, se recouvrent parfaitement.

– Bien entendu, officiellement, je dirai que nous sommes en présence d'une correspondance *potentielle*, et ce jusqu'à ce que j'aie pu valider la similitude grâce au microscope à comparaison, explique-t-il au légendaire Dr Wesley avec lequel il s'entretient au téléphone.

Bon sang, c'est cool, ne peut s'empêcher de penser Tom, qui continue :

— Ça signifie que le légiste de Broward County doit m'envoyer ses pièces à conviction, ce qui ne constitue heureusement pas un problème. Avant tout, laissez-moi vous dire qu'à mon avis on va toucher le super-jackpot dans la base de données. Je crois, mais encore une fois c'est au conditionnel, que les deux cartouches ont été tirées par le même fusil à pompe.

Excité et gonflé à bloc, euphorique comme s'il avait bu deux whiskies, il attend la réaction de son interlocuteur. Déclarer qu'on a touché le jackpot dans la base, c'est comme annoncer à l'enquêteur qu'il vient de gagner au loto.

— Que savez-vous de l'affaire de Hollywood ? demande le Dr Wesley sans le moindre soupçon de reconnaissance.

— D'abord, elle a été résolue, répond Tom, qui se sent insulté.

— Je ne suis pas sûr de comprendre, rétorque le Dr Wesley du même ton peu aimable.

Il se montre indifférent et autoritaire, logique. Tom ne l'a jamais rencontré, ne lui avait jamais adressé la parole, et ne savait pas à quoi s'attendre, mais il a entendu parler de lui, et de sa carrière passée au FBI. Or, tout le monde sait que le FBI joue les gros bras, exploite les enquêteurs locaux en les traitant comme des inférieurs, puis tire la couverture à lui quand les bons résultats tombent. C'est un connard arrogant, normal. Pas étonnant que Thrush l'ait envoyé s'entretenir directement avec le légendaire Dr Benton Wesley. Thrush ne veut pas avoir affaire à lui, ou à quiconque fait partie, a appartenu ou fraye avec le FBI.

— Il y a deux ans, explique Tom, qui abandonne toute affabilité, devenant borné et obtus.

Lorsqu'il réagit à une blessure d'amour-propre de façon tout à fait justifiée, sa femme lui dit qu'il devient obtus et borné. Il a le droit de réagir, pourtant il souhaiterait éviter de se conduire comme s'il venait de recevoir un bon coup de planche sur la tête. Encore une image de sa femme.

— La police de Hollywood a eu une affaire de cambriolage dans une épicerie, explique-t-il en tentant de se secouer. Un type entre, le visage dissimulé derrière un masque en caoutchouc, en pointant un fusil à pompe. Il flingue le gamin qui est train de nettoyer le sol, puis le gérant de nuit l'abat d'une balle dans la tête avec le pistolet qu'il garde sous le comptoir.

– Et ils ont balancé la cartouche dans la base du NIBIN ?

– Apparemment, pour voir si ce même type masqué pouvait être lié à d'autres affaires non résolues.

– Je ne comprends pas, répète le Dr Wesley d'un ton impatient. Qu'est devenue l'arme après que le braqueur a été abattu ? Elle aurait dû être récupérée par la police. Pourtant, elle vient de refaire surface dans une affaire d'homicide, ici dans le Massachusetts ?

– J'ai posé la même question au légiste de Broward County, répond Tom en fournissant un prodigieux effort pour ne pas paraître borné. Il dit qu'après avoir examiné l'arme il l'a retournée à la police de Hollywood.

– Eh bien, je peux vous assurer qu'elle n'est pas en leur possession, réplique Benton comme s'il s'adressait à un demeuré.

Tom se ronge un ongle jusqu'au sang, une vieille habitude qui exaspère sa femme.

– Merci, fait le Dr Wesley en le congédiant.

L'attention de Tom se reporte vers le microscope sur lequel est positionnée la cartouche de fusil incriminée. Il s'agit d'une cartouche de calibre douze en plastique rouge avec une tête de cuivre qui porte une traînée inhabituelle laissée par le percuteur. Il a traité cette affaire comme une priorité absolue, demeurant vissé sur son siège toute la journée et une partie de la soirée. Il a utilisé un éclairage circulaire, latéral, les positions appropriées à trois heures et à six heures. Il a enregistré les différentes vues en créant un dossier pour chacune d'entre elles, opération qu'il a répétée avec les marques de culasse, les marques de percuteur et celles de l'éjecteur, avant de procéder aux recherches dans la base NIBIN.

Il a dû patienter quatre heures pour obtenir les résultats. Pendant ce temps-là, sa famille se rendait au cinéma sans lui. Ensuite, Thrush, qui était sorti dîner, lui a demandé de joindre directement le Dr Wesley, en omettant de lui communiquer un numéro de téléphone direct. Tom s'est résolu à contacter l'accueil du McLean Hospital, qui l'a d'abord traité comme un patient. Il apprécierait donc qu'on lui montre un peu d'égards. Le Dr Wesley ne s'est même pas donné la peine de dire « merci », ou « bon travail », ou « je n'en reviens pas que vous ayez obtenu un résultat aussi vite, et même un résultat tout court ». A-t-il la moindre idée de la difficulté qu'il y a à procéder à un test de comparaison de cartouches dans le réseau NIBIN ? La plupart des techniciens ne font même pas l'effort d'essayer.

Il contemple la cartouche. C'est la première fois qu'il travaille sur une munition retrouvée dans le cul d'un mort.

Il jette un œil à sa montre, et appelle Thrush chez lui.

— Dites-moi juste un truc, attaque-t-il quand le policier répond, pourquoi est-ce que vous m'avez demandé de contacter ce connard du FBI ? J'aurais apprécié qu'on me remercie !

— Vous parlez de Benton ?

— Et de qui d'autre ? James Bond ?

— C'est un type charmant. Je ne vois pas du tout ce que vous voulez dire, sauf que je vous connais, et que je sais que vous avez une dent contre le FBI. Vous en devenez sectaire. Et vous voulez que je vous dise autre chose, Tom ? continue Thrush, d'un ton qui indique qu'il a un peu trop bu. Un petit conseil avisé. Le réseau NIBIN appartient au FBI, ce qui veut dire que vous aussi, vous en faites partie. Bon Dieu, vous croyez qu'ils sortent d'où tout votre chouette matos et toute cette formation qui vous permettent de faire tous les jours votre boulot ? Devinez un peu ? Des Fédéraux.

— Bon, c'est pas le moment, rétorque Tom, qui se prépare à regagner sa maison vide, tandis que sa famille profite sans lui du cinéma.

Il tapote sur son clavier pour refermer tous ses dossiers, le téléphone coincé sous le menton.

— En plus, pour votre gouverne, Benton a quitté le FBI il y a bien longtemps de ça, et n'a plus aucun rapport avec les Fédéraux, reprend Thrush.

– Ça n'empêche qu'il pourrait être un peu plus reconnaissant, c'est tout. C'est la première fois qu'on touche le jackpot
dans NIBIN avec une cartouche.

– Reconnaissant ? Putain, vous vous foutez de ma gueule ?
Reconnaissant de quoi ? De ce qu'une cartouche retrouvée
dans le cul de cette dame morte corresponde au flingue d'un
cadavre, lequel flingue est censé se trouver sous la garde des
putains de flics de Hollywood ou avoir été vendu au prix de la
ferraille depuis longtemps ? braille Thrush, qui a tendance à
émailler sa conversation de beaucoup de putain quand il a un
peu bu. Je vais vous dire, il a aucune putain de reconnaissance,
et il a probablement qu'une envie, c'est de se bourrer la
gueule, comme moi !

CHAPITRE 41

Il fait très chaud dans la maison en ruine. Nul souffle d'air ne la rafraîchit. Il y flotte des relents de moisi, de nourriture rance, de pourriture. L'atmosphère pesante pue les latrines.

Odd se déplace de pièce en pièce avec assurance, dans l'obscurité, se repérant parfaitement grâce à l'odorat et au toucher. Il peut se frayer avec agilité un chemin, passer d'un coin à un autre. Lorsque la lune brille aussi vivement que ce soir, ses yeux retiennent la lumière, et il y voit comme en plein jour. Son regard perce par-delà les ombres, tellement plus loin qu'elles pourraient tout aussi bien ne pas exister. Il distingue les marques rouges sur le visage et le cou de la femme, la sueur qui luit sur sa peau blanche et sale, ses cheveux coupés répandus sur le matelas et le sol. Toutefois, elle ne peut pas le voir.

Il se dirige vers le matelas maculé et puant posé sur le plancher pourri. Elle y est assise, appuyée contre le mur, les jambes tendues devant elle, enveloppées dans le tissu vert chatoyant. Ce qui reste de ses cheveux se dresse sur son crâne, comme si elle avait mis le doigt dans une prise électrique. Elle ressemble à un fantôme. Il ramasse la paire de ciseaux qu'elle a eu assez de jugeote pour abandonner à côté d'elle et, d'un coup de chaussure, remet en place la robe vert vif. Il l'entend respirer, sent son regard sur lui, comme deux taches humides.

Odd a emporté la belle toge verte drapée sur le canapé. Ev venait de la ramener de l'église où elle l'avait portée quelques heures auparavant. Il a pris la toge parce qu'elle lui plaisait. Maintenant, elle est toute flétrie et froissée, et lui évoque un dragon terrassé, réduit à un tas recroquevillé. Il a capturé le dragon, il lui appartient, et sa déception devant ce qu'il est devenu l'énerve, le rend violent. Le dragon l'a laissé tomber, l'a trahi. Pourtant, il l'avait convoité. Le dragon vert éclatant se dressait librement dans les airs, accompagné de magnifiques mouvements. Les gens l'écoutaient, incapables de le quitter des yeux. Odd le voulait, il l'aimait presque, et regardez ce qu'il est devenu !

Il s'approche, balance un coup de pied dans ses chevilles vertes liées par le fil de fer. Elle remue à peine. Elle était un peu plus alerte tout à l'heure, mais la visite de l'araignée semble avoir entamé sa résistance. Elle ne lui inflige plus ses sermons imbéciles de demeurée, elle n'a pas dit un mot. Elle a pissé depuis la dernière fois qu'il est venu, il y a à peine une heure. La forte odeur d'ammoniaque lui monte aux narines.

– Pourquoi es-tu si répugnante ? demande Odd en baissant les yeux sur elle.

– Les garçons sont endormis ? Je ne les entends pas, articule-t-elle comme si elle délirait.

– La ferme, avec ces gosses !

– Je sais que vous ne voulez pas leur faire de mal. Je sais que vous êtes gentil.

– Inutile d'essayer ça, tu peux la fermer. Tu ne sais rien de rien, et tu ne sauras jamais, tellement tu es stupide et laide. Tu es répugnante. Personne ne te croira. Dis que tu es désolée, tout est de ta faute.

Il lui expédie un autre coup de pied dans les chevilles, plus fort, cette fois-ci, et elle crie de douleur.

– Non mais regarde-toi, ce que c'est drôle ! Où est passée ma jolie petite, maintenant ? Tu n'es qu'une saleté. Sale gamine gâtée, espèce de petite prétentieuse ingrate, je vais t'apprendre l'humilité. Dis que tu es désolée.

Il lui frappe de nouveau les chevilles, elle hurle, et ses yeux s'emplissent de larmes qui brillent comme des éclats de verre sous le clair de lune.

– On ne se donne plus de grands airs, maintenant, hein ? Tu te crois tellement mieux, tellement plus intelligente que tout le monde ? Regarde-toi, maintenant. Je vais devoir trouver une punition plus efficace. Remets tes chaussures.

L'incompréhension se lit dans le regard d'Ev.

– On va ressortir. C'est le seul moyen de te faire obéir. Dis que tu es désolée !

Elle le fixe de ses grands yeux vitreux.

– Tu veux encore le tuba ? Dis que tu es désolée !

Il la pousse du canon de son fusil, et ses jambes sont agitées de secousses.

– Tu vas m'avouer à quel point tu en as envie, hein ? Remercie-moi, parce que tu es tellement hideuse que personne ne posera la main sur toi. C'est un honneur pour toi, tu comprends ? dit-il en baissant la voix pour la rendre encore plus effrayante.

Il la bouscule, enfonce la gueule de l'arme dans ses seins.

– Stupide et moche. Prends tes chaussures. Tu ne me laisses pas d'autre choix.

Elle ne répond rien, il lui cogne les chevilles avec force, et les larmes roulent sur son visage maculé de sang séché. Elle a probablement le nez cassé.

Elle a brisé le nez de Odd, l'a giflé avec une telle violence qu'il a saigné du nez pendant des heures, sûr que le cartilage n'avait pas résisté. Il sent la bosse sur l'arête de son nez. Elle l'a giflé quand il a fait la vilaine chose, quand elle s'est d'abord débattue, la chose mauvaise qui s'est déroulée dans la pièce derrière la porte à la peinture écaillée. Et puis sa mère l'a emmené dans cet endroit où les immeubles sont vieux, et où il neige. Il n'avait jamais vu de neige auparavant, il n'avait jamais eu aussi froid. Elle l'a emmené là-bas parce qu'il avait menti.

– Ça fait mal, hein ? Ça fait un mal de chien, quand on a des cintres qui vous rentrent dans les chevilles, et que quelqu'un vous donne des coups de pied. Ça t'apprendra à me désobéir et à mentir. Voyons, où est le tuba ?

Il la frappe encore une fois, et elle gémit. Ses jambes tremblent sous la robe verte au tissu flétri, sous le dragon vert mort qui l'enveloppe.

– Je n'entends pas les garçons, souffle-t-elle d'une voix de plus en plus faible d'où l'énergie s'enfuit.

– Dis que tu es désolée.

– Je vous pardonne, bafouille-t-elle avec de grands yeux brillants.

Il lève le fusil à pompe qu'il pointe sur sa tête. Ev contemple fixement le canon, comme si elle ne se souciait plus de rien et la colère le fait bouillir.

– Tu peux me soûler de pardon tout autant que tu voudras, mais Dieu est avec moi, déclare-t-il. Tu mérites Son châtiment. C'est pour ça que tu es là, tu comprends ? C'est de ta faute ! C'est toi qui as attiré la foudre sur ta propre tête. Fais ce que je te dis ! Dis-moi que tu es désolée !

Il fend l'air lourd et chaud, et ses lourdes boots grincent à peine quand il se retourne sur le seuil de la porte pour lancer un regard dans la pièce. Le dragon vert terrassé remue, et une brise brûlante passe à travers la fenêtre cassée. La pièce est orientée à l'ouest et en fin d'après-midi, quand le soleil se couche, il s'infiltre à travers l'ouverture béante, caresse le dragon vert chatoyant, qui miroite et rayonne comme un feu d'émeraude. Pourtant, aujourd'hui, le dragon ne bouge pas. Réduit à néant, affreux. Il n'est plus rien, maintenant, et c'est de sa faute à elle.

Il regarde la chair pâle, bouffie, de la femme, couverte de rougeurs et de piqûres d'insectes. La puanteur qu'elle dégage s'infiltre jusque dans le couloir. La carcasse du dragon vert tressaille quand elle remue, et lorsque Odd repense à la capture du dragon, à ce qu'il a découvert en dessous, la fureur s'empare de lui. Car, en dessous, c'était elle. Il s'est fait avoir, et c'est de sa faute à elle. Elle voulait le prendre au piège, elle est responsable de ce qui s'est passé, tout est de sa faute.

—Dis que tu es désolée !

—Je vous pardonne.

Ses yeux grands ouverts brillent en le fixant.

—Je parie que tu sais ce qui va se passer, maintenant.

Les lèvres de la femme remuent imperceptiblement, sans qu'elle émette aucun son.

—Je parie que non, en fait.

Il la fixe. Elle est pitoyable et dégoûtante dans ses déjections qui maculent le matelas crasseux. Il sent une vague froide envahir sa poitrine. Une froideur aussi douce et indifférente que la mort, comme si tout ce qu'il avait jamais ressenti était aussi mort que le dragon.

—Je parie que tu ne sais vraiment pas.

Un claquement sonore résonne dans la maison vide ; il vient d'actionner la culasse du fusil à pompe, et ordonne :

—Cours.

—Je vous pardonne, articule-t-elle sans le quitter de ses yeux emplis de larmes.

L'écho de la porte d'entrée qui se referme le surprend, et il sort dans le couloir.

—C'est toi ? crie-t-il.

Il baisse son arme, et son pouls s'accélère, tandis qu'il se dirige vers le devant de la maison. Il ne l'attendait pas, pas tout de suite.

La voix de Dieu l'accueille, mais il ne la distingue pas encore :

—Je t'ai dit de ne pas faire ça. Tu ne dois faire que ce que je t'ordonne.

Elle se matérialise dans l'obscurité, ombre noire flottant vers lui. Elle est belle, et si puissante. Il l'aime, et il ne pourrait pas se passer d'elle, jamais.

—Qu'est-ce qui te prend ? lui demande-t-elle.

—Elle n'est toujours pas désolée. Elle ne veut pas l'admettre, tente-t-il d'expliquer.

—Le moment n'est pas encore venu. Tu as pensé à amener la peinture avant de te laisser emporter?

—Elle n'est pas ici. Je l'ai laissée dans le camion, là où je l'ai utilisée sur la dernière.

—Ramène-la. Prépare tout d'abord. N'oublie jamais de préparer. Tu perds les pédales, et après? Tu sais ce que tu dois faire, ne me déçois pas.

Dieu flotte encore plus près de lui. Elle a un QI de cent cinquante.

—Nous n'avons plus beaucoup de temps, déclare Odd.

—Sans moi, tu n'es rien, lui répète Dieu. Ne me déçois pas.

CHAPITRE 42

Installée à son bureau, le Dr Self contemple la piscine en commençant à s'inquiéter du temps qui file. Tous les mercredis matin, elle est censée se trouver à dix heures au studio pour se préparer à son émission de radio en direct.

—Je ne peux absolument pas vous confirmer cette information, déclare-t-elle au téléphone.

Si elle n'était pas aussi pressée, elle savourerait avec délectation cette conversation, pour un tas de mauvaises raisons.

—Il n'en demeure pas moins que vous avez prescrit de la Ritaline à David Chance, répond le Dr Kay Scarpetta.

Le Dr Self ne peut s'empêcher de penser à Marino, à ce qu'il lui a raconté au sujet de Scarpetta. Pourtant, elle ne se laisse pas intimider. À cet instant, elle dispose de l'avantage sur cette femme qu'elle n'a rencontrée qu'une fois, et dont elle entend constamment parler toutes les semaines.

—Dix milligrammes trois fois par jour, continue la voix déterminée de Scarpetta.

Elle a l'air fatiguée, peut-être même déprimée. Le Dr Self

pourrait l'aider, et elle le lui a dit lorsqu'elles se sont rencontrées en juin dernier à l'Académie, au dîner donné en l'honneur du Dr Self.

Elles se sont retrouvées en même temps dans les toilettes pour dames, et le Dr Self lui a déclaré :

— *Les professionnelles extrêmement motivées et qui réussissent, comme nous, doivent faire attention à ne pas négliger leurs horizons émotionnels.*

— *Je tenais à vous remercier pour vos conférences. Les étudiants les apprécient énormément,* lui a répondu Scarpetta, mais le Dr Self a lu en elle à livre ouvert.

Les Scarpetta de ce monde sont passées maîtres dans l'art de détourner l'attention de leur vie personnelle, ou de quoi que ce soit qui pourrait révéler au grand jour la vulnérabilité qu'elles s'efforcent de dissimuler.

— *Je suis certaine que vous leur donnez matière à inspiration,* a continué Scarpetta en se lavant les mains avec un soin meniaque, comme si elle se préparait à une intervention chirurgicale. *Tout le monde vous remercie de nous avoir ménagé une place dans votre emploi du temps surchargé.*

— *Avouez que vous ne pensez pas ce que vous dites,* lui a franchement rétorqué le Dr Self. *L'immense majorité de mes collègues des professions médicales méprisent tous ceux qui exercent leur art au-delà de l'espace restreint de leur cabinet, sur les ondes ou à la télévision. Le fond du problème, c'est en général la jalousie, bien entendu. Je parie que la moitié des gens qui me critiquent vendraient leur âme pour se retrouver à l'antenne.*

— *Vous avez probablement raison,* a répondu Scarpetta en s'essuyant les mains.

Le commentaire, tel qu'il a été formulé, pouvait se prêter à diverses interprétations : le Dr Self a raison, la grande majorité de ses collègues la méprisent ; ou bien la moitié des gens qui la critiquent sont jaloux ; ou encore, il est vrai qu'elle parie que la moitié des gens sont jaloux, ce qui ne signifie pas qu'ils le soient véritablement. Elle a eu beau ressasser un certain nombre de fois leur conversation dans les toilettes, et cette

remarque en particulier, elle n'a toujours pas réussi à déterminer sa signification, ni à savoir si elle s'était fait très subtilement
et très intelligemment insulter ou non.

– Quelque chose semble vous tracasser, remarque le Dr Self
au téléphone.

– Vous avez raison. Je cherche à savoir ce qu'il est advenu de
votre patient, David. (Le Dr Self ne relève pas l'allusion personnelle.) Une ordonnance pour cent comprimés a été renouvelée, il y a un peu plus de trois semaines.

– Je ne peux pas le vérifier.

– Peu importe puisque j'ai récupéré le flacon de médicaments chez lui. Je sais que vous avez prescrit de l'hydrochloride
de Ritaline, quand l'ordonnance a été renouvelée et où : la
pharmacie qui se trouve dans le même centre commercial que
l'église d'Ev et Kristin.

Le Dr Self ne confirme pas l'information, mais celle-ci est
exacte. Elle répond :

– Vous devez comprendre, vous plus que tout autre, le prin-
cipe de confidentialité auquel je suis astreinte.

– Cela étant, j'avais espéré que vous comprendriez à votre
tour que nous sommes extrêmement inquiets pour David, son
frère, et les deux femmes qui s'occupent d'eux.

– Personne n'a envisagé la possibilité que les garçons aient
pu regretter l'Afrique du Sud ? Je ne dis pas que ce soit le cas,
s'empresse-t-elle d'ajouter, j'émets simplement une hypothèse.

– Leurs parents sont décédés l'année dernière au Cap. J'ai
parlé au médecin légiste qui...

– Oui, oui, je sais, l'interrompt le Dr Self, c'est une affreuse
tragédie.

– Les deux garçons étaient vos patients ?

– Pouvez-vous imaginer le traumatisme qu'ils ont subi ? J'avais
déduit des réflexions qui me sont venues aux oreilles – en
dehors des éventuelles séances que j'ai pu avoir avec l'un ou
l'autre – que ce placement était temporaire. Je crois qu'il était
acquis qu'ils retourneraient au Cap le moment venu, pour y
vivre avec des parents qui devaient emménager dans une mai-

son plus spacieuse afin de les accueillir. Quelque chose dans ce genre-là.

Elle ne devrait probablement pas offrir autant de détails, mais elle prend trop de plaisir à la conversation pour y mettre un terme.

— Par quel biais vous ont-ils été envoyés ? s'enquiert Scarpetta.

— Ev Christian m'a contactée. Elle me connaissait par mes émissions, bien entendu.

— Voilà qui doit se produire souvent, je suppose. En vous écoutant, les gens éprouvent l'envie de vous consulter.

— Tout à fait.

— Ce qui signifie que vous devez refuser la plupart de ces patients potentiels.

— Je n'ai pas le choix.

— Qu'est-ce qui vous a décidée à accepter David, et peut-être son frère ?

Le Dr Self remarque deux personnes au bord de sa piscine, deux hommes en chemise blanche, casquettes de base-ball noires et lunettes de soleil. Ils examinent ses arbres fruitiers et les cercles rouges tracés autour de leurs troncs.

— On dirait que j'ai la visite d'intrus, remarque-t-elle, contrariée.

— Je vous demande pardon ?

— Ces fichus inspecteurs ! Je consacre une émission à ce sujet, demain. Ma nouvelle émission de télévision. Eh bien, maintenant, j'aurai une raison personnelle de me montrer vindicative à l'écran ! Regardez-moi ça, ils se trimballent chez moi en terrain conquis ! Je dois vraiment vous laisser.

— Dr Self, c'est extrêmement important. Je ne vous aurais pas appelée s'il n'y avait pas une raison pour...

— Je suis déjà très en retard, et maintenant, ça ! Ces imbéciles sont de retour, probablement pour massacrer tous mes magnifiques arbres. Eh bien, c'est ce qu'on va voir ! S'ils croient qu'ils vont débarquer ici avec une équipe d'abrutis pour démolir mes souches et débiter mes fruitiers, ils vont avoir affaire à moi ! déclare-t-elle d'un ton menaçant. Si vous tenez à obtenir de moi des informations supplémentaires, ajoute-t-elle, il vous faudra un ordre du tribunal, ou l'autorisation du patient.

— Difficile d'obtenir l'autorisation de quelqu'un qui s'est évanoui dans la nature.

Le Dr Self raccroche, sort dans cette matinée chaude et lumineuse, et fonce avec détermination en direction des hommes en chemise blanche. De plus près, leur vêtement porte un logo identique à celui qui s'étale sur leur casquette. Sur le dos, il est inscrit en lettres noires très repérables : « Département d'Agriculture et Services de la Consommation de Floride ». Un des inspecteurs s'affaire sur un assistant digital personnel, tandis que l'autre est en conversation, l'oreille vissée à son téléphone portable.

— Excusez-moi, lance le Dr Self d'un ton agressif. Puis-je vous aider ?

— Bonjour. Nous sommes des inspecteurs du Département de l'Agriculture, annonce l'homme au PDA.

— Je le vois bien, rétorque le Dr Self sans un sourire.

Ils portent tous les deux un badge vert avec leur photo, mais le Dr Self est incapable de déchiffrer leur nom sans ses lunettes.

— Nous avons sonné et cru qu'il n'y avait personne.

— Vous êtes donc entrés chez moi pour vous servir ?

— Nous avons l'autorisation de pénétrer dans les jardins non clos, et, comme je viens de vous le dire, nous pensions qu'il n'y avait personne. Nous avons sonné plusieurs fois.

— Je n'entends pas la sonnette de mon bureau, rétorque-t-elle comme s'ils avaient commis une lourde faute.

— Veuillez accepter nos excuses. Mais nous avons besoin d'examiner ces arbres. Nous ignorions que d'autres inspecteurs étaient déjà passés...

— Vous êtes déjà venus. Vous reconnaissez donc que vous avez déjà pénétré ici sans autorisation !

— Ben, pas nous personnellement. Je veux dire que quelqu'un a déjà inspecté votre propriété, même si nous n'en avons aucune trace dans nos dossiers, remarque l'inspecteur au PDA.

— M'dame, c'est vous qui avez tracé ces marques ?

Le Dr Self contemple d'un air ébahi les bandes de peinture rouge qui encerclent ses arbres.

—Et pourquoi serais-je allée faire une chose pareille? J'ai pensé que c'était vous qui les aviez peintes.

—Non, m'dame, elles étaient déjà là. Vous voulez dire que vous ne les aviez pas remarquées avant?

—Bien sûr que si!

—Ça ne vous ennuierait pas de me dire quand?

—Il y a quelques jours de cela, je ne me souviens plus au juste quand.

—Ces cercles signifient que vos arbres sont infectés par le chancre des agrumes, et qu'ils doivent être abattus. Qu'ils sont infectés depuis des années.

—Depuis des années?

—Ils auraient dû être éliminés depuis longtemps, assure l'autre inspecteur.

—Mais qu'est-ce que vous me racontez?

—Nous avons cessé de peindre des cercles rouges il y a deux ans, explique-t-il. Nous utilisons du ruban adhésif orange, aujourd'hui. Quelqu'un a marqué vos arbres en vue d'une éradication, mais personne ne s'est jamais présenté ensuite. C'est un mystère... D'un autre côté, c'est sûr que ces arbres présentent des signes de contamination par le chancre.

—Récents, vous voulez dire? Je ne comprends pas.

—M'dame, vous n'avez pas reçu une notification, un papier vert qui indique que nous avons découvert des symptômes, et qui vous recommande d'appeler un numéro gratuit? Personne ne vous a montré de rapport de spécimen?

—Je ne comprends rien à ce que vous racontez, affirme le Dr Self en repensant à l'appel anonyme qu'elle a reçu la veille, juste après le départ de Marino. Selon vous, mes arbres seraient vraiment infectés?

Elle se rapproche pour examiner un pamplemoussier chargé de fruits qui lui semble sain. Elle se penche au-dessus d'une branche. Le doigt ganté de l'inspecteur lui désigne plusieurs feuilles sur lesquelles se dessinent des lésions pâles, à peine discernables, en forme d'éventail.

—Vous voyez ces zones? explique-t-il. Elles indiquent une infection récente, qui remonte à peine à quelques semaines. Mais elles sont bizarres.

—Y'a un truc qui m'échappe, renchérit l'autre inspecteur. Si on se fie aux cercles rouges, les fruits devraient tomber, vous devriez constater un pourrissement, pouvoir compter les anneaux pour savoir à quand remonte l'infection. Vous savez, il y a quatre ou cinq rougeurs par an, donc si vous comptez les anneaux...

—Je me fiche pas mal de compter les anneaux et les fruits qui tombent! Que voulez-vous dire? s'exclame-t-elle.

—Eh bien, je pensais que, si les cercles ont été peints il y a deux ans...

—Mince, je sèche, renchérit l'autre.

—Vous vous foutez de moi? hurle le Dr Self. Je ne trouve pas ça drôle!

Elle examine les lésions pâles en forme d'éventail et ne cesse de penser à son correspondant anonyme de la veille.

—Pourquoi êtes-vous passés chez moi aujourd'hui?

—Eh bien, c'est ça qui est bizarre dans cette histoire, répond l'inspecteur au PDA. Nous n'avons aucune trace d'une ancienne inspection de vos arbres, ni d'une mise en quarantaine ou même de leur nécessaire élimination. Je ne comprends pas. Normalement, tout est enregistré dans l'ordinateur. Les lésions de vos feuilles sont curieuses. Regardez, dit-il en tirant une branche dans sa direction. Elles ne ressemblent pas à ça, d'habitude. Nous devons faire venir un pathologiste.

—Pourquoi êtes-vous venus spécialement aujourd'hui dans mon jardin? demande-t-elle d'un ton impérieux.

—On a reçu un tuyau par téléphone, comme quoi vos arbres étaient peut-être infectés, mais...

—Par téléphone? De qui?

—Quelqu'un qui s'occupe de jardins dans le coin.

–C'est n'importe quoi ! J'ai un jardinier, et il ne m'a jamais avertie qu'il y avait un quelconque problème avec mes fruitiers ! Tout cela ne rime à rien. Et vous vous étonnez que les gens soient furieux. Vous faites n'importe quoi, vous déboulez dans des propriétés privées, et vous n'êtes même pas foutus de savoir quels arbres vous devez éliminer !

–M'dame, je comprends votre réaction, mais c'est très sérieux le chancre des agrumes. Si on s'en occupe pas, il ne restera plus aucun citronnier...

–Je veux savoir qui vous a appelés.

–On en sait rien, m'dame. Nous allons éclaircir ça, et je vous adresse toutes nos excuses pour le dérangement. Nous aimerions vous expliquer quelles sont vos possibilités. Quand pouvons-nous revenir ? Un peu plus tard dans la journée, cela vous irait ? Nous amènerons un pathologiste spécialisé pour procéder à un examen.

–Vous pouvez aller prévenir vos foutus pathologistes, superviseurs ou qui que ce soit d'autre que vous n'avez pas fini d'entendre parler de moi ! Vous savez qui je suis ?

–Non, m'dame.

–Eh bien, allumez votre radio à midi. *Parlons-en* avec le Dr Self.

–Vous rigolez ? C'est vous ? demande l'inspecteur au PDA, impressionné, comme il se doit. Je vous écoute tout le temps.

–J'ai aussi une nouvelle émission de télévision, sur ABC, à partir de demain à treize heures trente, tous les jeudis, déclare-t-elle, soudain ravie, et disposée à se montrer un peu plus indulgente à leur égard.

Le raclement qui lui parvient de derrière la vitre cassée ressemble au bruit que ferait quelqu'un en creusant le sol. Ev respire par petites bouffées, rapidement, les bras relevés au-dessus de la tête, l'oreille aux aguets.

Il lui semble avoir perçu le même son, il y a plusieurs jours de cela, elle ne se souvient plus quand. Peut-être une nuit. Il s'agit d'une pelle. Quelqu'un plonge une pelle dans la terre, juste derrière la maison. Elle change de position sur le matelas, ses chevilles et ses poignets l'élancent comme si on les frappait à nouveau, et ses épaules sont en feu. Elle a chaud et soif, parvient à peine à réfléchir, et doit être dévorée de fièvre. Toutes ses plaies sont infectées, le moindre endroit sensible la brûle de façon insupportable et, à moins de se lever, elle ne peut pas baisser les bras.

Elle va mourir. Même s'il ne la tue pas avant, elle va mourir. La maison est silencieuse, et elle sait que les autres ne sont plus là.

Quoi qu'il ait pu leur faire, ils ne sont plus là.

C'est une certitude, maintenant.

— De l'eau, tente-t-elle d'appeler à voix haute, mais les mots qui se forment dans sa gorge se désintègrent dans l'air, bulles fragiles.

Elle ne parle que par bulles qui flottent et s'évanouissent sans un son, dans l'air chaud et vicié.

— Je vous en prie, oh, je vous en prie...

Ses paroles se perdent, et elle fond en larmes.

Elle sanglote, et les larmes tombent sur la toge verte abîmée qui repose sur ses genoux. Elle sanglote comme si quelque chose d'irrémédiable venait de se produire, comme si s'accomplissait un destin invraisemblable, inacceptable. Elle fixe la tache noire que forment ses larmes sur la toge verte, la magnifique toge qu'elle portait lorsqu'elle prêchait. La petite chaussure rose, une Keds gauche, est cachée dessous. Elle sent la tennis rose de petite fille contre sa cuisse, mais ses bras sont levés. Elle ne peut ni s'en saisir, ni la cacher mieux et le chagrin la submerge.

Elle écoute la pelle qui s'active derrière la fenêtre, et la puanteur commence à l'atteindre.

Au fur et à mesure que quelqu'un creuse dehors, l'odeur insoutenable s'épaissit dans la pièce où elle se trouve. Pourtant, cette fois-ci, il s'agit d'une autre pestilence, de l'odeur effroyable, âcre et putride de la mort.

Elle prie Dieu : *Ramène-moi à la maison. Je T'en prie, emmène-moi. Montre-moi le chemin.*

Ev parvient à se redresser sur les genoux, et l'écho de la pelle s'arrête, repart, puis s'arrête encore. Elle chancelle, manque de s'affaler, se contraint à se relever, lutte, tombe et recommence en sanglotant, jusqu'à ce qu'enfin elle soit sur ses pieds. La douleur est tellement effroyable qu'un voile noir passe devant ses yeux, et disparaît lorsqu'elle prend une profonde inspiration.

Montre-moi le chemin.

Les cordes minces sont en nylon blanc. L'une d'elles est nouée au cintre tordu enroulé autour de ses poignets tuméfiés. Lorsqu'elle se tient debout, la corde a un peu de jeu. En revanche, lorsqu'elle s'assied, ses bras sont étirés au-dessus de la tête. Elle ne peut plus s'allonger. C'était sa dernière invention, raccourcir la corde, l'obliger à se tenir debout le plus longtemps possible contre le mur de planches, jusqu'à ce qu'elle n'en puisse plus, qu'elle s'asseye, et que la corde l'oblige à garder les bras en l'air. La forcer à se couper les cheveux, puis raccourcir ses liens, c'était là sa dernière torture.

Elle lève les yeux vers le chevron, et les cordes qui passent par-dessus, celle qui est liée au cintre qui maintient ses poignets, et celle fixée à l'autre cintre tordu autour de ses chevilles.

Mon Dieu, je T'en prie, montre-moi le chemin.

La pelle s'arrête, la puanteur empêche la lumière de pénétrer dans la pièce, lui pique les yeux, et elle sait ce que ces horribles relents signifient.

Ils ne sont plus là. Il ne reste plus qu'elle.

Elle lève les yeux vers la cordelette nouée au cintre, celle qui enserre ses poignets. Si elle se dresse debout, elle peut enrouler le cordon une fois autour du cou. Elle sait ce que signifie la puanteur. De nouveau, elle prie, passe le lien de nylon autour de sa gorge, et laisse ses jambes se dérober sous elle.

CHAPITRE 43

Lucy resserre les cuisses sur la selle de cuir, et accélère jusqu'à cent quatre-vingt-dix kilomètres/heure. La V-Rod ne tremble pas, la vitesse ne l'affecte pas. Elle fend l'air épais, semblable à un mur liquide qui lui cingle le visage. Elle baisse la tête, les coudes plaqués au corps comme un jockey, et teste sur le circuit les performances de sa récente acquisition.

Les derniers vestiges des orages de la veille se sont dispersés, la matinée est belle et chaude pour la saison. Lucy réduit les gaz à cent trente-neuf mille tours/minute, satisfaite. Avec ses quatre soupapes, sa courroie crantée, ses arbres à came plus grands et le module de contrôle électronique du moteur gonflé, la Harley arrache quand il le faut. Pourtant, Lucy ne tient pas à pousser sa chance trop longtemps. Même à cent soixante-quinze kilomètres/heure, elle va trop vite pour distinguer quoi que ce soit, et ce n'est pas une bonne chose. À l'extérieur de son circuit à la surface parfaitement entretenue, le moindre défaut du revêtement ou le moindre débris abandonné sur une route peut se révéler mortel à cette vitesse.

La voix de Marino résonne dans son casque intégral :

— Elle se comporte comment ?

— Comme elle le devrait, répond-elle en ralentissant à cent vingt-huit kilomètres/heure, manœuvrant légèrement le guidon pour virer sur les chapeaux de roues autour de petits cônes orange vif.

— Bordel, qu'est-ce qu'elle est silencieuse ! Je l'entends à peine d'ici, remarque Marino depuis la tour de contrôle.

C'est exactement ce qu'elle est censée faire, pense Lucy. La V-Rod est une moto silencieuse, une machine de course qui ressemble à une routière et n'attire pas l'attention sur elle. Elle se déporte un peu vers l'arrière de la selle, descend à quatre-vingt-quinze kilomètres/heure, et actionne du pouce la vis qui permet de contrôler l'accélération, version approximative d'un régulateur de vitesse. Elle se penche dans un virage, et tire un pistolet Glock calibre 40 du holster de la jambe droite de son pantalon de moto noir.

— Personne sur le champ de tir, transmet-elle.

— La voie est libre.

— Ok. Envoie-les.

Depuis la tour de contrôle, Marino observe Lucy. Elle amorce un virage serré à l'extrémité nord du circuit long d'un kilomètre six.

Il passe en revue les aménagements terrassés assez élevés, le ciel bleu, les champs de tir herbeux, la route qui traverse les terrains par le milieu, puis le hangar et la piste d'aviation à environ huit cents mètres de là. Il s'assure que rien ni personne ne traîne dans les environs, membres du personnel, véhicules ou avions. Lorsque le circuit est en service, nul n'est autorisé à s'approcher en deçà d'un périmètre de sécurité d'un kilomètre six, et même l'espace aérien est restreint.

Regarder Lucy fait naître chez lui un mélange d'émotions complexes. Son courage et ses multiples talents l'impressionnent. Il l'aime tout en lui en voulant, et une partie de lui-même préférerait ne pas tenir à elle, du tout. Elle ressemble à sa tante sur un point très important : toutes les deux lui font ressentir qu'il n'a aucune chance avec le type de femme qu'il apprécie en secret, d'autant qu'il ne trouve pas le courage de les rechercher. Il regarde Lucy accélérer autour de la piste, manœuvrer sa nouvelle mécanique comme si l'engin faisait corps avec elle, et il songe à Scarpetta en route pour l'aéroport, en route pour retrouver Benton.

— Dans cinq secondes, annonce-t-il au micro.

La silhouette noire de Lucy penchée sur la moto noire et luisante glisse sans à-coups, presque silencieusement derrière la vitre. Marino voit remuer son bras droit, tandis qu'elle serre le pistolet contre elle, le coude plaqué contre la taille pour empêcher le vent de lui arracher l'arme. Il regarde les secondes s'écouler sur la pendule digitale installée dans la console, et à cinq, enclenche le bouton correspondant à la Zone Deux. De petites cibles métalliques rondes surgissent sur le côté droit de la piste et retombent vivement dans un claquement sec et sonore, frappées par les balles de calibre 40. Lucy n'en rate pas une et donne l'impression qu'il s'agit d'un exercice facile.

La voix de la jeune femme résonne dans le casque de Marino :

— Tir à longue portée.

— Sous le vent.

— Compris.

Il traverse les couloirs d'un pas rapide, bruyant et nerveux. À entendre la façon dont ses boots piétinent le vieux plancher abîmé, il sait ce qu'il ressent. Il est armé du fusil à pompe, et transporte la boîte à chaussures qui contient l'aérographe, la peinture rouge et le stencil.

Il est prêt.

— Maintenant, tu vas dire que tu es désolée ! lance-t-il en direc-

302

tion de la porte qui ouvre au bout du couloir. Tu vas avoir ce que tu mérites, menace-t-il en entrant.

Il a l'impression de plonger dans un mur de puanteur, encore pire qu'à l'extérieur, car l'air prisonnier de la pièce ne peut s'en échapper. Il pile net, pétrifié.

C'est impossible. Une telle chose n'a pas pu se produire.

Dieu n'a pas pu laisser une chose pareille survenir !

Il entend Dieu dans le couloir, qui flotte jusqu'au seuil et secoue la tête.

–J'avais tout préparé ! hurle-t-il.

Dieu contemple celle qui est morte pendue sans avoir reçu le châtiment, et secoue la tête. C'est la faute de Odd, il est idiot, il n'avait pas prévu ça. Il aurait dû s'assurer que cela n'arrive jamais.

Celle-là n'a pas dit qu'elle était désolée. Elles le font toutes, au bout du compte, quand elles ont le canon dans la bouche, qu'elles parlent les lèvres sur le métal, ou plutôt qu'elles tentent de parler :

Je suis désolée, je vous en supplie, je suis désolée.

Dieu disparaît, l'abandonnant seul avec son erreur, avec la tennis rose sur le matelas. Des tremblements le secouent intérieurement. Il tremble d'une rage tellement effroyable qu'il ne sait quoi en faire.

Il vocifère, traverse la pièce, le parquet immonde, souillé de sa pisse et de sa merde à elle, et il bourre de coups de pied son corps nu dégoûtant et sans vie. De toutes ses forces. Chaque coup agite le cadavre de secousses. Elle se balance au bout de la corde, le cou tordu vers la gauche. Sa langue protubérante semble se moquer de lui, son visage violet semble lui crier dessus. Son corps pèse sur les genoux. Elle a la tête baissée, comme si elle priait son Dieu, les bras liés droit au-dessus d'elle, les mains jointes, comme si elle célébrait sa victoire.

Oui ! Oui ! Elle se balance au bout de sa corde, victorieuse, la petite chaussure rose à côté d'elle.

Il hurle :

–La ferme !

Et il la frappe, encore et encore, de ses grosses boots, jusqu'à ce que ses jambes soient trop douloureuses pour continuer.

Puis il lui assène des coups de crosse, encore et encore, jusqu'à ce qu'il ait trop mal aux bras pour s'acharner.

CHAPITRE 44

Marino se prépare à activer l'apparition de cibles de forme humaine qui doivent surgir derrière des buissons, une clôture et un arbre dans le Virage de l'Homme Mort, comme l'a baptisé Lucy.

Il jette un regard à la manche à air orange vif plantée au centre du terrain, vérifie que le vent souffle toujours de l'est, à environ cinq nœuds. Il observe Lucy rengainer le Glock et tendre le bras derrière elle en direction d'une sacoche extra-large, tandis qu'elle négocie le virage par vent de travers à la vitesse régulière de quatre-vingt-quinze kilomètres/heure, avant d'entrer directement sous le vent.

Elle tire sans difficulté un fusil semi-automatique Beretta C × 4 Storm neuf millimètres.

– Dans cinq secondes, annonce-t-il.

Le Storm, moulé dans un polymère noir non réfléchissant, doté de la même culasse télescopique que le fusil mitrailleur Uzi, est la passion de Lucy. Il pèse moins de trois kilos, est doté d'une crosse en poignée de pistolet qui le rend plus maniable, et le système d'éjection peut être basculé de gauche à droite. C'est une arme pratique et agile, et lorsque Marino active la Zone Trois, Lucy déboule, et les douilles de cuivre volent derrière elle en étincelant dans le soleil. Elle abat tout ce qui se dresse dans le Virage de l'Homme Mort, à plusieurs reprises. Marino calcule qu'elle a tiré quinze cartouches. Elle a abattu toutes les cibles, et il lui reste un dernier projectile.

Il pense à la femme nommée Stevie, et au rendez-vous qu'elle a ce soir avec Lucy au Deuce. Le numéro en 617 que Stevie lui a communiqué à Provincetown est celui d'un type de Concord, Massachusetts, un certain Doug. Celui-ci dit qu'il a perdu son portable quelques jours auparavant dans un bar de la ville. Il n'a pas encore résilié son abonnement parce que apparemment la dame qui a retrouvé son portable a appelé un des numéros du répertoire, et fini par tomber sur un de ses amis. Ce dernier lui a confié le numéro de fixe de Doug. Elle l'a joint pour l'informer qu'elle avait son téléphone et a promis de le lui expédier par la poste.

Ce qu'elle n'a pas encore fait.

C'est une combine très au point, songe Marino. Il suffit de trouver ou de voler un téléphone portable, et de promettre au propriétaire qu'on va le lui renvoyer. Il ne fait pas immédiatement désactiver son code PIN, et vous pouvez utiliser le portable un moment, jusqu'à ce que la personne ait compris le truc.

Pourtant, un détail chiffonne Marino : pourquoi Stevie, qui qu'elle soit, se donnerait tout ce mal. Si elle craint de passer un contrat avec un opérateur téléphonique comme Verizon ou Sprint, pourquoi ne pas acheter tout simplement une carte rechargeable ?

En tout cas, cette fille est une source d'ennuis à elle toute seule, Marino en est certain. Lucy vit un peu trop sur la corde raide ces temps-ci, depuis presque un an maintenant. Elle a changé, elle est devenue indifférente et inattentive, et quelquefois il se demande si elle n'essaie pas de se blesser volontairement, et gravement.

– Une voiture a déboulé derrière toi, tu vas te faire pulvériser, annonce-t-il au micro.

– Je viens de recharger.

– Impossible !

Il a du mal à y croire. D'une façon ou d'une autre, elle s'est débrouillée pour éjecter le chargeur vide et en introduire un nouveau sans qu'il le remarque.

Elle ralentit et arrête la moto devant la tour de contrôle. Il pose ses écouteurs sur la console. Le temps qu'il dégringole l'escalier de bois, elle a déjà ôté son casque et ses gants, et baisse la fermeture à glissière de son blouson.

– Comment t'as fait ça ?

– J'ai triché.

– Je le savais.

Il cligne les yeux dans le soleil et se demande où il a pu laisser ses lunettes de soleil. Ça devient une habitude depuis quelque temps : il égare tout.

– J'avais un chargeur en réserve, dit-elle en tapotant la poche de son blouson.

– Ouais, mais dans la vraie vie, t'en aurais sûrement pas eu. Alors oui, tu as triché.

– C'est celui qui s'en tire qui écrit les règles du jeu.

– Qu'est-ce que tu penses de la Z-Rod ? Tu as réfléchi à les transformer toutes en Z-Rod ? demande-t-il.

Il sait ce qu'elle en pense, mais pose tout de même la question, en espérant qu'elle aura changé d'avis.

Ça ne tient pas debout de gonfler le moteur de treize pour cent, de 1150 cc déjà poussés à 1318 cc, et d'une puissance déjà considérable de 120 chevaux à 170, pour que la moto fonce de 0 à 225 kilomètres/heure en 9,4 secondes. La machine sera encore plus performante si elle est allégée. Toutefois, cela impliquerait de remplacer la selle de cuir et le garde-boue arrière par de la fibre de verre moulée, et de se débarrasser des sacoches, ce qu'ils ne peuvent pas se permettre. Il prie pour que Lucy ne s'accroche pas à l'idée de foutre en l'air leur nouvelle flottille de motos destinées aux

Opérations spéciales. Il espère que pour une fois elle va se contenter de ce qu'elle a.

Sa réponse le surprend :

— Ce n'est ni nécessaire ni pratique. Un moteur Z-Rod ne dure que seize mille kilomètres, imagine le casse-tête de la maintenance. D'autant que si on dépouille ces engins, ils vont attirer l'attention. Sans parler du fait qu'ils deviendront beaucoup plus bruyants, à cause de l'augmentation de l'admission d'air.

— Quoi encore ! râle-t-il lorsque la sonnerie de son portable se déclenche. Ouais, répond-il avec brusquerie.

Il écoute son interlocuteur, puis raccroche et lance un « Merde ! » avant d'expliquer à Lucy :

— Ils vont commencer l'analyse du break. Vous pouvez vous débrouiller sans moi chez Mrs Simister ?

— Ne vous inquiétez pas pour ça. Je vais donner rendez-vous à Lex.

Elle détache de sa ceinture un talkie-walkie :

— 0-0-1 à Écurie.

— À votre service, 0-0-1.

— Faites le plein de ma monture, je vais la sortir.

— Elle a besoin d'un peu plus de jus sous le capot ?

— Elle sera parfaite comme ça.

— Ravi de l'entendre. À tout de suite.

— Nous irons à South Beach vers vingt et une heures, annonce Lucy à Marino. Je vous rejoindrai là-bas.

— Ce serait peut-être préférable qu'on y aille ensemble, suggère-t-il en la regardant, essayant de deviner à quoi elle pense.

Ce dont il est toujours incapable, car le cerveau de Lucy fonctionne de façon tellement complexe qu'il se demande parfois si un interprète ne serait pas nécessaire.

— On ne peut pas courir le risque qu'elle nous voie ensemble, dit Lucy, qui ôte son blouson de moto en se plaignant que les manches la serrent comme des menottes en acier.

— C'est peut-être un truc de secte, remarque Marino. Une secte avec des sorcières à la pelle, qui se peinturlurent des mains rouges partout. C'est dans le coin Salem, y a plein de sorcières de toutes sortes.

— Les sorcières, ça vient au sabbat, pas à la pelle, plaisante Lucy en lui tapant sur l'épaule.

— Ta nouvelle copine en fait peut-être partie, c'est peut-être une sorcière qui pique des téléphones portables.

— Je peux lui poser la question de but en blanc, ce sera plus simple.

— Tu devrais te montrer prudente avec les gens. C'est ton seul problème, ça, les gens que tu ramasses. J'aimerais bien que tu fasses un peu plus attention.

— Ce qui prouve que nous partageons le même dysfonctionnement. Votre jugement dans ce domaine m'a l'air à peu près aussi fiable que le mien. À ce propos, tante Kay dit que Reba est vraiment une fille bien, et que vous vous êtes conduit comme un connard avec elle chez Mrs Simister.

— La Doc a pas intérêt à avoir dit ça. Elle a intérêt à avoir rien dit.

— Elle n'a pas dit que ça. Elle a ajouté que Reba était intelligente. Novice, mais intelligente. Pas crétine comme une valise sans poignée, ou ce genre de clichés que vous appréciez tant.

— C'est qu'un paquet de foutaises.

— C'est pas avec elle que vous êtes sorti pendant un moment ? remarque Lucy.

— Qui te l'a dit ? jette Marino.

— Vous, à l'instant.

CHAPITRE 45

Lucy souffre d'un macroadénome. Une tumeur s'est for-
mée au niveau de l'hypophyse, étroitement liée à l'hypothala-
mus situé à la base du cerveau.

Une hypophyse normale est à peu près de la taille d'un
pois. On l'appelle la glande maîtresse parce qu'elle transmet des signaux à la thyroïde, aux surrénales, aux ovaires et
aux testicules, contrôlant leur production d'hormones, lesquelles affectent considérablement le métabolisme, la tension, la reproduction et d'autres fonctions vitales. L'adénome
de Lucy mesure à peu près 12 millimètres de diamètre. Bien
que bénigne, la tumeur ne disparaîtra pas d'elle-même. Les
symptômes de Lucy sont des migraines et une surproduction
de prolactine dont la conséquence immédiate se traduit par
les désagréments accompagnant une grossesse. Elle maîtrise
pour l'instant son état grâce à des médicaments censés faire
baisser la prolactine, et réduire la taille de la tumeur. Toutefois, sa réaction n'est pas pleinement satisfaisante. Elle déteste
prendre ces médicaments, et ne suit pas parfaitement

son traitement. Elle va peut-être finir par devoir se faire opérer.

Scarpetta se gare devant chez Signature, les services aéronautiques privés de l'aéroport de Fort Lauderdale où Lucy abrite son jet. Elle rejoint les pilotes à l'intérieur, tout en pensant à Benton. Elle n'est pas certaine de pouvoir lui pardonner un jour, tellement rongée de colère et de chagrin que son cœur bat à se rompre et que ses mains tremblent.

– Il y a encore quelques averses de neige là-haut, annonce Bruce, le pilote. Le vol devrait durer deux heures vingt, nous avons un bon vent debout.

– Je sais que vous ne vouliez pas de repas, intervient le copilote, mais un plateau de fromage vous attend quand même. Vous avez des bagages?

– Non.

Les pilotes de Lucy ne portent pas d'uniforme. Ce sont des agents entraînés selon sa propre conception. Ils ne fument pas, ne boivent pas et ne se droguent pas, sont en excellente forme physique et ont reçu une formation à la protection rapprochée. Ils accompagnent Scarpetta sur le tarmac, où les attend le Cessna Citation X qui ressemble à un gros oiseau ventru. Scarpetta songe au ventre de sa nièce, à ses transformations.

Une fois à l'intérieur du jet, elle s'installe dans le large fauteuil de cuir, puis appelle Benton quand les pilotes s'affairent à l'intérieur du cockpit.

– Je serai là vers une heure, une heure et demie, l'informe-t-elle.

– Je t'en prie, essaie de comprendre, Kay. Je sais ce que tu dois ressentir.

– Nous en discuterons dès mon arrivée.

– Nous ne laissons jamais traîner les choses comme ça, remarque-t-il.

C'est une de leurs règles anciennes, un vieil adage. Ne jamais laisser le soleil se coucher sur son courroux, ne jamais sortir de la maison, monter dans une voiture ou un avion quand on est en colère. S'il y a quelqu'un pour savoir à quel point la tragédie peut frapper soudainement et au hasard, c'est bien Scarpetta et lui.

– Bon vol, lui dit-il. Je t'aime.

Lex et Reba font le tour de la maison comme si elles cherchaient quelque chose, et s'interrompent lorsque Lucy fait une entrée remarquée dans l'allée de Mrs Simister.

Elle coupe le moteur de la V-Rod, ôte son casque intégral et descend la fermeture de son blouson.

– Vous ressemblez à Darth Vader, remarque gaiement Lex.

Lucy n'a jamais connu quelqu'un d'aussi perpétuellement heureux. Lex est une perle rare. L'Académie n'allait sûrement pas la laisser filer entre ses doigts après son diplôme. Elle est intelligente, soigneuse, et sait se montrer discrète.

– Qu'est-ce qu'on cherche, là ? demande Lucy en examinant le petit jardin.

– Les arbres, là-bas, répond Lex. Je ne suis pas détective, mais quand nous étions dans l'autre maison, celle où ces gens ont disparu, précise-t-elle en désignant la maison orange de l'autre côté de la voie d'eau, le Dr Scarpetta a parlé d'un inspecteur des agrumes qui se trouvait par ici. Elle a dit qu'il examinait des arbres dans le coin, peut-être dans le jardin voisin. Vous ne pouvez pas le constater d'ici, mais certains des fruitiers là-bas portent les mêmes cercles rouges, ajoute-t-elle en désignant de nouveau la maison orange.

– Évidemment, le chancre des agrumes se répand à la vitesse de l'éclair. S'il y a des arbres infectés ici, je suppose que la maladie a pu se propager dans le coin. À propos, je suis Reba Wagner, se présente celle-ci. Vous avez probablement entendu parler de moi par Pete Marino.

Lucy la regarde droit dans les yeux.

– Et s'il m'a parlé de vous, qu'ai-je bien pu entendre ?

– Oh, à quel point je suis déficiente mentalement, sûrement.

– « Déficiente » est probablement un peu trop recherché pour son vocabulaire. Il a sans doute dit « attardée ».

– Ça doit être ça.

– Entrons, dit Lucy en se dirigeant vers la porte d'entrée. Allons voir ce que vous avez raté la première fois, puisque vous êtes tellement attardée, ajoute-t-elle à l'adresse de Reba.

– Rassurez-vous, c'est une plaisanterie, prévient Lex en ramassant la mallette de scène de crime qu'elle a posée devant la porte. Avant toute chose, je veux vérifier que les scellés ont été posés après que vous et votre équipe êtes partis, dit-elle en se tournant vers Reba.

– Tout à fait, j'y ai veillé personnellement. Toutes les fenêtres et toutes les entrées.

– Il y a une alarme ?

– Vous seriez étonnée de savoir le nombre de gens qui n'en ont pas, par ici.

Lucy observe les autocollants apposés contre les vitres des fenêtres. Ils indiquent « H & W Alarm Company ». Elle remarque :

– Cette dame s'inquiétait quand même. Elle ne pouvait sans doute pas se payer un véritable système, mais tenait à repousser d'éventuels voyous.

– Le problème, rétorque Reba, c'est que les voyous en question connaissent le truc des autocollants et des panneaux fichés dans les plates-bandes. Il suffit au cambrioleur lambda de jeter un coup d'œil à cette maison pour en conclure qu'elle n'est sans doute pas équipée d'une alarme parce que l'occupant n'a pas les moyens de s'en payer une, ou qu'il est trop vieux pour s'en soucier.

– C'est vrai que beaucoup de gens âgés ne prennent pas la peine de s'équiper, acquiesce Lucy. Ne serait-ce que parce qu'ils oublient leurs codes. Et je suis sérieuse.

Reba ouvre la porte. Elles sont accueillies par une odeur de renfermé, comme si la vie à l'intérieur s'était enfuie depuis longtemps. Reba tend la main et allume la lumière.

– Qui a fait quoi, jusqu'à présent ? interroge Lex en détaillant le sol de mosaïque.

– On n'a touché qu'à la chambre.

– D'accord. Restons là une minute, propose Lucy, et réfléchissons un peu. Nous savons deux choses. Le tueur est entré d'une façon ou d'une autre sans forcer la porte, et après l'avoir tuée, il est reparti. Par la porte, également ? demande-t-elle à Reba.

– A *priori*, ça me semble convaincant. Toutes les fenêtres sont à jalousie, il faudrait être en caoutchouc pour se faufiler par là.

– Alors, commençons par vaporiser cette porte, puis progressons vers l'arrière, jusqu'à la chambre où elle a été abattue, déclare Lucy. Je suggère que l'on adopte le même parcours avec les autres entrées possibles. Par triangulation.

– Ça nous fait donc cette porte, celle de la cuisine et les baies coulissantes menant de la salle à manger à la véranda, puis de la véranda à l'extérieur, énumère Reba. Selon Pete, quand il est arrivé, toutes les deux étaient déverrouillées.

Elle pénètre dans l'entrée, suivie par Lucy et Lex, puis referme la porte principale.

– Avez-vous déniché d'autres détails au sujet de l'inspecteur des agrumes que vous avez remarqué, vous et le Dr Scarpetta, à peu près au moment où cette dame a été tuée ? demande Lucy.

Elle ne fait jamais allusion au fait que Scarpetta est sa tante, lorsqu'elle travaille.

– J'ai trouvé deux ou trois trucs. D'abord, les inspecteurs travaillent par équipe de deux, et celui qu'on a vu était seul.

– Son collègue était peut-être ailleurs ? Par exemple dans le jardin devant ?

– Nous l'ignorons. Nous n'avons aperçu qu'une seule personne. Ajoutez à cela que l'on n'a retrouvé aucune trace officielle de la visite d'inspecteurs dans ce coin. Autre détail, il se servait d'un de ces ramasse-fruits, vous savez, ce long manche avec une pince, ou un truc dans ce genre, pour cueillir les fruits placés très haut. D'après ce qu'on m'a dit, les inspecteurs n'utilisent rien de la sorte.

—Pourquoi trimballer ça ? s'enquiert Lucy.

—Il l'a démonté, et placé dans un grand sac noir.

—Je me demande ce qu'il y avait d'autre dans ce sac, remarque Lex.

—Un fusil à pompe, par exemple, suggère Reba.

—À ce stade, nous ne pouvons rien exclure, commente Lucy.

—Ben moi, j'opte pour l'hypothèse d'un méga bras d'honneur, ajoute Reba. Je suis parfaitement visible de l'autre côté du bras d'eau, et je suis un flic. Je discute avec le Dr Scarpetta. De toute évidence, nous sommes en train d'enquêter pendant que lui nous regarde, en prétendant examiner les arbres.

—C'est possible, mais nous ne sommes sûres de rien. Encore une fois, gardons l'esprit ouvert, rappelle Lucy.

Lex s'accroupit sur le sol et ouvre la mallette de scène de crime. Elles ferment tous les stores de la maison et enfilent leurs combinaisons jetables, puis Lucy installe son trépied, l'appareil photo et son déclencheur, tandis que Lex prépare le luminol et le transfère dans un pulvérisateur noir à pompe. Elles photographient la surface qui se trouve juste à l'entrée de la porte, puis éteignent les lumières. La chance leur sourit du premier coup.

—Nom d'un petit bonhomme ! s'exclame Reba dans l'obscurité.

La forme caractéristique d'empreintes de pas bleu-vert apparaît, tandis que Lex vaporise le sol et que Lucy fixe les nuées lumineuses sur pellicule.

—Il devait avoir une sacrée quantité de sang sur les chaussures pour en laisser autant après avoir traversé toute la maison, remarque Reba.

—Il y a juste un détail qui cloche, rétorque Lucy dans le noir. Ces traces de pas vont dans la mauvaise direction. Elles entrent, au lieu de sortir.

CHAPITRE 46

Avec son long manteau de daim noir et ses cheveux argentés qui dépassent d'une casquette de base-ball des Red Sox, Benton a l'air sombre, mais il est étonnant. Chaque fois qu'elle le retrouve après une durable absence, Scarpetta est frappée par sa beauté raffinée, l'élégance de sa silhouette élancée. Elle ne veut pas être en colère contre lui. Elle ne supporte pas cette aigreur qui la rend malade.

Bruce, le pilote, lui serre la main chaleureusement :

– Comme toujours, nous avons été ravis de voler en votre compagnie. Appelez-nous quand vous connaîtrez exactement le jour de votre départ, et n'hésitez pas à nous joindre si vous avez besoin de quoi que ce soit. Vous avez toutes mes coordonnées, n'est-ce pas ?

– Merci, Bruce.

– Désolé de vous avoir fait attendre, ajoute celui-ci à l'adresse de Benton, mais le vent debout s'est révélé plus hargneux que prévu.

Benton ne fait aucun effort d'affabilité et se dispense de répondre. Le pilote s'éloigne.

—Laisse-moi deviner, dit-il à Scarpetta. Encore un triathlète qui a décidé de jouer aux gendarmes et aux voleurs ? C'est vraiment la seule chose que je déteste quand on emprunte le jet de Lucy : ses malabars de pilotes.

—Je me sens très en sécurité avec eux.

—Eh bien, pas moi.

Elle boutonne son manteau de lainage tandis qu'ils s'acheminent vers la sortie de l'aérogare.

—J'espère qu'il ne t'a pas trop cassé les oreilles avec son bavardage et qu'il ne t'a pas embêtée. Ça m'a l'air d'être le genre.

—Moi aussi, je suis ravie de te voir, Benton, répond-elle en marchant un pas devant lui.

—Vraiment ? J'en doute.

Il la rattrape, lui tient la porte vitrée. Le vent qui s'engouffre à l'intérieur est glacial, chargé de petits flocons de neige. La journée est d'un gris de plomb et il fait si sombre que les lumières du parking se sont allumées.

Il continue :

—Tous les types qu'elle recrute sont de beaux mecs abonnés aux clubs de gym. Ils se prennent pour des héros de films d'action.

—Ça va, j'ai compris. Tu cherches un sujet de dispute avant que j'aie eu le temps de m'y mettre ?

—Il serait souhaitable que tu remarques certaines choses, que tu ne te contentes pas de penser que quelqu'un est juste d'une nature amicale. Tu ne repères pas ce que dégagent les gens, les signes importants, ça m'inquiète.

—C'est ridicule ! réplique-t-elle tandis que la colère transparaît dans sa voix. Ce serait plutôt l'inverse, j'en repère trop. Toutefois, je t'accorde que certains d'entre eux, pourtant assez conséquents, m'ont échappé cette dernière année. Tu voulais une dispute ? Tu l'as !

Ils traversent le parking enneigé. Les sons leur parviennent étouffés et la neige brouille la lueur des lampadaires. D'habitude, ils se tiennent par la main. Elle se demande comment il a pu lui faire une chose pareille et ses yeux s'embuent de larmes, à moins que ce ne soit la morsure du vent.

—Je m'inquiète au sujet de ce qui est tapi dans l'ombre, déclare-t-il bizarrement en ouvrant son 4 × 4 Porsche.

Benton aime les voitures. Lucy et lui sont accros au pouvoir. La grande différence, c'est que Benton sait qu'il en détient, alors que Lucy ne parvient pas à s'en convaincre.

—Tu veux dire, d'une façon générale? demande Scarpetta, pensant qu'il fait encore allusion à ces signaux qu'elle raterait selon lui.

—Non, je parle de celui qui a tué cette femme, ici. Le NIBIN a trouvé une correspondance avec une cartouche qui semble avoir été tirée par le même fusil, lors d'un homicide à Hollywood, il y a deux ans de cela. Le braquage d'une épicerie. Le type portait un masque, il a tué un gamin dans le magasin avant que le gérant le descende. Ça t'évoque quelque chose? questionne-t-il en la regardant tandis qu'ils s'éloignent de l'aéroport.

—J'en ai entendu parler. Un gamin de dix-sept ans qui n'avait rien d'autre qu'une serpillière à la main. Quelqu'un a une idée de la façon dont cette arme a pu se retrouver en circulation? s'enquiert-elle.

Son ressentiment monte d'un cran.

—Pas encore.

—Décidément, il y a beaucoup de décès par fusil à pompe ces derniers temps, remarque-t-elle avec un détachement tout professionnel.

S'il veut jouer à ce jeu, elle peut se mettre au diapason.

—Je me demande ce que cela signifie, poursuit-elle d'un ton toujours aussi froid. Le fusil utilisé dans l'affaire Jimmy Swift disparaît et, maintenant, nous en avons un autre dans le meurtre de Daggie Simister.

Elle doit lui raconter les circonstances de l'assassinat de la vieille dame puisqu'il n'est pas encore au courant.

—Ensuite, un fusil à pompe qui devrait être sous bonne garde, ou même détruit, est utilisé dans le Massachusetts, continue-t-elle. Ajoute à cela la Bible que nous avons découverte dans la maison de ces gens qui ont disparu.

– Quelle Bible et quels gens disparus ?

Elle doit lui raconter, lui parler du coup de fil anonyme de quelqu'un qui s'est baptisé Odd. Elle doit évoquer la vieille Bible trouvée dans la maison des deux femmes et des garçonnets disparus. Elle était ouverte sur le Livre de la Sagesse de Salomon, sur ce verset que l'homme du nom de Odd a récité à Marino.

Aussi, comme à des enfants sans raison, leur as-Tu envoyé un châtiment de dérision.

– Marqué de croix au crayon, précise-t-elle. Une Bible imprimée en 1756.

– Curieux qu'ils en aient possédé une aussi ancienne.

– La détective Wagner, que tu ne connais pas, n'a vu aucun autre livre aussi ancien dans la maison. Les gens qui travaillaient à l'église avec les deux femmes affirment qu'ils n'ont jamais remarqué cette Bible auparavant.

– On a vérifié les empreintes, l'ADN ?

– Aucune empreinte digitale, pas d'ADN.

– Des hypothèses sur ce qui a pu leur arriver ? s'enquiert-il comme si une discussion professionnelle était la seule raison pour justifier qu'elle se soit précipitée jusqu'à Boston en jet privé.

– Rien de valable, répond-elle en sentant encore enfler son ressentiment.

– Des indices qui tendraient à prouver qu'il s'est passé quelque chose de louche ?

– Nous avons beaucoup de travail dans les labos, ils sont surchargés. J'ai trouvé des empreintes d'oreilles à l'extérieur d'une porte coulissante dans la chambre principale. Quelqu'un a pressé l'oreille contre la vitre.

– Un des garçons, peut-être ?

– Non, réplique-t-elle et la colère commence à la suffoquer. Nous disposons de leur ADN – en tout cas, nous supposons qu'il s'agit du leur – récolté sur les vêtements, les brosses à dents, un flacon de médicaments.

– Je ne considère pas vraiment que les empreintes d'oreilles soient un très bon indice en sciences légales. Elles sont à l'origine de pas mal de condamnations abusives.

– C'est un outil, comme le détecteur de mensonge, repartit-elle d'un ton presque cassant.

– Kay, je ne mets pas ton jugement en doute.

– L'empreinte d'oreille nous sert à recueillir de l'ADN, de la même façon que les empreintes digitales. Nous avons déjà testé celui-ci, mais il est inconnu. En tout cas, à première vue, il n'appartient pas à l'un des occupants de la maison. Aucune concordance non plus dans CODIS. J'ai demandé à nos amis du laboratoire de génomique de Sarasota de rechercher le sexe, l'origine ethnique voire d'autres marqueurs, mais malheureusement cela prendra des jours. En d'autres termes, je me contrefiche d'essayer de retrouver l'oreille qui correspond à l'empreinte !

Benton ne souffle mot.

– Tu as quelque chose à manger à la maison ? Et j'ai besoin d'un verre. C'est peut-être trop tôt mais ça m'indiffère. Je souhaite également que nous discutions d'autre chose que de travail. Je n'ai pas pris l'avion jusqu'ici, qui plus est dans une tempête de neige, pour parler boutique.

– Ce n'est pas encore une tempête de neige, rectifie Benton d'un air sombre, mais ça ne va pas tarder.

Elle regarde par la vitre, tandis qu'il conduit en direction de Cambridge.

– J'ai de quoi nourrir une troupe à la maison, et tout ce que tu pourrais désirer boire, reprend-il doucement.

Il ajoute autre chose, mais elle n'est pas certaine d'avoir bien entendu. Ce n'est pas possible, elle a dû se tromper.

– Excuse-moi. Qu'est-ce que tu viens de dire ? demande-t-elle, surprise.

– Si tu veux que nous arrêtions là, autant me le dire tout de suite.

– Si je veux rompre ? traduit-elle, incrédule, en se tournant vers lui. Il n'en faut pas plus que ça, Benton ? Parce que nous traversons un désaccord de taille, cela doit nécessairement entraîner la fin de notre relation ?

– Je t'offre simplement l'option.

– Je n'ai pas besoin que tu m'offres quoi que ce soit.

– Je ne voulais pas dire que tu avais besoin de ma permission. Simplement, je ne vois pas comment les choses peuvent fonctionner si tu ne me fais plus confiance.

– Tu as peut-être raison.

Elle retient ses larmes et détourne le visage, fixant la neige derrière la vitre.

– En d'autres termes, c'est bien cela : tu ne me fais plus confiance.

– Et si la situation était inverse ?

– Je serais extrêmement bouleversé, admet-il. Pourtant, je m'efforcerais de comprendre la raison de ton silence. Lucy a le droit de protéger sa vie privée, un droit parfaitement légal. La seule raison pour laquelle j'ai été mis dans la confidence au sujet de sa tumeur, c'est parce qu'elle m'a demandé si je pouvais me débrouiller pour qu'elle passe un scanner au McLean Hospital et que personne n'en sache rien, qu'absolument rien ne s'ébruite. Elle ne voulait pas prendre rendez-vous dans n'importe quel établissement. Tu sais comment elle est, surtout ces temps-ci.

– Je l'ai su, mais plus maintenant.

– Kay, argumente-t-il en lui jetant un coup d'œil. Elle ne voulait pas qu'un dossier risque de la suivre. Depuis le Patriot Act, plus rien n'est privé.

– Ça, je ne peux le nier.

– Tu dois prendre en compte le fait qu'au nom de la lutte contre le terrorisme les Fédéraux peuvent avoir accès à tes dossiers médicaux, aux médicaments que tu prends, à tes comptes bancaires, à tes habitudes d'achat, à l'intégralité de ta vie privée. Son inquiétude à propos de ses antécédents de carrière controversés au FBI et à l'ATF est parfaitement légitime. Ce qu'elle redoute, c'est qu'ils finissent par dénicher pas mal de choses la concernant. Elle n'a pas envie de se retrouver contrôlée par le fisc, ou interdite de pilotage, accusée de délit d'initié, diffamée dans les journaux, ou Dieu sait quoi encore.

— Ça vaut aussi pour toi et ton passage pas bien agréable au sein du FBI, non ?

Il hausse les épaules. Il conduit vite, et la neige qui tourbillonne légèrement semble à peine effleurer le pare-brise.

— Ils ne peuvent pas me faire grand-chose de plus. Tu sais, je leur ferais perdre plus de temps qu'autre chose. Je m'inquiète beaucoup plus de l'identité de celui qui se balade avec un fusil à pompe censé se trouver entre les mains de la police de Hollywood, ou même détruit.

— Comment Lucy se débrouille-t-elle avec son traitement, si elle a tellement peur de laisser derrière elle une piste papier ou électronique ?

— Elle a raison de s'inquiéter. Il ne s'agit pas de paranoïa. Ils ont la possibilité de mettre la main sur à peu près tout ce qu'ils veulent — et ils ne s'en privent pas. Certes, il leur faut une injonction du tribunal. Mais que crois-tu qu'il se passe dans la réalité quand le FBI a besoin d'une autorisation d'un juge qui a été nommé par l'administration en place ? Un juge qui s'inquiète des conséquences si jamais il ne coopérait pas ? Ai-je besoin de te décrire tous les scénarios possibles ?

— Il faisait bon vivre en Amérique, à une époque.

— Tout ce que nous pouvions traiter en interne pour Lucy, nous l'avons fait, déclare-t-il.

Il lui parle du McLean Hospital en détail, lui jure que Lucy n'aurait pas pu trouver plus performant pour se faire soigner, que le McLean a accès aux meilleurs médecins et chercheurs du pays, et même du monde. Pourtant, rien de ce qu'il lui dit ne la rassure.

Ils se trouvent maintenant dans Cambridge et longent les magnifiques anciennes demeures de Brattle Street.

— Il ne lui a pas été nécessaire de passer par les circuits habituels, pour quoi que ce soit, y compris ses médicaments. À moins que quelqu'un ne commette une erreur ou ne se montre indiscret, nul dossier la concernant n'existe, explique Benton.

—Aucun système n'est infaillible. Lucy ne peut pas passer le restant de sa vie à craindre qu'on découvre qu'elle a une tumeur au cerveau et qu'elle prend un agoniste de la dopamine pour en bloquer le développement, ni même qu'elle a été opérée, si on en arrive là.

Elle a du mal à prononcer ces paroles. Si l'ablation des tumeurs de la glande pituitaire est une intervention chirurgicale presque toujours couronnée de succès, le risque statistique d'un échec existe, lui aussi.

—Il ne s'agit pas d'un cancer, insiste Benton. Si cela avait été le cas, je t'en aurais parlé de toute façon, quoi qu'elle ait pu exiger de moi.

—Lucy est ma nièce, et je l'ai élevée comme ma fille. Il ne t'appartient pas de décider ce qui constitue ou pas une menace sérieuse pour sa santé.

—Tu sais mieux que quiconque que les tumeurs de l'hypophyse sont assez fréquentes. D'après les études, environ vingt pour cent de la population portent une tumeur bénigne et sans grande incidence.

—Tout dépend des études. Certaines avancent dix pour cent, d'autres vingt, et je me fous pas mal des statistiques.

—Je suis certain que tu en as déjà découvert en cours d'autopsie, chez des gens qui ne savaient même pas qu'ils en étaient atteints, et, en tout cas, ce n'était pas la raison pour laquelle ils se retrouvaient dans ta morgue.

—Lucy le sait, elle, et ces pourcentages sont basés sur des patients asymptomatiques porteurs de microadénomes, pas de macroadénomes. Sur son dernier scanner, la tumeur mesure douze millimètres, et Lucy n'est pas asymptomatique. Elle doit suivre un traitement afin de contrôler son taux anormalement élevé de prolactine. Il se peut qu'elle demeure sous traitement jusqu'à la fin de ses jours, à moins de se résoudre à l'opération. Je sais que tu as parfaitement conscience des risques, dont le moindre serait que l'opération échoue, et que la tumeur reste.

Benton s'engage dans l'allée de sa maison, actionne la télécommande et ouvre la porte du garage qui, au siècle précédent, a abrité des voitures à cheval. Ils demeurent tous les deux silencieux, tandis qu'il gare son 4 × 4 à côté de son autre Porsche, puis referme la porte. Ils s'acheminent vers l'entrée de service de sa maison victorienne de brique rouge située tout près de Harvard Square.

– Qui est le médecin de Lucy ? demande Scarpetta en pénétrant dans la cuisine.

– Pour l'instant, personne.

Il ôte son manteau, qu'il étale soigneusement sur le dossier d'une chaise, tandis qu'elle le fixe, interloquée.

– Elle n'a pas de médecin ? Tu plaisantes ! Bon sang, qu'est-ce que vous fabriquez tous, ici ? lance-t-elle rageuse en se dépêtrant de son vêtement qu'elle jette violemment sur un siège.

Il ouvre un meuble en chêne d'où il sort une bouteille de single malt et deux verres qu'il remplit de glaçons.

– Je doute que l'explication que je vais te fournir te rassure, déclare-t-il. Son médecin est mort.

La zone réservée à l'examen des pièces à conviction de l'Académie consiste en un hangar doté de trois portes de garage donnant sur une voie d'accès qui mène à un second hangar, où Lucy abrite hélicoptères, motos, Humvees blindés, vedettes rapides, sans oublier une montgolfière.

Comme tout le monde, Reba sait que Lucy possède des hélicoptères et des motos. Cependant, elle n'est pas certaine de croire ce que lui a raconté Marino sur le reste de ce qui est censé se trouver là. Elle le soupçonne de lui avoir raconté des craques pour se moquer d'elle. La plaisanterie n'aurait pas été drôle, et aurait pu se retourner contre elle si elle avait cru le grand flic et s'était empressée de raconter ce qu'il lui avait confié. Il y avait de quoi avoir l'air d'une crétine. Marino lui a tellement menti. Il lui a affirmé qu'il l'appréciait, que leurs relations sexuelles étaient les meilleures qu'il ait jamais eues, que, quoi qu'il arrive, ils resteraient toujours amis. Rien de tout cela n'était vrai.

Elle l'a rencontré il y a plusieurs mois de cela, lorsqu'elle faisait encore partie de l'unité motocycliste. Il a débarqué un jour sur la Softail qu'il conduisait avant d'acheter sa Deuce gonflée. Elle venait de garer sa Road King à l'arrière du département de police lorsqu'elle a entendu les pots d'échappement caractéristiques et qu'il est apparu.

— *J'te l'échange*, a-t-il lancé en balançant la jambe par-dessus sa selle comme un cow-boy descendant de cheval.

Il a remonté son jean puis s'est rapproché pour examiner sa moto tandis qu'elle la verrouillait et sortait quelques objets de ses sacoches.

— *Ça, ça m'étonne pas*, a-t-elle répondu.

— *Combien de fois tu l'as fait tomber, cette bécane ?*

— *Jamais.*

— *Tiens donc. Y a que deux sortes de motards, ceux qui ont déjà fait tomber leur bécane, et ceux qui le feront un jour ?*

— *Non, y'a une troisième catégorie*, a-t-elle remarqué, se sentant plutôt à son avantage dans son uniforme et ses grandes bottes de cuir noir. *Celui qui la fait tomber et qui prétend le contraire.*

— *Ouais, ben, c'est pas mon genre.*

— *C'est pas ce qu'on m'a dit*, a-t-elle rétorqué en flirtant un peu. *Ce que j'ai entendu, c'est que t'as oublié de baisser le kick à la pompe à essence.*

— *Foutaises !*

— *On m'a aussi raconté que pendant une tournée de poker ambulant t'as oublié de débloquer ta fourche avant de repartir pour le bar suivant.*

— *J'ai jamais entendu un pareil tissu de conneries !*

— *Et la fois où t'as coupé le contact au lieu d'actionner ton clignotant droit ?*

Il s'est mis à rire et lui a demandé de venir à Miami déjeuner sur l'eau, au Monty Trainer's. Après ça, ils ont taillé la route ensemble à plusieurs reprises, et ils sont allés une fois à Key West, volant comme des oiseaux sur la US1, traversant les flots comme s'ils marchaient dessus. Vers l'ouest se détachaient les silhouettes des vieux ponts de la voie de chemin de fer construite par Henry Flagler pour relier toutes les îles de la Floride, monument battu par les tempêtes, témoin d'un passé romantique où la Floride du Sud était un paradis tropical mêlant hôtels Art Déco, Jackie Gleason et Hemingway – pas tous à la même époque, bien sûr.

Tout se passait bien, jusqu'à il y a un mois, juste après qu'elle eut été promue à la brigade criminelle. Il a commencé à éviter les relations sexuelles, se comportant de façon bizarre. Elle s'est demandé s'il y avait un rapport avec sa promotion, s'est inquiétée de ce qu'il ne la trouve plus séduisante. Des hommes s'étaient déjà lassés d'elle par le passé. Il n'était donc pas exclu que ça se reproduise. Leur relation s'est définitivement cassé la figure un soir qu'ils dînaient au Hooters – pas son restaurant préféré, d'ailleurs –, et qu'ils ont abordé le sujet de Scarpetta, Dieu sait comment.

— *La moitié des mecs du département se la feraient bien,* lui a dit Reba.

Il a changé de visage, et fait : « *Ah.* »

Comme ça, d'un seul coup, il est devenu quelqu'un d'autre.

— *J'suis pas au courant,* a-t-il marmonné.

Il ne ressemblait plus du tout au Marino qu'elle avait fini par tant apprécier.

— *Tu connais Bobby ?* a-t-elle insisté, et aujourd'hui elle se mord les doigts de ne pas avoir coupé court à la conversation.

Marino a touillé le sucre dans son café. Il lui avait juré qu'il ne touchait plus au sucre, et c'était la première fois qu'elle le voyait faire une telle brèche dans son régime.

— *La première fois que j'ai travaillé sur un homicide avec Bobby, le Dr Scarpetta se trouvait là,* a-t-elle continué, *et au moment où elle s'apprêtait à transporter le corps à la morgue, Bobby m'a chuchoté, « Si elle pouvait me mettre ses mains partout, je suis sûr que j'en mourrais ». Je lui ai murmuré « Génial ! comme ça, j'irai m'assurer qu'elle te découpe bien le crâne, histoire de vérifier si t'as vraiment un cerveau là-dedans ».*

Marino buvait son café sucré en regardant une serveuse aux gros seins qui se penchait pour emporter sa salade.

— *Bobby parlait de Scarpetta*, a ajouté Reba en se demandant s'il avait bien compris, attendant qu'il ait un rire ou qu'il sorte un truc, plutôt que d'afficher ce regard distant et dur, tout en matant les seins et les fesses qui passaient. *C'était la première fois que je la croisais*, a continué Reba avec nervosité, *et je me souviens que je me suis demandé si vous étiez pas ensemble, elle et toi. Plus tard, j'ai été sacrément contente de découvrir que non.*

— *Tu devrais travailler toutes tes affaires avec Bobby.*

Marino y est allé ensuite d'un commentaire qui n'avait rien à voir avec ce qu'elle venait de dire.

— *Tu ne devrais pas travailler en solo tant que tu sais pas ce que tu fais, bon sang ! D'ailleurs, tu devrais probablement demander ton transfert, je crois pas que t'aies réalisé dans quoi tu t'es fourrée ; c'est pas comme ce qu'on voit à la télé.*

Reba contemple la baie d'examen, se sentant inutile et intimidée. L'après-midi touche à sa fin, et les techniciens de scène de crime travaillent depuis des heures. Le break gris est monté sur le pont hydraulique. Dans l'habitacle, les vapeurs de superglue forment un brouillard qui enfume les vitres. Les tapis de sol ont déjà été retirés et aspirés. Un élément a réagi au luminol sur le tapis derrière le siège du conducteur. Peut-être du sang.

Les techniciens récoltent des indices sur les pneus, utilisant des pinceaux pour faire tomber la poussière et la terre de la bande de roulement sur des sections de papier blanc qu'ils plient ensuite, avant de les sceller avec de l'adhésif jaune vif. Quelques instants auparavant, une des scientifiques, une jolie jeune femme, a raconté à Reba qu'ils ne se servaient pas de piluliers à indices en métal, parce que lorsqu'ils les passaient au MEB...

— *Au quoi ?* a dit Reba.

— *Un microscope électronique à balayage avec un spectromètre d'émission X.*

— *Oh !* a fait Reba, et la jolie fille a continué en lui expliquant que si l'on plaçait les indices dans des boîtes en métal, et que le microscope identifie du fer ou de l'aluminium, comment pourrait-on être certain que ces particules ne proviennent pas de la boîte ?

L'argument était recevable, et Reba n'y aurait jamais pensé toute seule. D'ailleurs, elle n'aurait jamais pensé à faire la plupart des trucs auxquels ils procèdent. Elle se sent bête et inexpérimentée, et se tient à l'écart. Elle repense à Marino lorsqu'il lui a dit qu'elle ne devrait pas travailler en solo. Elle revoit son expression et se souvient de son ton. Le regard de Reba passe du camion de remorquage aux autres ponts de levage, puis aux tables alourdies d'équipement photographique, de lampes UV Mini-Crime, de pots de poudres luminescentes, de pinceaux, d'aspirateurs à indices, de vêtements de protection en Tyvek, de tubes de superglue et de grosses mallettes noires de scène de crime qui ressemblent à des boîtes à outils. À l'autre extrémité du hangar sont remisés un chariot et les mannequins destinés aux tests d'accidents. La voix de Marino résonne clairement dans sa tête :

C'est pas comme ce qu'on voit à la télé.

Il n'avait pas le droit de dire une chose pareille.

Tu devrais demander ton transfert.

Soudain la voix de Marino résonne derrière elle, dans la réalité, cette fois. Reba sursaute et se retourne.

Une tasse de café à la main, il passe devant elle pour aller inspecter le break.

— Du nouveau ? demande-t-il à la jolie fille qui colle une feuille de papier pliée.

Il examine la voiture montée sur le pont comme si Reba se réduisait à une ombre plaquée au mur, un mirage dépassé sur une autoroute, rien du tout.

— Il y a peut-être du sang à l'intérieur, lui apprend la jolie scientifique. Nous avons enregistré une réaction au luminol.

— Eh ben, le temps que j'aille me chercher un café, et regardez ce que j'ai manqué ! Des empreintes ?

— On ne l'a pas encore ouverte. Je m'apprêtais à le faire, je ne veux pas la laisser mijoter trop longtemps dans les vapeurs de superglue.

La scientifique a une longue chevelure brillante d'un brun profond qui évoque à Reba la robe d'un alezan. Sa peau est lisse et parfaite. Reba donnerait beaucoup pour avoir une telle peau, pour effacer les effets de tant d'années passées au soleil de Floride. De toute façon, il ne sert plus à rien de s'en soucier. D'autant qu'une peau ridée est encore pire quand elle est pâle, aussi Reba se rôtit-elle toujours au soleil. Elle détaille la peau sans défaut et le corps juvénile de la jolie technicienne et lutte contre l'envie de pleurer.

Le parquet du salon est en pin, les portes en acajou, et la cheminée en marbre prête à accueillir un feu. Benton s'accroupit devant l'âtre, enflamme une allumette, et des volutes de fumée s'élèvent du petit-bois.

—Johnny Swift était diplômé de Harvard. Il a poursuivi son internat au Massachusetts General Hospital, et obtenu une bourse au département de neurologie du McLean, explique-t-il en se levant et en regagnant le canapé. Il y a deux ans, il a ouvert un cabinet à Stanford, et un autre à Miami. Nous avons envoyé Lucy à Johnny parce que le McLean le connaissait bien, qu'il était excellent praticien et qu'elle pouvait le consulter facilement. Il était son neurologue, et je crois qu'ils sont devenus bons amis.

—Elle aurait dû m'en parler, insiste Scarpetta, que l'incompréhension domine toujours. Nous enquêtons sur sa mort et elle garde pour elle une chose de cet ordre ? Il a peut-être été assassiné et elle ne dit rien !

—Kay, c'était un bon candidat au suicide. Je ne dis pas qu'il n'a pas été assassiné mais, à l'époque où il se trouvait à Harvard, il a commencé à souffrir de perturbations de l'humeur. Il a consulté au McLean, où l'on a diagnostiqué des troubles maniaco-dépressifs avant de le traiter au lithium. Comme je te l'ai dit, on le connaissait bien au McLean.

—Inutile de justifier perpétuellement du fait qu'il était qualifié et compatissant, et pas seulement une référence choisie au hasard.

– Il était plus que qualifié, et sûrement pas une référence aléatoire.

– Nous enquêtons sur son décès, un décès extrêmement suspect, répète-t-elle encore une fois. Quand je pense que Lucy n'est pas assez honnête pour me dire la vérité... Comment diable pourrait-elle être objective ?

Benton déguste son whisky en contemplant le feu. La lueur des flammes joue sur son visage.

– Je ne suis pas certain qu'il existe un rapport. Sa mort n'a rien à voir avec Lucy, Kay.

– Vraiment ? Je n'en suis pas convaincue.

CHAPITRE 47

Reba observe Marino. Il détaille la jolie scientifique qui pose son pinceau sur une feuille de papier blanc et ouvre la portière conducteur du break.

Il la serre de près, tandis qu'elle retire les paquets de feuilles d'aluminium enduites de superglue de l'intérieur du véhicule, et s'en débarrasse dans une poubelle à déchets toxiques de couleur orange. Épaule contre épaule, ils se penchent, examinent l'avant, puis l'arrière, d'un côté, puis de l'autre, échangeant des paroles que Reba ne parvient pas à saisir. La jolie technicienne rit à une réflexion de Marino, et le malaise de Reba augmente.

–Je ne vois rien sur la vitre, déclare-t-il d'une voix forte en se relevant.

–Moi non plus.

Ensuite, il s'accroupit et scrute de nouveau l'intérieur de la portière située derrière le siège du conducteur. Il prend son temps, comme s'il venait de remarquer quelque chose.

–Venez voir, lance-t-il à la jolie jeune femme et Reba a l'impression qu'elle n'existe plus.

Ils sont si proches l'un de l'autre qu'on pourrait à peine glisser entre eux une de ces feuilles de papier blanc.

— Gagné ! fait Marino. Là, sur la partie métallique de la boucle de la ceinture de sécurité.

— Une empreinte partielle, remarque la jeune femme en se penchant. Je distingue quelques crêtes.

Ils ne découvrent aucune autre empreinte, partielle ou totale, même pas des taches, et Marino se demande à voix haute si l'intérieur de la voiture n'a pas été nettoyé.

Reba s'efforce de se rapprocher, mais il ne s'écarte pas d'un centimètre. C'est son affaire, elle a le droit de voir ce à quoi il fait allusion. C'est son affaire, pas celle de Marino, et quoi qu'il puisse dire ou penser, c'est elle le détective qui a la charge de ce foutu dossier.

— Pardon ! lance-t-elle avec une autorité qu'elle est loin de ressentir. Si vous me faisiez un peu de place ? Qu'avez-vous trouvé sur les tapis ? demande-t-elle à l'adresse de la ravissante jeune femme.

— Juste un peu de poussière, ils étaient relativement propres, comme quand on les secoue dehors ou qu'on les nettoie avec un aspirateur peu puissant. Il y a peut-être du sang, mais ça reste à déterminer.

— On s'est peut-être servi de ce break avant de le ramener à la maison, déclare Reba avec assurance, tandis que la même expression dure et distante qu'il a eue chez Hooters apparaît sur le visage de Marino. Et après que ces gens ont disparu, la voiture n'a plus franchi aucun péage.

— Qu'est-ce que vous racontez ? lâche Marino, qui se décide enfin à la regarder.

— Nous avons vérifié le passe des péages de Floride, explique-t-elle (après tout, elle aussi dispose d'informations), mais cela ne signifie pas grand-chose. La voiture a peut-être circulé sur le réseau routier gratuit, ça représente pas mal de routes.

— C'est un « peut-être » de taille, remarque-t-il en détournant de nouveau les yeux.

— Il n'y a pas de mal à envisager d'autres possibilités.

– Ah ouais ? Allez donc vous amuser au tribunal avec des « peut-être », rétorque-t-il. Vous lâchez un seul « peut-être », et l'avocat de la défense vous bouffe pour son quatre-heures.

– Y a pas de mal non plus à se demander « et si ? », poursuit-elle. Par exemple, et si quelqu'un, ou même plusieurs personnes, a enlevé ces gens au moyen de ce break, pour ramener ensuite le véhicule dans l'allée, le garer à la va-comme-je-te-pousse et l'abandonner sans verrouiller les portières ? Ce serait assez malin, non ? Personne pensera qu'il se passe un truc anormal si la voiture part pour revenir un peu plus tard. D'ailleurs, je parie que de toute façon aucun voisin n'a rien vu, pour la bonne raison qu'il faisait nuit.

– Je veux que les indices soient passés au crible, et plus vite que ça, et les empreintes entrées dans la base de données AFIS, fait Marino, qui tente de réaffirmer sa domination en se montrant encore plus impérieux.

– Qu'à cela ne tienne, réplique la scientifique d'un ton sarcastique. Je reviens tout de suite avec ma boîte magique.

Reba décide d'en avoir le cœur net et lui demande :

– Juste par curiosité, c'est vrai que Lucy a des Humvees blindés, des hors-bord et une montgolfière dans le hangar là-bas ?

La jeune femme éclate de rire, ôte ses gants et les jette à la poubelle :

– Qui vous a raconté ces bêtises ?

– Oh, juste un connard, répond Reba.

Ce soir-là, à dix-neuf heures trente, toutes les lumières sont éteintes dans la maison de Daggie Simister, y compris celles de la véranda.

Le déclencheur à la main, Lucy est prête.

– Allez-y, dit-elle, et Lex entreprend de vaporiser la véranda au luminol.

Impossible de pratiquer l'opération plus tôt, elles ont dû attendre que la nuit soit tombée. Les empreintes de pas flamboient, puis s'évanouissent, plus fortement, cette fois-ci. Lucy prend des photos, puis s'interrompt brusquement.

– Que se passe-t-il ? s'enquiert Lex.

– Je viens d'avoir une drôle d'idée. Passez-moi ce vaporisateur.

Lex lui tend le flacon.

– Quel est le faux positif qu'on récolte le plus souvent avec le luminol ? demande Lucy.

– L'eau de Javel.

– Un autre.

– Le cuivre.

Lucy commence à vaporiser le jardin avec de grands mouvements de balayage, et l'herbe s'illumine partout d'une lueur bleu-vert qui s'évanouit ensuite, comme un inquiétant océan luminescent. Elle n'a jamais rien vu de pareil.

– Le seul élément cohérent qui me vienne à l'esprit, c'est un fongicide. Des pulvérisations de cuivre, ce qu'ils utilisent sur les citronniers pour empêcher la prolifération du chancre. Cela dit, ça ne marche pas si bien que ça, regardez ses arbres pleins de rouille, cerclés de peinture rouge.

– Quelqu'un a traversé son jardin en amenant la substance dans la maison. Quelqu'un qui pourrait bien être un inspecteur des agrumes, déduit Lex.

– Il nous faut découvrir son identité.

CHAPITRE 48

Marino déteste les restaurants branchés de South Beach et ne gare jamais sa Harley à côté de motos moins glorieuses, essentiellement des sportives japonaises, qui s'alignent sur la promenade à cette heure-ci. Il roule lentement en pétaradant le long d'Ocean Drive, ravi que le vacarme de son pot d'échappement casse les pieds à tous les clients frimeurs qui savourent leurs martinis aromatisés et leur vin aux petites tables d'extérieur éclairées à la bougie.

Il s'arrête à quelques centimètres du pare-chocs arrière d'une Lamborghini rouge, embraye et pousse suffisamment les gaz pour que tout le monde soit conscient de sa présence. La Lamborghini avance de quelques centimètres, Marino fait de même, frôle quasiment le pare-chocs, remet les gaz, la voiture avance de nouveau, Marino à sa suite. Sa Harley rugit comme un lion de métal, un bras nu sort de la vitre ouverte de la Lamborghini, et un index à l'ongle long et rouge se dresse dans le ciel.

Marino sourit, accélère de nouveau et se faufile entre les voitures pour s'arrêter à côté de la Lamborghini. La femme au teint mat assise derrière le volant en alliage d'acier est vêtue d'un gilet et d'un short de jean, sans grand-chose d'autre. Elle doit avoir à peine vingt ans. Sa passagère compense un physique plutôt ingrat par ce qui ressemble à un bandage élastique étiré autour de ses seins, et un short qui couvre à peine l'essentiel.

– Et comment que vous tapez à la machine, ou que vous faites le ménage avec ça ? demande Marino à la conductrice par-dessus les rugissements et vrombissements des puissants moteurs, tout en évasant ses énormes battoirs comme des griffes de chat pour faire comprendre l'allusion aux ongles longs et rouges, des extensions ongulaires acryliques, ou quel que soit le nom qu'on leur donne.

Le joli visage prétentieux fixe le feu de signalisation, attendant sans doute avec impatience qu'il passe au vert pour griller la politesse au plouc en noir. Elle jette avec un accent hispanique très prononcé :

– Tire-toi de ma bagnole, enfoiré !

– Alors ça, c'est pas une façon de parler pour une dame. En plus, vous me faites de la peine.

– Va te faire foutre.

– Et si je vous payais un verre, les filles ? Et après, on ira danser.

– Putain, tu vas nous foutre la paix ! éructe la conductrice.

– J'appelle la police ! menace celle au bandeau élastique.

Il salue d'une inclinaison de son casque, celui que décorent les impacts de balle en décalcomanie, et démarre en trombe devant elles quand le feu passe au vert. Avant même que la Lamborghini ait passé la première, il a déjà tourné le coin de la 14e Rue, et se gare sur un parcmètre, devant Tattoo's By Lou et Scooter City. Il arrête son moteur, descend de selle, enclenche l'antivol et traverse la rue en direction du plus vieux bar de South Beach, le seul qu'il fréquente dans ce coin, Mac's Club Deuce. La clientèle locale l'a baptisé simplement Deuce, à ne pas confondre avec sa Harley Deuce. Il se fait une nuit à Deux Deuce, dit-il quand il emmène sa Deuce chez Deuce, un bar sombre avec un sol à damier noir et blanc, un billard et un nu en tubes de néon trônant au-dessus du comptoir.

Rosie lui sert une Bud à la pression, sans qu'il ait besoin de commander.

— T'attends de la compagnie ? demande-t-elle en faisant glisser le verre plein de mousse sur le vieux comptoir de chêne.

— Tu la connais pas. Ce soir, tu connais personne, la met-il en garde.

— Ohhhkayyy, répond-elle en versant de la vodka dans un verre à eau pour un vieux type assis tout seul sur un tabouret voisin. Je connais personne ici, et vous deux encore moins que les autres. C'est parfait. D'ailleurs, j'ai peut-être pas envie de vous connaître.

— Me brise pas le cœur, fait Marino. Si tu me mettais un peu de citron là-dedans, suggère-t-il en repoussant son verre dans sa direction.

— Mais c'est qu'on fait des folies, ce soir ! dit-elle en laissant tomber quelques rondelles de citron dans la bière. C'est comme ça que tu l'aimes ?

— C'est super-bon.

— J'ai pas demandé si c'était bon, mais si c'était comme ça que tu l'aimais.

Comme d'habitude, les habitués les ignorent. Ils sont vautrés sur des tabourets à l'autre extrémité du bar, le regard levé vers la grande télévision, pétrifiés devant un match de base-ball qu'ils ne suivent même pas. Marino ne connaît pas leurs noms, mais ils n'en ont pas besoin. Il y a le gros type avec un bouc, la femme obèse qui passe son temps à geindre et son petit ami, trois fois plus menu qu'elle, qui ressemble à un furet aux dents jaunes. Marino se demande comment diable ils peuvent faire l'amour. Il imagine un cow-boy pas plus haut qu'un jockey sautant comme une carpe sur un taureau lançant des ruades. Ils fument tous. Les soirs à deux Deuce, Marino s'allume lui aussi quelques cigarettes, sans penser au Dr Self. Ce qui se passe à l'intérieur du bar ne sort pas d'entre ses quatre murs.

Il emporte sa bière jusqu'à la table de billard, et saisit une queue dans la série dépareillée du râtelier installé dans un coin. Il carambole les billes puis arpente les alentours de la table, une cigarette pendue au coin des lèvres, passant son procédé au bleu. Du coin de l'œil, il regarde le furet qui se lève de son tabouret et emporte sa bière dans les toilettes des hommes, de peur que quelqu'un la lui pique, une habitude chez lui. Marino remarque tout et tout le monde.

Un type décharné, l'air d'un sans-abri, entre dans l'établissement d'un pas chancelant. Il porte une barbe clairsemée et une queue-de-cheval et est affublé de vêtements sombres trop larges, tout droit sortis de l'Armée du Salut, d'une casquette de base-ball des Miami Dolphins crasseuse et de bizarres lunettes aux verres teintés de rose. Il tire une chaise près de la porte et s'installe en fourrant un gant de toilette dans la poche arrière de son ample pantalon sombre. Dehors, sur le trottoir, un gamin secoue un parcmètre cassé qui a avalé sa pièce sans pour autant broncher.

Plissant les yeux à travers la fumée de cigarette, Marino fourre directement deux billes dans ses poches de pantalon.

Rosie verse une nouvelle bière et lui lance :

— Vas-y, mets-les dans le trou, tes boules ! Et où t'étais passé, ces temps-ci ?

Rosie est une petite chose sexy dans le genre dur, à laquelle personne de sensé n'ose se frotter, aussi soûl soit-il. Marino l'a vue un jour casser le poignet d'un malabar de cent cinquante kilos d'un coup de bouteille parce qu'il n'arrêtait pas de lui peloter les fesses.

— Arrête de servir, et ramène-toi ici, réplique Marino en frappant la huitième bille.

Celle-ci roule doucement jusqu'au centre du tapis vert, puis s'arrête.

— Merde ! marmonne Marino, qui pose sa queue debout contre la table, avant de se diriger vers le juke-box, tandis que Rosie décapsule deux bouteilles de Miller Lite et les pose devant la femme obèse et le furet.

Rosie s'agite perpétuellement, frénétique comme un essuie-glace enclenché à fond. Elle s'essuie les mains sur l'arrière de son jean, pendant que Marino sélectionne quelques tubes dans une compilation des années 70.

– Qu'est-ce que tu regardes comme ça ? demande-t-il au type près de la porte.

– On se fait une partie ?

– J'suis occupé, répond Marino sans se retourner, continuant à faire son choix sur le juke-box.

– Tu joues à rien si tu te payes pas un verre ! lance Rosie à l'homme avachi. Et je veux pas te voir traîner ici juste pour le plaisir. Combien de fois est-ce que je dois te le répéter ?

– Je me disais qu'il aimerait peut-être faire une partie avec moi, répond l'homme en tirant son gant de toilette, qu'il se met à tordre avec nervosité.

Les mains sur les hanches, Rosie lui jette à la figure :

– Je vais te redire la même chose que la dernière fois que t'es venu sans rien consommer et que t'as utilisé les chiottes : casse-toi ! Si tu veux rester, tu raques.

Il se lève lentement en triturant son gant de toilette et fixe Marino. Il a le regard vaincu et fatigué, mais quelque chose brille dans ses yeux.

– Je me disais que vous aimeriez peut-être faire une partie.

– Dehors ! hurle Rosie.

– J'm'en occupe, intervient Marino. Allez, viens, mec, dit-il en se dirigeant vers l'homme, avant qu'il soit trop tard. Tu sais dans quel état elle peut se mettre.

L'homme ne résiste pas. Il ne pue pas autant que Marino le redoutait. Il le pousse jusque sur le trottoir, où le gamin débile est toujours en train de secouer le parcmètre comme un forcené.

– C'est pas un prunier ! lui lance Marino.

– Va te faire foutre !

Marino marche sur lui, le surplombant de toute sa masse, et le gamin écarquille les yeux.

– Qu'est-ce que tu viens de dire ? fait Marino en se baissant, la main sur l'oreille. Est-ce que j'ai bien entendu ce que je crois ?

—J'ai mis trois pièces dans ce truc.

—Eh ben, ça, si c'est pas dommage ! J'te suggère de monter dans ta caisse pourrie et de te tirer d'ici avant que j't'arrête pour destruction d'équipement municipal, menace Marino, bien qu'il n'en ait plus la possibilité juridique.

Le sans-abri du bar déambule lentement sur le trottoir en jetant des coups d'œil derrière lui, comme s'il s'attendait à ce que Marino le suive. Il baragouine quelque chose au moment où le gamin démarre sa Mustang et s'éloigne sur les chapeaux de roues.

—Tu me causes ? demande Marino en se dirigeant vers lui.

—Il fait toujours ça, dit l'homme d'un ton doux et calme. Toujours le même gamin. Il met jamais une seule foutue pièce dans les parcmètres du coin, et après il les secoue jusqu'à ce qu'ils cassent.

—Qu'est-ce que tu veux ?

—Johnny est venu ici, la veille au soir où c'est arrivé, déclare l'homme aux vêtements dépenaillés, aux semelles de chaussures fendues.

—De qui tu parles ?

—Vous savez bien de qui. Il s'est pas tué, non plus. Je connais le coupable.

Une étrange sensation s'empare de Marino, la même que celle qu'il a éprouvée lorsqu'il a pénétré dans la maison de Mrs Simister. À un pâté de maisons de là, sur le trottoir, il aperçoit Lucy qui s'approche sans se presser. Ce soir, elle ne porte pas ses habituels vêtements noirs et amples.

—Lui et moi, on a joué au billard, le soir d'avant où c'est arrivé. Il avait des attelles mais elles semblaient pas le gêner. Il s'est pas mal débrouillé.

Marino observe Lucy à la dérobée. Elle se fond parfaitement dans son environnement. Elle a l'air de n'importe quelle lesbienne du coin, garçonne mais jolie et sexy dans ses jeans de luxe, délavés et plein de trous, et elle porte sous son blouson

340

de cuir noir souple un maillot de corps blanc qui moule ses seins. Même s'il n'est pas censé les remarquer, Marino a toujours aimé ses seins.

—Je l'ai vu juste cette fois-là, quand il a amené cette fille avec lui, continue le sans-abri, qui tourne le dos au bar et jette des regards autour de lui, comme si quelque chose le rendait nerveux. Je crois qu'elle, c'est quelqu'un que vous devriez retrouver. C'est tout ce que j'ai à dire.

—Quelle fille ? Et pourquoi est-ce que j'en aurais quelque chose à foutre ? rétorque Marino en regardant Lucy se rapprocher.

Celle-ci balaye les alentours du regard et s'assure que personne ne se fait d'idées à son sujet.

—Jolie, dit l'homme. Le genre que les hommes et les femmes regardent par ici, habillée toute sexy. Personne en voulait dans les parages.

—J'ai bien l'impression que toi non plus, personne veut de toi. Tu viens de te faire foutre dehors.

Lucy pénètre dans le bar sans un regard pour eux, comme si Marino et l'homme étaient invisibles.

—La seule raison pour laquelle je me suis pas fait virer ce soir-là, c'est parce que Johnny m'a payé un verre. On a joué au billard pendant que la fille était assise à côté du juke-box. Elle avait l'air de penser que personne l'avait jamais emmenée dans un rade aussi minable de toute sa vie. Elle est allée aux toilettes des dames deux ou trois fois. Après, ça sentait l'herbe.

—T'as l'habitude de fouiner dans les toilettes des dames ?

—J'ai entendu une femme au bar qui parlait. Cette fille-là, c'était le genre à attirer les emmerdements.

—T'as une idée de son nom ?

—Pas la moindre.

Marino allume une cigarette.

—Qu'est-ce qui te fait croire qu'elle a quelque chose à voir avec ce qui est arrivé à Johnny ?

–J'aimais pas cette nana. Personne l'aimait. C'est tout ce que je sais.

–T'es sûr ?

–Oui, m'sieur.

–Ne va pas raconter ça à quelqu'un d'autre, compris ?

–Y a pas de raison.

–Raison ou pas, tu la fermes. Bon, maintenant, tu vas cracher le morceau : comment que tu savais que j'allais être là ce soir, et pourquoi t'as pensé que tu pouvais me raconter ça ?

–Vous roulez avec une sacrée bécane, remarque l'homme en jetant un regard de l'autre côté de la rue. Difficile de pas la remarquer. Y a plein de gens par ici qui savent que vous étiez de la criminelle et que maintenant vous vous occupez de trucs d'investigation privés dans un genre de camp de flics, plus loin vers le nord.

–Quoi ? Ça veut dire que je suis connu comme le loup blanc ?

–Ben, vous êtes un habitué. J'vous ai vu avec la bande des mecs en Harley, j'vous guette depuis des semaines, pour trouver une chance de vous parler. Je traîne dans les parages, je me débrouille comme je peux. J'suis pas exactement au top en ce moment, mais je perds pas espoir que les choses s'arrangent.

Marino sort son portefeuille et lui tend un billet de cinquante dollars.

–Si tu me dégotes davantage de renseignements sur la fille que t'as vue, je te revaudrai ça. Où est-ce que je peux te joindre ?

–Je passe jamais une nuit au même endroit. Je viens de vous le dire, je me débrouille comme je peux.

Marino lui donne son numéro de portable.

–Un autre verre ? propose Rosie lorsque Marino réintègre le bar.

–File-moi un machin sans alcool, ça vaut mieux. Est-ce que tu te souviendrais d'un beau mec blond, un médecin, qui serait venu ici avec une fille, juste avant Thanksgiving ? Il aurait joué au billard avec le type que tu viens de foutre dehors ?

Elle essuie le comptoir en réfléchissant, puis secoue la tête.

– Je vois passer un paquet de gens et ça remonte à un moment. Combien de temps avant Thanksgiving ?

Marino surveille la porte. Il va être vingt-deux heures dans quelques minutes.

– La veille, peut-être.

– Non, j'étais pas de service ce soir-là. Je sais que ça peut paraître dingue, mais j'ai une vie aussi. J'travaille pas ici tous les foutus soirs de la semaine. Pour Thanksgiving, j'étais à Atlanta avec mon fils.

– Il semblerait qu'une fille accompagnait le médecin dont je t'ai parlé, le genre de nana à attirer la poisse. Elle était là avec lui la veille du jour où il est mort.

– Ça me dit rien de rien.

– Elle est peut-être venue le soir où t'étais pas là ?

Rosie poursuit le nettoyage du bar.

– Je ne veux pas avoir de problème au boulot.

Lucy est assise près du juke-box, à côté de la fenêtre. Marino est installé à une autre table à l'opposé du bar, son oreillette en place, branchée sur un récepteur qui ressemble à un téléphone portable. Il fume une cigarette en buvant une bière sans alcool.

Les habitués ne leur prêtent aucune attention, comme d'habitude. À chaque fois que Lucy est venue ici avec Marino, elle y a vu les mêmes losers assis sur les mêmes tabourets, en train de fumer des menthol et de boire de la bière light. En dehors de leur petit cercle de paumés, ils ne parlent qu'à Rosie, qui a un jour raconté à Lucy que l'obèse et son petit ami décharné vivaient avant dans une chouette résidence de Miami, avec poste de sécurité et tout le bataclan, jusqu'au jour où lui s'est retrouvé en prison pour avoir vendu de la méthamphétamine à un flic en sous-marin. Aujourd'hui, la dame obèse l'entretient avec son petit salaire d'employée de banque. Le gros type au bouc est cuisinier dans un « diner » dans lequel Lucy ne mettra probablement jamais les pieds. Il vient tous les soirs, se soûle consciencieusement, et se débrouille pour rentrer chez lui tout seul au volant de sa voiture.

Lucy et Marino s'ignorent. Ils ont beau avoir expérimenté ce stratagème des centaines de fois au cours d'opérations diverses et variées, la mise en scène gêne Lucy, et lui paraît à la limite du supportable. Elle n'aime pas qu'on la surveille, même si l'idée vient d'elle, et elle en veut à Marino de sa présence, aussi logique soit-elle ce soir.

Elle teste le micro fixé à l'intérieur de son blouson de cuir, se baissant pour faire semblant d'attacher ses chaussures, pour que personne ne la voie parler.

– Pour l'instant, rien à signaler, déclare-t-elle à l'intention de Marino.

Il est vingt-deux heures trois.

Tournant le dos à Marino, elle attend en sirotant sa bière sans alcool.

Elle jette un œil à sa montre.

Il est vingt-deux heures et huit minutes.

La porte s'ouvre et laisse passage à deux hommes.

Deux minutes supplémentaires s'écoulent, et elle transmet :

– Quelque chose ne tourne pas rond. Je vais sortir jeter un coup d'œil. Restez là.

Lucy déambule dans le quartier Art Déco d'Ocean Drive, cherchant Stevie du regard dans la foule.

Plus l'heure tourne et plus une ivresse bruyante gagne les consommateurs de South Beach. La rue est tellement encombrée de gens en vadrouille, à la recherche d'une place de parking, que les voitures peinent à circuler. Chercher Stevie est grotesque. La jeune femme doit se trouver à des milliers de kilomètres de là, elle n'est pas venue. Pourtant, Lucy persiste à scruter la foule des promeneurs.

Stevie a prétendu avoir suivi ses empreintes de pas dans la neige, jusqu'au Hummer garé derrière l'Anchor Inn. Lucy se demande aujourd'hui comment elle a pu prendre cette explication pour argent comptant, s'en satisfaire sans la mettre en doute une seule seconde. En admettant que les empreintes de Lucy étaient parfaitement visibles à la sortie du cottage, elles devaient se confondre avec les autres plus loin sur le trottoir. Lucy n'était sûrement pas la seule à se promener dans Provincetown ce matin-là. À l'idée de Johnny, des mains rouges peintes, et du téléphone portable qui appartient à un certain Doug, l'étendue de son aveuglement, de son absence de prudence, et de sa tendance à l'autodestruction la rend malade.

Stevie n'a probablement jamais eu l'intention de se rendre au rendez-vous chez Deuce. Elle n'a fait qu'allumer Lucy, jouer avec elle, de la même façon que chez Lorraine's, lorsqu'elles se sont rencontrées. Stevie a déjà tout expérimenté, elle est experte à ces jeux bizarres et malsains.

La voix de Marino résonne à son oreille :

– Tu la vois ?

– Je fais le tour. Restez où vous êtes.

Elle coupe par la 11e Rue, puis se dirige vers le nord sur Washington Avenue, au-delà du palais de justice, alors qu'une Chevy Blazer blanche aux vitres teintées noires passe dans la rue. Son courage l'abandonne soudain. Le souffle oppressé, elle avance d'un pas rapide et embarrassé, consciente du pistolet qu'elle porte dans son holster de cheville.

CHAPITRE 49

Une nouvelle tempête s'est abattue sur Cambridge, et Benton distingue à peine les maisons de l'autre côté de la rue. Une neige épaisse tombe sans relâche. Le monde alentour devient tout blanc.

–Je peux refaire du café, propose Scarpetta en pénétrant dans le salon.

–J'en ai eu plus que ma dose, répond-il sans se retourner.

–Moi aussi.

Il l'entend qui s'assied devant la cheminée et pose une tasse de café à côté d'elle. Il sent son regard sur lui et se retourne sans savoir quoi dire. Les cheveux mouillés, elle a enfilé un peignoir de soie noire sous lequel elle est nue. Elle s'est assise de profil, repliée sur elle-même, ses bras musclés encerclant ses genoux. L'étoffe soyeuse qui caresse son corps révèle son décolleté profond, sa peau immaculée et douce pour son âge. La lueur du feu illumine son beau visage et ses cheveux blonds coupés court. Tout comme lui, le soleil et le feu aiment ce visage. Il l'aime. Il aime tout d'elle, mais ne sait trop quoi dire à cet instant. Il ne sait comment se réconcilier avec elle.

La veille au soir, elle lui a dit qu'elle le quittait. Elle aurait préparé sa valise, si elle en avait eu une. Mais ses affaires sont là et elle ne s'embarrasse jamais de bagage lorsqu'elle le rejoint à Boston. Cette maison est également la sienne. Pourtant, depuis ce matin, il suit l'écho des tiroirs et des portes de placards, l'écho des préparatifs de son départ définitif.

– Impossible de prendre la route, tu es coincée ici, déclare-t-il.

Les arbres dépouillés ressemblent à des coups de crayon délicats sur la blancheur lumineuse, et pas une voiture ne circule.

– Je sais ce que tu ressens et ce que tu veux, mais tu ne peux aller nulle part aujourd'hui. Personne ne va bouger. À Cambridge, il y a plein de petites rues qui ne sont pas immédiatement déneigées, notamment celle-ci.

– Tu as un 4×4, rétorque-t-elle en fixant ses mains posées sur ses genoux.

– On attend soixante centimètres de neige. Même si nous parvenons jusqu'à l'aéroport, ton avion ne décollera pas. Pas aujourd'hui.

– Tu devrais manger quelque chose.

– Je n'ai pas faim.

– Pourquoi pas une omelette au cheddar du Vermont ? Il faut que tu manges, tu te sentiras mieux.

Le menton posé sur sa main, elle l'observe depuis la cheminée. Son peignoir est noué serré autour de sa taille, sa silhouette paraît sculptée dans de la soie d'un noir brillant. Il la désire toujours comme au premier jour où il l'a rencontrée, quinze ans auparavant. Ils étaient tous les deux patrons, lui de l'Unité de Sciences du comportement du FBI, elle de l'administration médico-légale de Virginie. À cette époque, ils travaillaient sur une affaire particulièrement atroce et elle avait pénétré dans la salle de réunion. Il la revoit encore aujourd'hui, telle qu'elle lui est apparue la première fois dans une longue blouse blanche de labo aux poches pleines de stylos, passée

347

sur un tailleur gris perle à fines rayures, une pile de dossiers dans les bras. Ses mains puissantes, habiles et néanmoins élégantes ont attiré son attention.

Il réalise tout à coup qu'elle le regarde fixement.

–À qui téléphonais-tu, tout à l'heure ? lui demande-t-il. Je t'ai entendue parler à quelqu'un.

Il pense qu'elle a appelé son avocat. Ou alors Lucy. Elle a appelé quelqu'un pour lui annoncer qu'elle quittait Benton et, cette fois-ci, c'est sérieux.

–J'ai laissé un message au Dr Self, elle n'était pas là.

La perplexité se peint sur les traits de Benton.

–Tu dois te souvenir d'elle. À moins que tu n'écoutes ses émissions de radio, ajoute-t-elle non sans ironie.

–Je t'en prie.

–Ma foi, des millions de gens sont suspendus à ses lèvres.

–Quelle raison as-tu de l'appeler ?

Elle lui parle de David Chance et de son traitement, lui raconte que le Dr Self ne s'est guère montrée coopérative lors de leur premier entretien.

–Ça t'étonne ? remarque-t-il. C'est une cinglée doublée d'une égocentrique.

–À dire vrai, elle était parfaitement dans son droit. Je n'ai aucun pouvoir en la matière et, pour autant que nous sachions, personne n'est mort. Le Dr Self n'a pas à répondre à un médecin légiste pour l'instant. Ajoute à cela que « cinglée » n'est sans doute pas le terme dont je la qualifierais.

–Tu préfères une pute psychiatrique, alors ? Tu l'as entendue, ces derniers temps ?

–Donc, tu écoutes ses émissions.

–La prochaine fois, invite un véritable psychiatre à intervenir à l'Académie, pas une crétine de la radio.

–L'idée ne vient pas de moi et j'ai très clairement fait part de mes préventions. En dernier ressort, la responsabilité en incombe à Lucy.

–C'est ridicule ! Lucy ne supporte pas ce genre de bonne femme.

—Je crois que l'idée d'inviter le Dr Self en tant que conféren-cière revient à Joe. Son premier coup d'éclat lorsqu'il a débuté son stage de bourse chez nous, nous amener une célébrité pour la session d'été. Au fond, il voulait surtout intégrer son émis-sion en tant qu'invité régulier. D'ailleurs, ils ont mentionné l'Académie à la radio, ce qui ne me ravit pas.

—Quel imbécile ce type ! Les deux font la paire.

—Lucy ne faisait attention à rien et n'a, bien entendu, même pas assisté aux conférences. Elle se fichait pas mal de ce que fabriquait Joe. Elle a l'air de ne plus tenir à grand-chose, d'ail-leurs. Qu'allons-nous faire ? ajoute-t-elle, mais il sent qu'elle ne fait pas allusion à Lucy.

—Je l'ignore.

—Tu es psychologue, non ? Tu devrais savoir. C'est toi qui gères tous les jours les malheurs et les dysfonctionnements.

—Tu as raison : ce matin, je suis malheureux. Je suppose que si j'étais ton psychologue, je te dirais que tu passes ta colère et ta souffrance sur moi parce que tu ne peux pas les reporter sur Lucy. On ne peut pas se fâcher contre quelqu'un qui souffre d'une tumeur au cerveau.

Scarpetta ouvre l'insert et place une nouvelle bûche dans l'âtre. Le bois crépite, projetant des gerbes d'étincelles.

—Lucy a toujours eu le don de me mettre en colère et ça ne date pas d'hier, admet-elle. Personne n'a jamais mis ma patience à si rude épreuve.

—Lucy est une enfant unique, élevée par une mère affligée d'un désordre à la limite de la pathologie sérieuse, une narcis-sique hypersexuée, j'ai nommé ta sœur. Ajoute à cela que Lucy est particulièrement douée, qu'elle ne réfléchit pas comme les autres et qu'elle est gay. Le résultat, c'est quelqu'un qui a appris il y a bien longtemps à être indépendante.

—S'agit-il d'un synonyme pour « extrêmement égoïste » ?

—Les souffrances psychologiques peuvent rendre égoïste. Elle craignait que tu ne la traites différemment si tu apprenais l'existence de cette tumeur. En réalité, tout s'est joué autour de la peur panique qu'elle dissimule. À partir du moment où tu savais, tout devenait réel.

Comme pétrifiée, Scarpetta fixe la fenêtre qui se trouve derrière Benton. La couche de neige atteint déjà une vingtaine de centimètres. Les voitures garées le long de la rue ressemblent à des congères, et même les enfants du voisinage ne mettent plus le nez dehors.

– Heureusement que je suis allé faire des courses, remarque Benton.

– À ce sujet, laisse-moi voir ce que je peux préparer à déjeuner. Nous devrions partager un excellent repas et essayer de passer une bonne journée.

– Tu as déjà eu un corps peint ? demande-t-il.

– Le mien ou celui de quelqu'un d'autre ?

Il esquisse un sourire.

– Sûrement pas le tien, qui est bien vivant. Je parle de cette affaire, survenue ici, de ce cadavre qui portait des empreintes de mains. Je me demande si elles ont été peintes avant ou après qu'elle a été tuée. Si seulement nous avions un moyen de nous en assurer.

Le feu qui danse derrière elle mugit comme le vent et elle contemple Benton durant un long moment.

– Si cela s'est passé alors qu'elle était toujours en vie, ça sous-entend que nous avons affaire à un prédateur d'une catégorie bien différente, continue-t-il. Tu imagines à quel point ça doit être humiliant et terrifiant, d'être maîtrisée...

– Nous savons qu'elle a été maîtrisée ?

– Elle porte des marques d'entrave aux poignets et aux chevilles. Des zones rougeâtres que le médecin légiste considère comme des contusions éventuelles.

– Éventuelles ?

– Par opposition à des artefacts *post mortem*. D'autant que le corps a été exposé au froid. En tout cas, c'est ce qu'elle dit.

– Elle qui ?

– Le médecin expert, ici.

– Le reliquat du passé pas si glorieux du bureau du médecin

expert général de Boston, résume Scarpetta. Regrettable. Elle a pratiquement fichu en l'air cet endroit à elle toute seule.

–J'apprécierais que tu jettes un œil au rapport. Je l'ai sur disque. J'aimerais savoir ce que tu penses de tout ça, des peintures. Il est très important que je sache si elle était vivante lorsqu'il lui a infligé ces faux tatouages. Dommage que nous ne puissions pas scanner le cerveau de la victime afin de rejouer la scène.

–Ce cauchemar-là, je ne suis pas sûre que tu aies envie d'y assister, répond-elle en prenant sa réflexion au pied de la lettre. Même toi, tu ne voudrais pas en être témoin, à supposer que cela soit possible.

–Basil, lui, aimerait bien que je le voie.

–Ce cher Basil, remarque-t-elle.

L'intrusion de Basil Jenrette dans l'existence de Benton la met toujours aussi mal à l'aise.

–D'un point de vue strictement théorique, aurais-tu envie de repasser la scène, si c'était possible ? s'enquiert Benton.

–Même s'il existait un moyen de repasser le film des derniers instants de quelqu'un, objecte-t-elle depuis la cheminée, je ne suis pas certaine de la fiabilité des informations que nous pourrions recueillir. Je crois que le cerveau a la capacité tout à fait remarquable de retraiter les événements, de façon à atténuer au maximum la souffrance et les traumatismes.

–À mon avis, certaines personnes sont même capables d'un processus de dissociation, approuve-t-il tandis que résonne la sonnerie du téléphone portable de Scarpetta.

Il s'agit de Marino qui lui enjoint :

–Appelez immédiatement le poste 243.

CHAPITRE 50

Le poste 243 correspond au laboratoire d'analyse des empreintes digitales. C'est également le lieu de rendez-vous favori du personnel de l'Académie, un endroit où se réunir et discuter des indices qui demandent différents types d'analyses médico-légales.

Les empreintes sont devenues tellement plus que ce qu'elles se contentaient d'être auparavant. Elles peuvent fournir de l'ADN, celui de leur propriétaire criminel mais également celui de la victime qu'il a touchée. Elles peuvent révéler des résidus de drogue ou d'un matériau quelconque, encre ou peinture, par exemple, qui exigeront ensuite une analyse à l'aide d'appareils aussi sophistiqués que le chromatographe en phase gazeuse, le spectrophotomètre ou le microscope à infrarouge de Fourier. Autrefois, une pièce à conviction fournissait une seule indication. Aujourd'hui, grâce à la complexité et la sensibilité des méthodologies et des équipements scientifiques, on parvient à les faire parler de bien diverses façons. Mais quel élément rechercher en premier lieu? Voilà tout le problème, car appliquer une batterie de tests afin d'obtenir une réponse peut entraîner l'éradication d'une autre information. Les chercheurs se réunissent donc, en général dans le labo de Matthew, pour débattre de ces aspects, décider des diverses analyses et de l'ordre dans lequel elles doivent être menées.

Lorsque Matthew a reçu les gants en latex découverts sur la scène de crime de Daggie Simister, il s'est trouvé confronté à tout un éventail de possibilités, dont aucune n'était infaillible. Il pouvait enfiler des gants d'examen en coton, et glisser par-dessus les gants retournés. L'utilisation de ses propres mains pour emplir le latex ramolli facilite le relevé et la photographie d'empreintes latentes. Toutefois, il courait alors le risque d'éliminer toute chance future de déceler des empreintes digitales, soit à l'aide de superglue, soit d'une source de lumière alternative ou encore de poudres luminescentes, ou bien en les traitant à la ninhydrine ou au diazafluorène. Chaque processus peut en contrecarrer un autre et les dégâts, une fois commis, sont irréversibles.

Il est huit heures et demie et le petit labo s'est transformé en mini-salle de conférence. Matthew, Marino, Joe Amos et trois techniciens sont agglutinés autour d'une grande caisse de plastique transparent, la cuve à superglue. Suspendus à des pinces, deux gants de latex retournés – dont l'un ensanglanté, dans lequel de petits trous ont été pratiqués – pendent au centre. Des prélèvements destinés à la recherche d'ADN ont été effectués des deux côtés des gants, en prenant le plus de précautions possible pour ne pas endommager les éventuelles empreintes. Ensuite, Matthew a dû décider quelles étaient les portes à ouvrir en premier. C'est ainsi qu'il se plaît à baptiser le processus de décision qui intègre à parts égales la compétence scientifique et l'instinct, l'expérience et la chance. Il a choisi de placer les gants, une feuille d'aluminium sur laquelle il a déposé de la superglue et une assiette d'eau chaude à l'intérieur de la cuve.

L'opération a fait apparaître une empreinte digitale, celle d'un pouce gauche, pétrifiée dans la colle durcie et blanchie. Il l'a relevée à l'aide d'un gel noir, puis photographiée.

– Toute la troupe est là, annonce-t-il à Scarpetta par l'intermédiaire du haut-parleur. Qui veut commencer ? demande-t-il en s'adressant à l'équipe réunie autour de la table d'examen. Randy ?

Randy, le technicien spécialiste de l'ADN, est un petit homme singulier, au grand nez et au regard paresseux. Il prend la parole avec sa pédanterie habituelle, laquelle rappelle instantanément à Matthew pourquoi il ne l'a jamais beaucoup apprécié.

– Eh bien, on m'a fourni trois sources potentielles d'ADN. Deux gants et deux empreintes d'oreilles, déclare-t-il.

La voix de Scarpetta emplit la pièce :

– Cela fait quatre.

– Oui, monsieur, rétorque Randy qui donne du « monsieur » à tout le monde, quel que soit le sexe de son interlocuteur, je voulais dire quatre. Nous espérions, bien entendu, découvrir de l'ADN à l'extérieur de l'un des gants, c'est-à-dire en premier lieu grâce au sang séché, et éventuellement à l'intérieur des deux gants. J'avais déjà extrait de l'ADN des empreintes d'oreilles, rappelle-t-il à l'assistance. J'ai réussi à effectuer des prélèvements non destructifs en évitant ce qui peut être considéré comme des variations individuelles, ou des traits potentiellement caractéristiques, tels que l'extension inférieure de l'anthélix. Ainsi que vous le savez, la confrontation de ce profil dans CODIS n'a rien donné. Cependant, nous venons de découvrir que l'ADN de l'oreille correspond à celui découvert à l'intérieur de l'un des gants.

– Un seul des gants ? demande Scarpetta.

– Celui qui est ensanglanté. Je n'ai rien trouvé sur l'autre. Je ne suis pas sûr qu'il ait été porté.

– Curieux, remarque Scarpetta d'un ton intrigué.

– Bien entendu, Matthew m'a apporté son concours, car je ne suis pas très au fait de l'anatomie de l'oreille et les empreintes digitales relèvent de son domaine de compétence plutôt que du mien, ajoute-t-il comme si cette précision ajoutait un élément de taille. Ainsi que je viens de le souligner, nous avons extrait l'ADN des régions spécifiques de l'hélix et du lobe et celui-ci appartient de toute évidence à la personne qui a porté un des gants. Je suppose donc que vous pourriez émettre l'hypothèse suivante : l'individu qui a collé l'oreille sur la vitre de cette maison est le même que celui qui a assassiné Daggie Simister. Ou en tout cas, il portait au moins un gant de latex sur la scène de crime.

– Combien de fois vous avez taillé votre foutu crayon pendant que vous faisiez tout ça ? lui chuchote Marino.

– Pardon ?

– Ça m'ennuierait vachement que vous oubliiez le moindre petit détail fascinant, poursuit-il à voix basse, pour que Scarpetta n'entende pas. Je parie que vous comptez les fissures du trottoir, et que vous remontez votre minuteur quand vous baisez.

– Randy, continuez, je vous en prie, intervient Scarpetta. Donc, aucun résultat dans CODIS ? Quel dommage !

Il confirme avec ses coutumières et interminables circonvolutions qu'une recherche dans la base de données des empreintes ADN, dont CODIS est l'acronyme, s'est soldée par un échec. Celui qui a abandonné cet ADN n'est pas enregistré dans la base, ce qui laisse supposer qu'il n'a jamais été arrêté.

– L'ADN extrait du sang provenant de cette boutique de Las Olas n'a rien donné non plus, poursuit-il à l'adresse du téléphone noir posé sur la paillasse. Cela étant, certains de ces échantillons ne sont pas du sang. J'ignore ce que c'est au juste, sinon qu'il s'agit d'un élément qui a entraîné un faux positif. Lucy a mentionné l'hypothèse du cuivre. Elle pense que le fongicide utilisé par ici pour traiter le chancre des agrumes pourrait être la substance qui a réagi au luminol. Vous savez, les pulvérisations de cuivre.

– Et sur quoi se base-t-elle ? demande Joe, un autre spécimen que Matthew ne supporte pas.

– Il y avait beaucoup de cuivre, à l'intérieur et à l'extérieur, sur la scène de crime.

Scarpetta demande :

– Revenons-en aux prélèvements effectués chez Beach Bums. Quels sont ceux qui se sont révélés être du sang humain ?

– Ceux du cabinet de toilette, contrairement à ceux effectués sur le sol de l'arrière-boutique. Il s'agit peut-être de cuivre. De même pour les traces provenant du break. Le tapis de sol côté conducteur qui a réagi au luminol, vous vous souvenez ? Il s'agit d'un autre faux positif. Cette fois encore, le cuivre n'est pas exclu.

– Phil ? Vous êtes là ?

– Oui, répond le technicien d'analyse de traces.

– Je suis désolée, déclare Scarpetta d'un ton qui paraît sincère, mais je veux que les labos passent au rythme supérieur.

– J'avais l'impression que c'était déjà le cas, qu'on avait mis toute la gomme, souligne Joe qui, même s'il se noyait, trouverait toujours le moyen d'en placer une.

D'un ton encore plus inflexible, Scarpetta poursuit :

– Je veux que tous les échantillons biologiques non encore traités le soient le plus rapidement possible, y compris les sources potentielles d'ADN provenant de la maison de Hollywood, celle où ont disparu les deux femmes et les deux petits garçons. Et faites passer tout ça dans CODIS. Nous allons procéder comme s'ils étaient tous décédés.

Des regards s'échangent dans l'assistance. C'est bien la première fois que Scarpetta énonce une chose pareille.

– C'est ce que j'appelle une preuve d'optimisme, remarque Joe.

– Phil, pourquoi ne pas passer au microscope électronique à balayage avec spectromètre d'émission X les résidus collectés des tapis de voiture, les indices du dossier Simister, ceux du break – tous ceux dont vous disposez, en fait ? suggère Scarpetta. Voyons s'il s'agit véritablement de cuivre.

– Il doit y en avoir partout, par ici.

– Non, pas partout. Tout le monde ne cultive pas des citronniers et tout le monde n'utilise pas des pulvérisations de cuivre. Cependant, pour l'instant, il s'agit d'un dénominateur commun à toutes les affaires que nous traitons.

— Et la boutique de la plage ? À mon avis, il n'y a pas de fruitiers par là-bas.

— Vous avez raison.

— Donc, si on retrouve du cuivre dans certains des prélèvements effectués sur place...

— Ce sera significatif, conclut Scarpetta. Nous devons nous poser des questions. Qui a amené ce cuivre dans la réserve de la boutique ? Qui l'a transporté dans le break ? Nous devons retourner dans la maison où ont disparu ces gens et chercher également des traces du métal là-bas. Vous avez relevé des éléments intéressants sur les éclats de béton de sol que nous avons rapportés, cette substance qui ressemblait à de la peinture rouge ?

— Pigment au henné dont je me demande s'il n'a pas été dilué dans un solvant de type alcoolique, absolument pas ce qui entre dans la composition des peintures murales, répond Phil.

— Ce pourrait être de la peinture corporelle, du tatouage provisoire ?

— Éventuellement. Cela étant, le problème avec les alcools, qu'il s'agisse d'une base éthanol ou isopropanol, c'est qu'on ne les détectera pas. Ils doivent s'être évaporés depuis le temps.

— En tout cas, il est intéressant d'en avoir déniché là-bas et qui ne semble pas récent. Quelqu'un peut-il informer Lucy de cette discussion ? Où est-elle ?

— J'sais pas, répond Marino.

— Il nous faut l'ADN de Florrie Quincy et de sa fille Helen, continue Scarpetta. Nous devons vérifier que le sang retrouvé chez Beach Bums est bien le leur.

— Celui du cabinet de toilette provient d'une seule personne, intervient Randy. Dans le cas contraire, nous pourrions avec certitude déterminer si les deux individus partagent un lien de famille. S'il s'agit d'une mère et d'une fille, par exemple.

— Je vais m'y mettre, propose Phil. Je parle de l'examen au microscope électronique à balayage.

— À combien d'affaires sommes-nous confrontés, au juste ? demande alors Joe. Partez-vous de l'hypothèse qu'elles sont

357

toutes liées ? Est-ce la raison pour laquelle nous devons travailler comme s'ils étaient tous morts ?

— Je ne considère pas qu'il existe un lien entre toutes, toutefois, je le redoute, explique Scarpetta.

— Aucun résultat dans CODIS, comme je le disais à propos du dossier Simister, reprend Randy. Cependant, l'ADN provenant de l'*intérieur* du gant de latex ensanglanté est différent de celui du sang qui macule l'*extérieur*. Rien de surprenant à cela. Le porteur des gants a abandonné des cellules de peau à l'intérieur, tandis que le sang de l'extérieur appartient à quelqu'un d'autre, en tout cas, c'est ce qu'on pourrait supposer, conclut-il.

Matthew ne comprend pas comment ce type peut être marié. Qui est capable de vivre avec lui et de le supporter ?

— Est-ce le sang de Daggie Simister ? demande carrément Scarpetta.

Il lui paraît assez logique de supposer que le gant retrouvé sur les lieux de l'homicide de Daggie Simister soit couvert de son sang.

— Eh bien, en fait, le sien, c'est celui retrouvé sur le tapis.

— Il parle du tapis près de la fenêtre, là où nous pensons qu'elle a été assommée, précise Joe.

— Moi, je parle de celui du gant. Appartient-il à Daggie Simister ? insiste Scarpetta d'un ton que gagne l'énervement.

— Non, monsieur. Le sang du gant appartient incontestablement à quelqu'un d'autre, ce qui est curieux, explique Randy d'un ton fastidieux. En effet, on pourrait s'attendre à ce que ce soit le cas.

Seigneur, le voilà reparti, gémit intérieurement Matthew.

— Donc, ces gants de latex ont été retrouvés sur la scène du crime. L'un est couvert de sang à l'extérieur, mais pas à l'intérieur.

— Et pourquoi y en aurait-il à l'intérieur ? grommelle Marino.

— Mais, justement, il n'y en a pas.

— Ça va, j'ai compris, mais pourquoi y en aurait-il ?

— Eh bien, par exemple, si le coupable s'était blessé, qu'il saigne dedans. Il aurait pu se couper alors qu'il était ganté, c'est un phénomène que j'ai déjà constaté lors d'homicides à l'arme blanche. L'assassin enfile des gants, s'entaille, et son sang coule à l'intérieur. Mais de toute évidence, ce n'est pas ce qui s'est passé ici. Ce qui m'amène à la question primordiale que je formule au sujet de cette affaire Simister : si le sang est celui de l'assassin, pourquoi se trouve-t-il à l'extérieur du gant ? Et pourquoi cet ADN est-il différent de celui que j'ai à l'intérieur ?

— Selon moi, l'explication s'impose d'elle-même, intervient Matthew.

Il ne supportera pas d'écouter une minute de plus le monologue dédaigneux et tortueux de Randy, sinon il va devoir sortir, faire semblant d'aller aux toilettes, prétexter une course urgente, avaler du poison, ou Dieu sait quoi d'autre.

— Si l'assassin a touché quelqu'un ou quelque chose d'ensanglanté, c'est à l'extérieur du gant que l'on s'attend à retrouver du sang, poursuit Randy.

Ils savent tous à quelle conclusion il va aboutir, sauf Scarpetta. Toutefois, l'ADN est la chasse gardée de Randy : il est en train de faire durer le suspense, et personne ne va lui voler la vedette.

— Randy ? intervient Scarpetta du ton qu'elle utilise lorsqu'il embrouille et agace tout le monde, elle y compris. Savons-nous à qui appartient ce sang ?

— Oui, monsieur ! Enfin, presque. Il s'agit de Johnny Swift, ou bien de son frère Laurel, finit-il par cracher. Ce sont de vrais jumeaux, leur ADN est identique.

Un long silence s'installe.

— Vous êtes toujours là ? demande Marino à Scarpetta. Je vois vraiment pas comment ça pourrait être le sang de Laurel. C'est pas lui qui a laissé du sang partout dans le salon quand on a fait sauter la tête de son frère.

— En tout cas, moi, je suis complètement dans le brouillard, intervient pour la première fois Mary, la toxicologue. Johnny Swift a été tué en novembre dernier, comment son sang peut-il faire brusquement son apparition dix semaines plus tard dans une affaire qui ne semble entretenir aucun lien avec la première ?

La voix de Scarpetta remplit la pièce lorsqu'elle résume :

—Pourquoi son sang se trouve-t-il tout bonnement sur la scène du crime de Daggie Simister ?

—Les gants ont pu être placés là exprès, c'est du domaine du possible, suggère Joe.

—C'est peut-être le moment d'y aller d'une super évidence ! aboie Marino. Et un autre truc évident, c'est que celui qui a fait sauter la tête de la pauvre vieille est en train de nous dire qu'il a quelque chose à voir avec la mort de Johnny Swift. Quelqu'un est en train d'essayer de nous baiser.

—Il avait été opéré récemment...

—Conneries ! le coupe Marino. Y a aucune raison que ces foutus gants aient un rapport avec une opération du canal carpien. Seigneur, vous êtes en train de chercher des moutons à cinq pattes là où il n'y en a pas !

—Qu'est-ce que vous racontez ?

—Je raconte que ce message est limpide ! répète Marino d'une voix forte en faisant les cent pas dans le labo, le teint rouge brique. Celui qui a tué la vieille dame nous déclare qu'il a aussi buté Johnny Swift. Et les gants, c'est pour nous faire chier !

—Nous ne pouvons pas exclure l'hypothèse qu'il s'agisse du sang de Laurel, intervient Scarpetta.

—Cela expliquerait du même coup un certain nombre de choses, approuve Randy.

—Ça explique que dalle ! Si Laurel a tué Mrs Simister, pourquoi il irait laisser son sang dans le lavabo, hein ? rétorque Marino.

—Alors, c'est peut-être celui de Johnny Swift.

—Fermez-la, Randy, ça me défrise !

—Vous n'avez pas de cheveux, Pete, répond Randy très sérieusement.

—Et vous pouvez me dire comment on va déterminer si c'est Laurel ou Johnny, puisque leur ADN est censément le même ?

s'exclame Marino. Tout ça est tellement merdique que c'en est même pas drôle.

Il jette un regard accusateur à Randy, puis à Matthew, avant de revenir au premier :

— Vous êtes sûr que vous vous êtes pas emmêlé les pinceaux quand vous avez réalisé vos tests ?

Il se fiche pas mal de laisser libre cours à son mauvais esprit ou de mettre en cause les compétences de quelqu'un devant tout le monde, et s'obstine :

— Y en a pas un de vous deux qui aurait confondu des prélèvements, un truc dans ce genre ?

— Non, monsieur, absolument pas ! s'offusque Randy. Matthew a reçu les prélèvements, j'ai pratiqué les extractions et les analyses, et j'ai rentré les résultats dans CODIS. La chaîne des indices n'a connu aucune rupture. Il se trouve que l'ADN de Johnny Swift est dans la base de données, puisque maintenant on y enregistre également les empreintes génétiques des défunts autopsiés. En d'autres termes, celle de Johnny Swift s'y trouve depuis le mois de novembre. Je ne pense pas me tromper sur ce point, n'est-ce pas ? Vous êtes toujours là ? demande-t-il à Scarpetta.

— Je suis là... commence celle-ci.

Joe l'interrompt en pontifiant à son habitude :

— Depuis l'année dernière, le protocole impose d'intégrer tous les dossiers, qu'il s'agisse d'accidents, de suicides, d'homicides ou même de morts naturelles. Le fait qu'il s'agisse d'une victime, ou que sa mort soit dénuée de lien avec un quelconque crime, ne signifie en rien que cette personne n'ait pas été mêlée à une activité criminelle à un moment donné de son existence. Je suppose que nous sommes certains du fait que les Swift étaient des vrais jumeaux ?

— Ils avaient l'air pareil, parlaient pareil, s'habillaient pareil, baisaient pareil, lui chuchote Marino.

La voix de Scarpetta résonne :

— Marino ? La police a-t-elle fourni un prélèvement de l'ADN de Laurel Swift à l'époque du décès de son frère ?

361

SANS RAISON

— Non, y avait pas de raison.

— Même pas dans un but éliminatoire ? demande Joe.

— Éliminatoire de quoi ? L'ADN n'était pas pertinent. L'ADN de Laurel se trouvait partout dans cette maison, c'est là qu'il vit.

— Il serait souhaitable que nous puissions procéder à l'empreinte ADN de Laurel, intervient Scarpetta. Matthew ? Vous avez utilisé des produits chimiques sur le gant ensanglanté ? Quoi que ce soit qui puisse poser des problèmes si nous décidions de procéder à d'autres examens ?

— De la superglue, c'est tout. À ce propos, j'ai rentré dans la base l'unique empreinte relevée, sans aucun résultat. Il n'y a rien dans AFIS et je n'ai pas pu la comparer à l'empreinte partielle prélevée sur la ceinture de sécurité du break. Nous ne disposions pas d'assez de détails de relief.

— Mary ? Je veux que vous effectuiez des prélèvements du sang sur ce gant.

— La superglue n'a sans doute rien modifié, puisqu'elle ne réagit pas avec le sang, mais avec les acides aminés de la sueur, se sent obligé d'expliquer Joe. Nous ne devrions pas avoir d'ennui.

— Je serai ravi de lui fournir un prélèvement, offre Matthew. Il reste largement assez de latex ensanglanté.

— Marino ? Je veux que vous alliez sortir le dossier de Johnny Swift archivé au bureau du médecin légiste, demande Scarpetta.

— Je peux le faire ! intervient vivement Joe.

— Marino ? réitère Scarpetta. Son empreinte ADN doit figurer dans son dossier avec une goutte de son sang. Nous en réalisons toujours plusieurs exemplaires.

— Tu frôles seulement ce dossier et je t'enfonce les dents jusqu'au nombril, souffle Marino à Joe.

— Vous pouvez placer un de ces relevés dans une enveloppe à indices pour la confier ensuite à Mary, continue Scarpetta. Quant à vous, Mary, comparez un prélèvement du sang de cette fiche au fameux gant.

362

—Je ne suis pas sûre de comprendre, hésite la scientifique.

Matthew ne peut lui en vouloir. Même en cherchant bien, il ne voit pas du tout ce qu'une toxicologue pourrait faire d'un échantillon de sang séché provenant d'un relevé ADN et d'un autre récupéré d'un gant.

—Vous voulez dire Randy, peut-être? suggère Mary. Vous faites allusion à des examens ADN supplémentaires?

—Non. Je veux que vous vérifiiez la présence de lithium.

Son Treo dans la poche, l'écouteur à l'oreille, Scarpetta apprête un poulet.

—À l'époque, on n'a pas recherché la présence de cette substance, explique-t-elle à Marino. Si Johnny était toujours sous lithium, son frère ne l'a, de toute évidence, pas mentionné à la police.

—Ils auraient dû trouver des médicaments sur les lieux, non? Qu'est-ce que c'est que ce bruit?

—Je suis en train d'ouvrir des boîtes de fond de volaille. Dommage que vous ne soyez pas là. Je ne sais pas pour quelle raison ils n'ont pas mis la main sur le lithium, continue-t-elle en vidant le contenu des boîtes de conserve dans une casserole de cuivre. Il n'est pas exclu que son frère ait fait disparaître les flacons afin que la police ne sache rien de ses problèmes.

—Pourquoi? C'est quand même pas de la cocaïne!

—Johnny Swift était un neurologue réputé, il ne tenait sans doute pas à ce que les gens apprennent qu'il souffrait d'un désordre psychiatrique.

—Maintenant que vous le dites, c'est sûr que je voudrais pas qu'un mec présentant des altérations du comportement me trifouille le cerveau.

Scarpetta émince des oignons.

—En fait, son désordre bipolaire n'influait probablement pas du tout sur ses talents de médecin, mais le monde est plein d'ignorants. Encore une fois, nous devons considérer l'éventualité que Laurel ait tenu à dissimuler à la police le problème de son frère.

— C'est pas logique. À moins qu'il nous ait raconté des bobards, il s'est précipité dehors dès qu'il a trouvé le corps. Il a pas l'air de s'être trimballé dans toute la maison histoire de récupérer des comprimés.

— Vous allez devoir lui poser la question.

— Dès qu'on aura les résultats concernant le lithium. Je préfère y aller avec toutes les cartes en main. Et pour l'instant, on a un problème plus grave que ça sur les bras.

— Ah, parce que les choses peuvent encore empirer ? rétorque-t-elle en découpant le poulet.

— C'est à propos de la cartouche de fusil à pompe. Celle pour laquelle on a eu une correspondance dans la base NIBIN pour cette affaire à Walden Pond.

— Je voulais rien dire devant les autres, explique Marino collé au téléphone, enfermé à clé dans son bureau. Nous avons un problème en interne, il n'y a pas d'autre explication. Voilà ce qui s'est passé, continue-t-il. Tôt ce matin, j'ai eu une conversation avec un copain à moi, un gars qui appartient aux forces de police de Hollywood. Il est responsable de la salle des pièces à conviction. Il a vérifié sur son ordinateur et ça lui a pris à peine cinq minutes pour accéder à l'info sur ce fusil utilisé dans le braquage de l'épicerie il y a deux ans. Devinez où il est censé se trouver, ce fusil, doc ? Vous êtes bien assise ?

— Inutile. Racontez-moi.

— Dans notre propre putain de collection de référence.

— À l'Académie ? Notre collection d'armes à feu de l'Académie ?

— La police de Hollywood nous en a fait don il y a environ un an, à l'époque où ils nous ont fourgué un tas d'autres armes dont ils n'avaient plus besoin. Vous vous souvenez ?

— Vous êtes-vous rendu au labo de balistique pour vérifier qu'il ne s'y trouvait plus ?

– Évidemment qu'il y est pas. Logique, puisqu'il vient d'être utilisé pour descendre une bonne femme par là-haut, où vous êtes actuellement.

– Marino, allez vérifier tout de suite. Ensuite, rappelez-moi.

CHAPITRE 51

O dd fait la queue, planté derrière une grosse dame en survêtement rose criard. D'une main, il tient ses boots, de l'autre un sac fourre-tout, son permis de conduire et sa carte d'embarquement. Il avance et place ses boots et son manteau dans le conteneur en plastique.

Il pose ensuite le conteneur et le sac sur le tapis roulant noir et regarde les objets s'éloigner. Il se tient les deux pieds joints, exactement sur les marques blanches tracées sur la moquette, et un officier de sécurité de l'aéroport lui fait signe d'approcher. Il passe le portique aux rayons X, aucune sonnerie ne se déclenche. Il montre sa carte d'embarquement, reprend ses boots et son manteau, s'empare de son sac. Il se dirige ensuite vers la porte d'embarquement numéro 21 sans que personne lui prête attention.

L'odeur des cadavres en décomposition flotte toujours dans ses narines. Il ne parvient pas à se débarrasser de la puanteur. Peut-être s'agit-il d'une hallucination olfactive. Il en a déjà eu. Quelquefois, il lui semble renifler l'eau de Cologne Old Spice, celle qu'il a sentie quand il a fait la vilaine chose sur le matelas et qu'on l'a envoyé ensuite dans cet endroit dans lequel s'élevaient de vieux immeubles de brique rouge, là où il faisait froid et où il neigeait, là où il se rend maintenant. Il ne neige pas trop. Il a consulté la météo avant de prendre un taxi pour se rendre à l'aéroport. Il ne tenait pas à laisser sa Chevy Blazer sur le parking longue durée. Cela coûte très cher et si jamais quelqu'un regardait à l'arrière, ce ne serait pas génial, étant entendu qu'il ne l'a pas très bien nettoyée.

Son sac ne contient pas grand-chose. Il n'a besoin que de vêtements de rechange, de quelques objets de toilette, et d'autres boots qui lui iront mieux. Il n'a plus besoin des vieilles. On peut considérer qu'elles sont devenues un déchet toxique. L'idée l'amuse. En y réfléchissant, peut-être devrait-il les garder à perpétuité, songe-t-il tandis qu'il se dirige vers la porte d'embarquement. Elles sont chargées d'histoire, ont déambulé à certains endroits comme s'il en était le propriétaire, ont enlevé des gens comme s'ils étaient sa propriété, ont grimpé sur des choses pour espionner, ont pénétré effrontément partout, l'ont mené de pièce en pièce, de place en place, pour obéir à ce que commandait Dieu. Pour punir. Pour dérouter les gens. Le fusil. Le gant. Pour leur montrer.

Dieu est dotée d'un QI de cent cinquante.

Ses boots l'ont mené droit à l'intérieur de la maison. Il avait enfilé sa cagoule avant même qu'ils aient eu le temps de réaliser quoi que ce soit. Fanatiques religieuses débiles. Petits orphelins débiles. Petit orphelin débile dans la pharmacie, avec la Maman numéro un qui lui tenait la main le temps qu'on lui prépare son ordonnance. Espèce de cinglés. Odd déteste les cinglés, les fanatiques religieux, les petits garçons, les petites filles, l'Old Spice. Ce grand flic débile de Marino porte de l'Old Spice. Odd déteste le Dr Self. Il aurait dû la balancer sur le matelas, s'amuser avec les cordes, lui en faire voir, après ce qu'elle a fait.

Mais il n'en a plus le temps. Dieu n'est pas contente.

Il n'avait plus le temps de punir la pire de toutes.

Il faudra que tu reviennes, a dit Dieu. *Avec Basil, cette fois-ci.*

Les boots d'Odd avancent vers la porte d'embarquement, le conduisent à Basil. De nouveau, ils s'amuseront ensemble, comme autrefois, quand Odd, après avoir fait la vilaine chose, avait été éloigné là-bas, avant d'être renvoyé chez lui et de rencontrer Basil dans un bar.

Il n'a jamais eu peur de Basil. Rien chez lui ne l'a jamais rebuté, dès le premier instant où ils se sont retrouvés assis l'un à côté de l'autre, sirotant de la tequila. Ils ont bu plusieurs verres, et Odd a bien vu qu'il n'était pas comme les autres.

— *Vous êtes différent*, lui a-t-il dit.

— *Je suis flic*, a répondu Basil.

Cela se passait à South Beach, où Odd draguait et traînait souvent, en quête de sexe et de drogue.

— *Vous n'êtes pas seulement flic, je le sais*, a rétorqué Odd.

— *Ah, vraiment ?*

— *Je le sais. Je vois à travers les gens.*

— *Et si je t'emmenais quelque part*, a suggéré Basil.

Odd a éprouvé le sentiment que Basil aussi l'avait percé à jour.

— *Il y a un truc que tu pourrais faire pour moi*, a ajouté Basil.

— *Et pourquoi je le ferais ?*

— *Parce que tu vas aimer ça.*

Plus tard ce soir-là, Odd s'est retrouvé dans la voiture de Basil. Il ne s'agissait pas d'une voiture de police, mais de son véhicule personnel, une Ford LTD qui avait l'air d'une voiture banalisée, quoique n'en étant pas une. La scène ne se déroulait pas à Miami, et il n'aurait pas pu se trimballer avec une voiture à l'écusson de « Dade County », quelqu'un aurait pu la remarquer. Odd a été déçu parce qu'il adore les voitures de police, les sirènes et les gyrophares. Toutes ces lumières qui clignotent lui rappellent la Boutique de Noël.

Le soir où ils se sont rencontrés, après s'être pas mal baladés en fumant du crack, Basil lui a dit :

— *Si tu leur fais la conversation, elles vont pas y réfléchir à deux fois.*

– *Pourquoi moi ?* a demandé Odd.

Contrairement à ce que lui dictait le bon sens, il n'éprouvait pas la moindre frayeur. Basil tue lorsque l'envie l'en prend. Il a toujours procédé de la sorte. Il aurait pu abattre Odd, très facilement.

Dieu a expliqué à Odd ce qu'il devait faire, et c'est ce qui a préservé sa sécurité.

Basil a repéré la fille. Il s'est avéré plus tard qu'elle avait dix-huit ans. Elle tirait de l'argent au distributeur automatique. Elle avait garé sa voiture juste devant et le moteur tournait. Idiote. Ne jamais tirer de l'argent à la nuit tombée, surtout quand on est une jeune et jolie fille toute seule, en short et T-shirt moulant. Quand on est une jeune et jolie fille, des choses terribles vous arrivent.

– *Donne-moi ton couteau et ton flingue*, a lancé Odd à Basil.

Il a glissé le flingue dans sa ceinture, et s'est entaillé le pouce à l'aide du couteau. Il s'est barbouillé le visage de sang, a enjambé la banquette, et s'est allongé derrière. Basil s'est approché du distributeur automatique, et est sorti de la voiture. Il a ouvert la portière arrière, et vérifié qu'Odd avait l'air amoché.

– *Ça va aller*, a-t-il chuchoté à Odd, avant de se tourner vers la fille. *Je vous en prie, aidez-nous. Mon copain est blessé. Où se trouve l'hôpital le plus proche ?*

– *Oh mon Dieu ! il faut appeler la police !* a-t-elle crié en extirpant son portable de son sac.

Basil l'a projetée avec violence sur la banquette arrière, et Odd lui a braqué l'arme sur le visage.

Ils se sont éloignés.

– *Merde, tu es doué !* a fait Basil en riant, complètement pété. *Maintenant, il faudrait qu'on sache dans quelle direction on va.*

– *Je vous en prie, ne me faites pas de mal*, geignait la fille entre deux sanglots.

Odd a ressenti quelque chose, assis là derrière, la menaçant de son arme tandis qu'elle suppliait et pleurait. Il avait envie de sexe.

— La ferme ! Ça sert à rien de pleurer, a lancé Basil à la fille. *Il faudrait qu'on se trouve un endroit. Le parc, peut-être ? Non, il y a des patrouilles.*

— Je connais un endroit, a proposé Odd. *Personne ne nous trouvera jamais là-bas. C'est parfait. On peut prendre notre temps, tout le temps du monde.*

Il était sexuellement excité, il avait terriblement envie de faire l'amour.

Il a conduit Basil à la maison, celle qui tombe en ruine, sans eau ni électricité, avec un matelas et plein de revues cochonnes dans la pièce du fond. C'est Odd qui a trouvé comment les attacher pour qu'elles ne puissent pas s'asseoir sans avoir les bras relevés.

— Haut les mains !

Comme dans les dessins animés.

— Haut les mains !

Comme dans les westerns ringards.

Odd est la personne la plus géniale qu'il ait jamais rencontrée, lui a dit Basil. Après avoir emmené là-bas des femmes à plusieurs reprises, les y avoir gardées jusqu'à ce qu'elles puent trop, qu'elles soient trop infectées, ou qu'ils s'en soient trop servis, Odd a parlé à Basil de la Boutique de Noël.

— Tu l'as déjà vue ?

— Non.

— Impossible de la rater. Juste sur la plage, le long de la A1A. La bonne femme est pleine aux as.

Odd a expliqué que le samedi il n'y a qu'elle et sa fille là-dedans. Quasiment personne ne rentre dans cette boutique. Qui irait acheter des trucs de Noël à la plage en plein mois de juillet ?

— Je t'assure.

Il n'était pas censé opérer dans le magasin.

Et puis, avant que Odd ait pu réaliser ce qui se passait, Basil avait emmené la femme derrière, l'avait violée, l'avait poignardée, du sang giclait partout, pendant que Odd regardait la scène en calculant comment ils allaient s'en sortir.

370

Le bûcheron sculpté à la main debout près de la porte mesurait un mètre cinquante. Il portait une véritable hache, une antiquité à la poignée de bois incurvée et à la lame d'acier brillante, dont la moitié était peinte en rouge sang. C'est Odd qui y a pensé.

Environ une heure plus tard, Odd a sorti les sacs poubelle, a vérifié qu'il n'y avait personne dans les parages. Il les a fourrés dans le coffre de la voiture de Basil. Personne ne les a vus.

Un mois plus tard, Basil a recommencé, a essayé de s'emparer de deux femmes à la fois. Odd ne se trouvait pas avec lui. Basil les a obligées à monter dans la voiture, mais cette foutue bagnole est tombée en panne. Basil n'a jamais parlé de Odd à personne. Il l'a protégé, et maintenant, c'est au tour de Odd de lui renvoyer l'ascenseur.

Il a écrit à Basil :

« Ils mènent une étude là-haut. La prison est au courant, on lui a demandé des volontaires. Ce serait bien pour toi. Tu pourrais faire quelque chose de constructif. »

C'était une lettre aimable et inoffensive, l'administration pénitentiaire n'y a rien trouvé à redire. Basil a fait savoir au directeur qu'il voulait se porter volontaire pour une étude en cours dans l'État du Massachusetts. Il voulait payer pour ses péchés et, si les médecins pouvaient apprendre ce qui ne fonctionnait pas chez des gens comme lui, cela ferait peut-être une différence. Que le directeur ait été conscient des manipulations de Basil demeure sujet à conjectures. Toujours est-il qu'en décembre dernier Basil a été transféré au Butler State Hospital.

Tout cela grâce à Odd. L'Œil de Dieu.

Depuis, ils ont dû mettre au point un mode de communication plus ingénieux. Dieu a montré à Odd comment transmettre tout ce qu'il veut à Basil. Dieu possède un QI de cent cinquante.

Arrivé devant la porte d'embarquement numéro 21, Odd s'installe sur un siège aussi éloigné que possible des autres passagers. Il attend le vol de neuf heures qui doit atterrir à midi. Il descend la fermeture à glissière de son sac et en tire une lettre que Basil lui a écrite il y a plus d'un mois.

« *J'ai bien eu les revues de pêche. Merci beaucoup. J'en apprends toujours dans leurs articles. Basil Jenrette.*

P.S. Ils vont me remettre dans ce foutu tube – jeudi 17 février. Mais ils m'ont promis que ce serait rapide. "Vous y rentrez à dix-sept heures et vous en ressortez un quart d'heure plus tard." Des promesses, toujours des promesses. »

CHAPITRE 52

La neige s'est arrêtée, et le bouillon de poule mijote doucement. Scarpetta verse deux tasses de riz italien Arborio et
ouvre une bouteille de vin blanc sec.

Sur le seuil de la cuisine, elle appelle Benton :

– Tu peux descendre ?

– Tu peux monter, s'il te plaît ? répond-il en retour depuis
son bureau, situé au sommet de l'escalier de service.

Elle jette une noix de beurre dans une poêle et fait brunir le
poulet puis verse le riz dans le bouillon. La sonnerie de son
portable résonne : c'est Benton.

– C'est ridicule, déclare-t-elle en regardant l'escalier qui
mène à son bureau. Tu peux descendre, s'il te plaît ? Je suis
en train de cuisiner. C'est l'enfer en Floride, il faut que je
te parle, poursuit-elle en mouillant la volaille d'un peu de
bouillon.

– Et toi, il faut vraiment que tu viennes voir ça.

L'entendre au téléphone et en écho dans l'escalier, canon
de voix identiques, la déconcerte et elle répète :

– C'est ridicule.

– J'ai une question à te poser. Pour quelle raison pourrait-elle avoir des échardes entre les omoplates ?

– Des échardes de bois ?

– Des échardes enfoncées dans une zone de peau éraflée, juste dans le dos, entre les omoplates. Je me demande si tu peux déterminer si cela s'est produit avant ou après la mort.

– Peut-être a-t-elle été frappée avec un objet en bois, ou traînée sur un plancher. Il pourrait y avoir de multiples raisons, je suppose, dit-elle en retournant le poulet à l'aide d'une fourchette.

– Si elle a été traînée, elle devrait en avoir également ailleurs, non ? Enfin du moins si elle était nue lorsqu'elle a été traînée sur un vieux plancher ?

– Pas nécessairement.

– J'aimerais vraiment que tu montes.

– Des blessures de défense ?

– Pourquoi ne viens-tu pas ?

– Dès que le déjeuner sera prêt. Agression sexuelle ?

– Rien ne le laisse à penser, mais la motivation est sexuelle, sans aucun doute possible. Je n'ai pas faim, pour l'instant.

Elle remue le riz, et pose la cuillère sur un papier absorbant.

– Aucune autre source potentielle d'ADN ? demande-t-elle.

– Du genre ?

– Je ne sais pas. Elle lui a peut-être mordu le nez, ou un doigt et on l'a retrouvé dans son estomac.

– Je parle sérieusement, Kay.

– De la salive, des cheveux, du sang. J'espère qu'ils ont effectué sur elle tous les prélèvements possibles et imaginables et vérifié le moindre détail.

– Pourquoi ne pas discuter de tout ça là-haut ?

Scarpetta ôte son tablier et se dirige vers l'escalier, toujours munie de son téléphone, en songeant à quel point il est stupide de communiquer par téléphone portable dans la même maison.

—Je raccroche, annonce-t-elle une fois parvenue en haut des marches.

Il est assis dans son fauteuil de cuir noir et leurs regards se croisent.

—Heureusement que tu n'es pas arrivée une seconde plus tôt, j'étais au téléphone avec une femme extraordinairement belle, remarque-t-il.

—Heureusement que tu n'étais pas dans la cuisine pour entendre à qui je parlais.

Elle fait glisser un siège près de lui et contemple son écran d'ordinateur. Sur celui-ci s'étale une photo de la morte. Elle gît sur le ventre, allongée sur la table d'autopsie. On distingue les empreintes de mains peintes sur son corps.

—Peut-être faites avec un stencil, éventuellement à l'aérographe, commente Scarpetta.

Benton agrandit la zone délimitée par les omoplates, et Scarpetta étudie la peau à vif.

—Pour répondre à l'une de tes questions, oui, il est possible de déterminer si une abrasion dans laquelle sont incrustées des échardes a pu se produire avant ou après la mort. Tout dépend si on constate une réaction tissulaire. Je suppose que tu n'as pas de résultats histologiques ?

—J'ignore s'ils ont préparé des lames.

—Thrush a-t-il la possibilité d'avoir accès à un microscope électronique à balayage ?

—Les labos de la police d'État ont tout le matériel nécessaire.

—Je suggère qu'il obtienne un échantillon des échardes supposées, qu'il les agrandisse de cent à cinq cents fois et qu'il regarde à quoi ça ressemble. Ce serait également une bonne idée de rechercher la présence de cuivre.

—Pourquoi ? fait Benton en la regardant avec un haussement d'épaules.

—Il est possible qu'on en retrouve un peu partout et même

dans la réserve de l'ancienne Boutique de Noël. Il pourrait s'agir d'un traitement.

—La famille Quincy travaillait dans l'aménagement de jardins. Je suppose que beaucoup de pépiniéristes utilisent ce type de produits phytosanitaires. Ils en ont peut-être ramené dans la boutique en question.

—Il se peut qu'il y ait également de la peinture corporelle là-bas, dans la réserve où nous avons trouvé du sang, ajoute Scarpetta.

Benton demeure silencieux. Un autre détail lui revient à l'esprit.

—Il s'agit d'un dénominateur commun à tous les meurtres de Basil. On a retrouvé des traces de cuivre sur toutes ses victimes, en tout cas celles que nous avons identifiées comme telles. Il y avait également du pollen de fleurs de citronnier, ce qui ne signifiait pas grand-chose, étant entendu qu'on en trouve partout en Floride. Personne n'a songé aux pulvérisations de cuivre. Il les a peut-être emmenées dans un endroit où poussent des agrumes, où l'on a pratiqué ce genre de pulvérisations.

Il jette un œil au ciel gris par la fenêtre, tandis qu'une déneigeuse œuvre bruyamment dans la rue.

—À quelle heure dois-tu sortir ? demande Scarpetta en cliquant sur une photo de l'abrasion qui s'étale sur le dos de la victime.

—Pas avant la fin de l'après-midi. Basil arrive à dix-sept heures.

—Magnifique. Tu vois à quel point cette petite zone distincte est enflammée ? dit-elle en la désignant du doigt. Le frottement de la peau contre une surface rugueuse a ôté la couche épithéliale. Quand tu effectues un zoom, ajoute-t-elle en joignant le geste à la parole, tu peux distinguer le fluide séro-sanguin en surface de l'abrasion, avant que le corps ait été nettoyé. Tu vois ?

—D'accord, on dirait une petite croûte, mais elle ne recouvre pas toute la zone.

– Lorsqu'une égratignure est suffisamment profonde, les vaisseaux laissent échapper ce fluide. Mais tu as raison, il n'y a pas de croûte sur la totalité, ce qui laisse à penser que cette zone est en réalité une succession d'écorchures survenues à différentes époques, des blessures provoquées par un contact répété avec une surface rugueuse.

– Curieux. J'essaie d'imaginer ce que cela pourrait être.

– Dommage que je n'aie pas l'histologie. Les polynucléaires nous indiqueraient si la blessure remonte entre quatre et six heures. Quant aux croûtes brun-rouge, elles commencent à apparaître après huit heures, au minimum. Ce qui prouve que la victime a survécu au moins un petit moment après la survenue de ces éraflures.

Scarpetta étudie de très près d'autres photos, tout en griffonnant des notes sur un bloc de papier.

– Si tu examines les photos 13 à 18, tu distingues de petits gonflements rouges localisés sur les jambes et les fesses de la victime. Je dirais qu'il s'agit de piqûres d'insectes qui ont commencé à guérir. Et si tu retournes à la photo de l'abrasion, il y a également des boursouflures localisées, et une hémorragie pétéchiale très modeste qu'on peut attribuer à des piqûres d'araignée. Si je ne me trompe pas, on devrait voir au microscope une congestion des vaisseaux sanguins et une infiltration de globules blancs, essentiellement des éosinophiles, quoique cela dépende de sa réaction. Dans l'éventualité d'un choc anaphylactique, nous pourrions également rechercher les niveaux de tryptase, mais le résultat n'est pas très probant. Cependant, cela m'étonnerait. Elle n'est de toute façon pas morte d'un choc anaphylactique provoqué par une piqûre d'insecte. Si seulement j'avais accès à cette fichue histologie ! Il pourrait y avoir là-dedans plus que des échardes. Des poils urticants, par exemple. Les araignées, et particulièrement les tarentules, projettent leurs poils, cela fait partie de leur mécanisme de défense. Le lieu de culte d'Ev et Kristin est voisin d'un magasin d'animaux de

377

compagnie d'un genre un peu particulier. Ils vendent des tarentules.

— Des démangeaisons ? demande Benton.

— Si des poils urticants l'ont frôlée, la démangeaison a dû être infernale. Elle s'est peut-être frottée contre quelque chose, jusqu'à se mettre à vif.

CHAPITRE 53

Elle a souffert.

– Quel que soit l'endroit où elle a été détenue, elle a souffert de terribles piqûres qui la grattaient en permanence, déclare Scarpetta.

– Des moustiques ? suggère Benton.

– Avec une seule piqûre ? Une seule mauvaise piqûre entre les omoplates ? Son corps ne porte aucune autre abrasion accompagnée d'inflammation, sauf au niveau des articulations, continue-t-elle, du type qu'on retrouve lorsque la personne est à genoux, ou se redresse sur les coudes en s'appuyant sur une surface rêche. Toutefois ça, ajoute-t-elle en désignant de nouveau la zone située entre les omoplates, ça n'y ressemble pas du tout.

– Ma théorie, basée sur les éclaboussures de sang sur son pantalon, c'est qu'il l'a abattue alors qu'elle était agenouillée. On peut avoir des écorchures aux genoux, même avec un pantalon ?

– Bien sûr.

379

–Alors il l'a tuée d'abord et dévêtue ensuite, ce qui nous ouvre une tout autre interprétation, n'est-ce pas ? S'il voulait véritablement la terroriser et l'humilier sexuellement, il l'aurait fait déshabiller, l'aurait obligée à s'agenouiller nue, puis lui aurait mis le canon du fusil dans la bouche avant d'appuyer sur la détente.

–Et la douille dans le rectum ?

–Il pourrait s'agir de colère. Il voulait peut-être que nous la retrouvions et que nous établissions le lien avec la Floride.

–Tu suggères que le meurtre aurait pu être impulsif, le résultat d'un état de fureur ? Cependant, il existerait également un élément significatif de préméditation, de mise en scène ou de jeu, comme s'il tenait à ce que le lien avec le braquage soit avéré ? insiste Scarpetta en le regardant.

–Tout cela possède une signification, en tout cas pour lui. Bienvenue dans le monde des psychopathes violents.

–Quoi qu'il en soit, une chose est claire : elle a été détenue, au moins un moment, dans un endroit où l'activité des insectes était intense. Qu'il s'agisse d'araignées ou de fourmis rouges, il est peu probable qu'une maison ou une banale chambre d'hôtel soit infestée de ce genre de bestioles, surtout par ici et à cette époque de l'année.

–À l'exception des tarentules. Ce sont en général des animaux de compagnie, quel que soit le climat.

–Elle a été enlevée à un autre endroit. Où avez-vous retrouvé le corps au juste ? À Walden Pond ?

–À une quinzaine de mètres d'un sentier qui n'est guère emprunté à cette saison. Une famille en randonnée l'a tout de même découvert. Leur labrador noir s'est enfoncé dans les bois et s'est mis à aboyer.

–Quelle macabre trouvaille quand on vaque tranquillement à ses affaires à Walden Pond.

Elle consulte à l'écran le rapport d'autopsie.

–Si ce que je lis est exact, son corps a été abandonné après la tombée de la nuit, et il n'est pas resté là très longtemps. À la nuit, c'est logique, murmure-t-elle. Peut-être l'a-t-il laissé à l'écart du chemin parce qu'il ne voulait pas courir le risque d'être surpris. Dans l'éventualité où un promeneur apparaîtrait, ce qui n'est guère probable à cette heure-là, l'agresseur était dissimulé par les bois. Quant à cela, ajoute-t-elle en désignant le visage cagoulé et ce qui ressemble à une couche, il ne lui fallait que quelques minutes pour parfaire sa mise en scène s'il avait déjà découpé les trous dans la culotte, si le corps était dénudé, et le reste... en d'autres termes si on admet la préméditation. Tout cela me fait soupçonner qu'il est familier du coin.

– C'est assez logique.

– Tu as faim, ou bien tu as l'intention de rester ici toute la journée, obsédé par cette histoire ?

– Qu'est-ce que tu as préparé ? Je me déciderai en fonction du menu.

– Du *risotto alla Sbirraglia*, également baptisé risotto de poulet.

– *Sbirraglia* ? dit-il en lui prenant la main. C'est une variété exotique de poulet vénitien ?

– Tiré du mot *sbirri*, paraît-il, terme péjoratif qui désigne la police. Un petit trait d'humour pour une journée qui n'est guère drôle.

– Quel rapport entre la police et le plat de poulet ?

– Si j'en crois mes sources culinaires, à l'époque où les Autrichiens ont occupé Venise, la police appréciait particulièrement ce plat. Je pensais l'accompagner d'une bouteille de Soave, ou d'un pinot blanc Piave. Tu as les deux dans ta cave et comme disent les Vénitiens : « Qui boit bien dort bien, et qui dort bien ne pense pas à mal, ne fait pas de mal et va au paradis », ou quelque chose d'approchant.

– Aucun vin au monde ne m'empêchera de penser au mal, j'en ai peur, remarque Benton. Quant au paradis, je n'y crois pas. Je ne crois qu'à l'enfer.

CHAPITRE 54

Le témoin lumineux rouge est allumé à l'extérieur du laboratoire de balistique, situé au rez-de-chaussée du siège de l'Académie, un spacieux bâtiment de stuc. Du couloir, Marino perçoit l'écho sourd des coups de feu. Il n'est pas du genre à se soucier si un stand de tir est en activité ou pas, du moins tant que Vince est le tireur, et il y pénètre sans hésitation.

Vince retire un petit pistolet de l'ouverture de la cuve d'acier horizontale qui sert à récupérer les cartouches. Celle-ci pèse cinq tonnes lorsqu'elle est emplie d'eau, ce qui explique la localisation du labo de balistique.

Marino grimpe la passerelle en aluminium qui mène à la plate-forme de tir en demandant :

– Tu viens d'aller voler ?

Vince est vêtu d'une combinaison de pilote sombre et de boots de cuir noir qui lui enserrent les chevilles. Lorsqu'il n'est pas perdu dans son monde d'armes à feu et de marques d'outils, il fait également fonction de pilote d'hélicoptère pour Lucy. Cependant, à l'instar de pas mal des membres du per-

382

sonnel de la jeune femme, son apparence ne correspond que fort peu à son occupation. Vince est âgé de soixante-cinq ans et a travaillé pour l'ATF après avoir piloté un Black Hawk au Viêtnam. Courtaud et trapu, il porte une queue-de-cheval grise qu'il n'a pas coupée depuis dix ans, prétend-il.

Il retire son casque antibruit et ses lunettes de tir, et demande :

– Tu disais ?

– C'est un miracle que tu entendes encore quelque chose !

– Oh, mais j'ai l'ouïe qui baisse. À la maison, ma femme me répète que je suis sourd comme un pot.

Marino reconnaît le pistolet avec lequel Vince pratique des tests. Il s'agit du Black Widow à crosse en bois de rose retrouvé sous le lit de Daggie Simister.

– Un joli petit calibre 22, remarque Vince. Je me suis dit que ça ne ferait pas de mal de l'ajouter à la base de données.

– J'ai pas l'impression qu'on l'ait un jour utilisé.

– Ça ne m'étonnerait pas. Tu n'imagines pas le nombre de gens qui ont des armes chez eux et qui sont incapables de se souvenir où ils se les sont procurées, ni même où ils ont bien pu les fourrer. Parfois même, ils ne savent carrément pas qu'elles avaient disparu avant qu'on le leur apprenne.

– On a justement un problème avec un truc qui a disparu.

Vince ouvre une boîte de munitions et introduit dans le cylindre des cartouches de calibre 22.

– Tu veux l'essayer ? C'est une drôle d'arme pour une vieille dame. Je parie que quelqu'un la lui a donnée. En général, je conseille un truc un peu plus agréable à utiliser, comme un Lady Smith 38, ou un pitbull. J'ai cru comprendre qu'il se trouvait sous le lit, hors d'atteinte.

– Qui t'a dit ça ? demande Marino, qu'un sentiment familier envahit de nouveau.

– Le Dr Amos.

– Il se trouvait pas sur la scène de crime. Qu'est-ce qu'il en sait, cet abruti ?

– Pas la moitié de ce qu'il croit. Il rapplique tout le temps ici, il me rend dingue. J'espère que le Dr Scarpetta n'a pas l'intention de l'embaucher à la fin de sa bourse, sinon, c'est moi qui irai travailler chez Wal-Mart. Tiens, dit-il en tendant le pistolet à Marino.

– Non, merci. Le seul sur lequel j'ai envie de tirer en ce moment, c'est lui.

– Qu'est-ce que tu voulais dire par un truc qui a disparu ?

– Il nous manque un fusil à pompe dans la collection de référence, Vince.

– Impossible ! proteste celui-ci en secouant la tête.

Ils redescendent de la plate-forme de tir, et Vince pose le pistolet sur une table destinée à recueillir les pièces à conviction. Elle est chargée d'armes étiquetées, de boîtes de munitions, d'un échantillon de cibles avec des schémas de répartition de poudre servant à déterminer la distance de tir, et d'une vitre en verre trempé d'automobile pulvérisée par une balle.

– Un Mossberg 835 Ulti-Mag à pompe, explique Marino. Utilisé il y a deux ans dans un braquage suivi d'homicide. L'affaire a été définitivement élucidée quand le type derrière le comptoir a flingué le suspect.

– C'est bizarre que tu évoques ça, confie Vince, perplexe. Le Dr Amos m'a appelé, y a pas cinq minutes, pour demander s'il pouvait descendre consulter quelque chose sur l'ordinateur.

Vince se dirige vers une paillasse sur laquelle sont disposés des microscopes à comparaison, une jauge digitale pour vérifier le poids de la détente et un ordinateur. Il tape sur le clavier de son index, fait apparaître un menu dans lequel il sélectionne la collection de référence, puis entre les données du fusil en question.

– J'ai pas voulu, poursuit-il, parce que j'étais en train de procéder à des tests. Je lui ai demandé ce qu'il cherchait. Du coup, il m'a répondu que ça n'avait pas d'importance.

– J'vois pas comment il pourrait être au courant de ça, lâche Marino. Comment ce serait possible ? L'info m'est parvenue par un de mes copains de la police de Hollywood et il en soufflerait pas un mot à quiconque. Les seules personnes à qui j'en ai parlé, c'est le Dr Scarpetta et toi.

– Crosse camouflage, canon de soixante centimètres, visée au tritium, lit Vince sur son écran. Tu as raison. Utilisé dans un homicide. Suspect décédé. Un don de la police de Hollywood, en mars de l'année dernière. Si je me souviens bien, fait-il en relevant les yeux sur Marino, il s'agissait d'une des dix ou douze armes de leur inventaire dont ils se débarrassaient. Toujours aussi généreux, pourvu qu'on leur fournisse entraînement et consultations gratuits, bière et petits cadeaux. D'après ça, poursuit-il en faisant défiler son écran, il n'a été sorti que deux fois depuis que nous l'avons récupéré. Une fois par moi, le 8 avril – pour vérifier qu'il fonctionnait convenablement sur la plate-forme de tir longue portée.

– L'enfoiré ! jette alors Marino en lisant par-dessus son épaule.

– Et la seconde fois par le Dr Amos, le 28 juin dernier, à quinze heures quinze.

– Pour quoi faire ?

– Peut-être pour procéder à des tests dans la gélatine. C'est l'été dernier que le Dr Scarpetta a entrepris de lui donner des leçons de cuisine. Malheureusement, comme il se pointe toutes les cinq minutes, j'ai du mal à me souvenir avec précision. Si j'en juge par ce qui est indiqué ici, Amos a utilisé le fusil le 28 juin, puis l'a rendu le même jour à dix-sept heures quinze. Et quand je regarde la date sur l'ordinateur... voilà l'entrée. En d'autres termes, je l'ai bien sorti de la chambre forte et je l'y ai remis.

– Alors, comment ça se fait que ce flingue est dehors en train de liquider des gens ?

– À moins d'une erreur dans ce dossier, je n'ai aucune explication qui se tienne, réfléchit Vince en fronçant les sourcils.

– C'est peut-être pour ça qu'il voulait vérifier l'ordinateur, cette espèce d'enfoiré. Qui gère le journal, l'utilisateur ou toi ? À part toi, il y a quelqu'un qui y touche ?

– D'un point de vue électronique, c'est moi. Tu fais ta demande par écrit dans ce registre là-bas, explique-t-il en indiquant un cahier à spirales posé près du téléphone, puis tu enregistres la sortie et le retour de l'arme de ta propre main et tu signes. Après, j'enregistre les informations dans l'ordinateur, histoire de vérifier que tu as utilisé l'arme et qu'elle a bien réintégré la chambre forte. Je parie que tu ne t'es jamais entraîné là-haut, alors.

— Je ne suis pas technicien en armes à feu, je te laisse faire ça. Bordel d'enfoiré !

— Lors de la demande, tu inscris le type d'arme que tu souhaites et la date pour laquelle tu veux réserver le stand de tir ou la cuve à eau. Je vais te montrer, ajoute-t-il en prenant le registre et en l'ouvrant à la dernière page. Tiens, voilà de nouveau le Dr Amos. Il y a deux semaines, tests de tir sur gélatine avec un Taurus PT-145. Au moins, cette fois-ci, il a pris la peine de le noter. L'autre jour, il est venu et il a omis de le faire.

— Et comment a-t-il pénétré dans la chambre forte ?

— Il avait amené son propre pistolet. Il collectionne les armes, c'est un véritable abruti.

— Est-ce que tu peux dire quand a été consignée l'entrée pour le Mossberg ? Tu sais, comme quand tu regardes la date et l'heure à laquelle un dossier a été enregistré pour la dernière fois ? Ce que je me demande, c'est si Joe aurait eu un moyen d'intervenir sur l'ordinateur après, d'enregistrer le fusil comme si tu lui avais confié, puis de le ranger dans la chambre forte ?

— Il s'agit juste d'un dossier de traitement de texte baptisé « Journal ». Je vais le fermer sans le sauvegarder, pour voir la dernière mention de l'heure d'intervention.

Il scrute son écran et s'exclame, ébahi :

— Il a été sauvegardé pour la dernière fois il y a vingt-trois minutes. C'est incroyable !

— Ce truc n'est pas protégé par un mot de passe ?

— Bien sûr que si ! Je suis le seul à pouvoir y accéder, à l'exception de Lucy, bien sûr. Y a un truc qui m'échappe : pourquoi le Dr Amos a-t-il appelé pour demander s'il pouvait descendre vérifier quelque chose. S'il a trouvé le moyen d'intervenir informatiquement sur le journal, pourquoi prendre la peine d'essayer de me joindre ?

–Facile. Si tu lui ouvres le dossier et que tu le sauvegardes en le fermant, ça explique la dernière heure d'enregistrement.

–Alors il est sacrément futé !

–C'est ce qu'on va voir.

–C'est drôlement ennuyeux, s'il a fait ça. Ça veut dire qu'il utilise mon mot de passe.

–Tu l'as écrit quelque part ?

–Non, je fais très attention.

–Qui d'autre que toi dispose de la combinaison de la chambre forte ? Cette fois-ci, je vais me le faire, d'une façon ou d'une autre.

–Lucy. Elle a accès à tout. Viens, on va jeter un œil.

La chambre forte est une pièce ignifugée dont le seul accès est une porte en acier qui s'ouvre à l'aide d'un code. Elle contient des meubles à tiroirs qui abritent une pléthore de spécimens de cartouches et de douilles ainsi que des râteliers et tableaux chargés de centaines de carabines, de fusils et d'armes de poing, tous étiquetés d'un numéro de référencement.

–Ben, on se croirait dans une confiserie, remarque Marino en examinant le matériel.

–T'étais jamais venu ici ?

–Je suis pas un fana des armes à feu. J'ai déjà eu des mauvaises expériences avec.

–Du genre ?

–Du genre, être obligé de les utiliser.

Vince passe en revue des râteliers d'armes d'épaule, prend chaque fusil à pompe et en vérifie et revérifie les étiquettes. Marino et lui se déplacent de râtelier en râtelier, à la recherche du Mossberg, mais celui-ci demeure introuvable.

Scarpetta désigne du doigt les contours de la *livor mortis* lie-de-vin occasionnée par le dépôt du sang qui stagne après le décès. Les lividités visibles sur la joue droite, les seins, le ventre, les cuisses et l'intérieur des avant-bras de la femme ont été provoquées lorsque son corps a reposé sur une surface dure, un plancher peut-être.

— Elle s'est trouvée face contre terre pendant un moment, remarque Scarpetta. Au moins plusieurs heures, la tête tournée vers la gauche, ce qui explique la lividité de la joue droite. Celle-ci devait reposer sur le sol, ou une quelconque surface plane.

Elle fait apparaître un nouveau cliché sur l'écran montrant la femme étendue sur le ventre, allongée sur la table d'autopsie après qu'elle eut été lavée. Le corps et les cheveux sont mouillés, les empreintes de mains rouge vif intactes, de toute évidence imperméables à l'eau. Scarpetta revient sur la photo précédente, en parcourt alternativement plusieurs autres, essayant de reconstituer les artefacts du décès.

— Il l'a peut-être retournée sur le ventre après l'avoir tuée, intervient Benton, pour lui peindre les mains sur le dos. Il a peut-être travaillé sur elle plusieurs heures, le sang s'est figé, la lividité a commencé à se former, ce qui explique ce schéma.

— J'envisage un autre scénario. Il l'a d'abord peinte alors qu'elle était allongée sur le dos, puis l'a retournée et il l'a laissée dans cette position. Il n'a sûrement pas accompli ça à l'extérieur, dans le froid et l'obscurité, mais là où personne ne risquait d'entendre le coup de feu, ou de le surprendre fourrant le cadavre dans un coffre de voiture. En fait, il a peut-être même procédé à tout cela dans le véhicule dans lequel il l'a transportée, un van, un 4 × 4, ou un camion. Il l'a abattue, peinte et transportée dans le même véhicule.

— Service tout-en-un.

— Ma foi, le risque s'en trouverait singulièrement réduit, non ? L'enlever, la conduire dans un endroit reculé, et la tuer à l'intérieur du véhicule — pourvu qu'il dispose de suffisamment de place à l'arrière — puis se débarrasser du corps, explique-t-elle en cliquant toujours, s'attardant sur une photo qu'elle a déjà examinée, et qu'elle regarde cette fois-ci sous un autre angle.

Il s'agit des restes du cerveau de la victime, placés sur une planche à découper. La dure-mère, la membrane dure et fibreuse qui recouvre l'intérieur du crâne, est censée être d'un blanc crémeux. Pourtant, sur ce cliché, elle est de couleur jaune orangé. Scarpetta repense alors à la photo posée sur la commode, celle sur laquelle on voyait les deux sœurs, Ev et Kristin, équipées de leurs bâtons de marche, clignant les yeux sous le soleil. Le souvenir du teint jaune de l'une d'entre elles lui revient. Cliquant sur le rapport d'autopsie, Scarpetta vérifie ce qu'il mentionne au sujet du blanc des yeux de la victime, la sclérotique. Rien de particulier.

Elle se souvient des légumes crus, des dix-neuf sachets de carottes entassés dans le réfrigérateur de la maison d'Ev et Kristin et repense au pantalon de lin blanc de la morte, plutôt approprié à un climat chaud.

Benton la dévisage avec curiosité.

– Xanthochromie, lâche Scarpetta. Une coloration jaunâtre de la peau n'affectant pas la sclérotique et qui peut être provoquée par une caroténémie. L'identité de la victime se précise.

CHAPITRE 55

Le Dr Bronson se trouve dans son bureau, où il positionne une lame sur la platine de son microscope, lorsque Marino frappe à la porte ouverte.

Toujours tiré à quatre épingles dans sa blouse de labo amidonnée, le Dr Bronson est un homme intelligent et compétent. C'est un médecin expert convenable, mais il ne parvient pas à se détacher du passé. Il fait les choses telles qu'elles se pratiquaient autrefois. Sa façon d'évaluer les autres n'est pas épargnée par cette tendance. Marino doute que le Dr Bronson procède à toutes les vérifications nécessaires ou aux contrôles exigeants qui sont devenus la norme dans le monde d'aujourd'hui.

Il frappe de nouveau, plus fort cette fois-ci, et le Dr Bronson lève les yeux de son microscope.

—Je vous en prie, entrez, propose-t-il en souriant. Que me vaut le plaisir de votre visite ?

C'est un homme du temps jadis, poli et charmant, au crâne parfaitement chauve, avec un regard gris distrait. Une pipe de bruyère froide repose dans un cendrier sur son bureau impeccablement rangé et un léger parfum de tabac aromatisé flotte toujours dans l'air.

—Ici, au moins, dans le Sud ensoleillé, on vous laisse fumer à l'intérieur, remarque Marino en tirant un siège.

—Bien sûr, je ne devrais pas. Ma femme me serine que je finirai avec un cancer de la gorge ou de la langue, et je lui rétorque qu'au moins, comme ça, je partirai sans pouvoir me plaindre.

Marino s'aperçoit qu'il a oublié de fermer la porte, se lève pour aller tirer le battant, puis se rassoit.

—Si on me coupe la langue ou les cordes vocales, je ne pourrai plus ronchonner, insiste le Dr Bronson comme si Marino n'avait pas compris la plaisanterie.

—J'ai besoin d'un ou deux trucs. D'abord, on voudrait examiner un échantillon de l'ADN de Johnny Swift. Le Dr Scarpetta dit qu'il devrait y avoir plusieurs relevés dans son dossier.

—Elle devrait prendre ma place, vous savez. Ça ne me gênerait pas si c'était elle qui me succédait.

À la façon dont il annonce cela, Marino comprend que le Dr Bronson ne sait que trop bien ce que pensent les gens. Tout le monde aimerait qu'il prenne sa retraite, et depuis bien des années.

—C'est moi qui ai créé cet endroit, vous voyez, remarque-t-il. Je ne peux pas laisser n'importe qui venir tout gâcher. Ce ne serait pas juste vis-à-vis du public et encore moins vis-à-vis de mon personnel. Polly ? fait-il après avoir décroché le téléphone et appuyé sur une touche. Vous pouvez me sortir le dossier Johnny Swift et me l'apporter ? Nous allons également avoir besoin de tous les formulaires appropriés. Nous devons confier une empreinte ADN à Pete, explique-t-il après avoir écouté son interlocutrice. Ils en ont besoin pour des examens au labo.

Il raccroche, puis retire ses lunettes qu'il essuie à l'aide d'un mouchoir.

—J'en déduis qu'il y a de nouveaux développements ? demande-t-il.

—En tout cas, ça commence à y ressembler. Vous serez le premier à le savoir, dès qu'on aura des certitudes. Pour l'instant, disons qu'il s'est produit des choses tendant à prouver que Johnny Swift a été assassiné.

—Je serai ravi de modifier la cause du décès, si vous pouvez le démontrer. Je n'ai jamais été très à l'aise avec cette affaire, mais je dois me fier uniquement aux indices, et il n'y avait rien de suffisamment significatif dans l'enquête pour orienter mon diagnostic vers autre chose qu'un suicide.

—Sauf que le fusil n'était plus sur la scène du crime, ne peut s'empêcher de lui rappeler Marino.

—Vous savez, Pete, des tas de choses bizarres peuvent se produire. Vous n'imaginez pas combien de fois j'ai découvert à mon arrivée que la famille avait complètement bousillé la scène de crime pour protéger la dignité de son cher disparu. Surtout dans les cas d'asphyxie auto-érotiques. Quand j'arrive sur place, il n'y a plus un seul magazine porno qui traîne, ni aucun accoutrement destiné à des pratiques de *bondage* en vue. Pareil pour les suicides. La famille ne veut pas qu'on sache, ou bien elle veut récupérer l'argent de l'assurance, et elle dissimule le couteau ou l'arme à feu. Ils sont capables de beaucoup de choses.

—J'aimerais qu'on discute un peu de Joe Amos.

—Quelle déception, commente le Dr Bronson, dont l'expression habituellement aimable s'évanouit. Pour dire le vrai, je m'en veux de vous l'avoir recommandé et je suis particulièrement désolé pour Kay, qui mérite sacrément mieux que cette espèce de petit salopard arrogant.

—C'est justement là où je voulais en venir. Vous vous êtes basé sur quoi ? Pourquoi l'avez-vous recommandé ?

—Ses références et sa formation. Impressionnantes. Il a un sacré pedigree.

—Où se trouve son dossier ? Vous l'avez toujours ? L'original ?

—Bien entendu. J'ai conservé l'original et envoyé une copie à Kay.

Marino s'en veut de poser la question, mais le fait néan-moins :

– Quand vous avez examiné son CV, vous avez vérifié que ses références étaient authentiques ? Aujourd'hui, les gens peu-vent fabriquer pas mal de faux, particulièrement avec les logi-ciels graphiques, l'internet, tout ce genre de truc. C'est une des raisons pour lesquelles l'usurpation d'identité est en train de devenir un sacré problème.

Le Dr Bronson fait rouler son fauteuil jusqu'à un classeur dont il ouvre un tiroir. Il passe en revue des dossiers soigneu-sement étiquetés. Il en extrait celui qui porte le nom de Joe Amos, et le tend à Marino.

– Allez-y.

– Ça vous ennuie pas que je reste là une minute ?

– Je ne sais pas ce qui retient Polly, remarque le Dr Bronson en rejoignant son microscope. Prenez tout votre temps, Pete, moi, je retourne à mes lames. Une triste histoire : une pauvre femme retrouvée dans une piscine, explique-t-il en ajustant sa mise au point, l'œil collé à l'objectif. C'est sa petite-fille de dix ans qui l'a découverte. La question est de savoir si elle s'est noyée, ou si elle a souffert d'un autre événement fatal, comme un infarctus du myocarde. Elle était boulimique.

Marino compulse les lettres d'élogieuses recommandations écrites par les directeurs de départements de facultés de méde-cine et autres pathologistes et parcourt un *curriculum vitae* long de cinq pages.

– Dr Bronson ? Vous avez appelé certains d'entre eux ?

– À quel propos ? répond celui-ci sans lever les yeux. Pas de traces de tissu cicatriciel. Évidemment, si elle a fait un infarctus et qu'elle n'y a survécu que quelques heures, je ne constaterais rien. J'ai demandé si elle s'était purgée un peu avant. C'est une chose qui peut vraiment fiche en l'air les électrolytes.

– À propos de Joe, insiste Marino. Pour vous assurer que ces grands patrons le connaissaient vraiment ?

– Bien sûr qu'ils le connaissent, ils m'ont écrit toutes ces lettres.

Marino lève une des missives en transparence à la lumière et remarque un filigrane qui ressemble à une couronne traversée d'une épée. Le même filigrane se distingue sur chacune des autres lettres qu'il examine. Les en-têtes sont crédibles, mais n'étant ni gravés ni gaufrés, ils ont pu être scannés ou reproduits à l'aide d'un quelconque logiciel graphique. Il sélectionne une lettre émanant soi-disant du directeur du service de pathologie du Johns Hopkins Hospital, dont il compose le numéro de téléphone.

– Il est absent, lui répond une réceptionniste.

– J'appelle à propos du Dr Joe Amos.

– Qui ça ?

Il s'explique et lui demande si elle peut vérifier ses archives.

– Le 7 décembre, il y a un peu plus d'un an, votre patron a écrit une lettre de recommandation pour Joe Amos. Indiquées en pied, les initiales de la personne qui a tapé la lettre sont LFC.

– Il n'y a personne ici avec ces initiales. C'est moi qui aurais tapé ce genre de lettre et ce ne sont sûrement pas les miennes. C'est à quel sujet ?

– Oh, une simple affaire de faux en écriture, rétorque Marino.

CHAPITRE 56

Chevauchant une de ses V-Rod gonflées, Lucy remonte l'A1A vers le nord et se heurte à tous les feux rouges sur le chemin de la résidence de Fred Quincy.

Celui-ci gère son entreprise de conception de sites web depuis sa maison de Hollywood. Il ne l'attend pas, mais elle sait qu'il est chez lui. Tout au moins, il s'y trouvait une demi-heure auparavant, lorsqu'elle l'a appelé pour lui vendre un abonnement au *Miami Herald*. Il s'est montré bien plus poli que Lucy ne l'aurait été si un démarcheur avait osé la contacter par téléphone. Il doit avoir de l'argent, car il réside à deux pâtés de maisons à l'ouest de la plage, dans une demeure à un étage en stuc vert pâle, ornée de fer forgé noir. L'allée d'accès qui y mène est protégée par un portail. Lucy arrête sa moto devant un interphone dont elle actionne la sonnette.

– Que puis-je pour vous ? répond une voix masculine.
– Police.
– Je n'ai pas appelé la police.
– J'aimerais discuter de votre mère et de votre sœur.

– Quel département de police? demande la voix, soupçonneuse.

– Celui du shérif de Broward County.

Elle sort son portefeuille et tend son badge, ses fausses identités, devant la caméra du circuit de surveillance. Un bip sonore résonne et la porte de fer forgé s'ouvre automatiquement. Elle accélère, cahote sur des pavés de granit et se gare devant une grande porte noire qui s'ouvre à l'instant où elle coupe le contact.

– Une sacrée moto, remarque l'individu dont elle suppose qu'il s'agit de Fred.

C'est un bel homme, délicat, de taille moyenne, mince avec les épaules étroites, le cheveu blond et le regard bleu-gris.

Il fait le tour de la moto et ajoute :

– Je ne crois pas avoir déjà vu une Harley comme celle-ci.

– Vous êtes motard ?

– Non. Je laisse les trucs dangereux aux autres.

– Vous devez être Fred, dit-elle en lui serrant la main. Ça ne vous ennuie pas si j'entre ?

Elle traverse à sa suite une entrée dallée de marbre, pour pénétrer dans un salon qui donne sur un étroit canal à l'eau trouble.

– Vous avez découvert quelque chose à propos de ma mère et Helen ?

Il n'est pas simplement curieux, ou paranoïaque. Il a parlé avec conviction, sur un ton où percent l'excitation et un léger espoir, et son regard s'est empli de douleur.

– Fred, je n'appartiens pas à la police du Broward County. Je possède des laboratoires et des enquêteurs privés, et on nous a demandé d'apporter notre contribution à cette affaire.

– Ainsi, vous m'avez trompé sur votre identité, à l'entrée, dit-il sans aménité. Ce n'était pas très gentil. Je parie que c'est vous aussi qui m'avez appelé en vous faisant passer pour le *Herald*, juste pour vérifier que j'étais bien chez moi.

– Gagné sur tous les tableaux.

– Et je suis censé accepter de vous parler ?

−Je suis désolée, s'excuse Lucy. C'était trop long à expliquer par l'interphone.

−Que s'est-il passé qui ait ranimé l'intérêt pour cette affaire ? Pourquoi maintenant ?

−J'ai bien peur que ce ne soit moi qui pose les questions.

« C'est sur VOUS que l'Oncle Sam pointe le doigt en disant : Je veux vos citronniers ! »

Après cette déclaration, le Dr Self marque une pause théâtrale. Installée dans un fauteuil de cuir, sur le plateau de *Parlons-en*, elle paraît parfaitement à l'aise et sûre d'elle. Elle ne reçoit pas d'invités durant cette partie, car elle n'en a pas besoin. Un téléphone est placé au milieu de la table près de son siège, les caméras la filment sous divers angles et elle actionne des boutons en disant : « Le Dr Self vous écoute, vous êtes à l'antenne. »

−Alors ? poursuit-elle. Le Département d'Agriculture des États-Unis piétinerait-il donc allégrement les droits que vous garantit le Quatrième Amendement ?

Le piège est simple et elle attend avec impatience de sauter à la gorge du premier imbécile qui vient d'appeler. Elle jette un œil au moniteur de contrôle, ravie de constater qu'elle est filmée et éclairée sous un angle favorable.

−Et comment ! s'empresse l'imbécile au haut-parleur.

−Rappelez-nous votre nom ? C'est Sandy, n'est-ce pas ?

−Ouais, je...

−Attendez avant d'abattre votre cognée, Sandy !

−Heu, qu'est-ce que... ?

−C'est bien l'image que le public entretient, non ? Celle de l'Oncle Sam prêt à abattre sa hache ?

−C'est une conspiration, on se fait entuber.

−Ainsi, c'est de cette façon que vous voyez les choses ? Ce bon vieil Oncle Sam en train de se dépêcher d'abattre tous vos arbres ? Et que ça saute !

Elle entrevoit les sourires du producteur et des cameramen.

– Ces salopards sont entrés dans mon jardin sans autorisation, et maintenant, on va abattre tous mes fruitiers...

– Où résidez-vous, Sandy ?

– À Cooper City. Je peux pas en vouloir aux gens d'avoir envie de les recevoir à coups de fusil, ou de lancer leurs chiens...

– Voilà le problème, Sandy, intervient le Dr Self en se penchant pour imprimer du poids à sa déclaration, tandis que les caméras zooment sur elle. Les gens ne prêtent aucune attention aux faits. Êtes-vous allé aux réunions d'information ? Avez-vous écrit aux législateurs ? Vous êtes-vous préoccupée de poser des questions de but en blanc et d'envisager que les explications offertes par le Département de l'Agriculture étaient peut-être justifiées ?

Le Dr Self est renommée pour prendre le contre-pied de son interlocuteur, c'est sa marque de fabrique.

– Ouais, ben, les trucs sur les ouragans, c'est des *(bip)*.

Le Dr Self se doutait que les jurons n'allaient pas tarder.

– Ce ne sont pas des *bip*, fait-elle en imitant le petit signal sonore destiné à couvrir les injures. Il n'y a rien de *bip* là-dedans. Il est de fait, énonce-t-elle en s'adressant directement à la caméra, que nous avons essuyé quatre ouragans féroces l'automne dernier, et c'est un autre fait que le chancre des agrumes est une infection bactérienne, les germes étant propagés par le vent. Après notre page de publicité, nous allons explorer la réalité de ce fléau redouté et en parler avec un invité très spécial. Restez avec nous.

– Nous sommes hors antenne, annonce un cameraman.

Le Dr Self s'empare d'une bouteille d'eau et boit une gorgée à la paille, pour ne pas gâcher son rouge à lèvres. Elle attend que la maquilleuse vienne lui retoucher le front et le nez, et s'impatiente lorsque celle-ci n'arrive pas assez vite et ne s'active pas comme elle le souhaite.

– D'accord. Voilà, ça suffit ! jette-t-elle ensuite en renvoyant la femme d'un geste. Ça se passe très bien, dit-elle à l'adresse du producteur.

– Selon moi, au cours de la prochaine partie, nous devrions vraiment nous concentrer sur la psychologie. C'est pour ça que les gens vous regardent, Marilyn, pour leurs problèmes avec leurs petites amies, leurs patrons, leurs parents, pas pour des histoires politiques.

– Je n'ai pas besoin de leçons !

– Je ne voulais pas...

– Écoutez, ce qui rend mon émission unique, c'est le mélange d'actualité et de réponses émotionnelles.

– Tout à fait.

– Trois, deux, un.

– Et nous revoici, annonce le Dr Self avec un sourire à l'adresse de la caméra.

CHAPITRE 57

Marino se tient sous un palmier à l'extérieur de l'Académie. Il observe Reba qui se dirige vers sa Crown Victoria banalisée d'un pas de défi dont il se demande s'il est authentique ou s'il s'agit d'une pitoyable comédie. L'a-t-elle aperçu en train de fumer, sous son palmier ?

Elle l'a traité de connard. Ce n'est pas la première fois que ça lui arrive, mais il n'aurait jamais pensé l'entendre dans la bouche de Reba.

Elle ouvre sa voiture, puis paraît changer d'avis. Elle ne jette pas un regard dans sa direction. Pourtant, il a le sentiment qu'elle est consciente de sa présence dans l'ombre du palmier, son Treo à la main, son écouteur à l'oreille, sa cigarette à la bouche. Elle n'aurait jamais dû parler comme ça. Elle n'a pas le droit d'évoquer Scarpetta. L'Effexor a tout foutu en l'air. S'il n'était pas déprimé avant, en tout cas, il l'était après l'avoir pris. Ensuite, il y a eu cette remarque au sujet de Scarpetta et de tous ces flics qui se la feraient bien.

L'Effexor a tout gâché. Le Dr Self n'avait pas le droit de lui filer un traitement qui lui a bousillé sa vie sexuelle. Elle n'a pas le droit de parler sans arrêt de Scarpetta, comme si celle-ci était la personne la plus importante dans la vie de Marino. Et Reba qui s'est cru obligée de le lui rappeler. Elle lui a dit ça pour lui rappeler qu'il pouvait plus, lui rappeler qu'il y avait des types qui n'étaient pas impuissants et qui avaient envie de Scarpetta. Marino a cessé de prendre de l'Effexor depuis plusieurs semaines. De ce côté-là, son problème s'améliore mais il est déprimé.

Reba enclenche l'ouverture du coffre et contourne la voiture.

Marino se demande ce qu'elle fabrique. Il finit par se décider à aller lui parler. Il pourrait se montrer suffisamment honnête pour lui expliquer qu'il ne peut arrêter personne et qu'il aurait bien besoin de son aide. De fait, il peut menacer qui il veut tout à loisir, mais il n'a légalement aucun droit de procéder à une arrestation. C'est le seul aspect de son ancien métier qui lui manque. Reba sort du coffre ce qui ressemble à un paquet de linge sale et le jette sur la banquette arrière d'un air excédé.

– T'as un cadavre, là-dedans ? lance Marino, qui se dirige vers elle d'un pas nonchalant et balance son mégot dans l'herbe d'une pichenette.

– T'as jamais pensé à te servir d'une poubelle ? lance-t-elle en claquant la portière sans lui jeter un regard.

– Qu'est-ce qu'il y a dans le sac ?

– Je dois aller au pressing, je n'ai pas eu le temps de la semaine. Encore que je ne vois pas en quoi ça te regarde, déclare-t-elle en se dissimulant derrière des lunettes noires. Ne t'avise plus de me traiter comme de la merde, en tout cas pas devant les autres. Si tu veux te conduire comme un connard, au moins, fais-le avec discrétion.

Il regarde son palmier comme s'il s'agissait de son lieu de prédilection, puis le bâtiment de stuc qui se détache sur le ciel d'un bleu limpide, en se demandant comment formuler sa pensée.

– Ben, t'as été irrespectueuse.

Elle le contemple, ébahie :

–Moi? Qu'est-ce que tu racontes? T'es cinglé? Dans mon souvenir, on se baladait tranquillement à moto, tu m'as traînée chez Hooters, sans me demander si c'était là que je voulais aller, soit dit en passant. Pourquoi t'aurais envie d'emmener une femme dans un rade à pétasses de ce genre, ça me dépasse! Tu parles d'irrespect? Tu rigoles? Et je reste assise pendant que tu reluques toutes les putes qui tortillent du cul?

–Je faisais pas ça.

–Et comment que si.

–Sûrement pas, proteste-t-il en sortant son paquet de cigarettes.

–Tu fumes trop.

–Je reluquais rien du tout. Je buvais tranquillement mon café en m'occupant de mes affaires et, d'un seul coup, tu me sors toutes ces conneries sur la Doc, et je suis désolé, mais j'ai pas à écouter des saloperies irrespectueuses de ce genre!

Elle est jalouse, pense-t-il, ravi. Elle a dit tout ça parce qu'elle pensait qu'il matait les serveuses chez Hooters. D'ailleurs, peut-être qu'il le faisait exprès.

–Ça fait un million d'années que je travaille avec elle, poursuit-il, j'ai jamais laissé personne parler d'elle comme ça et c'est pas aujourd'hui que je vais commencer!

Il allume sa cigarette en plissant les yeux dans le soleil et remarque un groupe d'étudiants en tenue de manœuvres qui se dirige vers les 4 × 4 du parking. Ils se rendent probablement sur les terrains d'entraînement de la police de Hollywood, pour une démonstration de l'équipe de déminage.

Il lui semble se souvenir que le planning prévoyait aujourd'hui d'aller jouer avec Eddie le robot télécommandé, connecté à un câble de fibre optique, de le regarder évoluer sur ses chenillettes et descendre comme un crabe le long de la rampe d'aluminium de la remorque. Ils allaient tous frimer, Bunky le chien démineur, les pompiers dans leurs gros camions, les types dans leurs combinaisons de démineurs avec leur dynamite, leurs détonateurs et leurs disrupteurs, et peut-être faire exploser une voiture.

Tout cela manque à Marino et il en a assez d'être mis à l'écart.

— Désolée, répond Reba, je n'avais pas l'intention de raconter quoi que ce soit d'irrespectueux à son propos. Tout ce que je disais, c'est que certains des gars avec qui je travaille...

— J'ai besoin que tu arrêtes quelqu'un pour moi, l'interrompt-il en regardant sa montre, ne tenant pas à l'entendre répéter ce qu'elle lui a dit chez Hooters, ne tenant peut-être pas à affronter le fait que, d'une certaine façon, il faisait un peu partie du lot.

Beaucoup même.

L'Effexor. Reba l'aurait découvert tôt ou tard. Ce truc lui a gâché la vie.

— Dans une demi-heure, environ, si tu peux retarder ta visite à la laverie, poursuit-il.

— Au pressing, abruti, rectifie-t-elle avec une agressivité guère convaincante.

Elle a toujours un faible pour lui.

— J'ai ma propre machine à laver et aussi un sèche-linge. Je vis pas dans une caravane !

Marino tente d'appeler Lucy tout en lui expliquant :

— J'ai une idée. J'suis pas sûr qu'elle marche, mais on aura peut-être de la chance.

Lucy lui répond qu'elle ne peut pas lui parler pour l'instant.

— Juste deux minutes, c'est important, la presse-t-il tout en regardant Reba.

Il se souvient de leur week-end à Key West, quand il n'était pas encore sous traitement.

Il entend Lucy s'excuser, dire à quelqu'un qu'elle doit prendre cet appel. Une voix d'homme lui répond « pas de problème », et il perçoit le pas de la jeune femme. En regardant Reba, il se souvient de s'être soûlé au rhum Captain Morgan au Paradise Lounge de l'Holiday Inn, d'avoir contemplé les couchers de soleil, d'avoir traîné tard le soir dans un bain chaud. C'était quand il ne prenait pas d'Effexor.

— Vous êtes toujours là ? demande Lucy.

— Est-ce que c'est possible d'organiser une conférence téléphonique à trois, avec deux portables, une ligne fixe et seulement deux personnes ?

– Qu'est-ce que c'est ? Un test de QI ?

– Je veux donner l'impression que je te parle depuis le téléphone de mon bureau, alors qu'en réalité je suis sur mon portable. Allô ? T'es là ?

– Êtes-vous en train d'insinuer que quelqu'un écoute vos conversations téléphoniques depuis un poste multiple connecté au standard ?

– Depuis ce foutu téléphone qu'est sur mon bureau, assure-t-il.

Reba le regarde et il tente de deviner si elle est impressionnée.

– C'est ce que je voulais dire, répond Lucy. À qui pensez-vous ?

– J'ai l'intention de le découvrir, mais j'ai une grosse intuition.

– Personne ne peut faire ça sans disposer du mot de passe d'administrateur du système, et je suis la seule à le connaître.

– J'crois que quelqu'un a mis la main dessus et ça expliquerait beaucoup de choses. C'est possible de faire ce que j'ai dit ? insiste-t-il. Je peux t'appeler de mon poste fixe, puis me mettre en conférence sur mon portable et laisser ma ligne fixe ouverte, de façon à faire croire que je te parle toujours de mon bureau ?

– Oui, on peut, mais pas tout de suite, répond Lucy.

Le Dr Self enfonce le bouton qui clignote sur le téléphone.

– Notre prochain appel – eh bien, il est en ligne depuis plusieurs minutes et il a un drôle de surnom. Odd ? Je vous présente nos excuses pour cette attente. Vous êtes toujours là ?

Une voix douce résonne dans le studio :

– Oui, m'dame.

– Vous êtes à l'antenne. Eh bien, Odd, pourquoi ne pas nous expliquer d'abord l'origine de votre surnom ? Je suis certaine que tous nos téléspectateurs sont curieux d'apprendre sa signification.

– C'est comme ça qu'on m'appelle.

Un silence tombe, que le Dr Self comble immédiatement, car il ne peut exister de temps mort à l'écran.

– En ce cas, va pour Odd. Voyons... vous nous appelez pour nous raconter une bien curieuse histoire. Vous travaillez dans l'entretien de pelouses. Vous vous trouviez dans un certain quartier et vous avez remarqué la présence de chancre des agrumes dans le jardin de quelqu'un...

– Non, c'est pas tout à fait ça.

Un soupçon d'irritation envahit le Dr Self. Odd ne suit pas le déroulement du script tel qu'il était prévu. Lorsqu'il a appelé le jeudi en fin d'après-midi et qu'elle s'est fait passer pour quelqu'un d'autre, il a très précisément expliqué qu'il avait découvert la présence de chancre des agrumes dans le jardin d'une vieille dame de Hollywood. Il s'agissait à ce moment-là d'un seul oranger. Maintenant, tous les citronniers du jardin de cette vieille dame ainsi que ceux de ses voisins sont touchés et doivent être abattus. Lorsqu'il a mentionné le problème à la vieille dame, celle-ci a menacé de se suicider si Odd prévenait le Département de l'Agriculture. Elle a menacé de se tuer avec le fusil à pompe de son mari décédé.

Son mari avait planté les arbres quand ils se sont mariés. Aujourd'hui, c'est tout ce qu'il lui reste, tout ce qu'elle a encore de vivant. Abattre ses arbres, c'est détruire une précieuse partie de sa vie, à laquelle personne n'a le droit de toucher.

– Éradiquer ces arbres, c'est la forcer à accepter enfin son deuil, explique le Dr Self à son public. Elle ne voit alors plus rien qui vaille le coup de continuer à vivre. Elle veut mourir. Voilà un sacré dilemme, n'est-ce pas, Odd ? Prendre la place de Dieu ?

– Je ne prends pas la place de Dieu. J'obéis à Dieu. Il ne s'agit pas d'un jeu.

405

Le Dr Self est un peu perplexe, mais continue néanmoins :
– Quel choix terrible ! Avez-vous suivi les recommandations du gouvernement, ou la voix de votre cœur ?
–J'ai peint des cercles rouges dessus, répond-il. Et maintenant, elle est morte. Vous étiez la suivante, mais le temps fait défaut.

CHAPITRE 58

Ils sont assis dans la cuisine, devant une fenêtre qui donne sur l'étroit canal à l'eau trouble.

– Quand la police est intervenue, raconte Fred Quincy, ils ont bien demandé quelques objets qui pouvaient avoir leur ADN. Brosse à cheveux, brosse à dents et je ne sais plus quoi d'autre. Je n'ai jamais eu de nouvelles à ce propos par la suite.

– Ils ne les ont probablement jamais analysés, répond Lucy tout en repensant à ce que vient de lui dire Marino. Ces effets personnels se trouvent peut-être encore dans leur salle de pièces à conviction. Nous pouvons leur poser la question, mais je préfère ne pas attendre.

L'idée que quelqu'un ait pu accéder à son mot de passe d'administrateur du système est incroyable et écœurante. Marino doit se tromper. Pourtant, cette éventualité l'obsède.

– De toute évidence, cette affaire ne constituait pas une priorité à leurs yeux. Il n'y avait aucune trace de violence et ils ont toujours été convaincus qu'elles s'étaient enfuies, explique Fred. À leur avis, il aurait dû subsister des traces de lutte, voire

407

un quelconque témoin. C'était en pleine matinée, il y avait des gens tout autour et le 4 × 4 de maman avait disparu.

– On m'a dit que sa voiture était toujours là. Une Audi.

– Non, elle n'était plus là. Et c'est moi qui avais une Audi, pas elle. Quelqu'un a dû apercevoir ma voiture quand je m'y suis rendu plus tard, alors que j'étais à leur recherche. Maman avait une Chevy Blazer, qu'elle utilisait pour transporter des tas de trucs. Les gens confondent tout. Après avoir essayé de les joindre par téléphone, je me suis rendu à la boutique. La voiture et le sac de ma mère avaient disparu, et il n'y avait trace ni d'elle ni de ma sœur.

– Des signes de leur présence dans le magasin ?

– Tout était éteint, et le panneau *Fermé* retourné contre la vitre de la porte.

– Il ne manquait rien ?

– Pas à ma connaissance, en tout cas rien d'évident. Il n'y avait rien dans la caisse. Toutefois, cela ne signifie pas grand-chose. Elle ne laissait jamais beaucoup d'argent dedans d'un jour sur l'autre. Il a dû se produire quelque chose pour que vous ayez soudain besoin de leur ADN ?

– Une piste semblerait se dessiner. Je vous tiendrai au courant.

– Vous ne pouvez rien me dire ?

– Je vous promets de vous tenir informé. Lorsque vous êtes allé au magasin, quelle a été votre première pensée ?

– Vous voulez que je vous dise vraiment ce que j'ai pensé ? Je me suis dit qu'elles n'étaient jamais allées là-bas, qu'elles avaient juste pris la voiture pour partir comme ça, sans but réel.

– Que voulez-vous dire par là ?

– Nous avions eu notre lot de problèmes, des hauts et des bas financiers, des choses plus personnelles, aussi. Papa avait une entreprise d'aménagement de jardins extrêmement florissante.

– À Palm Beach.

– Là-bas, c'était le siège, mais il avait des serres et des pépinières ailleurs, y compris par ici. Puis, au milieu des années 80, le chancre des agrumes l'a lessivé. Tous ses arbres ont dû être sacrifiés, jusqu'au dernier. Mon père a dû se séparer de presque tous ses employés et il a frôlé la faillite. La situation a été très dure pour maman. Il a réussi à se rétablir et ses affaires ont redémarré, ce qui a été pénible pour maman aussi. Dites-moi, je ne sais pas si je devrais vous raconter tout ça.

– J'essaie de vous aider, Fred. C'est difficile, si vous ne me parlez pas.

– Attendez... il vaut mieux commencer au moment où Helen a eu douze ans. J'entamais ma première année à l'université, je suis l'aîné. Ma sœur est partie vivre six mois avec mon oncle, le frère de mon père, et sa femme.

– Pourquoi ?

– C'était triste, une petite aussi jolie et douée. Elle n'avait que seize ans quand elle est entrée à Harvard, mais elle n'a même pas tenu un semestre. Elle s'est écroulée et elle est revenue à la maison.

– Quand ?

– Ce devait être l'automne qui a précédé leur disparition. Elle n'est restée que jusqu'au mois de novembre – à Harvard, je veux dire.

– Huit mois avant que votre mère et elle disparaissent ?

– Oui. Helen a hérité d'une combinaison génétique effroyable. (Il s'interrompt, comme s'il se demandait s'il devait continuer, puis :) D'accord. Ma mère n'était pas non plus un modèle de stabilité psychologique. Vous deviez déjà vous en douter, avec son obsession pour Noël. D'aussi loin que je me souvienne, elle a eu des accès de folie sporadiques, mais son état a empiré quand Helen avait douze ans. Maman faisait des trucs vraiment irrationnels.

– Elle consultait un psychiatre ?

– Tout ce qu'elle pouvait se payer. Cette femme qui traite les célébrités. Le Dr Self. Elle vivait à Palm Beach, à l'époque. Elle a recommandé une hospitalisation. C'est pour ça qu'Helen a été expédiée chez mon oncle et ma tante. Maman était à l'hôpital, papa était très pris et pas vraiment disposé à s'occuper tout seul d'une gamine de douze ans. Maman est rentrée à la maison, puis Helen nous y a rejoints. Ma foi... aucune des deux ne se comportait normalement.

– Helen a vu un psychiatre ?

– Pas à cette époque-là. Elle était juste bizarre, pas instable, comme maman. Elle se débrouillait très bien à l'école, vraiment très bien, puis elle est partie à Harvard et a pété les plombs. On l'a retrouvée dans le hall d'une entreprise de pompes funèbres située dans le coin. Elle ne savait plus qui elle était. Pour couronner le tout, papa est mort. Maman s'est vraiment laissé aspirer par une spirale infernale. Elle disparaissait le week-end sans me dire où elle allait. Je devenais dingue, c'était terrible.

– La police en a donc conclu qu'elle était déséquilibrée, sujette aux fugues, et qu'elle s'était peut-être enfuie avec Helen ?

– Je me suis moi-même posé la question et je continue à me demander si elles ne sont pas quelque part dans la nature.

– Comment votre père est-il mort ?

– Il est tombé d'un escabeau dans la bibliothèque de livres rares. La maison de Palm Beach était haute de deux étages, tout en marbre et dalles de pierre.

– Il était seul lorsque cela s'est produit ?

– Helen l'a découvert gisant sur le palier du premier.

– Il n'y avait personne d'autre qu'elle à la maison ?

– Un petit ami, peut-être. Je ne sais pas qui.

– Et quand cela s'est-il produit ?

– Quelques mois avant leur disparition. Helen avait alors dix-sept ans. Elle était précoce. À dire vrai, après son retour de Harvard, elle était totalement impossible à maîtriser. Je me suis toujours demandé s'il ne s'agissait pas d'une réaction à mon père, mon oncle, bref toute la famille du côté paternel. Des gens extrêmement religieux, très sérieux, toujours Jésus par-ci Jésus par-là, avec leurs églises, leurs diacres, leurs professeurs de catéchisme. Ils passaient leur vie à prêcher le bon comportement, selon eux.

–Avez-vous jamais rencontré les petits amis d'Helen?

–Non. Elle était tout le temps en vadrouille, capable de disparaître pendant des jours. Une vraie calamité. Moi, je ne rentrais plus à la maison, à moins d'y être obligé. L'obsession de maman pour Noël virait au grotesque. Ça n'a jamais été la joie, chez nous, c'était plutôt affreux. Ça ne vous ennuie pas si je prends une bière? demande-t-il en se levant.

–Je vous en prie.

Il sort une Michelob, qu'il décapsule, et referme le réfrigérateur avant de se rasseoir.

–Votre sœur a-t-elle jamais été hospitalisée? interroge Lucy.

–Au même endroit que maman, pendant un mois, après son effondrement à Harvard. J'appelais ça le Club McLean, celui des bons vieux gènes familiaux.

–Le McLean Hospital du Massachusetts?

–Oui. Vous ne prenez jamais de notes? Je me demande comment vous pouvez retenir tout ça.

Lucy tripote le stylo fourré dans sa poche, magnétophone invisible.

–Nous avons besoin de l'ADN de votre mère et de votre sœur.

–Je ne sais pas du tout comment vous allez pouvoir vous débrouiller, à moins que la police ait gardé tous les trucs que je leur avais donnés.

–Le vôtre suffira. Disons que cet ADN, c'est un peu un arbre généalogique.

CHAPITRE 59

Scarpetta contemple la rue froide et blanche par la fenêtre. Il est presque quinze heures, et elle a passé quasiment toute la journée pendue au téléphone.

– Quelle sorte de filtrage opérez-vous ? Vous devez bien utiliser une procédure pour vérifier l'identité de ceux qui passent à l'antenne ?

– Bien entendu. Un des producteurs s'entretient avec la personne afin de s'assurer qu'elle n'est pas dingue.

Le choix du terme paraît curieux dans la bouche d'une psychiatre.

– Ajoutez à cela que, dans ce cas précis, j'avais moi-même eu une conversation avec cet individu, ce type de l'entretien des pelouses. C'est une longue histoire, explique le Dr Self dont le débit se précipite.

– Lorsque vous lui avez parlé la première fois, vous a-t-il dit qu'il s'appelait Odd ?

– Je n'y ai pas réfléchi plus que ça. Des tas de gens portent des surnoms farfelus. Attendez, il faut que je sache. Avez-vous vu arriver une vieille dame morte, un suicide ? Vous seriez au courant si tel était le cas, n'est-ce pas ? Il a menacé de me tuer.

– Malheureusement, beaucoup de vieilles dames décèdent très régulièrement, observe Scarpetta d'un ton évasif. Vous pouvez me fournir un peu plus de détails ? Qu'a-t-il dit au juste ?

Le Dr Self s'embarque de nouveau dans l'histoire des citronniers malades repérés dans le jardin de la vieille dame, du chagrin de celle-ci à la mort de son mari, de sa menace de mettre fin à ses jours avec son fusil si Odd ordonnait la destruction de ses arbres. À cet instant, Benton pénètre dans le salon en tenant deux tasses de café et Scarpetta branche le haut-parleur.

– Ensuite, il a menacé de me tuer, répète le Dr Self. Enfin... il a affirmé qu'il en avait l'intention, mais qu'il avait changé d'avis.

– J'ai là avec moi quelqu'un qui doit entendre ce que vous venez de me raconter, intervient Scarpetta en lui présentant Benton. Répétez-lui.

Benton s'installe sur le canapé. Le Dr Self remarque qu'elle ne comprend pas ce qui pousserait un psychologue du Massachusetts, spécialisé en criminologie, à s'intéresser à un éventuel suicide survenu en Floride. Toutefois, il a peut-être une opinion valable sur la menace qui pèse sur elle. Elle ajoute qu'elle serait ravie de l'inviter un jour à son émission. Quelle sorte de personne pourrait proférer une telle menace ? Est-elle véritablement en danger ?

– Le studio garde-t-il trace des intervenants ? demande Benton. Les numéros d'appel sont-ils conservés, ne serait-ce que temporairement ?

– Je pense que oui.

– J'aimerais que vous vous en assuriez au plus vite. Voyons si nous pouvons déterminer d'où provenait l'appel.

– Je sais que nous n'acceptons que les numéros affichés. Nous désactivons le système de blocage de l'identifiant. Ce n'est pas la première fois que cela arrive. Je me suis un jour retrouvée en ligne avec une folle qui menaçait de me tuer à l'antenne. Il s'agissait d'un numéro masqué. Il était hors de question que cela se reproduise.

— En d'autres termes, vous avez accès aux numéros de vos correspondants. Ce que j'aimerais, suggère Benton, c'est la liste de tous les gens qui ont contacté l'émission plus tôt dans l'après-midi. Et la première fois que vous avez parlé à ce type ? Vous avez mentionné une conversation antérieure. Quand cela ? L'appel était-il local ? Avez-vous un registre d'appels ?

— C'était jeudi dernier, dans l'après-midi. Je n'ai pas de système d'identification des appels. Mon numéro personnel est sur liste rouge et je n'en ai donc pas besoin.

— L'homme s'est identifié ?

— Il a prétendu se nommer Odd.

— Il a appelé chez vous ?

— À mon bureau privé. Je reçois mes patients dans un bureau installé derrière ma maison, qui est en réalité une maison d'amis.

— Par quel biais a-t-il pu obtenir le numéro ?

— Maintenant que vous le dites, j'avoue que je n'en ai pas la moindre idée. Cela dit, mes collègues, mes patients, tous les gens avec lesquels je travaille auraient pu le transmettre à un tiers.

— Pourrait-il s'agir de l'un de vos patients ?

— Je n'ai pas reconnu la voix. Franchement, je ne vois pas qui, du moins parmi mes patients. Non, cette affaire déborde du cadre habituel. (Sa voix prend soudain un ton d'instance :) Je crois que j'ai le droit de savoir ce qu'il y a là-dessous. Et pour commencer, vous ne m'avez pas confirmé si une vieille dame s'était suicidée d'un coup de fusil à cause de ses arbres malades.

— Rien de ce genre, intervient Scarpetta. Mais une affaire très récente présente des similitudes avec ce que vous venez de décrire, une femme âgée dont les arbres étaient marqués pour l'abattage. Un décès résultant d'un coup de fusil à pompe.

— Mon Dieu ! Cela s'est-il produit jeudi dernier, après dix-huit heures ?

– Probablement avant, rectifie Scarpetta, se doutant de la raison qui motive la question du Dr Self.

– Quel soulagement ! Cela signifie qu'elle était déjà morte lorsque ce Odd m'a appelée. C'était vers dix-huit heures cinq, dix-huit heures dix. Il souhaitait participer à mon émission, m'a raconté l'histoire de la vieille dame. Elle devait déjà s'être suicidée, alors. Je n'aimerais pas penser que sa mort puisse avoir un rapport avec son désir d'intervenir dans mon émission.

Quelle salope insensible et narcissique, dit le regard que lance Benton à Scarpetta, en même temps qu'il répond par l'intermédiaire du haut-parleur :

– Dr Self, nous tentons pour l'instant de déterminer un certain nombre d'autres éléments, et si vous pouviez nous fournir un peu plus d'informations sur David Chance, cela nous serait d'un grand secours. Vous lui aviez prescrit de la Ritaline.

– Attendez, vous n'êtes pas en train d'insinuer qu'il lui est arrivé quelque chose d'affreux, à lui aussi ? Je sais qu'il est porté disparu. Vous avez de nouvelles informations ?

Comme la première fois, Scarpetta répète :

– Nous avons des raisons d'être très inquiets à son propos et cette inquiétude concerne également son frère et les deux sœurs avec lesquelles ils vivaient. Depuis combien de temps David était-il votre patient ?

– L'été dernier. Je crois qu'il est venu pour la première fois en juillet, ou peut-être fin juin. Les parents avaient été tués dans un accident, son comportement posait problème et il présentait des difficultés d'apprentissage. Son frère et lui étaient éduqués à la maison.

– À quelle fréquence le receviez-vous ? interroge Benton.

– Une fois par semaine, en général.

– Qui l'accompagnait ?

– Soit Kristin, soit Ev, quelquefois les deux, et de temps en temps, je les voyais tous les trois ensemble.

– Par quel biais David vous a-t-il été envoyé ? demande Scarpetta. Comment a-t-il atterri entre vos mains ?

415

– Eh bien, c'est assez poignant. Apparemment, Kristin écoute beaucoup mon émission et elle a pensé qu'elle pouvait peut-être me contacter de cette façon. Elle a appelé et expliqué qu'elle s'occupait d'un petit orphelin sud-africain qui avait besoin d'aide, etc., etc. C'était une histoire tout à fait déchirante, et j'ai accepté à l'antenne de le recevoir. Vous seriez estomaqués de la quantité de courrier envoyé par mes auditeurs à la suite de cela. Je reçois toujours des lettres de gens qui veulent savoir ce qu'est devenu le garçonnet sud-africain sans parents.

– Auriez-vous une bande de l'émission à laquelle vous faites allusion ? questionne Benton. Un enregistrement ?

– Nous enregistrons tout.

– Pourriez-vous le récupérer rapidement, de même que celui de votre émission de télévision, celle d'aujourd'hui ? J'ai bien peur que nous ne soyons pour l'instant bloqués ici par la neige. Nous tentons de faire de notre mieux à distance, mais les possibilités demeurent limitées.

– Oui, j'ai entendu que vous aviez une sacrée tempête là-haut. J'espère que vous n'aurez pas de coupure d'électricité, ajoute-t-elle comme s'ils venaient de passer une demi-heure à papoter de tout et de rien. Je vais contacter immédiatement mon producteur. Il devrait pouvoir vous expédier ça par messagerie. Je suis certaine qu'il voudra discuter avec vous de l'éventualité de votre venue dans l'émission.

– N'oubliez pas de joindre à votre envoi les numéros de téléphone des personnes qui ont appelé, précise Benton.

Scarpetta regarde par la fenêtre avec consternation : la neige recommence à tomber.

– Dr Self ? Et Tony ? Le frère de David ? demande-t-elle.

– Les deux garçons se disputaient beaucoup.

– Vous avez également reçu Tony ?

– Non, je ne l'ai jamais rencontré.

– Vous disiez connaître Kristin et Ev. L'une d'entre elles souf-frait-elle d'un désordre alimentaire ?

—Je ne les traitais ni l'une ni l'autre. Elles n'étaient pas mes patientes.

—Selon moi, il s'agit d'un désordre facilement discernable. L'une d'elles suivait un régime régulier à base de carottes.

—À en juger par son apparence physique, c'était sans doute Kristin.

Scarpetta lance un regard à Benton. À la seconde où elle a découvert la dure-mère jaunâtre, elle a demandé au laboratoire d'analyses ADN de l'Académie de contacter le détective Thrush. L'ADN de l'inconnue de Walden Pond a été comparé à l'ADN des taches jaunâtres d'un chemisier que Scarpetta a trouvé chez Ev et Kristin. Il est plus que probable que le corps qui repose à la morgue de Boston soit celui de Kristin. Cela étant, Scarpetta n'a nulle intention de transmettre cette information au Dr Self, la sachant capable de la répercuter à l'antenne.

Elle raccroche, et Benton se lève pour ajouter une bûche dans l'âtre. Elle contemple la neige qui tombe dru dans la lueur des lampadaires qui éclairent le portail de Benton.

—Plus de café, déclare-t-il. J'ai les nerfs en pelote.

—La neige cesse-t-elle parfois dans ce coin ?

—Les routes principales sont probablement déjà dégagées, ils sont d'une efficacité incroyable. Je ne crois pas que les garçons aient quoi que ce soit à voir dans cette histoire.

—Et pourtant, si, assure-t-elle en allant s'asseoir devant le foyer. Ils ont disparu. Il semble que Kristin soit morte. D'ailleurs, je pense qu'aucun des quatre n'est encore en vie.

CHAPITRE 60

T andis que Reba est installée tranquillement, absorbée par la lecture des scènes infernales, Marino appelle Joe :

– J'ai plusieurs trucs à voir avec vous, déclare-t-il. Y a un problème.

– De quel ordre ? s'enquiert Joe d'un ton prudent.

– Non, il faut que je vous en parle en personne. Je suis dans mon bureau et j'ai d'abord quelques appels à passer et deux ou trois bricoles à régler. Où vous serez dans l'heure qui vient ?

– Pièce 112.

– Vous y êtes, là ?

– Je suis en route.

– Laissez-moi deviner : vous allez bosser sur une des scènes infernales que vous m'avez piquées ?

– Si c'est à ce propos que vous souhaitiez discuter avec moi...

– Non, le coupe Marino. C'est plus grave que ça.

– T'es vraiment un bon, déclare Reba en reposant le dossier des scènes infernales sur le bureau de Marino. Elles sont excellentes, vraiment géniales, Pete.

—On va lui laisser le temps d'arriver dans son bureau, on lance l'attaque dans cinq minutes, annonce-t-il en même temps qu'il appelle Lucy : vas-y, raconte, qu'est-ce que je dois faire maintenant ?

—Vous allez raccrocher, et moi aussi, puis vous allez enfoncer le bouton « réunion » de votre téléphone de bureau, et composer le numéro de votre portable. Ensuite, deux possibilités s'offrent à vous : mettre votre téléphone en attente pour garder la ligne ou laisser simplement le combiné décroché. Si quelqu'un écoute notre conversation, il va penser que vous vous trouvez toujours dans votre bureau.

Marino patiente quelques minutes puis s'exécute. Il quitte ensuite le bâtiment avec Reba tout en continuant de s'entretenir avec Lucy sur son portable. Ils se lancent dans une conversation en espérant que Joe les espionne. Jusqu'à présent, ils ont de la chance, car la réception est bonne comme si la jeune femme se trouvait dans la pièce voisine.

Ils bavardent à bâtons rompus, échangent des informations sur de nouvelles motos, pendant que Marino et Reba poursuivent leur chemin.

Le motel de la Dernière Bataille est un mobile home transformé, divisé en trois pièces utilisées pour des reconstitutions de scènes de crime et ouvrant chacune par une porte numérotée. La 112 est celle du milieu. Marino remarque que le rideau de la fenêtre du devant est tiré et il perçoit le ronronnement de l'air conditionné. La porte est fermée à clé. Il enfonce le léger battant d'un coup de sa grosse botte Harley. Le panneau claque à la volée contre le mur. La stupéfaction puis la terreur se succèdent sur le visage de Joe installé au bureau, l'écouteur à l'oreille et un magnétophone branché sur le téléphone. Marino et Reba le regardent.

—Tu sais pourquoi on l'appelle le motel de la Dernière Bataille ? fait Marino en marchant sur lui, et en le tirant de sa chaise comme s'il ne pesait qu'une plume. Parce que t'es plus mort que le colonel Custer !

—Lâchez-moi ! hurle Joe.

Marino le soulève par les aisselles, son visage à quelques centimètres à peine du sien. Les pieds de Joe ne touchent plus terre. Marino le pousse contre le mur.

– Lâchez-moi ! Vous me faites mal !

Marino le lâche. Joe s'affale au sol comme un paquet.

– Tu sais ce qu'elle fabrique ici ? fait-il en désignant Reba. Elle est là pour t'arrêter, trouduc.

– Je n'ai rien fait !

– Falsification de dossiers, vol qualifié, et peut-être meurtre puisque t'as de toute évidence volé un fusil qui a été utilisé dans un autre État pour faire sauter la tête d'une bonne femme. Ah, et j'oubliais aussi, faux en écriture, ajoute Marino sans se soucier de la véracité de ce qu'il balance.

– C'est faux ! Je ne sais pas de quoi vous parlez !

– Arrête de hurler, j'suis pas sourd. Tu vois, la détective Wagner ici présente est témoin, d'accord ?

Elle approuve de la tête, les traits durs. Marino ne lui a jamais vu l'air aussi redoutable.

– Détective, vous m'avez vu porter la main sur lui ? lui demande-t-il.

– Jamais de la vie.

Joe a tellement peur qu'il est à deux doigts de faire dans son pantalon.

– Tu peux nous dire pourquoi t'as piqué ce fusil à pompe et à qui tu l'as donné ou vendu ? interroge Marino en tirant la chaise de bureau, sur laquelle il s'assied à califourchon, les bras sur le dossier. Remarque, c'est peut-être toi qui as buté la dame. Peut-être que tu te joues les scènes infernales pour de vrai, sauf que celle-là, je l'ai pas écrite, t'as dû la piquer à quelqu'un d'autre.

– De quelle femme parlez-vous ? Je n'ai tué personne, je n'ai jamais volé de fusil. Quel fusil ?

– Celui que t'as sorti le 28 juin dernier à quinze heures quinze, celui qui appartient à la collection et qu'est répertorié dans le dossier informatique que tu viens de mettre à jour et que t'as aussi falsifié.

Joe reste la bouche ouverte, les yeux écarquillés.

Marino sort de la poche arrière de son pantalon un papier qu'il déplie avant de lui tendre. C'est une photocopie de la page du registre qui indique le moment où Joe a emprunté le Mossberg et l'a prétendument restitué.

Les mains tremblantes, Joe fixe le document.

– Je vous jure que je ne l'ai pas pris ! Je me souviens de ce qui s'est passé. Je pratiquais des tests avec la gélatine et j'ai dû tirer avec une fois. Je suis ensuite sorti faire quelque chose dans la cuisine du labo, pour vérifier des blocs que je venais de préparer, je crois, ceux qu'on utilise pour simuler les passagers d'un avion. Vous vous souvenez, quand Lucy a utilisé ce gros hélicoptère pour larguer un fuselage d'avion, afin que les étudiants puissent...

– Abrège !

– Quand je suis revenu, le fusil avait disparu. J'ai pensé que Vince l'avait remis dans la chambre forte. Il était tard dans l'après-midi, il l'avait probablement rangé parce qu'il se préparait à rentrer chez lui. Je me souviens que ça m'a énervé, parce que je voulais l'utiliser encore une ou deux fois.

– Pas étonnant que t'aies besoin de me piquer mes scènes infernales, remarque Marino, t'as aucune imagination. Essaie une autre histoire.

– Je vous dis la vérité !

– Tu tiens à ce qu'elle t'embarque avec les menottes ? jette-t-il en indiquant Reba d'un geste du pouce.

– Vous ne pouvez pas prouver que j'ai commis quoi que ce soit.

– Je peux prouver que t'as fait des faux en écriture. Tu veux qu'on parle de toutes ces lettres de recommandation que t'as fabriquées pour que la Doc t'attribue la bourse ?

L'espace d'un instant, Joe est réduit au silence. Il reprend bien vite du poil de la bête et tente de jouer au plus malin, retrouvant son air satisfait de lui.

– Prouvez-le !

– Le papier de chacune de ces lettres porte le même filigrane.

– Vous parlez d'une preuve !

Il se relève en se massant les reins.

– C'est moi qui vais vous poursuivre en justice.

– Vas-y mon pote. Dans ce cas-là, autant que je te démolisse carrément, réfléchit Marino en se caressant le poing. Je peux peut-être te péter le cou. Vous m'avez pas vu porter la main sur lui, hein, détective Wagner ?

– Jamais de la vie. Si c'est pas vous qui avez embarqué le fusil, ajoute-t-elle, alors qui ? Il y avait quelqu'un d'autre avec vous dans le labo de balistique, cet après-midi-là ?

Joe réfléchit et une lueur éclaire son regard.

– Non, répond-il.

CHAPITRE 61

À l'intérieur de la salle de contrôle, les gardiens surveillent vingt-quatre heures sur vingt-quatre les détenus susceptibles d'attenter à leurs jours.

Ils surveillent Basil Jenrette, le regardent dormir, manger, se doucher. Ils l'observent quand il utilise les toilettes en acier, quand il tourne le dos au circuit de surveillance vidéo et soulage ses pulsions sexuelles sous les draps de son étroite couchette en acier.

Basil les imagine en train de se moquer de lui. Il les imagine discuter entre eux dans la salle de contrôle, lorsqu'ils le surveillent par l'intermédiaire de leurs écrans. Ils se fichent de lui entre eux, il le sait à leur petit sourire suffisant quand ils lui apportent ses repas, ou bien le laissent sortir pour prendre l'air ou téléphoner. Quelquefois, ils font des commentaires, quelquefois ils débarquent devant la porte de sa cellule pendant qu'il se masturbe, ils imitent le bruit. Ils rient et cognent contre la porte.

Assis sur son lit, Basil lève les yeux vers la caméra installée en haut du mur qui lui fait face. Il feuillette le dernier numéro

423

de *Field & Stream*, tout en repensant à sa première rencontre avec Benton Wesley, lorsqu'il a commis l'erreur de répondre à l'une de ses questions avec franchise.

— *Songez-vous parfois à vous faire du mal ou à en faire aux autres ?*

— *J'ai déjà fait du mal aux autres, alors je suppose que ça veut dire que j'y pense,* a répondu Basil.

— *Et quelles sont vos pensées, Basil ? Pouvez-vous décrire ce qui vous apparaît lorsque vous pensez au mal que vous pouvez infliger aux autres ou à vous-même ?*

— *Je pense à ce que j'avais l'habitude de faire. Je voyais une femme et j'avais cette pulsion. Je la faisais monter dans ma voiture de police. Je sortais mon flingue, parfois ma plaque, je lui disais que je l'arrêtais, que si elle résistait, si elle ne faisait qu'effleurer la portière, j'aurais pas d'autre choix que de la descendre. Elles coopéraient toutes.*

— *Aucune d'entre elles ne vous a résisté ?*

— *Sauf les deux dernières. À cause de problèmes de bagnole, c'est tellement crétin.*

— *Les autres, celles d'avant, croyaient-elles que vous étiez policier et que vous les arrêtiez ?*

— *C'est sûr qu'elles croyaient que j'étais flic. Pour le reste, elles avaient bien conscience de ce qui se passait. Je voulais qu'elles le sachent. Je bandais et je leur montrais que je bandais, je les obligeais à mettre la main dessus. Elles allaient mourir. C'est tellement débile.*

— *Qu'est-ce qui est débile, Basil ?*

— *Je vous l'ai dit des milliards de fois, vous m'avez entendu, non ? C'est débile. Vous préféreriez pas que je vous descende là tout de suite, plutôt que de vous emmener quelque part où je vais prendre tout mon temps avec vous ? Pourquoi me laisser vous embarquer dans un endroit secret et vous attacher ?*

— *Dites-moi, comment les attachiez-vous, Basil. Toujours de la même façon ?*

— *Ouais, j'ai une méthode vachement cool, absolument unique, que j'ai inventée quand j'ai commencé à procéder à mes arrestations.*

— *Par arrestations, vous voulez dire les enlèvements et agressions de femmes ?*

— *Ouais, quand j'ai commencé, quoi.*

Assis sur son lit, Basil sourit au souvenir de l'excitation ressentie lorsqu'il leur tordait des cintres métalliques autour des chevilles et des poignets. Il passait ensuite des cordes afin de les suspendre.

— *C'étaient mes marionnettes,* a-t-il expliqué au Dr Wesley au cours de ce premier entretien, en se demandant ce qui pourrait bien provoquer une réaction chez celui-ci.

Quoi que puisse raconter Basil, le Dr Wesley écoutait, le regard impassible, sans rien laisser filtrer de ses émotions. Après tout, peut-être qu'il ne sentait rien. Il est peut-être comme Basil.

— *Vous comprenez, dans mon lieu secret, il y avait des endroits où le plafond s'était écroulé, du coup certains chevrons étaient apparents, surtout dans cette pièce au fond. Je balançais les cordes par-dessus les chevrons et je pouvais les resserrer ou leur laisser du jeu quand je voulais. Raccourcir ou rallonger leur laisse.*

— *Et même lorsqu'elles comprenaient ce qui les attendait, une fois que vous les aviez amenées là-bas, elles ne résistaient jamais ? Qu'est-ce que c'était que cet endroit ? Une maison ?*

— *Je ne me souviens pas.*

— *Résistaient-elles, Basil ? Il me semble que cela devait être difficile de les maîtriser de façon aussi élaborée tout en les tenant en joue.*

— *J'ai toujours eu ce fantasme de quelqu'un qui regarderait,* a continué Basil sans répondre à la question. *Et puis de baiser après que c'est fini. De baiser pendant des heures avec le corps étalé là sur le matelas.*

— *D'avoir des relations sexuelles avec le cadavre ou avec quelqu'un d'autre ?*

— *Non, ça n'a jamais été mon truc. C'est pas pour moi. Moi, j'aime les entendre. Je veux dire, il fallait que ça les fasse souffrir le martyre. Quelquefois, elles en avaient les épaules déboîtées. Je leur donnais assez de mou pour pouvoir faire leurs besoins. Ça, c'est le truc que j'aimais pas faire, vider le seau.*

— *Et leurs yeux, Basil ?*

— *Voyons voir... Sans mauvais jeu de mots.*

Le Dr Wesley ne riait pas, ce qui contrariait un peu Basil.

— *Je les laissais se balancer un peu au bout de leur corde, sans plaisanter. Vous souriez jamais ? Je veux dire... quand même, y a des trucs drôles, là-dedans.*

— *Je vous écoute, Basil. J'écoute attentivement chacune de vos paroles.*

Ça, au moins, c'était bien. Et c'était vrai. Le Dr Wesley écoutait, convaincu que chaque mot était important et fascinant, et que Basil était la personne la plus intéressante et originale qu'il ait jamais interrogée.

— *Dès que j'allais les baiser,* a-t-il continué, *c'est là que je m'occupais de leurs yeux. Vous savez, rien de tout ça n'aurait été nécessaire si j'étais né avec une bite de taille normale.*

— *Vous les rendiez aveugles alors qu'elles étaient conscientes ?*

— *Si j'avais pu leur balancer un gaz pour les assommer pendant que j'opérais, je l'aurais fait. J'aimais pas spécialement ça, qu'elles hurlent et qu'elles gigotent dans tous les sens. Mais le sexe... je pouvais pas tant qu'elles étaient pas aveugles. Je leur expliquais. Je disais : « Je suis vraiment désolé de devoir vous faire ça, d'accord ? Je vais faire aussi vite que possible. Ça va faire un peu mal. » C'est pas rigolo ? « Ça va faire un peu mal. » À chaque fois que quelqu'un vous dit un truc comme ça, vous pouvez être sûr que vous allez en baver. Ensuite, je leur disais que j'allais les détacher pour qu'on puisse baiser. Je leur disais que si elles essayaient de s'enfuir, ou de faire un truc idiot, j'allais leur infliger encore pire que ce qu'elles venaient de connaître. C'est tout. Et après, on baisait.*

— *Tout cela durait combien de temps ?*

— *Vous voulez dire le sexe ?*

— *Combien de temps les mainteniez-vous en vie et aviez-vous des relations sexuelles avec elles ?*

— *Ça dépendait. Si j'aimais bien les baiser, quelquefois, je les gardais des jours. Je crois que le plus long, ça a été dix jours. Mais finalement, c'était pas une bonne idée, parce qu'elle s'est sacrément infectée et que c'était dégoûtant.*

— *Leur avez-vous infligé d'autres choses ? En plus de les aveugler et d'avoir des relations sexuelles ?*

— *J'ai fait un peu des expériences.*

— *Vous êtes-vous jamais livré à la torture ?*

– Ben, je dirais que crever les yeux de quelqu'un... ma foi, a répondu Basil, qui regrette maintenant ses paroles.

Paroles qui ont ouvert la voie à tout un nouveau pan d'interrogations.

Le Dr Wesley a abordé la distinction entre le bien et le mal, la compréhension de la souffrance que l'on inflige à un autre être humain. Si Basil était capable de reconnaître que ses actes relevaient de la torture, c'est qu'il était conscient de ce qu'il faisait, sur le moment et en y réfléchissant ensuite. Le Dr Wesley ne l'avait pas exprimé tout à fait comme ça, mais c'était là qu'il voulait en venir. C'était le même baratin que Basil avait entendu à Gainesville, quand les psys essayaient de déterminer s'il devait passer en jugement. Il n'aurait jamais dû les laisser comprendre que c'était le cas, c'était idiot, ça aussi. Un hôpital psychiatrique spécialisé dans les criminels est un hôtel cinq étoiles comparé à la prison. Surtout quand on est dans le couloir de la mort, assis dans sa minuscule cellule oppressante, et qu'on se sent comme Bozo le clown avec son T-shirt orange et son pantalon rayé bleu et blanc.

Basil se lève de sa couchette et s'étire, comme s'il ne s'intéressait pas à la caméra scellée au mur. Il n'aurait jamais dû admettre que de temps en temps il fantasmait sur son suicide. Son mode de prédilection serait de se trancher les poignets et de regarder son sang couler goutte à goutte, regarder une flaque rouge recouvrir progressivement le sol, parce que cela lui rappellerait ses anciennes et fort plaisantes occupations. Avec combien de femmes, déjà? Il a perdu le compte. C'était peut-être huit. Il a dit huit au Dr Wesley. Ou alors, dix?

Il s'étire de nouveau, utilise les toilettes puis retourne sur le lit. Là, il ouvre le dernier numéro de *Field & Stream*, et cherche la page 52, censée relater les aventures d'un chasseur et de sa première 22 long rifle, ses souvenirs joyeux de chasse au lièvre ou à l'opossum et de pêche dans le Missouri.

Mais cette page 52 n'est pas la vraie. La vraie a été soigneusement arrachée et scannée, puis une lettre en caractères et format identiques a été insérée dans le corps du texte. La page scannée a ensuite été réintégrée dans la revue à l'aide d'un peu de colle. Ce qui ressemble fort à un éditorial banal est en réalité un message clandestin à l'intention de Basil.

Les gardiens se fichent pas mal des revues de pêche envoyées aux détenus. Il est peu probable qu'ils aillent même jusqu'à feuilleter des magazines barbants totalement dénués de sexe ou de violence.

Basil se couche sous les couvertures et se tourne en diagonale sur le côté gauche, dos à la caméra, comme il le fait toujours lorsqu'il soulage ses pulsions sexuelles. Il glisse la main sous le mince matelas et extirpe des bandes de coton blanc qu'il a passé la semaine à déchirer dans deux paires de boxer shorts.

À l'aide de ses dents, il déchire le tissu. Chaque large lanière blanche est soigneusement nouée à l'extrémité de ce qui s'est transformé en une corde à nœuds d'un mètre quatre-vingts. Il lui reste assez de coton pour deux autres bandes. Il entame le tissu d'un coup de dents puis tire. Il se balance et halète bruyamment comme s'il se masturbait. Il confectionne un nœud avec la dernière bande. Sa corde est prête.

CHAPITRE 62

Lucy est installée dans le centre informatique de l'Académie, devant trois grands écrans vidéo, déchiffrant des e-mails qu'elle réintègre ensuite dans le serveur.

Jusqu'ici, Marino et elle ont découvert qu'avant d'entreprendre son stage de boursier Joe Amos était en relation avec un producteur de télévision qui se prétendait intéressé par la création d'une nouvelle émission sur les sciences légales, à destination de l'une des chaînes du câble. Pourvu que les épisodes soient un jour diffusés, Joe Amos devait percevoir cinq mille dollars par unité, au titre de sa contribution. Ses idées brillantes avaient commencé d'affluer à la fin janvier, à peu près au moment où Lucy, malade après avoir testé une nouvelle avionique dans l'un de ses hélicoptères, s'était précipitée dans les toilettes, oubliant son Treo dans l'appareil. Il avait commencé par plagier des scènes infernales, les piratant discrètement, avant de les voler carrément en s'introduisant tout à loisir dans les bases de données.

Lucy récupère un nouvel e-mail, daté du 10 février, un an

auparavant. Il provient de l'interne de l'été précédent, Jan Hamilton, celle qui s'est fait piquer par la seringue et a menacé d'attaquer l'Académie.

CHER DR AMOS,
JE VOUS AI ENTENDU L'AUTRE SOIR À L'ÉMISSION DE RADIO DU DR SELF, ET J'AI ÉTÉ FASCINÉE PAR CE QUE VOUS AVIEZ À DIRE AU SUJET DE L'ACA- DÉMIE NATIONALE DE SCIENCES MÉDICO-LÉGALES. C'EST UN ENDROIT QUI PARAÎT ÉTONNANT ET, À CE PROPOS, FÉLICITATIONS POUR VOTRE BOURSE, C'EST TRÈS IMPRESSIONNANT. JE ME DEMANDAIS SI VOUS POU- VIEZ M'AIDER À FAIRE MON INTERNAT LÀ-BAS CET ÉTÉ. J'ÉTUDIE LA BIO- LOGIE MOLÉCULAIRE ET LA GÉNÉTIQUE À HARVARD. J'AIMERAIS DEVENIR CHERCHEUR EN SCIENCES LÉGALES, SPÉCIALISÉE DANS L'ÉTUDE DE L'ADN. JE VOUS JOINS UN DOSSIER AVEC MA PHOTO ET D'AUTRES INFOR- MATIONS PERSONNELLES.
PS: LE PLUS SIMPLE EST DE ME JOINDRE À CETTE ADRESSE. MA MESSAGE- RIE À HARVARD EST PROTÉGÉE PAR UN PARE-FEU ET JE NE PEUX L'UTILI- SER QUE SUR LE CAMPUS.

– Merde! tonne Marino. Bordel de merde!
Lucy récupère d'autres e-mails, en parcourt des douzaines. La correspondance entre Joe et Jan devient peu à peu intime, puis sentimentale, suivie enfin d'échanges impudiques qui se poursuivent durant l'internat de la jeune femme à l'Acadé- mie. Tout cela aboutit à un message qu'il lui a adressé en juillet, dans lequel il lui suggère de faire preuve d'un peu de créativité sur une scène infernale prévue à la Ferme des Corps. Il s'est arrangé pour qu'elle passe à son bureau cher- cher des seringues hypodermiques et « *tout ce qui te plairait d'enfourcher* ».
Lucy n'a jamais visionné le film de la scène infernale qui a failli virer à la catastrophe. Elle n'a jamais vu aucune scène infernale parce que, jusqu'à présent, cela ne l'intéressait pas.
– Comment s'appelle la bande? demande-t-elle alors que l'affolement la gagne.
– La Ferme des Corps.

Elle déniche la vidéo et ouvre le fichier.

Des étudiants entourent le cadavre d'un des hommes les plus obèses que Lucy ait jamais vus. Celui-ci repose sur le sol, vêtu d'un costume gris bon marché, sans doute celui qu'il portait lorsqu'il s'est effondré, victime d'un arrêt cardiaque brutal. Le processus de décomposition a commencé, et les asticots grouillent sur son visage.

La caméra se déplace pour cadrer une jolie jeune femme qui fouille dans la poche du mort. Elle se retourne vers l'objectif en même temps qu'elle retire sa main et se met à crier qu'elle vient de se faire piquer à travers son gant.

Stevie.

Lucy tente de contacter Benton, en vain. Elle essaie de joindre sa tante, sans résultat non plus. Elle appelle le laboratoire de neuro-imagerie. Le Dr Lane lui apprend que Benton et Scarpetta devraient arriver d'une minute à l'autre et qu'ils ont rendez-vous avec un patient, Basil Jenrette.

– Je vous expédie un fichier vidéo par Internet, lâche Lucy. Il y a environ trois ans, vous avez examiné une jeune femme du nom d'Helen Quincy. Je me demande s'il ne s'agirait pas de la même personne que celle que j'ai aperçue sur ladite vidéo.

– Lucy, je ne suis pas censée faire ça.

– Je sais, je sais, mais je vous en prie, c'est vraiment important !

BONG... BONG... BONG... BONG...

Kenny Jumper est installé dans le tunnel de l'aimant. Le Dr Lane est en train de pratiquer une IRM structurelle et le labo résonne du vacarme habituel.

– Vous pouvez pénétrer dans la base ? demande le Dr Lane à son assistante de recherches. Regardez si nous avons pratiqué un scanner sur une patiente du nom d'Helen Quincy, il y a trois ans, à peu près. Josh, continuez, dit-elle au technicien IRM. Vous pouvez vous débrouiller sans moi une minute ?

– Je ferai de mon mieux, répond-il avec un sourire.

L'assistante, Beth, tape sur le clavier d'un ordinateur qui trône sur une paillasse du fond et retrouve rapidement la trace d'Helen Quincy. Le Dr Lane a Lucy au bout du fil.

—Auriez-vous une photo d'elle ? demande cette dernière.

WOP WOP WOP WOP. L'écho des gradients d'images évoque au Dr Lane le sonar d'un sous-marin.

—Uniquement de son cerveau. Nous ne photographions pas les patients.

—Avez-vous regardé le fichier vidéo que je viens de vous envoyer ? Cela vous dira peut-être quelque chose, suggère Lucy, déçue et frustrée.

TAP-TAP-TAP-TAP-TAP...

—Ne quittez pas. Mais je ne vois pas ce que je pourrais en faire, remarque le Dr Lane.

—Vous vous souvenez peut-être d'elle ? Vous travailliez là il y a trois ans. Vous ou quelqu'un d'autre lui a fait passer un scanner. Johnny Swift travaillait également au McLean à cette époque. Lui aussi a pu la voir, examiner ses scans ?

Le Dr Lane n'est pas certaine de comprendre.

—Vous lui avez peut-être fait passer un scanner, insiste Lucy. Vous l'avez peut-être vue il y a trois ans, vous pourriez vous en souvenir en vous aidant de sa photo...

Le Dr Lane a vu passer tant de patients qu'il lui paraît impossible de se souvenir de qui que ce soit. Trois ans, c'est long.

—Ne quittez pas, répète-t-elle.

BAWN... BAWN... BAWN... BAWN...

Elle se déplace jusqu'à un poste informatique et accède à sa messagerie. Elle ouvre le fichier vidéo, le repasse à plusieurs reprises, voit une jolie jeune femme aux cheveux blond foncé lever des yeux sombres du corps d'un type monstrueusement gros dont le visage est recouvert d'asticots.

—Seigneur ! murmure-t-elle.

La jolie jeune femme regarde autour d'elle, puis droit vers l'objectif de la caméra, droit dans le regard du Dr Lane. Elle plonge ensuite sa main gantée dans la poche de la veste grise du gros homme et le fichier s'arrête là. Le Dr Lane le repasse encore une fois, et quelque chose la frappe.

Elle regarde Kenny Jumper à travers la baie de Plexiglas mais aperçoit à peine sa tête à l'autre extrémité du tunnel. Il est petit et mince, vêtu de vêtements sombres et amples, de boots qui ne lui vont pas très bien. Il donne un peu l'apparence d'un sans-abri. Pourtant, il est d'une beauté délicate avec ses cheveux blond foncé serrés en queue-de-cheval.

Il a les yeux sombres. Une impression s'impose progressivement au Dr Lane. Le sujet ressemble tellement à la jeune fille de la vidéo qu'ils pourraient être frère et sœur, peut-être même jumeaux.

– Josh ? demande le Dr Lane. Vous pouvez nous faire votre tour favori, avec le SSD ?

– Sur lui ?

– Oui. Tout de suite, insiste-t-elle avec nervosité. Beth, donnez-lui le CD du dossier Helen Quincy. Tout de suite, répète-t-elle.

CHAPITRE 63

Un taxi 4 × 4 bleu, vide d'occupants, est garé devant le laboratoire de neuro-imagerie, ce qui intrigue Benton. Peut-être s'agit-il du taxi qui devait aller chercher Kenny Jumper devant cette entreprise de pompes funèbres Alpha & Omega, mais pourquoi est-il abandonné là, et où a disparu le conducteur ? À côté du taxi se trouve le van carcéral blanc qui a amené Basil pour son entretien à dix-sept heures. Basil ne va pas bien. Il dit qu'il lutte contre de fortes tendances suicidaires, qu'il veut abandonner l'étude.

— Nous avons tellement investi sur lui, confie Benton à Scarpetta tandis qu'ils pénètrent dans le labo. Tu n'as pas idée de la catastrophe, quand ces gens-là laissent tout tomber. Surtout lui, bon sang. Peut-être auras-tu une bonne influence sur lui.

— Je n'ai nulle intention de commenter ce point.

Deux gardiens de prison se tiennent à l'extérieur de la petite pièce où Benton va s'entretenir avec Basil, tenter de le persuader de ne pas abandonner PREDATOR, le dissuader de se suicider. Cette pièce, la même depuis le début de ses rencontres

434

avec Basil, se trouve dans la zone réservée aux examens IRM et Scarpetta se rappelle que les gardiens ne sont pas armés.

Ils pénètrent tous deux dans la salle. Basil est installé devant la petite table, sans même une paire de menottes en plastique flexibles. Décidément, Scarpetta apprécie de moins en moins PREDATOR et, pourtant, elle pensait être parvenue au maximum de son animosité en la matière.

– Voici le Dr Scarpetta, annonce Benton. Elle appartient à l'équipe de recherche sur cette étude. Cela ne vous ennuie pas si elle m'accompagne ?

– Pas du tout, avec plaisir.

Le regard de Basil semble partir en vrille, tandis qu'il fixe Scarpetta. Ses yeux deviennent inquiétants.

– Alors, qu'est-ce qui ne va pas ? entame Benton tandis que Scarpetta et lui s'asseyent.

– Vous êtes proches, tous les deux, remarque Basil en détaillant Scarpetta. Je vous comprends, dit-il ensuite à Benton. J'ai essayé de me noyer dans les toilettes et vous savez le plus drôle ? Ils n'ont rien remarqué. Vous vous rendez compte ? Leurs caméras me surveillent sans relâche et quand j'essaie de me tuer, personne ne le voit.

Il est vêtu de jeans, d'une chemise blanche et de chaussures de tennis. Il ne porte pas de ceinture, aucun bijou. Il ne ressemble absolument pas à l'image que s'en était fait Scarpetta. Elle le voyait plus grand, alors qu'il est petit, quelconque, fluet avec des cheveux blonds clairsemés. Il n'est pas laid, tout juste insignifiant. Elle suppose que ses victimes ont probablement eu la même réaction lorsqu'il les a abordées, en tout cas dans un premier temps. Il n'était rien, un rien du tout avec un sourire fade. La seule chose qui sorte de l'ordinaire chez lui ce sont ses yeux, étranges et perturbants.

– Je peux vous poser une question ? demande-t-il à Scarpetta.

– Allez-y, fait-elle sans manifester d'amabilité particulière.

– Si je vous rencontrais dans la rue et que je vous ordonne de monter dans ma voiture, sinon je vous descends, qu'est-ce que vous feriez ?

—Je ne monterais pas dans votre voiture. Il ne vous resterait plus qu'à m'abattre.

Basil regarde Benton et fait mine de tirer sur lui, le pouce replié :

—Gagné ! Faut la garder, celle-là ! Quelle heure est-il ?

Il n'y a pas de pendule dans la pièce.

—Dix-sept heures onze, répond Benton. Basil, nous devons discuter de la raison pour laquelle vous voulez vous suicider.

Deux minutes plus tard, l'amplification de contraste d'Helen Quincy s'installe sur l'écran d'ordinateur du Dr Lane. À côté s'affiche celle du sujet réputé sain qui est allongé dans le tunnel de l'aimant.

Kenny Jumper.

Il y a moins d'une minute, celui-ci a demandé l'heure, puis moins d'une minute plus tard, il a commencé à se plaindre et à s'agiter.

BWONK-BWONK-BWONK... Dans la suite d'examens IRM, Josh fait pivoter à l'écran la tête pâle de Kenny Jumper. Elle est dépourvue de cheveux et d'yeux et se déchiquette juste sous la mâchoire, comme décapitée, à cause de l'interruption du signal à cet endroit. Josh poursuit sa manœuvre, tentant de dupliquer la position exacte de la tête d'Helen Quincy sur un autre écran.

—Mince alors ! s'exclame-t-il.

—Je crois qu'il va falloir que je sorte d'ici, résonne la voix de Kenny Jumper dans l'interphone. Quelle heure est-il, maintenant ?

—Mince alors, répète Josh en contemplant alternativement les deux écrans.

—Il faut que je sorte !

—Un peu plus par là, suggère le Dr Lane, dont le regard passe alternativement d'une tête pâle à l'autre.

—Je dois sortir !

—Voilà ! dit le Dr Lane. Mon Dieu !

—Whaou ! lâche Josh.

436

Basil lance de fréquents coups d'œil en direction de la porte fermée, de plus en plus agité. Il demande de nouveau l'heure.

– Dix-sept heures dix-sept, répond Benton. Vous avez rendez-vous quelque part ? ajoute-t-il d'un ton ironique.

Où Basil pourrait-il bien se rendre ? Dans sa cellule, laquelle n'est certes pas un endroit agréable ? Il a de la chance d'être là. Il ne le mérite pas.

Basil tire quelque chose de sa manche. Scarpetta ne comprend d'abord pas de quoi il s'agit, ne comprend pas ce qui se passe, mais il a déjà bondi de sa chaise, contourné la table, et la chose est enroulée autour de son cou. Une chose longue, mince et blanche serre le cou de Scarpetta.

– Tu fais un seul putain de geste et je tire dessus, tu vois, comme ça ! lance Basil.

Scarpetta a conscience que Benton se lève et hurle. Elle sent son rythme cardiaque s'affoler, puis la porte s'ouvre. Basil la traîne hors de la pièce, son cœur bat à se rompre. Elle tente de cramponner le lien qui l'étrangle. Il serre la longue chose blanche autour de son cou et la tire. Benton crie, les gardiens crient.

CHAPITRE 64

T rois ans auparavant au McLean Hospital, on a diagnostiqué chez Helen Quincy un trouble de l'identité dissociée.

Elle n'a peut-être pas quinze ou vingt alters séparés et autonomes, simplement trois ou quatre, ou huit. Benton poursuit la description de ce syndrome provoqué par la séparation qu'effectue un individu d'avec sa personnalité première.

– Il s'agit d'un phénomène d'adaptation à un traumatisme écrasant, explique-t-il tandis qu'il se dirige vers les Everglades avec Scarpetta. Quatre-vingt-dix-sept pour cent des sujets concernés par ce diagnostic ont été abusés sexuellement ou physiquement, ou les deux, et les femmes sont neuf fois plus susceptibles d'en souffrir que les hommes.

Le soleil blanchit le pare-brise et, malgré ses lunettes noires, Scarpetta cligne les yeux.

Plus loin devant, l'hélicoptère de Lucy plane en vol stationnaire au-dessus d'un verger d'agrumes abandonné, un terrain qui appartient encore à la famille Quincy, plus particulièrement à l'oncle d'Helen, Adger Quincy. Une vingtaine d'années auparavant, le chancre des agrumes a frappé le verger, et les pamplemoussiers ont été abattus et brûlés. Le verger a depuis été laissé à l'abandon et est envahi par la végétation. La maison qui s'élève au centre est tombée en décrépitude. Toutefois, ils l'ont conservée comme investissement ou éventuel projet immobilier. Adger Quincy est toujours vivant. C'est un homme frêle, d'apparence quelconque, extrêmement religieux – un frappé de la Bible, comme dit Marino.

Adger nie qu'il se soit jamais passé quoi que ce soit d'anormal lorsque Helen est venue vivre avec sa femme et lui. Elle avait douze ans à cette époque et Florrie venait d'être hospitalisée au McLean. Adger ajoute d'un ton anodin qu'il était très prévenant avec la fillette égarée et incontrôlable *qui avait besoin d'être sauvée.*

– *J'ai fait ce que j'ai pu, du mieux que j'ai pu,* a-t-il expliqué la veille quand Marino a enregistré leur entretien.

– *Comment connaissait-elle votre verger, votre ancienne maison ?* a demandé Marino.

Adger n'était pas disposé à s'étendre sur le sujet, mais il a cependant déclaré que, de temps en temps, il conduisait la petite de douze ans au verger abandonné pour *vérifier la situation.*

– *Quelle situation ?*

– *Pour m'assurer que des vandales n'avaient pas tout saccagé.*

– *Et qu'est-ce qu'il y avait à vandaliser ? Quatre hectares d'arbres calcinés, des mauvaises herbes et une baraque en ruine ?*

– *Il n'y a pas de mal à vérifier. Et je priais avec elle. Je lui parlais du Seigneur.*

L'hélicoptère de Lucy semble flotter comme une plume, bien au-dessus du verger abandonné qui appartient toujours à Adger. Elle est prête à se poser. Benton observe :

– Le fait qu'il se soit exprimé de cette façon prouve qu'il a conscience d'avoir commis quelque chose de répréhensible.

– C'est un monstre.

– Nous ne saurons probablement jamais de façon précise ce que lui ou d'autres ont infligé à Helen, remarque-t-il d'un ton morose, la mâchoire crispée.

Il est en colère. Ce qu'il soupçonne le bouleverse.

—Cependant, ce qui est évident, poursuit-il, c'est que ses diverses entités, ses alters, constituaient une solution d'adaptation à un traumatisme insupportable, alors qu'elle n'avait personne vers qui se tourner, le même type de réaction que l'on retrouve chez certains survivants de camps de concentration.

—Le monstre !

—C'est un homme très malade, et par conséquent une jeune femme également très malade.

—Il ne devrait pas pouvoir s'en sortir comme ça.

—J'ai bien peur que ce ne soit déjà le cas.

—J'espère qu'il rôtira en enfer.

—À mon avis, il s'y trouve déjà.

—Pourquoi le défends-tu ? proteste Scarpetta en le regardant tout en se frottant la nuque.

Les contusions sont encore douloureuses. Chaque fois qu'elle les frôle, elle revoit Basil l'enserrer de son lien bricolé de tissu blanc. Les vaisseaux transportant le sang, et donc l'oxygène, jusqu'au cerveau se sont trouvés comprimés et elle s'est évanouie. Mais elle va bien, grâce aux gardiens qui se sont emparés de Basil dès qu'ils en ont eu l'opportunité.

Helen et lui sont enfermés au Butler State Hospital. Basil n'est plus le sujet d'études rêvé de Benton pour le projet PRE-DATOR. Il ne remettra jamais les pieds au McLean.

—Je ne le défends pas, rétorque Benton, j'essaie de l'expliquer.

Il ralentit sur la South 27 à proximité d'une bretelle qui mène à une station-service pour routiers CITGO. Il tourne ensuite à droite sur un étroit chemin de terre et arrête la voiture. Une chaîne rouillée barre l'accès, et la terre conserve la trace de nombreuses empreintes de pneus. Benton va décrocher la grosse chaîne rouillée qui cliquette lorsqu'il la jette sur le côté. Il passe, arrête de nouveau le véhicule et referme derrière eux. Personne ne sait encore ce qui se passe ici, ni la presse ni les curieux. Une chaîne rouillée ne fera pas reculer les intrus, mais cela ne peut pas faire de mal.

– Une fois qu'on a vu un ou deux cas de désordre d'identité dissociée, certains affirment qu'on les a tous vus, reprend-il. Il se trouve que je ne suis pas d'accord. Pourtant, il est vrai que, pour un trouble aussi bizarre et complexe, les symptômes présentés sont remarquablement cohérents. La transformation est spectaculaire lorsqu'un alter en supplante un autre, chacun étant tour à tour dominant et donc déterminant le comportement. Il y a des modifications de posture, de traits, de démarche, de tics, et même des changements radicaux de voix, de ton, de débit. C'est un désordre fréquemment associé à la possession démoniaque.

– Tu crois que les différents alters d'Helen sont conscients de l'existence des autres – Jan, Stevie, celui qui se faisait passer pour un inspecteur des agrumes et tuait, et Dieu seul sait qui ?

– Lors de son séjour à McLean, même lorsque le personnel a assisté de façon répétée à ses transformations, elle a toujours nié abriter des personnalités multiples. Elle souffrait d'hallucinations visuelles et auditives. Une fois, l'un de ses alters s'est adressé à un autre en présence du clinicien, avant qu'elle ne redevienne Helen Quincy, sagement et poliment assise dans son coin, convaincue que c'était le psychiatre qui perdait les pédales.

– Je me demande si Helen continue encore à refaire surface.

– Lorsqu'elle a tué sa mère avec Basil, elle a changé d'identité, pour devenir Jan Hamilton. Mais il ne s'agissait pas d'un alter, Kay, c'était uniquement par commodité. Il ne faut pas penser à Jan en termes de personnalité, c'était simplement une fausse identité derrière laquelle se dissimulaient Helen, Stevie, Odd et Dieu sait qui encore.

Au milieu des tourbillons de poussière, la voiture roule en cahotant sur le chemin abandonné. Une maison décrépite se distingue un peu plus loin, émergeant des broussailles et des mauvaises herbes.

441

—À mon avis, remarque Scarpetta, Helen Quincy a cessé d'exister lorsqu'elle avait douze ans, au sens figuré.

Lucy a posé son hélicoptère dans une petite clairière. Les pales continuent de tourner tandis qu'elle arrête le moteur. Une camionnette d'enlèvement des corps, trois véhicules de police, deux 4 × 4 de l'Académie et la Ford LTD de Reba sont garés aux alentours de la maison.

Le Sea Breeze Resort, la Résidence de la Brise de Mer, est situé bien trop à l'intérieur des terres pour bénéficier d'une quelconque brise océane, et c'est tout sauf une résidence. Il n'y a même pas de piscine. Les locations à long terme bénéficient de réductions spéciales, leur apprend l'homme planté derrière le comptoir du minable petit bureau décoré de plantes en plastique, balayé par un air conditionné bruyant.

Il leur raconte que Jan Hamilton avait des horaires très irréguliers, disparaissait quelquefois des jours entiers, surtout ces derniers temps, et s'habillait parfois de façon bizarre. Ultrasexy quelquefois et cinq minutes plus tard presque en haillons.

— *Moi, ma devise, c'est vivre et laisser vivre*, a-t-il déclaré lorsque Marino a remonté la piste de Jan jusqu'à lui.

Cela n'a pas été très difficile. Lorsque les gardiens ont maîtrisé Basil, qu'Helen a rampé hors du tunnel, et que tout était fini, elle s'est recroquevillée dans un coin et s'est mise à pleurer. Elle n'était plus Kenny Jumper, n'avait jamais entendu parler de lui, et ne comprenait absolument pas ce qu'on lui expliquait. Elle a nié connaître Basil, ainsi que la raison de sa propre présence dans les salles d'examen IRM du McLean Hospital de Belmont, Massachusetts. Elle s'est montrée très polie et coopérative avec Benton, et lui a donné son adresse. Elle a précisé qu'elle était serveuse à mi-temps à South Beach, dans un restaurant du nom de Rumors, appartenant à un homme très gentil, Laurel Swift.

Marino s'accroupit devant la penderie ouverte, dépourvue de portes. Elle se réduit à une simple tringle. Il fouille de ses mains gantées des piles de vêtements soigneusement pliés posées sur la moquette souillée. L'air conditionné installé à la fenêtre ne fonctionne pas très bien et la sueur lui dégouline dans les yeux.

– Un long manteau noir avec une capuche, annonce-t-il à Gus, un des agents des Opérations spéciales de Lucy. Ça me rappelle quelque chose.

Il lui tend le vêtement plié. Gus le place dans un sac en papier brun, sur lequel il inscrit la date, la nature de l'objet et l'endroit où il a été retrouvé. Ils sont maintenant entourés de dizaines de sacs de papier brun, scellés d'adhésif à pièces à conviction. Marino a rédigé un mandat de perquisition de derrière les fagots : *« Emballez-moi tout ça, même l'évier »*, selon ses propres termes. En gros, ils sont en train d'emporter la pièce tout entière.

Il continue de trier de ses grosses mains gantées : des vêtements d'homme amples et miteux, une paire de chaussures aux semelles fendues, une casquette de base-ball des Miami Dolphins, une chemise blanche portant sur le dos « Département de l'Agriculture ». Simplement cela, inscrit en capitales manuscrites que Marino soupçonne d'avoir été tracées au feutre. L'intitulé exact est : « Département de l'Agriculture et Services de la Consommation de Floride ».

– Comment t'as pas deviné que c'était une femme ? demande Gus en refermant un autre sac.

– T'étais pas là pour le voir !

– Bon, je te crois sur parole, acquiesce Gus en tendant la main pour attraper une paire de collants noirs.

Gus est en treillis et armé, car même lorsque ce n'est pas nécessaire Lucy exige que ses agents des Opérations spéciales soient en uniforme. Il n'était probablement pas nécessaire non plus de déployer quatre hommes au Sea Breeze Resort par une température de trente degrés, alors que la suspecte, une jeune femme de vingt ans, se trouvait sous les verrous dans un hôpital d'État au Massachusetts, mais Lucy y tenait, ainsi que ses gars. Marino a eu beau expliquer dans le détail ce que lui a confié

Benton des multiples personnalités d'Helen, ou alters, comme il les baptise, les agents ne sont pas convaincus que d'autres individus dangereux ne traînent pas dans les parages. Helen avait peut-être des complices bien réels, comme Basil Jenrette, soulignent-ils.

Deux hommes examinent un ordinateur posé sur le bureau près de la fenêtre qui donne sur le parking. Il y a également un scanner, une imprimante couleur, des rames de papier de grammage magazine et une demi-douzaine de revues de pêche.

Le plancher de la véranda est gauchi, certaines lames sont pourries. Il en manque par endroits, laissant entrevoir le sol sablonneux sous la maison de bois à un étage à la peinture écaillée, située non loin des Everglades.

À l'exception de l'écho distant de la circulation, semblable à des rafales de vent, et du raclement des pelles à l'œuvre, l'endroit est silencieux. La mort empuantit l'atmosphère et, dans la chaleur de cette fin d'après-midi, elle semble se répandre en vagues sombres au fur et à mesure que l'on se rapproche des fosses. Les agents, la police et les techniciens ont découvert quatre cadavres. À en juger par les surfaces décolorées où la terre paraît avoir été fraîchement remuée, d'autres restent à exhumer.

Scarpetta et Benton sont dans l'entrée, juste derrière la porte, non loin d'un aquarium dans lequel une énorme araignée morte est recroquevillée sur un rocher. Un fusil à pompe Mossberg calibre 12 est appuyé contre un mur, à côté de cinq boîtes de cartouches. Deux hommes qui transpirent dans leurs costumes-cravates et leurs gants de nitrile bleus poussent un chariot sur lequel reposent dans une housse les restes d'Ev Christian. Les roues cliquettent. Ils s'arrêtent sur le seuil de la porte grande ouverte.

– Une fois que vous l'aurez déposée à la morgue, dit Scarpetta, il faudrait que vous reveniez.

– On s'en doutait. Je crois que j'ai jamais rien vu de pire, remarque un des employés.

– On vous a déjà mâché le travail, renchérit l'autre.

Ils replient les roues du chariot dans un grand claquement et transportent la civière jusqu'à la camionnette. Au pied des marches, un des deux hommes demande :

– Et comment ça va finir au tribunal, cette affaire ? Je veux dire, cette femme s'est suicidée. Comment est-ce que vous pouvez inculper quelqu'un de meurtre si c'est un suicide ?

– À très bientôt, répond Scarpetta en ignorant la question.

Les hommes hésitent, puis reprennent leur tâche. Scarpetta voit Lucy sortir de derrière la maison. Elle a revêtu des vêtements protecteurs et des lunettes noires, mais a ôté ses gants et son masque. Elle se dirige au pas de course vers l'hélicoptère, celui dans lequel elle avait oublié son Treo peu de temps après l'arrivée de Joe.

Scarpetta ouvre des paquets de vêtements de protection jetables pour Benton et elle, tout en remarquant :

– Rien ne dit qu'elle ne l'ait pas fait.

Le *elle* fait allusion à Helen Quincy.

– Mais rien ne prouve le contraire. Ils ont raison, rétorque Benton en fixant la civière et son sinistre chargement, tandis que les employés redéploient les roues avant d'ouvrir l'arrière de la camionnette. Un suicide qui est un homicide, dont la coupable souffre d'un désordre d'identité dissociée. Les avocats vont s'en donner à cœur joie.

La civière penche sur le sol sablonneux et envahi de mauvaises herbes. Scarpetta redoute qu'elle ne tombe, ce qui s'est déjà produit. Un corps dans sa poche a atterri sur le sol. La scène était déplacée, irrespectueuse. L'inquiétude la gagne.

– L'autopsie démontrera probablement une mort par pendaison, précise-t-elle en contemplant les allées et venues de tous dans la chaleur et la lumière de cet après-midi.

Lucy tire un objet de l'hélicoptère, une glacière.

L'hélicoptère dans lequel elle avait laissé son Treo, un oubli qui, de bien des façons, a tout déclenché et guidé tout le monde jusqu'ici, dans cet enfer.

—Je doute que nous parvenions à des conclusions plus précises concernant la cause de la mort. Le reste est une autre histoire, conclut-elle.

Le reste, c'est la douleur et la souffrance d'Ev, son corps nu et gonflé attaché par des cordes passées sur un chevron, l'une d'elles enroulées autour de son cou. Elle est couverte de rougeurs et de piqûres d'insectes, ses poignets et ses chevilles sont surinfectés. Lorsque Scarpetta lui a palpé la tête, elle a senti remuer sous ses doigts des fragments d'os fracturés. Le visage de la femme était pulvérisé, son cuir chevelu lacéré. Quant à son corps, il était couvert de contusions, d'éraflures, infligées peu après le décès. Scarpetta est convaincue que Jan, ou Stevie, ou Odd, qui qu'elle ait pu être lorsqu'elle a torturé Ev dans cette maison, a bourré son corps de coups de pied, de toutes ses forces, lorsqu'elle a découvert que sa victime s'était pendue. Des traces légères de semelle de chaussure ou de boots se distinguent sur les reins, le ventre et les fesses d'Ev.

Reba apparaît au coin de la maison, gravit avec précaution les marches pourries et s'avance sur la véranda. Toute blanche dans sa combinaison jetable, elle porte un sac en papier brun dont le sommet est soigneusement replié et elle abaisse son masque.

—Dans une tombe peu profonde, à l'écart des autres, on vient de trouver des sacs poubelle en plastique noir et deux décorations de Noël, annonce-t-elle. Elles sont cassées, mais on dirait un Snoopy avec un bonnet de père Noël et peut-être le Petit Chaperon rouge.

—Combien de corps ? demande Benton.

Lorsqu'il est confronté de près à la mort, même la plus abominable, Benton adopte un comportement bien particulier. Rien ne le fait tressaillir, il est calme et rationnel. Il paraît presque indifférent, comme si Snoopy et le Petit Chaperon rouge n'étaient que des informations supplémentaires à classer quelque part dans son esprit.

Il est peut-être rationnel, mais sûrement pas calme. Scarpetta a constaté son émotion dans la voiture, quelques heures auparavant, puis dans la maison, lorsqu'ils ont commencé à comprendre plus clairement la nature du crime originel, celui qui a été perpétré lorsque Helen Quincy avait douze ans. Dans le réfrigérateur rouillé de la cuisine, ils ont découvert des boissons au chocolat Yoo-hoo, des sodas à l'orange et au jus de raisin, et un carton de lait aromatisé dont les dates de péremption remontent à huit ans, lorsque Helen a été contrainte de vivre avec son oncle et sa tante. Des dizaines de revues pornographiques traînent, datées de la même période, qui laissent à penser qu'Adger, le dévot catéchiste, a probablement amené sa très jeune nièce ici bien plus d'une fois.

Le masque de Reba abaissé sur son menton remue au rythme de ses paroles lorsqu'elle répond à Benton :

— Eh bien, il y a les deux garçons. À mon avis, on leur a éclaté la tête... Bon, c'est pas mon rayon, ajoute-t-elle en regardant Scarpetta. Ensuite, il y a des restes mélangés. Nus, j'ai l'impression. Des vêtements aussi, dans les fosses pas sur les corps, comme s'ils avaient balancé leurs victimes avant de jeter les vêtements par-dessus.

— De toute évidence, il en a tué davantage qu'il ne le prétend, remarque Benton tandis que Reba ouvre le sac en papier. Il a enterré certains cadavres et en a mis d'autres en scène.

Reba ouvre le sac pour que Scarpetta et Benton puissent en distinguer le contenu : un tuba et une tennis rose sale de petite fille.

— Elle correspond à celle qu'on a trouvée sur le matelas, précise-t-elle. Celle-ci était dans un trou dans lequel on pensait trouver d'autres cadavres, mais Lucy n'y a découvert que ces deux objets. Je n'ai pas la moindre idée de ce que ça signifie.

— J'ai bien peur de le deviner, déclare Scarpetta en soulevant le tuba et la tennis de ses mains gantées.

Elle imagine l'oncle torturant la petite Helen de douze ans, l'enterrant vivante dans ce trou, avec un tuba comme seul moyen de respirer.

447

—Enfermer des enfants dans des coffres, les enchaîner dans des caves, les enterrer avec un tuyau pour tout contact avec la surface, explique-t-elle à Reba, qui la regarde.

—Rien d'étonnant à ce qu'elle soit devenue toutes ces personnalités, souffle Benton que son stoïcisme vient d'abandonner. Cette espèce de salopard.

Reba se détourne et déglutit, le regard vide. Puis elle se reprend et replie lentement et soigneusement l'extrémité du sac en papier brun.

—Eh bien, articule-t-elle en s'éclaircissant la gorge, on a des boissons froides, si vous voulez. On n'a touché à rien. On n'a pas ouvert les sacs poubelle de la fosse avec le Snoopy, mais à l'odeur et au toucher, il y a des restes humains dedans. Il y en a un qui est déchiré, et on entrevoit un truc qui ressemble à des cheveux roux emmêlés – vous savez, le genre de teinture rouge au henné ? Un bras et une manche. Je crois que celle-là est habillée. Pas les autres, ça c'est sûr. On a de l'eau, des Diet Cokes et des Gatorades. Je prends les commandes. Si vous préférez quelque chose d'autre, on peut envoyer quelqu'un. Enfin, peut-être pas.

Elle se retourne vers l'arrière de la maison, en direction des fosses. Sa lèvre inférieure tremble, elle bat des paupières et déglutit avec peine.

—Je crois qu'aucun d'entre nous n'est tout à fait présentable pour l'instant, ajoute-t-elle en se raclant de nouveau la gorge. Ce serait pas idéal qu'on se pointe dans un 7-Eleven alors qu'on pue comme ça. Je ne vois vraiment pas comment... S'il a fait ça, il faut qu'on le coince. Il faut lui infliger la même chose que ce qu'il lui a infligé à elle ! L'enterrer vivant, mais sans lui filer un putain de tuba ! Lui couper ses foutues couilles !

—Allons-y, habillons-nous, dit doucement Scarpetta à Benton.

Ils déplient leurs combinaisons blanches et les enfilent.

—Bordel, on a aucun moyen de le prouver, pas le moindre foutu moyen ! jure Reba.

–N'en soyez pas si sûre, réplique Scarpetta en tendant des protège-chaussures à Benton. Il a laissé énormément de choses ici, sans jamais penser que nous viendrions un jour.

Ils se coiffent de bonnets de protection, puis descendent les marches branlantes en remontant leurs gants et en se couvrant le visage de leur masque.

Édition exclusivement réservée aux adhérents du Club
Le Grand Livre du Mois
15, rue des Sablons
75116 Paris
réalisée avec l'aimable autorisation des Éditions des Deux Terres

RÉALISATION : IGS Charente Photogravure à l'Isle d'Espagnac
IMPRESSION : BRODARD ET TAUPIN À LA FLÈCHE
DÉPÔT LÉGAL : MARS 2006. (35415)
Imprimé en France

ISBN : 2-286-02126-0

Du même auteur

Postmortem
Éd. des Deux Terres (nouvelle traduction), 2004;
Le Livre de Poche, 2005.

Mémoires mortes
Éd. des Deux Terres (nouvelle traduction), 2004;
Le Livre de Poche, 2005.

Et il ne restera que poussière...
Éd. des Deux Terres (nouvelle traduction), 2005.

Une peine d'exception,
Éd. des Deux Terres (nouvelle traduction), 2005.

La Séquence des corps
Éd. des Deux Terres (nouvelle traduction), 2006.

Une mort sans nom
Éd. des Deux Terres (nouvelle traduction), 2006.

Morts en eaux troubles
Calmann-Lévy, 1997;
Le Livre de Poche, 1998.

Mordoc
Calmann-Lévy, 1998;
Le Livre de Poche, 1999.

La Ville des frelons
Calmann-Lévy, 1998;
Le Livre de Poche, 1999.

Combustion
Calmann-Lévy, 1999;
Le Livre de Poche, 2000.

La Griffe du Sud
Calmann-Lévy, 1999;
Le Livre de Poche, 2000.

Cadavre X
Calmann-Lévy, 2000 ;
Le Livre de Poche, 2001.

Dossier Benton
Calmann-Lévy, 2001 ;
Le Livre de Poche, 2002.

L'Île des chiens
Calmann-Lévy, 2002 ;
Le Livre de Poche, 2003.

Jack l'Éventreur
Éd. des Deux Terres, 2003 ;
Le Livre de Poche, 2004.

Baton Rouge
Calmann-Lévy, 2004 ;
Le Livre de Poche, 2005.

Signe suspect
Éd. des Deux Terres, 2005 ;
Le Livre de Poche, 2006.